World Classic Suspense Novel

世界经典悬疑小说

杨永胜　编译

百花洲文艺出版社

图书在版编目(CIP)数据

世界经典悬疑小说/杨永胜编译. —南昌：百花洲文艺出版社，2018.2(2022.8重印)

ISBN 978-7-5500-1826-6

Ⅰ.①世… Ⅱ.①杨… Ⅲ.①短篇小说—小说集—世界 Ⅳ.①I14

中国版本图书馆CIP数据核字(2018)第029960号

世界经典悬疑小说

SHIJIE JINGDIAN XUANYI XIAOSHUO

杨永胜 编译

责任编辑 赵 霞
美术编辑 松 雪 王 进
制 作 王 进
出版发行 百花洲文艺出版社
社 址 南昌市红谷滩世贸路898号博能中心A座20楼
邮 编 330038
经 销 全国新华书店
印 刷 唐山楠萍印务有限公司
开 本 880mm×1230mm 1/32 印张 12
版 次 2018年2月第1版
印 次 2022年8月第3次印刷
字 数 230千字
书 号 ISBN 978-7-5500-1826-6
定 价 32.00元

赣版权登字 05—2018—80

邮购联系 0791-86895108
网 址 http://www.bhzwy.com
图书若有印装错误，影响阅读，可向承印厂联系调换。

前　言

悬疑类文学作品向来是世界通俗文学领域中的重头戏，也历来备受读者的青睐。 从广义上来讲，凡是作品中陈述的事件或事物充满悬念，或者无法看清真相，或者涉及陌生的未知，或者与人们的常识相悖，从而使读者内心产生怀疑、不解、恐怖而又好奇、渴望了解真相的心理变化的作品都可以归为悬疑类作品。 它包括恐怖、惊悚、灵异、惊险、侦探推理、科幻、阴谋间谍等等文学类型。

抛开古代妖魔、血腥的传说或传奇不谈，现代意义上的悬疑类作品大约产生于十八世纪末至十九世纪初，其源头为英、德两国的“哥特式传奇”。 它们绝大多数以中世纪城堡为背景，讲述一个神秘或恐怖的故事。 当时一些著名作家都受到其影响，如梅里美、左拉、莫泊桑等，他们的部分作品分明带着这种影响。 哥特式传奇为真正意义上的悬疑类文学，尤其是为恐怖惊悚类文学的出现铺平了道路。

作为悬疑类文学最初的形式，惊悚类小说最初出现于德国，但成就于英、美。 十九世纪英国涌现了一批写惊悚小说的高手，甚至一些古典文学的大师也加入其中，如狄更斯、司各特、托马斯·哈代、H. G. 威尔斯等。而早期的作品往往是将惊悚和灵异结合，描写一种未知的超自然现象，从而产生恐怖的效果。威尔基·科林斯的《一个旅行者的恐怖怪床故事》则纯粹通过心理上的恐惧描写而成为最早的、纯惊悚小说的代表。

美国文学与欧洲文学密切相关，也是悬疑类作品的多产之地。继“美国文学之父”华盛顿·欧文的灵异小说《睡谷传说》之后，十九世纪最有名的惊悚小说作家出现了，即霍桑和爱伦·坡，尤其后者，可谓集惊悚小说的大师，笔意新颖，神秘诡谲，作品令读者心惊胆战，又爱不释手。随后，1869 年爱尔兰小说家勒法努以一篇《绿茶》引领了用氛围和暧昧营造恐怖的“幽灵小说”，直到 1920 年代才衰歇。梅琴和布莱克伍德二人则开创了“神秘小说”，背景在于当时神秘教团的时兴。受他们影响，美国的洛夫克拉夫特在 1920 年代至 30 年代创作一系列“宇宙恐怖小说”，以未知的事物对地球的威胁为主题。恐怖小说一时风头无两，中间虽热度降低，让位于推理小说，但到了 1960 年代，美国社会各个层面充斥着死亡与暴力；年轻人用反主流文化逃离现实，神秘主义卷土重来。随着罗伯特·布洛克的《精神病患者》、布雷德伯里的《什么从路上过来》、艾拉·莱温的《恶魔之子》揭开了现代恐怖小说的序幕。1970 年代前半期，斯蒂芬·金登场了，并成为新世纪的“世界恐怖小说之王”。

爱伦·坡 1841 年创作的短篇小说《毛格街血案》为悬疑类文学注入新的血液——推理(侦探)小说。至今一百多年过去了，侦探推理小说已在悬疑类文学中成为一方霸主，佳作层出不穷，既有长篇巨制，也有短篇力作。爱伦·坡奠定了推理小说的基本写作框架，随后的柯南·道尔则完善了推理小说的形式。而推理小说黄金时代三大巨头：阿加莎·克里斯蒂、约翰·狄克森·卡尔、埃勒里·奎因将古典推理小说推上了极致高峰。二十世纪随着恐怖小说的冷场，越来越多的悬疑文学作家转向幻想小说和推理小说，出现了风格各异的侦探小说，如英国弗里曼的科学探案，美国的硬派侦探（以达希尔·哈米特的《马耳他猎鹰》、雷蒙德·钱德勒的“菲利普·马洛”系列等惊人之作为代表），日本的“变格派”“社会派”等流派的出现，极大地丰富了推理小说的创作形式，也扩展了其创作内涵和社会意义。

综上所观，悬疑类文学创作有着悠久的历史和丰富的内涵。其作品数量和形式风格繁杂多样，但本质都是用文字为读者编织出一个紧张、疑惑、好奇、恐惧的心理世界。所以，优秀的悬疑类文学作品不是取决于什么吓人的素材，而是取决于作家如何利用文字的铺陈、叙述的转换，将读者引入悬疑紧张的氛围中去，去体会作品真正要表达的内涵，这对作者的文学修养和文字运用能力要求更高，而这也是国内悬疑创作的软肋。

现今社会生活节奏越来越快，人们没有时间和精力去阅读长篇巨制。所以本书在有限的篇幅中尽可能地选择了悬疑文学史上的优秀作品呈现给大家：既有早期哥特式传奇，也有当代恐怖大师的经典之作，大致划分为惊险、鬼怪、灵异、幻想、推理、斗智、杀机、心理几个方面，力求全面地体现悬疑小说的概貌和水平。

值得一提的是，本书所选作品都为全译版本，摒弃了当下悬疑作品集所惯用的改编形式，尽量保持原著的风貌，让读者理解何为真正优秀的悬疑作品，真正体会悬疑大师的写作风格和语言魔力。

诚然，如想凭一书之力而网罗尽世界悬疑小说的精华并不现实，而且一些悬疑经典作品均为中长篇，所以未能入选，也不能不说小有遗憾。

2018 年 2 月

目 录

匪夷所思

局中有局

惊魂时刻

厄舍府的崩塌

[美] 埃德加·爱伦·坡

那年秋天的一个沉闷、幽晦、静寂的日子，瞑云低低地垂压着大地，我单身驰马穿越一片无比荒凉萧索的原野。黄昏的阴影渐渐来临，终于发觉愁云惨淡的厄舍府就在眼前。不知为何—— 一看到这幢府邸，一种难以忍受的阴郁就涌上心头。我说难以忍受，是因为往常即使最为孤绝险恶的自然环境，也常令人感到诗意盎然、心潮澎湃，就此滋生出几分喜悦，可如今却丝毫遣不走这份愁绪。我注视着眼前的景致，惘然若失——兀立的府宅，院落里的天然山水，光秃秃的墙垣，空洞眼眸似的窗户，繁密的菖蒲，凋萎的树丛中的白色枝干——除了瘾君子午夜梦回后的空虚，沉沦寻常生活的辛酸，陡然间面纱飘落的恐惧，我无法以尘世的情感来比拟心中的这份惆怅。

我心中一片冰凉，又往下沉，不断翻腾，一种难以解脱的悲戚盘踞在心头，任何想象的刺激力都无法将其歪曲成崇高一类的感情。是什么缘故——我驻足沉思——什么缘故使我在注视厄舍府时如此黯然神伤？这个谜根本解不开。沉思时心头涌起的朦胧幻影也无从捉摸。我只得找了个不怎么令人满意的结论，那就是，毫无疑问，自然界非常简单的事物组合起来就会有感染我们的巨大力量，可要探究这份力量，却依然超出我们的能力。很有可能，我想道，只要这景致中的特征，画面中的细节重新组合一下，就会很有成效地改变，甚至取消这种凄清的印象。按着这个想法，我纵辔驰到险峻的山池沿边。那山池就在宅旁，黑惨惨，阴森森，倒映着灰色的菖蒲，死白的树干，茫然眼睛似的窗户，俯视着面目全非的倒影，我不禁毛骨悚然，竟比先前还要惶恐。

不过，我目前仍然打算在这座阴郁的大宅里盘桓几周。公馆主人，罗德里克·厄舍，是我儿时的挚友，但也多年未见了。不料最近在国内远方，竟收到他给我写来的一封信，信中一再火急地催促我亲自来一趟。那信中有些精神紊乱的迹象。写信人说自己患了急病，被神经错乱折磨得苦不堪言，他渴望见到我，因为我是他最要好的朋友，其实也是他唯一的私交，但愿能与我朝夕相处，疾病或可痊愈。全信就是如此——很显然，他真心实意地请我来，这让我无法迟疑。我虽然立即赴约，却依然从心底认为这份邀请很不寻常。

虽然童年时代我们相从甚密，我对这位朋友其实知之甚少。他一贯矜持含蓄。我知道，他出身的古老世家就以多愁善感闻名，长期以来，这个特点体现在许多杰出的艺术品上，近来则表现为几桩慷慨解囊而又不事张扬的义举，以及对复杂的音乐学而不是那种公认的、易于识别的音乐美的热衷。我也听说过一件异乎寻常的怪事，历史悠久的厄舍世家从未有过留存下来的旁支，换句话说，就是整个家族一脉单传，除了琐细微小，稍纵即逝的变化外，总是如此。我想到这座宅院的特色倒和厄舍一家的性格吻合，几百年来，房屋的特点倒可能影响了一家人的脾性，不由认为这是一脉单传的坏处——正因为这种缺乏支系的缺陷，财产和姓氏总是父子相承，到后来终于合二为一，房产原先的名称湮灭了，成了“厄舍府”这个古怪多义的称呼——庄户人在称呼“厄舍府”时，指的既是这份宅院，又是这户人家。

我已经提到了自己那个颇为稚气的实验的效果，俯瞰山池，结果使先前的古怪印象变本加厉。毫无疑问，意识到自己越来越迷信——干吗不承认这一点？——只会加深迷信的程度罢了。我早就知道这悖论似的法则：越怕越想，越想越怕。可能正是这个缘故，当我再次从池塘上移开眼睛，注视大屋本身的时候，头脑中产生了一种古怪的幻觉——这个幻觉如此荒谬，我只用提一下折磨我的鲜明感觉就可以了。我胡思乱想着，当真认为整座大宅院落和周围的一切都笼罩在一种气息下——这种气息和天上的空气绝不相干，是从枯萎的树丛，灰暗的墙垣，静寂的池沼中蒸腾出来的：一种致命的神秘迷雾，阴惨凝滞，隐约可辨，色若青铅。

为了摆脱心中那幻梦的想法，我更仔细地观察这幢巨宅的真貌。看来基本特征也就是古香古色。由于年代久远，颜色大大剥落。细小的霉斑布满了外墙，悬垂在檐下，像乱结的蛛网。这里的一切并不特别破落，石墙没有坍塌；完整如初的布局和个别粉碎的石块显得极不协调。这让我不由想起荒废在地窖中的旧木雕，由于多年来接触不到一丝外界的风，看起来好像还完整，其实早已朽烂了。除了外观上的颓败，整幢房子一点也没有摇摇欲坠的痕迹。除非是眼光锐利的观察者，才能发现一条看不太清的裂隙，从正面屋顶上，一路锯齿型地裂到墙根，消失在阴沉沉的池水里。

一面留心着这一切，我驰马沿着短短的堤道来到门前。等候在那里的仆从牵走了马，我跨进了哥特式大厅的拱门。一个蹑手蹑脚的男仆领着我，默无一言地穿过许多黑暗复杂的回廊，到他主人的工作间去。不知为什么，路上碰到的一切，全都加重了我已提到过的种种模糊的感觉。我每迈一步，周围的一切——无论是天花板上的雕刻，墙上暗淡的壁衣，还是乌木的黑色地板，幻影般的甲胄类战利品，全都嘎啦作响，这一切都是我自幼熟悉的，可还是叫人觉得奇怪，为什么平常物件竟也会勾起如此陌生的幻象。在一座楼梯上，我碰到了这家的医生。我觉得他奸猾的神情里透着几分困惑。他惊慌失措地跟我打个招呼就走了。这时，听差打开门，引我到他主人面前。

我发觉自己置身一间十分高大的屋子里。窗户又长又窄，尖尖高耸，离着黑黝黝的橡木地板老高，从里面根本够不着。红股股的微光从窗棂间射进来，刚好照亮四下里比较显眼的东西。然而，极尽目力也望不到房间里较远的角落或是回纹凸花的藻井。四壁悬挂着黯淡的幛幔。一应家具全都大而无当，古旧残破，毫不舒适。四下堆散的书籍和乐器并没有给这个景色增添生气。我觉得自己呼吸到一种悲凉的气息，一种阴森沉郁的不可救药的气氛四处飘浮，浸透了一切。

厄舍直挺挺地躺在沙发上，见我进来，一跃而起，热情洋溢地欢迎我。我起初还道是过火的亲热——厌世者的勉强做作。可一瞥之下，他的神情令我相信了他的真诚。我们坐下，好一会儿，他一言不发，我怔怔地盯着他，心中又是怜悯，又是敬畏。谁也不会像罗德里克·厄舍一样在短短时间里变化这么大！我好不容易才使自己认出眼前这个人就是我早年的伙伴。然而他的面部特征依然鲜明：面若死灰，一双无与伦比的水汪汪的眼睛，又大又亮，有些单薄的嘴唇毫无血色，但那轮廓秀美绝伦，鼻子是优雅的希伯来式，但鼻孔大得却不相称，下颌端正而不突出，活脱一副个性软弱的样子，一头胜似蛛丝、柔软纤细的头发。这样的五官，再加上异常宽阔的天庭，构成的面貌令人难以忘怀。五官的显著特征与寻常神情的些少改变就会产生许多变化，如今巨变之下，我几乎怀疑是在和谁交谈了。眼前这幽灵般苍白的肌肤，异乎寻常的晶亮的眼睛，已让我惊愕乃至惊骇了。那头柔丝秀发也毫不在意地蓄长了，细比游丝的头发，与其说披，不如说飘在脸上，即使费尽心力，我也无法将这副古怪的神情与正常人联系起来。

我立即发觉我的朋友语无伦次，举止失措。不久便看出他挣扎着想控制住习惯性的痉挛与神经的极度不安，结果是白费力气。我对此心中早有准备，一来看过他的来信，二来还没忘了他的童年往事，三来凭他特殊的体质和气质，也得出了一些结论。他的举止忽而活泼，忽而严肃。他的声音时而迟疑颤抖（这时生气似已荡然无存），时而坚决有力——那种粗暴、沉重、不慌不忙的空洞音调——那种呆滞、镇静、调整自如的令人不快的言语，只有沉湎醉乡的酒鬼，或者不可救药的瘾君子，在其快乐的巅峰时，才会如此。

他就是如此模样地谈起我此行的目的，谈起他对见到我的热切盼望，谈到他期待从我这儿得到的安慰。他十分详细地谈起他的病，说他得了先天的家族遗传病，已经不指望找到治病良方了——不过他立刻又补了一句，这不过是神经病罢了，会很快过去的。这点可以从很多反常的心绪中看出来。他详详细细地说着，可能由于他叙述时的措辞与态度增加了这些事儿的分量，让我对此又感兴趣，又觉迷惑。神经过敏害苦了他：只能吃淡而无味的饭菜；只能穿某种料子的衣物；所有的花香都令他喘不动气；一丁点儿光亮都会刺伤他的眼睛；除非是特别的弦乐之声，才不会令他听了心惊肉跳。

我发现他成了一种异常恐惧的奴隶。“我要死了，”他说，“我肯定会死于这种可悲的疯癫的。就这样，就这样，别无选择，我会遭灭顶之灾的。我害怕今后的事情，不是怕事儿，是怕这些事儿的后果。一想到出什么意外，哪怕是微不足道的，我都会不寒而栗，丧魂落魄。说实话，我怕的不是危险，而是它的绝对后果——恐怖。到了精神失常的这种可悲地步，我觉得早晚要抛开理智与生命，和那个狰狞的幽灵——恐惧——大战一场。”

从他断断续续、模棱两可的暗示里，我时而能发现他精神状态的另一个奇怪的特点，他被自己承继下来的这座巨宅的某些迷信说法束缚住了，以致多年以来，他不敢擅离半步——这种迷信力量的影响暧昧不明，难以言述——据他说，他家巨宅外表与实质上的特色感染了他的精神，具体说来，灰暗的山墙与高楼的形象以及它们在幽深山池里的倒影，都影响了他生存的信念。

尽管吞吞吐吐，他还是承认折磨他的这种异常忧郁的心境另有合情合理的原因——他所钟爱的妹妹，长年重病缠身，已告不治。她是他多年来唯一的伴侣，在世间仅有的最后一个亲人。“她死后，”他说道，辛酸的口吻令人难以忘怀，“他（这个不可救药的意志薄弱的家伙）就被抛下成了厄舍家族的最后一员。”他正说着，玛德琳小姐（人们这样称呼她）从房间深处缓缓走来，丝毫不曾留意我在座，又消失了。我无比惊讶，又难免有些恐惧地盯着她，根本说不清心里是一种什么样的感情。我目送她离去的步态，不禁一阵心神恍惚。房门在她身后关上时，我才赶紧回头看她的哥哥。他一早已用双手捂住脸颊，骨瘦如柴的手指竟比往日还要苍白，指缝间热泪滚滚。

玛德琳小姐的病早就让医生束手无策。她症状反常，神情淡漠，身体日渐消瘦，伴有时发时歇的局部僵硬。她依然与病魔顽抗，并不曾卧床不起。但就在我到她家的那天晚上（她哥哥六神无主地告诉我），她终于在毁灭者的摧残下香消玉殒了。我这才知道，刚才惊鸿一瞥竟成遽尔永逝——那位小姐，谁也不会见到活着的她了。

随后几天里，我和厄舍都闭口不谈她的名字。这段时间，我忙于设法减轻我朋友的忧伤。我们一起绘画阅读，或者像在梦中一样，听他拨弄如诉的吉他，演奏纷乱的即兴曲。我们之间愈亲密，他愈是毫无保留地向我敞开心扉，愈使我辛酸地看到千方百计博他一粲都是白费心机。他心头的悲痛浑自天成，无休无止地流露着，像黑暗倾泻在物质和精神世界的一切上。

我将永远记得与厄舍府主人一起度过的许多庄严时刻。但是，我说不清他将我卷入了什么样的研究，或带我做了什么事。那种兴奋的极端不正常使一切都蒙上了一层硫黄的幽光，他那冗长的即兴挽歌依然回响在我耳边。万千往事里，我特别记得他奇异地歪曲了韦伯的最后华尔兹的奔放气息。他精妙的想象力孵育并勾勒出一片混沌，我对此一无所知，根本不可能用文字表达这些画而（栩栩如生，犹在眼前）。如果曾有凡人能绘出理念，那此人必是罗德里克·厄舍。对我这个当时身临其境的人来说，看着这个疑病患者在画布上倾诉纯粹的抽象时，心中升起一阵阵恼人的恐惧感，这是以往在欣赏傅塞利色彩鲜明、形象具体的画作时从未有过的。

在我朋友那些幻象丛生的画作里，有一幅并不那么抽象，也许可以，尽管有些勉强，用文字表达出来。画面呈现的是一处狭长的长方形墓穴或是隧道的内景，四壁低矮、光滑、洁白，没有中断也没有装饰。画面上的某些细枝末节显示出这个洞穴深埋于地下。画面范围中既看不到任何出口，也没有火把等任何人工光源的照明；只是密集的光线滚滚涌来，使一切都沐浴在一种鬼气森森的不相宜的光辉里。

我已经提到过他的听觉神经不健全，除了某些弦乐，一切音乐对他都是折磨。可能就是这种狭窄的限制使他只能选择吉他，他演奏起来真是妙不可言。可这并不能说明他能极为纯熟地演奏即兴曲。只有在强颜欢笑的片刻，我才观察到他那些狂想曲的词也好，曲也好（他经常自弹自唱），都是他精神高度集中与镇静的结果。我时常记起其中一首狂想曲的歌词来。也许是因为他演唱时，给我留下了极为深刻的印象，从歌词含蓄、玄妙的意义里，我第一次看出了厄舍完全明白他高贵的理智王冠已摇摇欲坠。那首称为《鬼宫》的诗，虽不能说一字不差，但可以大体抄录如下：

1

山谷翠浓深处
居住过了美好的天使，
曾有一座华美的宫殿——
光芒四射——直冲天际。
“思维”王国中，
巍巍屹立；
六翼天使未曾展翅

翩临琼宫华美如是。

2

旗儿金黄灿烂，
在殿顶翻飞飘舞，
(一切——所有的一切——
皆成前尘往事)
和风阵阵轻吹，
在那甜美的日子，
沿着荒废的宫墙，
缥缈暗香远逝。

3

游人在那欢乐的山谷，
透过两扇明净的窗户看见：
精灵随乐曼舞，
和着诗琴琤琮的音律，
环绕君王的宝座，
理智陛下，
气度华贵庄严，
一国之君，形容非凡。

4

珍珠闪闪，宝石璨璨，
辉映着仙宫大门。
衣袂飘飘，容光焕发，
仙女们纷纷来临。
回声仙子，
妙音无世，
美好的职责只是歌唱：
她们的君王机智聪敏。

5

可是披着悲痛之袍的魔头，
杀害了高贵的君王；
(啊！让我们哀悼，因为黎明不再
降临在他身上，无比悲凉!)
笼罩他旧居的荣华，
曾似鲜花怒放，
而今已成黯淡往事，
欲被岁月埋葬。

6

游人如今在山谷中
透出映着血光的窗拢，但见
群魔疯狂乱舞，
和着嘈杂曲声；
就像是可怖的迅猛江河，
涌过惨淡的大门，
众丑从此冲出，
狂笑满耳——再不见微笑从容。

我深深记得，这首歌谣的袅袅余韵令我们浮想联翩，我不主张从它的新奇（别人也会有此见解），而觉得该从厄舍对它的执着中追循他的思想。别人的这种观点通常被称作众生有情，而在厄舍错乱的脑海里，则更为放诞，某些情况下，甚至把无机世界也当有情看待。他沉湎其中，难以自拔，我对这也不好说什么。但这信仰（正如我前文暗示的那样）跟他祖先留下这幢灰石房舍有关。在他想来，他们家宅院的石头，石头上遍布的霉菌，环绕四周的枯树——尤其是那始终如一，经久不变的安排和山池死水里的倒影都存在着一种感应——他说，这可以从池水、山墙渗出的衰落气息里看出来。那无形的难以逃脱的岑寂的影响力，数百年来注定了他家的命运，使他成了眼下这副样子——这么一个人。不必对这样的看法多说什么，我也不会妄加评论。

不难想象，我们读的这些和他那幻想处处合拍的书，多年来，对他精神世界的形成具有极大的影响。我们专心致志地一起阅读格莱赛的《女修道院的鹦鹉》；马基雅弗利的《魔王》；斯韦登堡的《天堂与地狱》；霍尔堡的《尼古拉斯·克立姆地下旅行记》；罗伯特·弗拉德、让·丹·吉讷、德·拉·钱伯等人的手相术；蒂克的《碧落旅行记》；康帕内拉的《太阳城》。最受喜爱的一卷书是黑袍宗教士爱默里克·德·葛朗尼的八开小本作品《宗教法庭指南》；看到庞各尼斯·梅勒谈论古代非洲的牧神与森林神时，厄舍常会呆坐冥思上好几个钟头。可他最宝贝的一本书是黑体字、四开本的孤版奇书——一本寂寂无闻的教堂手册——名叫《据马因恩教会合唱经本追思已亡占礼前夕经》。

那天晚上，当他突然告诉我玛德琳小姐已不在了，说他打算

（在下葬前）在这幢主楼无数地窖里选一间停灵十四天时，我不禁想起那本书中的狂热仪式，以及它可能对这个疑病患者产生的影响。这如此特别的葬仪自有其世俗的理由，我不便对此加以反对。他告诉我他是想到妹妹古怪的病症，医生有些冒失而又殷勤的询问，家族墓地的偏远和无遮无盖，才做出这个决定的。我决不否认，一想起那天在厄舍府楼梯下碰见的那人阴险的脸色，就觉得只要无伤大体，不悖常理，我就不加反对。

应厄舍之请，我亲自帮他料理临时的殓葬。尸体已被装入了棺椁，我们两个单独抬它至停灵之所。放置棺木的地窖（被关闭得太久，火都差点被窒息的空气扑灭，以致我们无法仔细观察）又窄小，又潮湿，深埋在地下，透不进一丝光来，就在我的寝室下面。在遥远的封建时代，这地窖是为了某种邪恶目的而用做牢房的，如今堆放了些火药之类的易燃物品。地板和走廊四壁，都仔细地包上了铜皮。那个笨重的铁门，也加以同样的保护。它沉重无比，一开门，绞索就会发出异乎寻常的刺耳的吱哑声。

将这令人心碎的重负放在恐怖之域的支架上，我们把还没钉死的棺盖推开几分，瞻仰遗容。我的心一下被揪住了，头一次发现这两兄妹容貌是令人惊异的相似；厄舍大概看出了我的心思，轻轻咕哝几句，我才知道他和逝者原是孪生兄妹，彼此间存在着一种难以解说的共鸣。可我们不敢多看——谁也不觉得她不可怕。疾病断送了这个风华正茂的女子，只在她胸前腮畔留下隐约的几抹红晕，这是通常纯粹僵硬症的特征，唇上几丝似有似无的笑容，在死人脸上是如此可怖。我们放下并钉死棺盖，关上铁门，吃力地摸回楼上愁云不曾稍减的房间里去。

这样悲痛欲绝地过了几天，我朋友神经错乱的特征有了显著的变化。通常的习惯不见了，日常的消遣被置之度外，忘在脑后。他匆匆忙忙、漫无目的、脚步散乱地在一间间屋子里徘徊。他苍白的脸色，如果可能的话，更蒙上了一层惨白——眼中的光彩却踪影皆无。以往偶尔可以听到的喑哑嗓音不见了，他似受了极度的惊吓，老是哆里哆嗦地说话。说实在的，好几次我都觉察到他纷乱不已的心里负担着什么沉重的秘密，他需要鼓起勇气，方能一吐为快。有时，我又不得不将这一切归结为莫名其妙的疯狂，因为我见他长时间望空凝视，全神贯注，像在听什么虚幻的声音。难怪他的状况吓坏了我——影响了我。我觉得他奇幻动人的迷信里那种强烈的感染力，正幽幽地潜入我的心头。

玛德琳小姐的遗体在地窖里放了七八天之后的一个深夜，我躺在床上，格外体会了这种情绪的力量。时间一个钟点一个钟点地过去了，我却辗转反侧，难以成眠。我想摆脱萦绕心头的紧张不安，努力使自己相信，之所以有此感觉，大半、如果不全是的话，是因为这房间里阴森森的家具摆设——因为这破旧黯淡的壁衣，被即将来临的风暴气息吹动着，在四壁上来回飘拂，不安地摩擦着床上的装饰，造成了令人惶恐的影响。我的努力毫无成效。一股莫名的恐惧渗入了我的躯体，梦魇一样地压上了心头。我喘息、挣扎一阵才算摆脱，从枕上抬起头来，死死盯着浓黑一片的房间——不知为什么，可能出于本能——听见狂风暂息时，不知从哪里传来了一种低沉模糊的声音。我被这种说不清、受不了的无比恐惧压得喘不过气来，慌忙套上衣裳（我也不指望夜间睡觉了），在房间里来来回回地快走，一心想使自己从这种可悲的境地中摆脱出来。

刚这样转了几圈，就听见附近楼梯上传来轻轻的脚步声，我立刻听出来是厄舍。转瞬间就听他轻叩我的房门，提着盏灯，走了进来。他的脸色一如既往，惨白如尸——眼中却流露着狂喜的光彩，整个举止中透出一种压抑着的歇斯底里。这副神情吓坏了我——可什么也都比我忍受了这多久的寂寞要强，我竟如释重负，欢迎他的光临。

“你竟然没有看到吗？”默默地向四周看了一会儿，他突然说道：“你竟然没有看见吗？——啊，等一下，你会的。”一面说，一面仔细地遮住了他的灯，他匆匆冲到一扇窗前，迎着风暴，推开窗户。

霎时一阵狂风刮过，差点将我们吹上天。说真的，这是个美丽的暴风雨之夜，有一种不同凡响的恐怖与美丽。旋风早已在我们四周大施淫威；风向时时剧烈地变化着；厚密的云团（低低地压在我们房舍的塔楼上）从各处生气勃勃地涌来，挤在一起，不曾飘散。尽管云层厚密，看不到星星、月亮，也没有闪电的照亮，却不曾阻碍我们看清这一切。有一种氤氲的气息，缭绕笼罩着巨宅，它微光荧荧，清晰可辨，闪动在我们四周所有的地面物体上，闪动在大团大团翻腾奔涌的雾气下。

“你不能看——你不准看！”我有点儿哆嗦，我对厄舍说道，轻轻将他从窗口拉开，领到座位上。“这种叫你疑神疑鬼的景象不过是寻常的电光现象罢了——也可能是山池里蒸发出的毒瘴。咱们把窗户关起来吧；夜气真凉，对你的身体可不好。这是你顶喜欢的传奇故事，我来念，你来听——咱们就这么来打发这个恐怖的夜晚吧！”

我随手拿起的古卷是郎斯洛特·坎宁爵士的《疯狂的特里斯特》；我称它是厄舍心爱的读物是调侃多于真实的；因为这种笨拙、缺乏幻想的冗长之作，根本激不起我朋友那高超玄妙的想象力和任何兴趣。我沉湎于这样一种模糊的愿望，但求我念的荒唐情节，可以解脱折磨这个疑病患者的兴奋（因为精神错乱史上有很多相似的病例）。说实在的，要是能根据他那副紧张兴奋的狂态，来判断他是不是真的在听故事的话，我早该庆贺自己妙计得售了。

我已念到了那段著名的情节，书中主角俄塞莱德千方百计要和平进入隐士的居处未果，最后只得动武硬闯。记得故事是这样的：

“俄塞莱德本就是心如铁石的好汉，方才畅饮美酒，如今酒性大作，越发气冲斗牛，不愿再和这个固执、狠毒的隐士饶舌斗口。他觉着肩头落雨，害怕暴雨袭来，于是举起钉头锤，狠砸几下，把门打出道口子，伸进套着铠甲的手臂，使劲一扯，竟将它砸穿，撕碎，扯烂，干木碎裂的空洞之声令人胆战，响彻森林。”

这句刚一念完，我停顿了片刻，因为我恍惚（尽管我立刻认为是我兴奋的幻觉欺骗了我）——听见从这幢大厦很远的一个什么角落里，朗斯洛特爵士详细描绘过的那种噼里啪啦碎裂的回声，以同样的特征，传入了我的耳朵。毋庸置疑，无非是巧合唤起了我的注意；在窗框吱吜作响，狂风呼啸之中，这点声响照理说来不会引起我的什么兴趣，或是让我心神不宁。我于是接着念下去：

“大侠俄塞莱德进门一看，不由又惊又怒，恶隐士踪迹皆无，却见毒龙一条，身形庞大，鳞甲遍体，火舌喷吐，守卫在一座金殿前。殿内白银铺地，墙上悬挂着一张铜盾，闪亮无比，上镌铭文曰——

来者为王；

屠龙得盾。

于是，俄塞莱德举起钉头锤，向毒龙头上砸去，龙头应声落在他面前，毒气乱喷，只听一声惨叫，凄厉恐怖，钻耳如万箭攒心，俄塞莱德只得双手护耳，抵挡这前所未闻的恐怖之声。”

我立刻在此停下，困惑不解，毫无疑问，这回我真的听见（尽管说不清来自何方）一种低沉遥远但又刺耳持久迥乎寻常的尖叫或是摩擦声——和我想象中传奇作家描绘的毒龙惨叫一模一样。

又一次不同寻常的巧合，我的心一下子就被种种矛盾的情绪压沉了，其中最突出的感受就是疑虑和极端恐惧。我依然竭力控制，避免刺激这位神经过敏的伙伴。我无从知道他是否也注意到了这种声响，尽管在过去的几分钟里，他的举止起了奇怪的变化。他把椅子从我面前移开，背转身体，脸对着房门。虽然看不全他的五官，我还是见他双唇抖动，像在无声地低诉着什么。他的头耷拉在胸前——可我知道他没有睡着，从他的侧面，我瞥见他眼睛呆怔怔地瞪得很大。他的身体不断轻轻地来回摇动——这可不大对头。匆匆地瞄了他一眼，我又继续朗斯洛特爵士的叙述，故事是这样的：

“如今，大侠已逃出了毒龙的魔爪，猛然想起盾牌和盾上魔咒的破法。于是搬开面前尸首，英勇无畏，踏着城堡里的白银过道，走向挂盾的墙壁；不等到得眼前，盾牌就摔落在他脚前的白银地面上，发出震天巨响，回音不绝。”

我几乎还没吐完这个音节——仿佛就在那一刹那，真有铜盾沉甸甸地摔落在银地上——我听清了那清晰、空洞、金属般铿锵而又显然闷声闷气的回声，被吓得魂不附体，一下子蹦了起来；可厄舍依旧不受干扰，有板有眼地摇着身体。我冲到他坐的椅子前。他的眼睛直勾勾地盯着前方，神情漠然，宛如石雕。可是当我把手放在他肩头上时，他整个人都战栗起来，一缕惨兮兮的笑挂在嘴角；我见他结结巴巴、念念有词，声音又急又低，仿佛我不在他面前。俯身凑近了他，我才总算弄清了那番话的可怕含义。

“没有听见吗？——我可听见了，已经听见了，好几分钟，好几天前，我就听见了——可我不敢——哦，可怜我吧，我这个可怜虫！——我不敢——我不敢说！我们把她活埋到坟里了！我不是说过自己感觉灵敏吗？我现在告诉你我听见过她在棺材里最初的蠕动。我听见它们了，好多、好多天以前——可是我不敢——我不敢说！现在——今晚——俄塞莱德——哈！哈！打破了隐士的门，毒龙惨叫一声，盾牌咣啷坠地——还不如说是她棺材劈开的声音，她牢狱的铰链吱哑作响，她在地窖铜廊里挣扎的回声！嗨！我能躲到哪儿去？她不久就会来这儿吗？她不紧着赶来数落我性急吗？我难道没听见她上楼的脚步声？我难道没分辨出她那沉重可怕的心跳？疯子！”他舍身忘命、怒气冲天地跳了起来，大声喊道：“疯子！我告诉你她现在就站在门外。”

仿佛他气势非凡的言语里真有一股咒语般的魔力，他指着的那扇古雅巨大的镶嵌大门，顿时缓缓地裂开了笨重的乌木大口。这是一阵劲风的杰作——谁知厄舍府那个身裹寿衣的高大的玛德琳小姐就站在门口。她遍体鳞伤，骨瘦如柴，白袍上血迹斑斑，到处都透着苦苦挣扎的痕迹。有好一会儿她只是瑟瑟发抖，摇摇晃晃——接着，就发出低低的一声哀鸣，重重地摔到她哥哥身上，如今才是她最后的垂死挣扎。他被拽到地上，成了具死尸，一个恐惧的牺牲品，这是他早就料到的。

逃出那个房间，逃出那幢巨宅，我魂飞魄散。在我穿过旧堤岸时，狂风依然四处肆虐。突然，路上射来一片诡异的光芒，我回头想看看这怪异的光线从何而来，因为巨厦和屋影早被我抛在身后。原来是恹恹西沉的一轮血红的满月，透过我先前提到的那道裂缝照射过来。那道以前几乎看不清楚的，从屋顶曲曲折折裂到墙角的缝隙，就在我凝视时骤然加宽了——旋风呼啸，整幢建筑在我眼前纷纷崩坍，眼见高墙碎裂，我不由头晕目眩，只听翻江倒海似的一声巨响，久久不息——脚下那片阴寒幽深的山池，郁郁地默默地吞没了厄舍府的满地瓦砾。

马瑞琦　译　刘象愚　校

陷坑与钟摆

[美] 埃德加·爱伦·坡

刑具贪婪闹不休，

无辜鲜血填饥肠；

大地重光鬼牢碎，

阎王败阵喜生回。

〔为巴黎雅各宾俱乐部原址建立
的市场大门所作的四行诗〕①

好久以来受尽拷打，痛得我浑身发虚——虚得只剩了口气；待等身上终于松了绑，准许坐下，神志顿时恍恍惚惚。耳边清清楚楚听到的最后一下高亢的声音，就是判决——可怕的死刑判决。此后，宗教法官②的嗓音听起来模模糊糊，只成了一片嗡嗡声。心里不由想起旋转来，大概是凭空联想到水车轮子声吧。这念头转眼就消逝了；因为不久再也听不清楚。但一时竟看见了——只是夸张得多么可怕呵！——我见到黑袍法官的嘴唇。看上去雪白——比本文写的纸还要白——也薄得奇形怪状；一副神情显得异常坚决——主意拿定，决不更改——人家受刑，根本满不在乎——嘴唇看来就薄了。只见两片嘴唇依然吐出判词，定我死罪。只见两片嘴唇一张一翕，吐出置人死地的语句。只见两片嘴唇一嘟一缩，形成我名字发音的样子；但没听到声音传出来，就禁不住打寒战。我虽一时吓昏了，竟还见到四壁的黑幔悄悄摆动，简直看不出在动。随即一眼瞅见了桌上七支长烛。乍一看去，倒是慈眉佛眼，俨然亭亭玉立的白仙女，将要救我出险；谁知眼睛一眨，竟成了无名鬼怪，长着火焰般的脑袋，我就知道要靠他们可没指望了，顿时感到一阵恶心，实在受不了，浑身上下毛骨悚然，恰似摸到了

① 原文是拉丁文。引自英籍犹太作家伊萨克·迪斯累里（1766—1848）所著《文学奇闻》一书。根据法国诗人波德莱尔（1821—1867）的说法，雅各宾俱乐部原址市场上既无大门，亦无此题句。雅各宾俱乐部，1789 年法国革命时代的急进民主主义党，原名宪友社俱乐部，因其会址设在巴黎雅各宾寺院，故又称雅各宾俱乐部。

② 宗教法官，中世纪宗教裁判所的审判官，由黑袍教派教士担任。

流动电槽上的电线。猛然间，只觉得长眠地下一定香甜，这念头像美妙的乐曲，不知不觉袭上心头；悄悄潜入脑海，仿佛过了好久，才彻底明白。后来终于真正觉着了，存在心头，不料那批法官的人影竟像变戏法一样，霎时无影无踪；长烛转眼化为乌有；烛火全灭了；随即一团黑，伸手不见五指；种种感觉好似鬼魂打下地狱，猛地一下子往下扎。四下里就此一片寂静，凝滞不动，漆黑一片。

我晕了过去；尽管如此，还是不想说完全失去了知觉。究竟还有什么知觉，我可不打算说明，甚至不想描绘；但不是完全失去了知觉。在酣睡中——并不如此！在昏迷中——并不如此！在昏厥中——并不如此！在死亡中——并不如此！连长眠在地下，也不是完全失去了知觉。否则为人哪有永生呢。我们从沉沉酣睡中苏醒过来，打破了什么丝网般的幻梦。谁知转眼工夫，就不记得自己做过梦了，大概丝网一触就破吧。从昏死中活过来，共有两个阶段：先是心理上或精神上的知觉恢复；再是肉体上的知觉恢复。如果到了后一阶段，还记得起前一阶段中的印象，或许会发现这些印象活生生道出昏厥后的情况。可是，昏厥算什么？至少该怎么来区别昏厥的预兆和死亡的预兆呢？但如果所谓前一阶段中的印象，不能随意回想起来，难道事隔多年，不会油然而生，就是心里摸不清这些印象打哪儿来的？从没昏厥过的人，决不会看出奇异的皇宫和极熟的面容，隐现在熊熊煤火中；决不会见到好多人看不大见的凄凉景象，漂浮在半空中；决不会玩味什么奇花异葩的芬芳；决不会听到什么从没倾听过的乐曲，弄得糊里糊涂。

精神恍惚状况下的一些迹象，我常常左思右想，一味想要回想起来；我不遗余力地认真想要追忆起来，在这其间，有时候竟自以为想起来了；一刹那间，短短的一刹那间，竟凭空想出，头脑清醒的后一阶段中才有的记性，只能跟仿佛人事不知的状况有连带关系。这似有若无的记忆力含糊道出，当初高高的人影把我举起，默不作声地将我推下去——下去——再下去——到后来一想到没个底地往下沉，就不由晕得要死。这种记忆力也道出，当初心里不比寻常的平静，因此隐约感到恐惧。过后又觉得一切骤然不动。仿佛推我下去的人影（一连串青面獠牙的人影！）一路下沉，沉啊沉的没个底的沉，沉过了头，吃力得筋疲力尽，才歇下来。此后，我就想到当时只觉得灰心和失望；脑子里终于一片混乱——忙着回想一切禁忌，记忆就混乱了。

冷不防，又感到了动静，听到了声音——心怦怦乱跳，耳朵里响着扑通扑通的心跳声。接着是一阵静止，脑子里只是片空白。接着又听到了声音，感到了动静，还有了触觉——浑身一阵刺痛。接着只晓得自己还活着，可没丝毫杂念——这样过了好久。冷不防，心里有了念头，起了恐惧，吓得战战兢兢，还认真地想要了解真正的处境。接着又巴不得人事不省。接着一下子精神恢复了，费了番周折，终于能动弹了。这才一清二楚地想到审判、法官、黑幔、判决、虚弱、昏厥。接着，随之而起的一切以及后来的一切，极其认真地拼命回忆才模糊想起的一切，全忘得干干净净了。

至今我还没睁开眼睛。只觉得仰天躺着，全身倒没捆绑。手伸出去，啪地落在什么湿漉漉、硬邦邦的东西上。由着手在那儿放了片刻，尽力想猜出自己在什么地方，自己是干什么的。我巴不得睁开眼一看，可就是不敢睁。生怕一睁就看到周围的物件。

可不是怕见到吓人的事物，怕只怕什么也看不到，反而吓得没命。后来心一横，终于不顾死活刷地睁开眼。这一看，那种最坏的念头就此证实果然不错。原来四下一团黑，奇黑无比。我拼命喘气。这样漆黑，仿佛要把人逼得透不过气来。空气闷得真受不了。我依然安安静静躺着，拼命开动脑筋。回想起宗教法庭上的审问过程，打算借此猜出实际处境。判决早已宣布；看来是好久好久以前的事了。可自始至终都没以为自己已经丧了命。不管小说中怎么写，这种想法跟实际情况总不相符——可我究竟在哪儿？究竟弄成什么副惨状？判处死刑的，我知道往往受着非刑①送了命；在我受审的当天夜里，就行过这么一次非刑。难道我已经押回地牢，等候下一次再给屠宰吗？下一次要过好几个月才执行呢。这一想顿时知道不可能。牺牲品总是刻不容缓就拿去屠宰的。何况，眼前这间地牢跟托莱多②所有死牢一样，地上铺着石板，也不是一丝光都透不进。

这会儿，忽然闪出了个可怕的念头，热血顿如急流一般冲到心上，瞬息间，又人事不省了。刚醒过来，就马上站起身，从头到脚簌簌地抖。两条胳膊朝前后左右乱挥。什么也没碰到；可就是不敢挪一步，生怕给墓穴的四壁挡住去路。个个毛孔都冒出了汗，大颗冰凉的汗珠凝在额上。那分提心吊胆终于折磨得人受不了，我就小心翼翼地往前走，双臂张开，两眼圆瞪，恨不得看到蒙蒙一丝亮。朝前走了不少步路；谁知四下依然一团黑，空空落落。呼吸比较舒畅了。显而易见，我这分蹇运至少不好算作最最

---

① 指宗教法庭中的判决宣布式及所处的刑罚（特指火刑）。

② 托莱多，西班牙中部古城，以产钢刀闻名。

可怕的一种。

我照旧小心翼翼地往前走，心里不由涌现出无数描述托莱多恐怖情况的风言风语。谈到地牢里的种种蹊跷怪事倒有的是——我却始终当作无稽之谈；但终究蹊跷，也太可怕了，不能重复，只有悄声说出。难道人家将我关在这黑黝黝的地下世界里，要我饿死？还是有什么魔劫，甚至可能比饿死还可怕的厄运在等着我呢？那批法官的性情脾气我早摸熟了，因此深信结果就是丧命，比寻常还痛苦丧命。怎么死法，几时送命，这念头一直盘旋在脑海里，折磨得人发了狂。

我伸出两只手，终于碰到什么坚实的障碍。原来是堵墙，好像是石头砌的——光溜溜，黏糊糊，冷冰冰。我顺着墙走；一想到某些旧小说，就不由疑神疑鬼地一步步小心走去。可是，这么走着，根本弄不清地牢的大小，因为四壁仿佛完全一个样，就是绕了一圈，恐怕还不知道回到老地方呢。我这就打算掏出小刀，插进石墙上的细缝里，当作起点的记号。当初押到宗教法庭上，口袋里放着小刀，谁知如今竟不见了；原来一身衣服给剥掉了，换上粗斜纹布长袍。心里乱七八糟，乍一看，这重困难仿佛克服不了，其实算不了什么。我撕下一条袍边，摊摊直，跟墙成一直角放好。只消沿着牢房摸索着走，走完一圈，不怕摸不到这条布。至少心里是这么想法；就是没顾到地牢的大小，也没顾到自己身子虚得很。地上又湿又滑呢，我踉踉跄跄往前走了一阵，不料失足摔倒了。人累得筋疲力尽，禁不住只想趴在地上；哪知才躺下，就睡着了。

我刚醒过来，伸出手，就在身边找到一个面包和一壶清水。

我实在累得很，没去琢磨这是怎么回事，光是狼吞虎咽地吃喝一顿。不到片刻，又沿着牢房走着了，吃尽辛苦终于摸到那条斜纹布。刚才摔倒前，一共数了五十二步，重新再走，又数了四十八步，才摸到布条。那么总共有一百步；我拿两步当作一码，就此认为地牢周围共计五十码。可刚才碰到墙上一个个犄角，所以猜不出这地窖是什么形状——因为我不由不认为这是个地窖呀。

我这样研究，可没抱什么目的——当然也没存什么希望；只是隐隐约约有种好奇心，撺掇人研究下去罢了。我离开墙，决定走到囚牢那头去。开头万分谨慎地往前走，因为地上看看好像由坚实的材料铺成，竟是滑得站不住脚。后来终于壮起胆，毫不迟疑，踏踏实实的一步步走去，拼命想要尽可能地笔直走到那头。这样走了十来步，袍上的碎边却绊住了双腿。一脚踩去，就此狠狠地摔了个嘴啃地。

一摔倒，心头顿时糊涂了，可没马上晓得出了件怪事，过了片刻，身子照旧趴在地上，才全神贯注在这件惊人怪事上。事情是这样的——我下巴靠在牢房地上，嘴唇和上半个脑袋，看看比下巴的地位还要低，可什么也没碰到。这同时，额角仿佛浸在又湿又冷的雾气里，霉菌的特异臭味直冲鼻子。伸出手一摸，才知正摔在个圆坑边上，不由吓得浑身一噤。不消说，当时根本就弄不清这坑有多大。我在坑边下面的石壁上摸索了一阵，终于拆出一小块碎石子，随手扔进深渊里。片刻间，凝神静听碎石掉下，撞着坑壁，发出阵阵回响；临了到底传出闷闷一声，碎石掉进水里啦，紧跟着响起了隆隆回音。这同时，耳边又传来一声响，好似头顶上的一扇门刷地打开，又猛地关上，只见蒙蒙一道光突然闪进黑头里，又突然消失了。

我清清楚楚看出，原来人家打算这样害我命，不免暗自庆幸，摔得正是时候，才逃出了虎口。再走前一步，早就一命归阴了。以往看了宗教法庭故事中讲到谋害人命的情节，总认为荒诞不经，异想天开，其实刚逃过的一关，正是故事里讲的那种。宗教法庭淫威下的牺牲品有两种死法，不是皮肉上遭到最悲惨的酷刑而送命，就是精神上受到最可怕的恐吓而丧生。我是注定要吓死啦。好久以来我受尽痛楚，神经就此衰弱，到后来连听到自己的嗓音也不免浑身战栗，不管怎么说，我总归只配熬受大刑了。

这如今眼前仿佛见到地牢四下都有不少可怕的陷阱，当场决定宁死也不冒险去碰一碰，于是，我手脚簌簌发抖摸索着回到墙边去。换成旁的心情，或许有胆马上跳进这样一个深渊，了此残生；可目下我却是个十足地道的胆小鬼。何况怎么也忘不了以往看过描写这类陷坑的文章——就是冷不防结果人命，绝不是这些文章最最恐怖的布局之一。

心里一急，神志顿时清醒；谁知过了半天，偏偏又睡着了。醒来一看，又见身边放着一个面包和一壶清水。我口渴如焚，浑身乏得没一丝力气，就一口喝干那壶水。水里管保下了蒙汗药，因为喝都没喝完，人就困得不得了。转眼睡着了——跟长眠一样沉。睡了多久，心里当然没数；等到重新睁开眼睛，只见身边一切都看得清清楚楚。凭着光芒乱射的一道硫黄青光——开头可没法确定这道光从哪儿射来——我就看出牢房的面积和形状。

原来刚才把牢房大小完全搞错了。周围至多二十五码罢了。一见这点，心里白白苦恼一阵；真是白白苦恼！处在这么可怕的环境中，牢房的大小有什么紧要呢？ 可我偏偏对鸡毛蒜皮的小事大感兴趣，一味只想找出量错的原因。 我终于恍然大悟。 头一次丈量时，数到五十二步，就摔倒了；当时那条斜纹布准在前面一两步路远；其实已经快绕完地牢一周啦。 随后睡着了，等醒过来，准又走了回头路——这样就把牢房周围长度看成原来长度的一倍。当时脑子里糊里糊涂，根本没顾到从墙壁左头走起，最后竟走到了墙壁右头。

说到囚牢的形状，我也上了当。 刚才一路摸索过去，碰到不少犄角，就以为牢房凹进凸出；一个人从昏昏沉沉的梦里惊醒过来，眼前只是一团漆黑，这份影响有多大呵！ 那些犄角不过是或远或近的几个浅凹槽，或是壁龛。 其实牢房大致上是四方形的。刚才当作石墙的，如今看来好像是铁壁，或是其他什么金属的，由大块铁板拼成，其间的合缝或接榫，就成了凹槽。 这金属囚牢的四壁全都草草涂着可怕又可憎的图案，正是僧侣那种吓人的迷信的产物。 四壁画满了一身枯骨的厉鬼图以及其他恐怖十倍的画像，墙上给糟蹋得不成样子。 只见这些鬼怪的轮廓倒很清楚，就是颜色褪落了，斑斑驳驳的，看来是空气潮湿的缘故。如今我也看出地上原来是石板铺成的。 正中间有个圆坑，张着大口，我刚才正是从这虎口中逃了出来；但地牢里就只有这一个圆坑。

我好容易才模模糊糊地看到这一切，因为睡着那时，处境大大改变了。 目前我直挺挺地仰面躺在一种矮矮的木架上。 有条类似马肚带的长皮带将我牢牢捆紧。 一圈又一圈地绕着全身，只有脑袋没给捆住，还有左手也没完全绑上，只消费番力，就可以伸出手，从身边地上放着的瓦盘里取来食物。 眼看水壶拿走了，不由大惊失色。我说大惊失色，是因为口渴难熬，浑身乏得一丝力气也没有。害得我这么渴，看来正是那帮刽子手的阴谋诡计——盘里盛的食物是加胡椒的肉呀。

我抬头张望，打量天花板。只见高达三四十英尺光景，跟四壁构造大致相仿。其中一块镶板上画着个绝无仅有的人像，不由我聚精会神地凝视。原来是“时间老人”像，跟一般画法可没两样，只是手上没拿长柄镰刀，眼角一撩，看来拿的是偌大钟摆，正是在古钟上看到的那种。不过，这机械的外表有点特别，我就看得更留神了。钟摆就在头上，我正眼瞪瞪地朝上笔直望着，还以为看见钟摆动了。瞬息间，就知道自己猜得不错。钟摆摆动的幅度可不大，不消说，摆得也慢。我望了片刻，心里怀着几分恐惧，但多半是诧异。我看着钟摆慢慢摆动，不久终于看腻了，就转眼去看牢里其他东西。

耳听得轻轻一声响，不由全神贯注，我朝地下一望，只见几只偌大的老鼠穿了过去。原来都从我右面，眼睛底下那个陷阱里钻出来。就连我怔怔盯着，老鼠都禁不住肉香的诱惑，眼里冒着饥火，成群结队地匆匆出来。我少不得费了好大精力，才算将老鼠吓跑。

大约过了半个钟头，也可能甚至一个钟头（因为我只能马马虎虎地记下时间），才又抬眼一望。眼前的情景真令人惶恐不安，惊慌失措。钟摆摆动的幅度已经将近一码。速度也自然快得多。最最感到不安的，就是想到钟摆显然往下坠了。我如今看到——心里这份恐惧不必提多大了——钟摆下端原来是片闪光偃月钢刀，长达一英尺光景；两角翘起，刀口分明像剃刀一样锋利。模样也像剃刀，看来又大又沉，从刀口往上渐渐变尖，成了又坚实又宽阔的一块。由根沉甸甸的铜棒挂着。整件东西在半空中摇来摆去，嘶嘶直响。

我现在才相信，这就是僧侣凭着巧心眼儿替我安排的死刑。宗教法庭的刽子手知道我发觉陷坑了——陷坑，我这样一个胆敢不服国教的，本来注定逃不过这场劫难——陷坑，地狱的象征，据谣传是宗教法庭中登峰造极[1]的一种刑罚。当时碰巧摔了一跤才没掉进这陷坑里，我也知道乘人不防，用计诱骗，加以酷刑，正是地牢中的一些主要的杀人奇计。我既没掉进坑，那毒计也没规定将我推入深渊，因此没第二条路了，眼前就要试一试另一种比较温和的死法。比较温和！想到自己居然用上这么个字眼，还是勉强苦笑一下。

我一下下数着钢刀匆匆摆动的次数，那段漫长的时间里，简直比死还可怕，这也不必细说了！钟摆一寸一寸地——一分一分地下坠——每隔一会才感得到钟摆下坠，那会儿工夫竟长得像几百年——钟摆往下坠，坠，坠，坠。几天日子过去了——或许是过了不少日子——钟摆才在头上摆来摆去，拂着阵阵辛味。锋利钢刀的气味直冲鼻子。心里暗暗祈祷——不胜其烦地祈祷上苍，但求钟摆快些坠下。我火得若疯若狂，拼命抬起身，往上凑着那摇来摆去的阴森森偃月刀。后来一下子镇静了，仰面躺着，对那闪闪的杀人钢刀嘻嘻笑，如同孩子对什么稀世玩具发笑。

又一阵，我完全不省人事，只有转眼工夫。因为等到知觉恢

---

① 原文是拉丁文。

复，根本就没看到钟摆下坠的迹象。 但也可能过了好久——因为我知道魔鬼有的是，看到我晕了过去，也可以随心所欲地止住钟摆。 我一醒过来，也感到非常虚弱无力，呵！ 说不出的虚弱无力，好像饿了多天。 即使那时正在辗转痛苦，要吃饭，还是人之常情。 我费了好一番劲，才伸出左手，绑带能容伸多远就伸多远，一手拿了老鼠吃剩的一丁点儿肉。 正将一点肉放进嘴里，心头忽然似有若无地想到了喜事——想到了希望。 可是，希望跟我有什么相干呢？ 我刚说，那是个似有若无的念头，——人们往往有这种念头，而且始终不完整。 我觉得想到了喜事——想到了希望；可又觉得这念头还没成形，就消失了。 我拼命想要完全想出来——重新想到，可就是枉费心机。 好久以来受尽痛楚，原有的思索能力几乎消失殆尽。 我是个低能儿——我是个白痴。

钟摆的摇摆方向跟身体刚好成直角我看出偃月刀规定划过心脏那儿，将要磨破斜纹布袍子——磨了又磨—— 一次又一次—— 一次又一次地磨着。 尽管钟摆这种幅度大得厉害，约莫三十多英尺光景，尽管钟摆嘶嘶下坠这股冲力足以切开四堵铁壁，可几分钟内，还是只能磨破袍子罢了。 想到这儿，就此打住。 不敢再生杂念。 一味聚精会神想着这个念头——仿佛这样想着，就可以当场止住钢刀下坠。 我强自琢磨偃月钢刀擦过衣服的声音——听到斜纹布摩擦声，心里油然而起的那股异样惶惊的感觉。 琢磨着这一切鸡毛蒜皮的琐事，想到后来终于心寒。

下来了——钟摆不断悄悄下来。 我拿下坠的速度跟摆动的速度做着比较，借此苦中作乐。 向右——向左——真远真广——好似鬼哭神嚎！ 浑如老虎偷偷摸摸地一步一步挨近我心口！ 脑子里忽而这念头占了上风，忽而那念头占了上风，嘴里就忽而大笑，忽而嗥叫。

下来了——当真铁面无情地下来了！就在胸口不到三英寸地方，摆来摆去！我拼命挣扎——剧烈挣扎——只想挣开左臂。只有下臂没给捆住。好不容易，才能从身边盘子那儿伸到嘴边，再要伸远些可办不到。要能挣断上臂捆着的皮带，就好抓住钟摆，尽力止住钟摆。我干脆还是去拦阻雪崩的好！

下来了——照旧不停地下来——照旧无法挽回地下来！钟摆一摆，嘴里就喘息，手脚就挣扎。钟摆一扫，浑身就痉挛，缩做一团。虽是毫无名堂地死了心，但还是急不可耐地望着钟摆向上，向外摆动；一见钟摆下坠，眼睛就刷地闭上，虽然死是解脱，啊，真是说不出的解脱！可一想刑具只消微微下坠，闪闪利斧就会落在胸口，我还是浑身打战。原来是心里存着希望，才浑身打战——才缩做一团。原来是希望——在酷刑下死里逃生的希望——即使在宗教法庭的地牢中，希望还在死囚耳边打气。

我看出钟摆只消摆上十一二下，钢刀就会挨着袍子，一看出这点，尽管万念俱灰，反而突然安下心来，不当一回事了。好几个钟头来——或许是好几天来——我还是破题儿头一遭开动脑筋。这时猛然想起身上捆着的这条带子，马肚带，只是完整的一条。可没其他绳子捆住我。剃刀似的偃月钢刀，乍一划过带子的任何部分，就会把带子割断，只消用左手一解，就好解开。但要是那样的话，钢刀就要逼近眉睫，这多怕呵！只消微微一挣，就会送命，这多悬呵！再说，难道刽子手事先竟没料到，以防万一吗？绕过胸口的带子，会不会就在钟摆摆动的路线中呢？只怕这线希望，看来也是最后的希望，转眼化成泡影，我就尽力抬起头，朝胸部看个清楚。马肚带将全身都捆紧了——只有杀人的偃月刀划过的地方没捆住。

我头还没枕在原来地方，忽然心血来潮，起了个念头，我不如说这念头就是上文中提过的那没完全想出来的脱身之计，也就是将食物送到焦灼的唇边，隐约想到的那不完整的念头。如今在脑子里了——朦朦胧胧的，简直乱七八糟，一点也不明确——但是完完整整的。我虽然万念俱灰，还是紧张地使出劲来，马上动手。

好几个钟头来，我躺着的矮木架的前后左右，可以说，老鼠多得造反。全是猖狂大胆，贪婪成性——血红的眼睛瞪着我，好像只等我不动，就要拿我当点心。“这些老鼠在陷阱里吃惯哪种东西？”我暗自想道。

刚才尽管我使出浑身力气拦阻老鼠，盘子里的一切还是给吃得只剩下一丁点儿。我的手始终在盘子四周挥来摆去；谁知到后来，这种不由自主的呆板动作终于不生效了。这批坏东西贪得无厌，锋利的牙齿时时咬着我手指头。我就将剩下的一丁点儿又油又香的肉末统统抹在带上，手伸得到哪儿，就抹在哪儿；于是，举起手，不再搁在地上，屏息静气，躺着不动。

开头，这批馋得要死的老鼠见情况两样了——见我不动了，都吃惊不小，吓得要命，惶惶然往后退缩；好些逃到陷阱里去了。但这不过转眼工夫。我料定老鼠必定贪心，倒没失算。眼看我始终不动，一两只最最大胆的老鼠就跳到架上，闻闻马肚带。看来这好像一齐进攻的信号。老鼠重新成群结队地匆匆钻出陷阱。赖在木架上不走——在木架上奔跑，成百上千地跳到我身上。钟摆一下一下地摆动，根本吓不走老鼠。它们一边躲着钟摆摆动，一边忙着啃那抹了油的带子。压在我身上——挤在我身上，累累成堆，愈聚愈多。在我喉咙上翻滚折腾；冰凉的嘴唇探索着我的嘴唇；成群结队挤在一处，压得人简直喘不过气来；无名的厌恶填满胸怀，加上黏湿的感觉，不由人不心寒。不到一分钟，只觉得这番挣扎就要了结。我清清楚楚看出绑带松了。心里顿时有数，老鼠咬断的管保不止一处。我躺着不动，这分坚毅的意志决非常人所及。

我既没失算——我也没白熬。终于感到自由了。马肚带断成一条一条，挂在身上。可是，钟摆已经落到胸口，割开斜纹布袍子，划穿里头的衬衣。钟摆又摆了两下，浑身上下顿时感到一阵剧痛。但脱身的机会到啦。我手一挥，救我性命的老鼠就仓促乱窜。我举止沉着——小心翼翼，侧向一面，缩着身子，慢慢地——脱出带子，偃月刀再也碰不着我了。至少一时间是自由了。

自由啦！——但还在宗教法庭的魔掌中呢！好容易才爬下那张恐怖的木床，踩在牢房的石头地上，鬼刑具却霎时不动了，看不见有人在拉，径自升了上去，穿过天花板不见了。这个教训，我拼命记在心上。不用说，我的一举一动都有人看着。自由啦！——不过在一种刑罚中逃出命，再去受另一种比死还痛苦的刑罚罢了。想到这念头，就紧张不安地朝四下乱看，望着这间囚牢的铁壁。显而易见，房里出了什么异常的事——起了什么变化，一开头，可没法彻底明白。有好几分钟，我发着抖，迷迷糊糊地出着神，一味乱猜，可就是白费心机。在这段工夫中，才头回看清照亮牢房的硫黄光从哪儿射来。原来从一条宽约半英寸的裂缝里射进来，直照到四下壁脚，这一来，四壁仿佛跟地板完全分开，其实也确是如此。我拼命想朝那道缝隙往外张望，不消说，就是白费力气。

我不看了，这时心头突然明白这不可思议的变化。早先看到四壁的画像，轮廓虽很清楚，颜色却是斑斑驳驳，模模糊糊，如今，一时间竟显得灿烂夺目，鲜艳之至，那些妖魔鬼怪像就此面目一变，连神经比我健全的见了，也不禁毛骨悚然呢。四面八方原来不见鬼眼的地方，都长出狰狞的炯炯鬼眼，朝我瞪着，闪出灼人红光，看了可没法强自认为是假的。

假的！——连我一吸气，鼻子里都钻进了烧红铁板的热气呢！牢里弥漫着窒息的气味！那些看我受刑的眼睛愈来愈红，愈来愈红！画上恐怖的血腥场面蒙上一层更加鲜艳的绯红色。我喘息！我透不过气！这无疑是刽子手的阴谋诡计——啊！天字第一号冷酷无情的人呵！啊！天字第一号狼心狗肺的人呵！我避开炽热的铁板，躲到牢房当中。一边想到自己快要活活烧死，一边如获至宝地想起那凉快的陷阱。我匆匆跑到置人死地的井边。睁大眼睛往下张望。烧着的牢顶发出红光，照亮了井底深处。我一时间六神不安，不愿懂得眼前这番情景是什么意思。可不久终于闯进我脑海——拼命袭上我心头——火辣辣地烧到我那战栗的心里。啊！哪里说得出口呵！——啊！多怕呵！——啊！怎么恐怖都行，就是别这么可怕呵！我哇地尖叫一声，匆匆逃开井边，双手蒙住了脸——失声痛哭。

愈来愈热了，我又抬头一望，不由浑身打战，好像发疟疾。

原来牢里又起了变化——目前明明是形状起了变化。我开头又是一味想要了解，想要明白出了什么事，就是枉费心机。但转眼就释了疑。我两次脱了险，宗教法庭就急着要报仇了；再要跟死神开次玩笑可不行啦。这房间原本是四方形的。如今两个铁角成了锐角，另外两个便成了钝角。在低低一声隆隆或哼哼声中，这么可怕的异样情况一下子愈来愈显著。瞬息间，牢房成了菱形。谁知并没就此打住——我心里既不希望如此，也不要求如此。我倒可以将那火红的四壁当作寿衣，抓来盖在胸口。“死，”我说，“怎么死都行，就是别葬身陷坑！”傻瓜！难道你竟不知道烧着的铁壁逼近来，就是要将你我逼进陷坑？你抵挡得了铁壁的火光吗？就算抵挡得了，你经受得了铁壁的压力吗？这如今，菱形愈来愈扁，愈来愈扁，快得来不及多想。菱形的中心，不消说，还有那变得极长的宽处，刚好逼近张开大口的深渊。我后退——可是步步逼紧的四壁逼得人抵挡不了，又只好前进。转眼间，烤焦的身体直折腾，在牢房的石头地上，再也没一英寸立足之地啦。我不再挣扎，可心头的痛楚却从最后一声又响又长的绝望喊叫中发泄出来。只觉得快在坑边倒下——顿时掉转眼睛……

耳边响起乱糟糟一片嗡嗡人声！耳边响起一阵响亮乐声，宛如喇叭齐鸣！耳边响起一阵震耳的隆隆响声，赛过五雷轰顶！烧得火红的四壁霎时后退了！我正要晕倒，摔进深渊，有只手伸过来，一把抓住我的胳膊。原来是拉萨尔将军①的手。法军开进托莱多了，宗教法庭落在他们敌人的手掌中了。

徐汝椿　译

---

① 拉萨尔（1775—1809），法国拿破仑麾下的名将，1808 年攻入西班牙。

一个旅行者的恐怖怪床故事

[英]威尔基·柯林斯

在完成大学学业之时，我正和一个英国朋友待在巴黎。那时我们都是年轻人，恐怕生活也就真有些不检点之处，尤其是逗留在这样一座令人春心荡漾的城市之中。一天晚上，我们正在皇家大旅馆的周边地区四处游玩闲荡，犹疑着下一刻能找个什么法子取乐。这时我的朋友建议我们到福拉斯卡迪游赏一番，但是他的建议并不合我此时的兴味。我心里是记得福拉斯卡迪的，我在那里花去了又挣回来数不胜数的五法郎硬币，只是为了取乐起见，直到有一天对此失去了兴趣，实际上这个社交异类场所作为一处远近闻名的赌博房，已成了一处观览胜迹了。

“天呐，”我对我的朋友说道，“还是让我们去找一个可以看见一些纯正的、下流穷困的人们的游戏之处好了，没有那些的廉价姜饼和圣诞饰物洒遍其间的地方。让我们远离这个时尚的福拉斯卡迪，还是到一所人们不介意让一个穿着破破烂烂外套的人，或者根本就不穿外套的人——管他破破烂烂还是不破破烂烂的人，随便进出的房屋里去好了。”

“太好了，”我的朋友说道，“我们不必到皇家大旅馆以外的地方去寻找这一类你想要的地方了。这样的一处场所就在我们的眼前，它就是那样的下流无耻——据所有去过的人所说，就像你心目中想见的那样。”没过一会儿，我们就到达了门前并走进了房中。

走上楼梯的时候，看门人取走了我们的帽子和手杖，然后我们被引进了中间的赌博大厅。我们没有看到许多人聚在那里。而且没有几个人抬头看着我们走进去，他们都是一些典型的——真的都是可悲的典型的——他们各自阶层的人。

我们为的是来看流氓恶棍的，可是这些人还要恶劣得多。下流也有其滑稽可观的一面，无论是显眼还是不显眼的——而这里除了惨不忍睹以外别无所见——纯粹怪异的、令人目瞪口呆的那种惨不忍睹。房间里边静得怕人。那个瘦削枯槁的长头发年轻男人，两只眼窝深陷大而无神的眼睛，紧紧地盯着每一张翻动的纸牌，一句话都不说；那个脸皮浮肿、松垮垮生满斑疹的玩牌人，在那儿一个劲儿地划写着一张纸板，分别记录下来黑、红两色赢的次数——没听到他说过话；那个肮脏的、满脸皱纹的老男人，生着一对兀鹫一样的眼睛，身穿补丁摞补丁的长外套，他把最后一张小纸币都输光了，还在那儿目不斜视地关注着，尽管已经没有再玩的机会了——也是一言不发。甚至连发牌人的声音听起来都那么的沉闷而凝重。在这整个房间里的氛围烘托之下，我原是进到这个地方来找乐子的，不想眼前所见使我直想着要哭。我马上就看出来了，要想在这迎面袭来的压抑气氛中喘上一口气来，寻求内心的刺激感觉加以庇护是极其必要的。可最糟糕的是，我采取了最直截了当的方式来寻求刺激，照直了走向桌边，玩起牌来了。而更糟糕的是，恰如事情发生的那样，我竟然还赢了——大大地赢了一把；难以置信地赢了。赢得这么出乎意料，以至于桌边那些寻常的玩家们纷纷聚到了我的身边，睁大了眼睛渴望而神秘地盯视着我手里的纸牌，互相还耳语嘀咕着什么这个英国来的陌生人大概要把银行整破产了怎的。

这次玩的是“红与黑”。我曾经在欧洲的每座城市中都玩过这个游戏，然而，却一点都不想了解个中获胜的诀窍所在——就像人们说的哲学家之所有赌博者之宝！而作为这个词语所确切形容的赌博人，我却从来没有幻想过。我只是一心甘当这种游戏的被损害者而已。我参与到游戏当中，纯粹只是为了找乐子。我对此从来没有成瘾而不能自拔，因为我从来都不知道输光了的滋味。我从来就没有玩起来没完没了，一直玩到输光了屁股的程度，或者赢到揣进兜里的时候难以冷静下来，因好运而得意忘形到难以自制的地步。简单来说，我迄今为止经常光顾赌博房牌桌——恰如我经常光顾舞厅剧院那样——因为这些场所能使我高兴，也因为我没有别的更好的事情来消磨我空闲的时光。

可是在今天这个场合下，事情就完全不一样了——现在，这还是我的人生中的第一次，我切切实实发自真心地感受到了游戏真正的意蕴所在。我的成功第一次让我感到迷惑了，而且以这个形容词真正的含义来说，简直就是如醉如痴的感觉了。这看起来似乎是难以置信的，然而这却是真实的情状，一旦我要尝试着把握机会，按着预期的估算来出牌的话，那就一定会输。而当我把一切都留给命运决断，下注时没有任何思虑在心的话，我就肯定会赢——赢得连银行在表面看起来都必定在各方面有所收益。起初，在场的一些人还敢于拿他们的钱物完全放心地押在我的花色上；但是我马上就把自己的赌注升到了他们不敢冒险的数目了。他们一个接一个地退出了赌局，全神贯注大气儿都不敢出地看着我的赛局。

可依然的，一次又一次，我增加着我的赌注，而且还是赢。整个房间里人们的情绪高涨到了狂热的极点。死一般的沉寂被来自各种语言的咒骂与惊叹的沉闷和声所打破了，每次一堆金币被隔着桌面搂到我这一边的时候都欢声四起——甚至那个安坐如山的发牌人都把耙子狠劲地在地板上撞，以他（法国式）惊讶方式表达对我的成功的愤怒。但是有一个在场的人还是把持住了自己的情绪，那个人就是我的朋友。他走到我的身边来，低低地用英语对我耳语，乞求我赶快离开这个地方，还是到此为止的好。我必须公正地承认，他数次重复了他对我的忠告与恳求，在我拒绝了他的建议之后，只是离开我的身边走开去（我全部的心思和意愿都沉酣在赌博之中了）远远地保持在一定距离之外，那天晚上再也不可能对我说一句话了。

他刚刚离开我的身边，就听到我的身后一个粗犷的声音喊道："请允许我，我亲爱的先生！——允许我把你们掉在地上的两个拿破仑币归还原地儿。运气真是不错，先生！请让我把自己的敬意付诸言辞好了，作为一个老军人，在我漫长的对此类事情的所经所历之中，我从来没有看到像你这样的好运气！从来没有！继续下去，先生——长此以往，勇者必胜！勇敢者无畏，让银行关门！"

我转过身去，看到一个高个子男人，点头哈腰地看着我，满脸是谄媚的微笑，身上穿着长扣子带花边的长外套。

要是我当时还清醒一点的话，我可能私底里会暗自揣测一下，他其实是一个很可疑的所谓老军人的类型。他长着一对带黑眼圈充血的眼睛，满是疥疮的连鬓胡子，一个大酒糟鼻子。他的说话声音里好像是最糟糕的营房里粗劣的下命令声，他的一双手是我所见过的最肮脏的手——就算在法国这里。然而，这些状貌特点，却没有引起我心理上的厌恶感。处于极度的兴奋之中，此时此刻胜利的躁动，促使我可以与任何在这场游戏中鼓励于我的人“和睦相处”了。我接过来这个老士兵递给我的一小撮鼻烟；轻轻抚着他的后背，郑重地说他是这个世界上最诚实的人了——称赞他是我所遇到的“圣军”之中最荣耀的现存者。“继续下去！”我的军人朋友鼓励道，激动不安地打着响指——“继续下去，一定要赢！让银行倒闭——勇往直前，无所畏惧！我的勇敢的英国同胞，让银行关门！”

我就这么继续着——马不停蹄，乘胜急追，以至于又过了仅仅一刻钟的时间，就听见发牌人不禁喊了起来：“先生们！银行从今天晚上开始已经不复存在了。”所有的纸币，以及所有的那所所谓“银行”里的金币，此时都已经摞在一起堆在我的手边了；整个赌博间里流通的资金都在准备着源源不断地流进我的腰包之中！

“把所有的金钱都用你口袋里的手绢把它捆起来，我可敬的先生，”老军人在一边说道，当我抑制不住疯狂地把手指伸进我的金银堆里边的时候。“赶快捆起来，就像我们在‘圣军’的时候经常把一点剩饭打包捆起来那样；没有一条裤子的裤兜能缝制得可以经得起你这么一些赢获品。那里！在那里！——快把它们搂过来，那些纸币和所有的金钱！不可想象！什么运气——停一下！又一个拿破仑金币掉在地上了！啊！拿破仑万寿无疆！我最后还是找到你了吗？ 现在好了，先生——让我在两头都给你紧紧系上一个双扣，只要能有幸得到您的允准的话，这样这些钱就安全了。摸一摸看！摸一摸，幸运的先生！ 又圆又硬就像一颗大炮弹——啊，嘣！ 要是他们在奥斯特里兹向我们发射这么一颗炮弹的话——一切就全改变了！ 只要他们真的发射了的话！ 而现在，作为一个古老的投弹手，作为一个法国军队的前勇士，还有什么事情留着给我去做的呢？ 我为何这么发问？ 仅在于此：那就是乞求我尊贵的英国朋友跟我一起去喝一瓶香槟酒，在我们分别以前举起冒着泡沫的玻璃杯为幸运女神干杯庆贺！”

好一个前勇士！ 快乐的古老投弹手！ 来之不易的香槟酒！为一个老战士的英国式的欢呼！ 万岁！ 万岁！ 为了幸运女神再一次欢呼！ 万岁！ 万岁！ 万岁！

“好极了！ 英国人。和蔼的，豪爽的英国人，在他的血脉中循环的是快活的法兰西的血！ 再来一杯？ 啊，嘣！ ——酒瓶空了！ 不要放在心上！ 胜利万岁！ 我，一个老战士，再叫一瓶来，还有半磅嘣嘣糖！”

“不，不，前勇士；不要——古老的投弹手！ 你的最后一瓶了；这一瓶算我的。快看吧！ 干杯啦！ 法国军队！ ——伟大的拿破仑！ ——现在的团队！ 发牌人！ 诚实的发牌人的老婆和女儿们——要是他真的有的话！ 所有的女士们！ 所有世界上的人们！”

等到第二瓶香槟酒也喝干了的时候，我感觉好像自己在喝流动的火焰一般——我的脑子里似乎整个在往外冒火。在我此前这一生中还从来没有喝过量的酒而产生过这样的感觉。难道这是刺激品作用于我的神经系统的结果，当我处在高度的兴奋状态之中？难道是我的肠胃处于极度紊乱的状态之中了？ 或者是这些香槟劲头太大了？

“法国军队的前勇士！”我喊道，几乎兴奋到疯狂的程度了，“我在火上烤了！ 你感觉怎样？ 是你把我放在火上的！ 你听到没有，我的奥斯特里兹英雄？ 让我们再干第三瓶香槟，把这些火浇灭了！”

这个老战士上下点着脑袋，滚动着一对熊猫一样的眼珠子，直到我认为它们要从眼窝里掉出来了，把他的一根脏乎乎的食指按在酒糟鼻子的一边，神情冷峻地断然说道，“咖啡！”说完一眨眼就跑进了里面的一个房间里去了。

这个性情怪僻的老兵说的这句话，好像对在场的其余的人产生了神奇的效力。 他们行动一致地站起身来走开了。 可能他们都期望着趁我头脑昏乱之机捞到什么好处，但是发现我的新朋友无微不至地照护着不让我醉死过去，就都放弃了在我的赢获品上动心思打主意的想法。 无论他们的意图是怎样的，但他们总算是离开了。当这个老战士回来，重新坐在我的桌子的对面的时候，就只剩下我们两个在房间之中了。 我可以看见那个发牌人，他就在房间外面的门厅里边，正一个人在那儿吃晚饭。 此时周围更加寂静了。

突然间，“前勇士”的脸上表情发生了改变。 他做出一副自命不凡的庄重表情来，当他再次开口跟我说话的时候，语句中不再花言巧语信誓旦旦的了，也不再打着响指给自己壮威了，也不再有声情并茂的顿呼与惊叹了。

“听着，我亲爱的先生，”他说道，以一种神秘而披肝沥胆的语气，“听一个老战士的建议。我已经到房屋的女主人那儿去过了（一个非常迷人的女子，烹调技艺非常精湛！）对她说明了特为我们准备一点上好浓咖啡的必要性。你必须饮一点这样的咖啡，压一压你这种有点喜形于色的谄媚作态，在你想要回家以前——你必须这么做，我好心而豪爽的朋友！今晚你要带上你那些金钱回家，保持清醒是对你本人的神圣职责。今晚上有几位绅士已经把你获胜的消息宣扬开了，从某种角度来看，他们是一些非常诚实而品行优良的人；但是他们也是一些凡人，我亲爱的先生，而且他们身上也有人性的弱点！不用我多说了吧？啊，不用，不用！你理解了我的心意！现在，这是你必须做的——赶快找人叫一辆遮篷汽车来，要是你感觉好些了的话——上车以后把窗户拉起来——告诉司机沿着宽阔明亮的街道把你送回家去。一定这么做，你和你的金钱就会安全了。这样的话，明天一早你就该感谢一个老战士对你的诚心建议了。”

正当这个前勇士语气恳切热诚地说完这番话之时，咖啡就送进来了，已经倒在了两只杯盏之中了。我的关切的朋友弯腰递给我其中一杯咖啡。我已经渴得嗓子要冒火了，一口就把杯中之物喝了个罄干。过了几乎没有一秒钟，我就顿时感到一阵头晕目眩，比此前更加昏沉过去了。只感觉整个房间在我的四周旋转着，极度疯狂地旋转着；这个老战士就像一只蒸汽机的活塞一样不停地在我的面前上下摆动着。我几乎被耳边的一阵铮鸣声要震昏过去了；一阵极度的迷糊、无助感，痴呆呆地怔在了那里。我从扶手椅上站了起来，双手扶在桌子上保持稳定；嗫嚅着说，我感到非常不适——已经到了不知怎样回家的程度了。

“我亲爱的朋友，”老军人回答说——甚至他说话的时候声音听上去也在好像在上下地摇动着——“我亲爱的朋友，以你现在的状况要回家简直是发狂了；你肯定会把你的钱丢了的；你一定会被轻易地抢劫并谋杀掉的。我一会儿要在这里宿夜，你也在这里睡吧——他们在这栋房屋之中搭了不少大床——去占一张；睡一觉酒劲儿就过去了，明天早上带着你赢获的钱财回家好了——明天早上，等天光大亮的时候。”

我此时只有两个想法了：其一，我必须紧紧抓住装满金钱的手绢包不放；其二，我必须找个地方赶快躺下来，舒舒服服地睡个觉。因此我接受了到床上去的建议，扶住了老战士伸过来的手臂，腾出另一只手来抓着钱包。由发牌人指引着，我们穿过了几条走道，踏上楼梯走进我要歇息的卧室之中。这个前勇士热切地晃动着我的手臂，跟我说明天和我一起吃早饭，然后就和发牌人一前一后走了出去，把我留在这里过夜。

我几步跨到洗漱台前，喝了一点我的水罐里的水，把其余的水倒了出来，一头扎进面盆之中；之后在一张扶手椅中坐了下来，试着稳定自己的情绪。不一会儿我感觉好了一些。我的肺中之物的改变，从赌博间里恶臭的气息到现在置身其中的寓舍中清新凉爽的空气；还有我眼中所见之物几乎同样清新的改换，从那“沙龙”里刺目的煤气灯下到这朦胧、静谧的卧室烛光轻柔的摇曳；这一切，再加凉水的作用，都对我产生了镇定的奇效。昏昏沉沉的感觉从我身上消除了，我又有点恢复了一个理智的人了。我的第一个念头就是，整夜睡在赌博房中是危险的；我的第二个想法是，更加危险的是，在房屋关闭之后走出去，在夜间就这么独自一个人回家，在巴黎的大街上穿街过巷，身边还带有数目不小的钱物。我在我的旅行当中，曾经睡在比这里还要糟糕的地方；因此我决定闩门堵窗就在这里睡下，兴许可以挨到第二天早晨也不一定。

由此，我自身做好了一切应对入侵的防护工作：察看了一下床下以及壁橱之中的情形；试着把窗户紧了又紧；之后，心满意足地做好了所有的预防措施，脱去身上的外层衣服，拿起我的灯盏，这是最昏暗的一盏灯了，把它放在炉床上一堆羽毛一般的柴灰当中，就钻进床上去，把装满金钱的手绢包放在我的枕头下面。

不一会儿我就发现，不但我根本睡不着，即便想合上眼睛都难。我大睁着两眼，身上发着高烧。我体内的每一根神经都在颤抖——每一个我的感觉末梢似乎都异乎寻常地敏锐。我翻过来掉过去尝试着各种睡眠的姿势，不遗余力地找出床上任何一处漏风的冷角来，可一切都毫无用处。一会儿，我把两只手臂交叉在衣服外面；一会儿，我又把手臂插进衣服里面，一会儿我猛力地把双腿伸直了，抵住了床尾；一会儿，又抽筋一般把它们蜷起来几乎要抵住下巴颏了；一会儿，我把皱巴巴的枕头一把推开，把它换到床上冷的一头去，拍平整了，仰着身子静静地躺下去；一会儿我又猛地起身把它叠成两层，然后把它立住了，倚在床板上，试着靠在上面，采取坐姿。所有这些努力都失败了；我恼怒地咕哝着，因为我感觉这个晚上反正是睡不着了。

可我还能做什么呢？我手边没有一本书可供阅读。然而，除非我能找到某种转移自己注意力的方法，否则我感觉自己肯定会陷入许多恐怖怪诞的幻想状态之中；心神之中一定会充斥着许多可能或者不可能的各种危险暗示。总之一句话，整个这个晚上也就只有在经受预料之中数不尽的精神恐慌里面度过了。

我用胳膊肘支撑着身子，朝着房间四面打量着——房间里面由于窗户上面倾泻进来的可爱的月光而如同白昼一般——我想找一找房间里是否有些图片或者装饰品什么的，可以趁着明亮的月光看得清楚。 当我的目光从一堵墙上扫到另一堵墙上的时候，突然间记起了梅厄斯特的那一本可爱的小书——《旅途中的卧处》。 我决定模仿这个法国作者，找到一些事情来取悦于自己，以消除失眠所带来的困扰，在心神中幻想出各种各样可见的家具样件来，通过它们想出可能发生在它们之间的一些联系，就算一张椅子、一张桌子，或者一个洗漱台都可能产生这种关联出来。

就是在此时这样一种心神不定的状态里面，我发现使用自己的想象力要比较容易一些，而不必费心思去回忆那本小书里的情节，因此也就放弃了顺着梅厄斯特幻觉的思路迁延而去的想法——或者，准确来说，根本就不必使用心思。 我只是环顾着房间四周，看着各种各样不同的家具摆件，没有多余的想法。

第一，这里有一张我正躺在上面的床；一张四根柱子的床，这是在巴黎这里一定会遇见的一样东西！ ——是的，一张英国式没法再笨重的四柱床，顶上齐齐地镶着印花棉布——床架四周整齐地围着流苏——那种令人透不过气来的半遮垂帘，我记得在我刚刚走进房间之时，顺手就把它们卷起来挂在柱子上的，而没怎么注意到床上的情形。 之后看到的是大理石镶顶的洗漱台，就是在那儿我把水洒了一地的，由于当时急着要把水放出来，现在依然在那儿越来越缓慢地滴答着，滴在砖石地板上。 之后是两张小扶手椅，我的外套、马甲，还有裤子就搭在椅子上面。 之后是一张大躺椅，上面盖着脏乎乎的印花棉布，我的领带以及衬衣假领就搭在椅背上。之后是一张抽屉桌，上面其中两个铜把手已经不见了——华丽而庸俗的那种，一只破损的陶瓷笔架搁在上面，大概是作为桌面上的装饰品。之后是梳妆桌，上边装饰着一只很小的穿衣镜，还有一只很大很大的针垫放在上边。之后是窗户—— 一扇大得异乎寻常的窗户。之后是一幅老旧的画幅，从黯淡的烛光之中可以看到。这是一个戴着高高的西班牙式帽子的男人的画像，帽顶上是一丛竖起的鸟儿羽毛。一眼看去就是一个黑魆魆的阴险的恶棍，正抬头看着上方，伸出一只手遮在眼睛上面，目不转睛地朝上看着——可能是看向某个高处的绞架，他即将被吊死在上面的绞架。无论如何，他看起来是命该如此无疑了。

看着这幅画面令我心里一紧，不敢像他那样举头看向上方了——那里是这张床的顶部。那里是一块阴郁至极毫无兴味之地，因此我转过脸来再次看向画面。我心里数着男人帽子上羽毛的根数——它们由于画面的映衬而非常清晰——三根白色的，两根绿色的。我注视着他的帽子的冠部，其形状呈圆锥形，样式依照的大概是古以多·福克斯喜欢的那种。我猜测着他究竟是在看着什么。他的目光所及肯定不会是星星；这样一个暴徒既不会是占星家更不会是天文学家。那么肯定就是高处的一副绞架了，而且他马上就要被悬挂在上面了。执刑之人大概会拿走他圆锥帽顶的高帽子以及上面的羽毛。我再一次数着那些羽毛——三根白色的，两根绿色的。

当我还在执着于这个耗神费力的问题上难分难解的时候，不知不觉之中已经开始走神了。透进房间里的明亮月光使我想起来某个英格兰的月夜——那个威尔士大峡谷野餐聚会后的夜晚。回家途中的每一个事件，一路上优美的风光，在月色下更有情致了，这些我都记了起来，尽管这些年来我从来没有想到过那次野餐聚会；尽管说，如果我想要试着回忆的话，我只会记起来一点点甚至完全记不起来那些遥远的记忆了。所有那些可以帮助我们认为自己是可以永存的机能当中，又有哪一项可以像记忆这样可以更明了地告诉我们这个崇高的事实的呢？我在这里，在这所性质极其可疑的奇怪房屋之中，处于不能确定甚至非常危险的处境当中，似乎我最简单的记忆能力几乎都难以发挥作用了；然而，记忆力，非常随意的那种，场景，人物，对话，细致入微的各种情形闪现，这些我都认为早已经忘却了；这些我都已经不可能随心记起来了，即便天助也根本不可能了。可究竟是什么样的原因，在此时此刻，促使我整个产生这样奇怪、复杂、神秘的一种效应的？除了几缕透进我的卧房窗户之中的明亮月光之外，别无他故。

我还在沉思着那次野餐——沉思于回家途中的愉悦之情——沉思着那个感情丰沛的女士，她许会引用“查尔德·哈罗德”里的句子，只因为有这样的月光。我沉浸在这样一些过往的风情当中，回味着过去的快乐，可突然间，啪的一声，维持我这般记忆的丝线从中断开了：我的注意力瞬间回到了现实之中，目下的情形在我的眼前比任何时候都更加清晰了，我又一次发现自己还在那里紧紧地盯视着那幅图画，既不知道为什么更不明白为什么。

究竟看什么呢？

我的上帝啊！那个男人已经把帽子拉下来盖在额头上了——不！那顶帽子已经不存在了！那圆锥形的帽顶去了哪里了？哪

里还有那几根羽毛——三根白色的，两根绿色的？ 根本不存在了！ 在原先帽子跟羽毛的地方，只有模模糊糊一件状物在遮着他的额头，他的眼睛，是他伸出手来遮在那里吗？

难道是床在移动吗？

我翻身仰卧着朝上看去。 难道是我发狂了？ 还是喝醉了？还是在做梦？ 难道又迷糊了不成？ 或者是床顶真的在朝下移动——慢慢地降落下来，持续地，无声地，恐怖地，整个的那一面床顶正在压了下来——正从我的上面压下来，而我正好在下面躺着？

我周身的血液仿佛都凝住了一般。 一阵僵冷的麻痹感瞬间袭遍了我的全身，我在枕头上扭转过头去，想要看一看，究竟是床顶真的在移动，还是我长时间盯着图画中的男人看眼睛出现了幻觉。

朝着那个方向看一眼就已经足够了。 我的上方那色调暗黑、脏乎乎的半挂帷幔，已经就差一寸就要与他的腰部齐平了。 我屏住呼吸瞪大了眼睛一眨不眨地看着。 持续而缓慢地——非常缓慢地——我看见画面上的人形，还有人形下面的边框底线，随着半垂帷幔往下移动不一会儿就消失在它的后面了。

我在体格上绝不是一个怯弱的人。 我曾经不止一次地处于危及生命的危险当中，但从没有把持不住自己的瞬间。 可是当我确信无疑床顶的确是在移动，真的是在持续不间断地朝我压下来的时候，我抬眼看去，不禁颤抖起来，无助地恐慌着，身处这令人恐怖的谋杀机械之下，我却躺在那里看着它一步一步地压下来把我闷死在那儿。

我看着上面，一动不动，嘴巴也僵住了，也不会呼吸了。 那支完全燃尽了的蜡烛，此时也熄灭了；但是月光依然照亮着这个房间。 一点一点地下来了，没有停止，没有声响，床顶下来了，可是我心中的恐慌感似乎紧紧地把我拴缚在了我身下的床垫子——它一点一点地下来了，直到天篷流苏上积尘的气息都潜入到我的鼻孔之中了。

在这最后的时刻，自我保护的本能使我一下子从我的催眠状态之中惊跳起来，我最终还是能动了。 只有刚好可以让我在床上翻身滚到一边去的空间了。 我无声无息地掉落在了地板上，这时这架谋杀天篷的边缘正好碰在了我的肩膀上。

还没有来得及松一口气，也没能腾出手来擦一把额头上的冷汗，我马上就屈膝跪了起来，抬头看着床顶上方。 毫不夸张地说，我是被它魔怔住了。 要是我听到背后有脚步声的话，我都根本不会转过身去的；要是有一种逃生的办法奇迹般地提供在我的手上的话，我都肯定不会伸过手去把它接住的。 整个我的身心生命，此时此刻，都全部集中在我的两只眼睛上面了。

它还在下降着——整个天篷，以及它四围的一圈流苏，都降下来了——降下来了——紧紧地降在了床上；闭合得是这么的紧，以至于我的手指都难以塞进床顶与床面之间了。 我在床的侧边摸索着，发现此前我在下面看上去像是床柱顶上的一般的罩篷，实际上是一层很厚很宽的床垫子，只不过是被短帷幔以及上面流苏遮蔽起来而已。 我抬头看上去，那四根床柱已经孤零零而可怕地矗立在那里。 在床顶上的中央位置，是一根巨大的木质螺杆，显然正是这根伸进天花板里面一个孔洞中的木柱工作起来把床顶降下来的，就像通常情况下在需要压缩的物质上施加压力那样。 这具令人畏惧的机械工作起来没有一点声息，它降下来的时候没有一点咯吱声；此时上面的房间里一点声响都没有。在这一片死寂和恐怖之中，我看到在我的面前——在这十九世纪法兰西文明的首都——这个秘密谋杀的机械，这种把人闷杀的方式可能出现在中古的宗教法庭里，出现在哈茨山脉里某个角落中的小旅店里，出现在西伐利亚神秘的裁判所之中！我直直地僵在那里，看着它，一动不能动，甚至都不敢呼吸，但是我已经开始恢复一些思考能力了，过了一会儿就明白了这场完全针对我的恐怖谋杀阴谋。

我的咖啡杯中被投放了药物，而且下的是猛药。我之所以没有被窒息而死，是因为我服用了过量的某种麻醉剂。我由于浑身燥热而烦躁恼怒不已，正是这样才没有睡去，从而拯救了我的生命！我如此不加慎重地就放心让这两个恶棍把我带到这个房间里来，为了我口袋里赢得的钱财，他们决定趁我睡去之时杀死我，以这种残忍而恐怖的手段秘密暗算我的性命！又有谁知道有多少像我这样赌赢了的人，曾经睡在这个地方，就像我可能睡去那样，就在这张床上，再也没有醒来，无声无息地就消失了！我一想到这个就浑身立颤起来。

可就在这时，我满脑子的想法立时又僵住了，我看到这个杀人的顶篷又活动起来了。当它停在床上之后——我只有大概地这么猜测——过了差不多十分钟，它就又开始上升了。那个在上面房间里操纵的流氓，显然此时相信他们已经达到目的了。无声而缓慢地，就像它降落下来时那样，这个令人恐怖的床顶篷又升上去到它原先的位置了。当它到达四根床柱的最上端的时候，它也就到达了天花板上了。一点也看不出来螺杆以及那个孔洞的所在；整张床看上去又是一张普通的床了——顶篷还是一个普通的顶篷——

最苛刻的眼光也看不出丝毫的痕迹来。

此时，我才能第一次挪动一下了——跪着的身子站直了起来——把我的外衣穿了起来——想一下我怎样才能逃出去。要是我不慎发出一点细小的声音，就可能暴露这个闷死我的企图已经失败了，那样我肯定还要被谋害的。我已经发出什么声响了吗？我竖起耳朵来听着，紧紧看着门那边。

没有！门廊外面毫无声息——没有脚步的声响，或轻或重，上面的房间里——每个地方都死一般地寂静。除了把我的门户拴紧以外，我还把一只老旧的大木头箱子挪过去顶在上面，这是我在床下找到的。为了移动这只箱子（想到它里面可能的盛装之物，我周身的血液不禁都凝固住了！）要想不发出一点惊动来是不可能的；而要想从这所房屋中逃出去，此时它已经夜间密闭了，就更加是天方夜谭疯狂之举了。我此时只有一个机会——从窗户出去。我踮起脚尖悄无声息走过去。

我的卧房在第一层，隔着地下室有一层夹层楼面，看出去外面是后街。我抬起手来把窗户打开，我知道我的这个举动是我命悬一线的逃生机会了。他们对这间“谋杀之屋”有着机警的设防。要是房间四周有任何响动的话，即便是床轴吱嘎一声，我也就命丧黄泉了！这个动作肯定花去了我至少五分钟的时间，这是就时间上来估算的——要是从我的紧张情绪上来算，要有五个小时——这才把窗户打开。我悄没声息地成功打开了窗户——手上的灵巧劲儿就像一个白日行窃的小偷——然后俯身朝下面的街道上看去。要想从这么高的地方跳到下面去，肯定会把我摔死的！接着，我转过头去看着房子的两侧。左边的墙上直上直下是一根粗水管子

——它经过的地方就靠近窗户的边上。看到这根水管子的时候，我就知道我得救了。我得呼吸这时候才顺畅第一次起来，自从我看到床顶篷朝我压下来的那一刻起！

对一些人来说，我发现的这个借以逃生的办法可能看起来是极度困难而危险的——可对我来说，想要顺着这根水管子滑溜到大街上去，却一点都没有问题。由于经常练体操，我知道如何保持自己中学生一样的体力，攀爬起来既大胆而专业；知道自己的头脑够用，双手跟双脚的灵敏程度，足可放心地爬上爬下而没有危险。我已经把一只脚迈出去跨在了窗台上，这时我记起来放在枕头下我的那个装满金钱的手绢包。我不是不舍得把它留下来，而是报复心理促使我决意要让赌博房这些无赖们，在失去牺牲品的同时也得不到这些赃物。因此我回到了床边去，用领带把这个沉甸甸的手绢包拴在了后背上。

正当我把它拴紧，固定在一个比较方便的地方，这个时候，我觉得听到了门外的一阵呼吸声。恐惧的战栗瞬间传遍了我的全身，当我又一次侧耳倾听的时候。不！走廊之中依然是一片死寂——我只不过是听到了夜晚的气息轻柔地吹进房间里来的声音。接着我就来到了窗台上，之后我就紧紧地抓住了水管子，手足并用而下。

我悄无声息地顺着水管轻松地滑落到了大街上，这时我觉得我应该火速跑到附近的警察支署去，我知道它就坐落在临近的一个街区之中。一个警察局副局长和他的几个挑选出来的下属警员此时正好在这里，我想是在酝酿一个特定的计划，为了排查一宗神秘谋杀案的凶犯，整个巴黎这一阵子都在谈说着这宗凶案。当我开始讲述我的故事之时，由于着急再加上法语说得不熟，上气不接下气的样子很是狼狈，我能看出来警察局副局长已经在怀疑我是一个英国酒鬼了，大概已经抢劫过什么人了；可是他又听我讲述了一会儿后就打消了这个念头，在我还没有来得及说出我作为收尾的话语之前，他已经把面前的一堆纸张全都扒进一个抽屉之中，戴上他的帽子，又给我找了一顶戴上（因为我还光着脑袋），喝令一队士兵集合，吩咐他的专业助手们准备好一切破门开锁以及撬开砖石地面的必须工具，然后拉住了我的臂膀，以极其诚挚而恳切的态度，把我随他一起带出了这所房子。我敢说当这个副局长还是一个小孩子的时候，第一次被大人带着去剧院看演出，都没有像现在这么兴奋过，就像这次他要去赌博房里执行公务这样！

我们顺着街道一路而去，警察局副局长一边细察我的形容，一边对我表示祝贺，就这样带着一队雄壮的兵士们一路前行。房屋的前面和后面都安插了哨兵驻守，在我们刚刚到达之时；随之就是一阵疾风骤雨一般的敲门声；窗户上面出现了一点灯光；我被叮嘱藏在了警察们的身后——接着又是一阵敲门声，一声厉喝“执行公务，请打开门！”听到这声可怕的传唤声，门闩锁钥等立时就被一只看不见的手打开了，警察局副局长刚刚走进走廊的那一刻，就迎面碰上了一脸惊慌半穿着衣服的侍者。下面是接下来发生的简短的对话：

“我们想要看一看那个睡在这所房屋里的英国人！”

“他几个小时以前走了。”

“他不会的。他的朋友走了；可他留下了。给我们看一下他的卧房！”

“我向你保证，副局长先生，他不在这里！ 他——”

“我向你保证，葛尔肯先生，他在这里。 他在这里睡觉——他觉得你们的床铺不舒服——他去我们那里诉苦去了——他就在我这些人的中间——我正要到他的床架子上找一找有没有跳蚤。 雷诺迪恩！〔这是喊他的一个下属的名字，一边伸手指着这个侍者〕扭住这个人的衣领子，把他的两只手绑到身后去。 好了，现在，先生们，让我们到楼上去！”

房屋里的每一个男人和女人都被控制起来了——那个“老战士”第一个被抓了起来。 我确认了自己曾经睡在上面的那张床，之后我们走进了上面的那个房间里。

房间各处没有什么看起来特别的物件。 副局长站在那里环顾四周，命令所有的人安静下来，在地板上使劲踱了两下脚，让拿一支蜡烛过来，专注地看着他刚才跺脚的地方，命令把那儿的地板小心揭开。 不一会儿就完成了这个工作。 点起火光以后，我们看见了一个很深的木质夹层，就在这个房间的地板与下面房间的天花板之间。 就在这个空洞里面露出来一只垂直放着的铁盒子一类的状物，上面涂满了厚厚的一层润滑油；盒子的里面能看见那根螺杆，正与下面的床顶篷相连。 还有另外几根长短不等的螺杆，都被刚刚被擦过油的样子；几根杠杆上盖着一层毛毡；整个这个构造是一部有力的压力机的顶部结构——其邪恶而精巧的构成设计之精妙，既能与下面的设备加以连接，解构以后又能尽可能小地掩藏起来——发现这部机械之后，把它拉出到了地板上。 副局长费了一点小小的工夫，成功地把这部机械装配在一起，把他的人留下来在上面操作，就和我一起下到了下面的卧室中。 这个闷煞人的床顶篷一会儿就落下来了，可并不像我见过它落下来时那样毫无声息。我对副局长提到了这个情况，他的回答极其简单，却令人毛骨悚然。“我的下属们，”他说，“是第一次操作把这个床顶降下来——那些你赢了他们的钱的人可是这么做的老手了。”

我们把整座房屋留给两个警员看管——这所房子里所有的人员当时就被全部移送到了监狱里去了。副局长在他的办公室里录取了我的“官方口供”之后，又带我一起返回到旅馆中去取我的护照。“你认为，”我把护照递给他时问道，“真的有人被闷死在那张床上，就像他们要闷杀我那样吗？”

“我看到过数十个被溺毙的人停放在陈尸所里，”副局长回答道，“在他们的记事本上都找到了解释他们之所以投入塞纳河自杀的信件，因为他们都是在赌桌上输净了所有之物。我怎么会知道究竟有多少人走进了你进去过的那间赌博房？赢了像你那么多的钱？睡在你睡过的那张床上？在那张床上睡着了？被闷杀在那张床上？然后又被秘密投进了河中，身上带着一封解释的信件，事先由谋杀者写好，放进他们的记事本里去的？没有一个人可以说清楚，究竟有多少人遭遇了这样不幸的命运，而你就是从这个命运中脱逃的。这所赌博房中的人们对我们掩藏了他们床架机械这个秘密——甚至连警察都无从知晓！那些死去的人们又帮着他们掩盖了这个秘密的另一部分。晚上好，还不如说早上好，福克纳先生！到九点钟再来我的办公室——同时我要说，再会了！”

我的故事的其余部分没过一会儿也讲述了一番。我被一遍一遍审查了个够；赌博房里被严格地从上到下搜了个遍；被监押者们都被分别进行了讯问；其中两个罪行较轻的坦白了罪行。我发现那个“老战士”就是这座赌博房的主人——法官调查出来他在数年前就被军队开除后成了流浪汉；从那时开始就犯下了种种劣行；他存有大量窃得的财物，这些物主们都已经加以确认了；而那个发牌人，还有那个给我倒咖啡的女人，他们作为从犯，都参与了床架子的秘密之中。 似乎有些理由猜测，是否所有这所房屋内部的人员都与这架杀人机械有某种关联；由于对此实在无从知晓，这些人也就有幸被作为一般的窃贼及流浪汉加以处理了。 至于那个“老战士”以及他的两个直接授命者，他们马上就被判为了囚徒；给我的咖啡中投放药物的那个女人，我已经记不清楚被判了多少年了；那个赌博房里的一般听差被认为“可疑”而被“监候”；而我则在整整一个星期里边（多么漫长的时光），成了巴黎社交界的头号“社交宠儿”。 我的这次险遇被三个享有盛名的戏剧家加以演绎渲染，但却从未看到搬上舞台晓示天下；这是由于审查机构禁止在舞台上再现这个赌博房床架子凶案的实录。

我的这次冒险经历最直接的一个良好结局，是任何一个审查机构都必须承认的——它拯救了我不再把“红与黑”当作一种乐子来看了。 从今以后只要一看到绿色的桌布，看见一堆堆的纸牌、一摞摞的金钱，放在桌面上，马上就会让我记起来那番景象，床顶篷正在一点一点降落下来把我闷死在床上，在那死寂而漆黑的深夜里。

佚名 译

鹰溪桥上

[美] 安布罗斯·比尔斯

一

亚拉巴马州北部的一座铁路桥上站着一个人，他正俯视着桥下二十英尺处的奔腾流水。 这个人的双手背在身后，手腕被绳子绑着。 一根绞索紧紧地套住他的脖子，另一端系在他的头上一根结实的枕木上，中间的一段则松松地低垂到他的膝前。 几块木板散搁在铺着铁轨的枕木上，他和他的行刑队就站在枕木上面。 一位联邦军军士和他指挥的两名士兵组成了行刑队，那位军士看起来像是和平时期的一个代理警长。 一位身穿戎装、腰佩武器的上尉军官站在这个临时搭起的平台上。 桥两端各有一名哨兵，他们持枪而立，左臂横在胸前，枪垂靠在左肩前，机枪抵在臂上。 表面看来，这个姿势一本正经，其实极不自然，因为整个身体都非常笔直。 这两个哨兵对桥中心发生的一切漠不关心，他们的职责仿佛只是把守横在桥上的那块平台。

除了一个哨兵外，桥的一头没有人，铁路径直向前延伸了一百码，进入树林，接着拐了个弯就消失不见了。 远处肯定还有哨所。 河的另一面是一片开阔地，一排木栅栏竖立在平缓的斜坡上，木栅栏上面挖了步枪射击孔，还有一个炮口，炮筒从里面伸出来，控制着整个桥面。一些旁观者站在桥和碉堡间的斜坡上，一队步兵在那里“稍息”，枪托拄地，枪口稍微后倾，靠在右肩上，他们双手交叠地放在枪上。队伍的右侧站着一位中尉，他的指挥刀刀尖着地，左手按在右手上。除了桥中央的四个人外，其他人都一动不动地站着。那队步兵以僵滞的目光漠然地注视着铁桥。那两名哨兵面对河岸，看起来仿佛装饰铁桥的雕像似的。上尉双手抱在胸前，站在那里，默不作声地看着下属干活，不作任何指示。死神好像达官显贵，当他到来时，大家必须以礼相迎，尊为上宾，就连和他亲密的人也包括在内。依照军规，尊敬就预示着静穆和肃立。

从外表来看，那个即将被处以绞刑的人大约三十五岁，是个平民。他的服装表明他是个种植园主。他相貌端正，鼻梁高挺，嘴巴坚毅，前额宽阔，乌黑的头发向后梳拢，从耳后一直披到他那件合体的外套领子上。他有着硬直的短髭和山羊胡子，但并非连鬓胡子，深灰色的大眼睛流露出慈祥的表情。超乎想象的是：一个脖子上套有绞索的人竟然会呈现出这样的表情。很明显，他并非什么卑鄙的刺客。反正军规对形形色色的人的绞刑都有明文规定，绅士也包括在内。

一切都已准备就绪，那两个兵士抽掉各自脚下的木板，站到两旁。中士转过身来向上尉敬礼，并迅速站到他的身后，上尉也随之挪开一步。此刻，桥上只剩下那个受刑的人和中士，他们分别站在横跨三根枕木的一块长木板的两端。那个平民站的一端即将碰到第四根枕木了。刚开始时，木板是靠上尉的体重维持平衡的，这时中士站在了上面。一旦上尉发出信号，中士迅速移开，木板就会倾斜，那受刑人就会从两根枕木间坠落下去。在那个受刑人看来，这样一来倒也干净利落。他的脸和眼睛都没有被蒙住，眼睁睁地望着自己站立的那块“摇摇晃晃的立足点”，过了一会儿，他将视线移到脚下，看着湍急的、打着漩涡的流水。忽然，他看到水中有一段翻腾的木头，他的视线也随之漂流而下。水中的木头流得多慢啊！河水也流得那么费劲！

他闭上眼睛，想最后一次想想自己的妻子和儿女。在朝阳的映照下，河水被染成了金黄色，远处，河岸两旁雾气腾腾，那座碉堡，那些士兵，还有那段旋转着的木头。

这里的一切都令他不能集中思想。此刻，他的心里才感到一种新的不安。因为正是一种尖锐、清晰的金属撞击声把他对亲人的思念扰乱了。这声音就像是铁匠的锤子似的，敲打着铁砧，有着一样高亢激越的音色，他既无法塞耳不听，也理解不了。他猜不到那是什么声音，远在天边抑或近在眼前，然而仿佛又远又近。它的反复出现是有规律的，然而缓慢时就像丧钟一般。他不耐烦地等着下一次的敲击，一种莫名其妙的恐惧朝他迎面扑来。随着敲击间歇的延长，那声音变得强烈而尖锐。他感觉自己的耳膜仿佛被一把尖刀戳痛，让他感到烦乱。他唯恐自己会惊声尖叫。他所听到的，只不过是自己手表发出的滴答声。

他睁开双眼，再一次看了看脚下的河水。“如果我能挣脱双手，”他想到，“我就能够甩掉绞索，跳入河中。我就能潜水躲避枪弹，全力游到对岸，冲入那片树林，再逃回家去。上帝保佑，如今我的家还没有被他们占领，我的妻子和儿女距离占领军还远着呢。”

这些用文字记录的思想，不像出自这个即将逝去的人的头脑，反而像是从外界闪进去的。这时，上尉对中士点了点头，中士往后退了一步。

二

贝顿·法夸出身于亚拉巴马家族，这是个历史悠久、受人尊敬的家族。作为一位殷实的种植园主，他和别的庄园主一样，热心于政治。自然最初也是主张南方应该脱离联邦，并且大力支持南方的事业。因为他那傲慢的性格（这里就不再多说了），他未能加入那支曾经在各种残酷战役中殊死战斗的勇敢军队，那些战役最终以科林斯镇的失陷而结束。由于才华得不到施展，他烦闷至极。他迫切希望有一天他的能力能得以施展，像士兵那样有用武之地。他也渴望能出人头地。他认为，这种机会一定会到来，并且和战争中机会均等是一个道理。并且，他还全力以赴，只要是对南方有利的，不管什么低贱的事他都乐意去做。只要与他这样一个在内心深处实在是军人本色的平民性格相符，不管有多危险他都乐意承担。对于那条露骨的格言——爱情和战争都是不择手段的，他深信不疑。

一天傍晚，法夸和妻子正坐在家门口一条自制的长凳上，只见一个穿灰色军服的士兵骑马来到门前，想讨点水喝。法夸太太非常乐意用自己白净的双手为士兵效劳。当她去端水的时候，她的丈夫靠近那个满身尘土的骑手，急切地向他打探前线的消息。

“北方佬正忙着抢修铁路，”那个士兵说，“准备再发动一次进攻。他们已经抵达鹰溪桥，并修复了这座桥，在河的北岸，他们还筑起了一道栅栏。他们的指挥官还下令：凡是企图破坏铁路、铁路桥梁、隧道和火车的人，一经俘获，就地绞死。我亲眼见到过这些通告，贴得到处都是。”

“鹰溪桥距离这个地方有多远？”法夸问。

“大约三十英里。”

“河岸上有没有军队呢？”

“桥这边有一个哨兵，距离这里的半英里处的铁路线上只有一个哨所。”

“如果一个人，一个平民，一个熟悉绞刑的人，能躲过那个哨所，并且骗过那个哨兵，”法夸笑着说，“他能做些什么呢？”

士兵思考了一会儿答道：“一个月前我在那里时，留意到去年冬天的大水将河里漂浮着的大量的木头都积在这一头的桥墩下了。现在那些木头像麻绳一样干，只要有一点火星就会燃烧。”

法夸太太取来了水。士兵一饮而尽，他彬彬有礼地向她致谢，然后对她的丈夫鞠了一躬，骑上马飞奔而去。一小时后，夜幕降临，那位骑兵又从种植园经过，这一次是向北，奔向他来的方向。原来他是北方联军的探子。

三

当贝顿·法夸垂直从桥上坠下去时，他已经没有知觉了，仿佛死了一般。过了很长时间，他才被喉咙口的一阵剧痛从毫无知觉的状态中惊醒过来，紧接着是一阵窒息感。阵阵疼痛从他的颈脖开始，一直延伸到四肢以及身体的每一个细胞。疼痛似乎顺着一张精密的网络，闪电般地扩散到全身；疼痛又仿佛一条条火舌，让他觉得灼热难耐。他只是感觉脑袋发胀，像被什么东西塞满了似的。这些感觉都与思维毫无瓜葛，因为他的思维功能已经遭到毁灭。唯一幸存的是感觉，但是这种感觉把人折磨得异常痛苦。他似乎觉得，一切都在旋转，自己就像一颗熊熊燃烧着的核心，被亮闪闪的云雾包围着。他还像一个巨大的钟摆，围着一个巨大的弧圈不停地晃动。一时间，他周围的亮光猛地冲击过来，紧接着是一阵水溅声，在他的耳鼓里轰轰作响，一切又都变得阴冷而黑暗。思维的功能得以恢复。他知道，自己已掉入河中，因为绳子断了。这时，他感觉呼吸顺畅，脖子上的那根绞索早已勒得他透不过气来，现在又恰巧挡着河水灌进肺里。在河底被吊死，这种想法在他看来实在荒谬。黑暗中，他睁开了眼睛，看到头顶上有一束光亮，然而这束光那么遥远，摸也摸不到。他依然在下沉，因为他看到头顶上的亮光渐渐微弱，最终变成了一丝微光。紧接着，这丝微光变得亮了起来，他清楚自己正在向上浮，因为他感觉舒服多了，然而他无法相信这一点。“被吊着淹死倒也不错，”他心想，“然而被枪毙并不是我希望的。不！我不想被枪毙，那样太不公平。”

他对自己干什么毫不知情，然而手腕上的剧痛告诉他，他正在试着挣开双手。仿佛一个闲人在观赏杂耍演员的表演而对其结果漠不关心一样，他眼睁睁地看着自己挣扎。这一努力太令人惊叹了！多么了不起，多么惊人的力量啊！太棒了！啊，他成功了！绳子松了，双臂分开向上浮了起来。在越来越强的亮光中，这两只手清晰可见。他带着一种崭新的兴趣望着，一只手，然后是另一只手，他用力抓住脖子上的绳子，然后又用力将它扔在一边。绳子在水中上下摆动，就像一条水蛇。“套上绳子，重新套上！”他感觉自己正对着双手喊，因为绳子解开后，是一阵他从未感到的剧痛。他的脖子痛极了，脑袋就像烧着了似的，那颗一直在轻轻跳动着的心猛然跳了一下，仿佛要从口中蹦出来。他浑身疼痛，像散了架似的。然而，那两只不听使唤的手没有遵从他的命令。它们快速而有力地朝下划着水，他游出了水面。他感觉自己的头先露了出来，太阳刺得他看不到任何东西，胸脯急剧地起伏着，伴随着一阵剧烈的难以忍受的疼痛，一大口空气被吸了进来。然而不一会儿，他又一声尖叫，把它吐了出来！

此刻，他已经完全控制了自己的各种感官。实际上，这些感官还很敏锐。他置身于一种令人恐惧的紊乱之中，也不知是什么东西促进并改善了他的感官，使他觉察到许多以前从未觉察到的东西。他感觉到了脸上的水波，听到了它们拍打时发出的“哗哗”声。他看了看河岸上的树林，看到一棵棵树，看到树叶和每片叶子上的脉络，也看到树叶上的小虫子，有蝗虫、金身苍蝇，还有树枝间的褐色蜘蛛，它们正忙于织网。在成千上万片草叶上，五颜六色的露珠一闪一闪的。水波上，蠓虫在尽情歌舞，蜻蜓扇动着翅膀，水蜘蛛划动双腿，好像船桨在推动小舟，这一切合成了一支清晰的乐曲。一条鱼从他的眼皮底下“嗖”地游了过去，他听到了鱼身分水的“沙沙”声。

此时，他已经从水下露了出来，脸向下游。过了一会儿，这个看得见的世界似乎围着他缓缓旋转起来，他自己成了轴心。他看到了小桥、碉堡，看到了站在桥上的士兵、上尉、中士，两名哨兵，他的行刑队。在蔚蓝色天空的映衬下，他们的轮廓清晰可见。他们朝着他高声喊叫，指手画脚。上尉已经将手枪拔了出来，只是没有开火，其他人都没带武器。他们的动作古怪而可怕，他们的身影也出奇的大。

忽然，他听到一声枪响，有什么东西在距离他有脑袋几英寸的水面上轰然爆炸，溅了他满脸水。紧接着，又是一声，他看到其中一个哨兵正举着枪，枪筒里冒出一缕青烟。他在水里看到桥上的那个人正死死地盯着自己。他看到这是一只灰色的眼睛，他记得曾经在哪本书上读到过，说灰眼睛是最厉害的，凡是著名的射手都拥有一双灰眼睛。不过，这只灰眼睛没有击中目标。

一个回旋的浪头推着法夸旋转了半圈，他又一次看了看碉堡对面的林子。一个响亮而尖锐的嗓音，在他的身后单调而有规律地喊着，越过水面，清晰异常，透过并淹没了周围的所有声响，包括他耳边汩汩的流水声。虽然法夸并非军人，但他常常在军营出入，清楚这种从容不迫、不紧不慢、喉音浓重的腔调有着怎样可怕的意义。岸上的那位中尉现在不再袖手旁观了。他的声音多么冷酷无情！平稳的语调像是要逼着士兵们保持镇静。他一板一眼地喊出这样几个残酷的字眼：

“全体！……注意！……举枪！……准备！……瞄准！……放！”

法夸向下潜去，尽力向下潜。河水响在耳边，仿佛尼亚加拉瀑布一般轰鸣，可他还是听到了排枪沉闷的轰响。他再次浮上水面，看到很多亮晶晶的小铁屑，又扁又平，一点一点地沉没了下去。有几片碰到了他的脸和手，然后又落下，接着往下沉。有一片夹在他的衣领里，火辣辣的，难受极了，他猛地将它扔了出去。

等他露出水面，大口喘气时，他才知道在水下已经待了很长时间。他发现自己身处很远的下游。与刚才的地方相比，这里安全多了。大部分士兵都已经上好了枪膛，从枪管里抽出来的通条在阳光下闪闪发光，在空中翻了翻，“嗖”的一下又被插进了鞘套。两名哨兵又开枪了，这一次他们不是执行命令，但也没有射中。

这一切都让这个被追捕者在回头时看在眼里。现在他正顺着水流努力地游着。他的头脑像四肢一样充满力量，此刻正在以闪电般的速度思索着。

他想：“这位长官不会再犯同样的错误了。齐射还不是像点射一样容易躲避嘛。或许他现在已经下令让士兵随便开枪了。上帝啊，我可躲不过那么多子弹啊！”

在距离他不到两码的地方，忽然可怕地溅起了河水，然后是一阵尖啸，随后慢慢减弱。这响声听上去仿佛又由空中飞回碉堡去了，最后“轰”的一声爆炸，打乱了河底的宁静。河水像一条掀起的被单，将他的脑袋盖住，把他整个裹了起来。他什么也看不到，也喘不过气来。大炮也参与了进来。他摇了摇头，抖掉脸上的水，听见一颗打偏了的炮弹正“嗖嗖”地从他的身旁飞过。过了一会儿，远处的树林里便响起了“噼里啪啦”的树枝折断的声音。

“他们不会再这样打了，”他心想，“下一次他们就要打葡萄弹了。我必须死死地盯着这个炮口，硝烟会给我提示，炮声来得太迟，总是落在炮弹的后面。这门炮真是不错啊。”

忽然之间，他感觉自己正在快速地旋转，像极了一只陀螺。河水、河岸、树林、此刻在远处的桥、碉堡和士兵都乱作一团，看也看不清。周围的一切都五颜六色，他看到只是一条条在水平线上旋转着的光纹。原来他刚才是陷进了一个漩涡，漩涡激烈地盘旋向前，把他搞得晕头转向。过了一会儿，他被水流抛在一片碎石堆上，这里是河的右岸，也是南岸。他正好被一块隆起的地方掩蔽起来，不被敌人察觉。这猛然间的停顿，再加上一只手被碎石擦破，使他有了喘息的机会。他激动地流下了泪水，将手指插进沙子里，一把一把地洒到身上，嘴里还轻轻地感谢它。这沙子看上去像钻石，像红宝石，像绿宝石，像他能想象到的世上一切美丽的东西。河岸上的树和大花园里的植物一样，他留意到，它们整整齐齐地排列着，他又深深地嗅了一下树上的花香。一束奇异的玫瑰红光彩穿过树干的空隙一闪一闪的。树枝上，轻风吹奏出悦耳的声音，仿佛风琴在弹奏。他不想再逃了，只想在这个景色迷人的地方停留下来，就是再次被捕，他也无怨无悔。

在他头顶上的树枝间，葡萄弹在“嗖嗖”“嘎嘎”不停地响着，把他从梦幻中惊醒。那些糊涂的炮手胡乱放了一通，算是欢送。他猛地跳了起来，冲上斜坡，一头钻进了树林。

他走了整整一天，只是依靠太阳的移动来确定方向。这片林子似乎无边无际，连绵不断，甚至连一条樵夫的小径也看不到。他还不知道自己居住的地方竟然这么荒芜。眼前的景象真有点神秘。

夜幕降临，他又累又饿，双脚疼痛。然而，一想起家中的妻子和儿女，他又向前走去。终于，他找到了一条路。他知道沿着这条路准能走回家。这条路宽阔笔直，和城里的大街一样，但看起来却未曾有人走过。路两旁没有农田，周围也不见有人居住，就连使人想起此地还有人烟的狗叫声也听不到。漆黑的树干形成一道笔直的墙，竖在道路两旁，慢慢延伸到地平线上，交汇成一个点，仿佛透视课上画的图案似的。他抬起头来，透过树缝看见闪闪的星星。这些星星看起来陌生极了，并且还很奇怪地组合地一起。他确信它们之所以这样组合，其中必定有神秘和邪恶的意义。道路两旁的树林里充斥着怪异的声响，在这些声响中，他一次又一次地清楚地听到有人在用一种奇怪的语言轻声说话。

脖子痛极了，他用手摸了摸，才知道脖子已经肿得厉害。他知道绞索磨破了他的脖子，并留下了一圈紫色痕迹。他感觉双眼充血，再也合不上了。他口渴得要命，连舌头也肿了，他把舌头从牙齿间吐了出来，想借凉风来降温。这条毫无人烟的大道上，草坪是多么柔软啊！此刻，他再也感觉不到脚下有什么路了！

确信无疑的是，尽管浑身疼痛难忍，他走着走着就进入了梦乡。或许他刚从一阵谵妄中苏醒过来，因为他现在看到的是另一番景象。此时他正站在自己的家门口。眼前的景象还都是他离开家时的模样，在晨曦的映照下，显得明亮而美丽。他一定走了整整一夜。他推开门，走上宽敞的白色甬道，只见一件女人的裙衫迎面走来，他的妻子容光焕发，娴静而甜蜜，此时她正在从前廊走下来迎接他。她微笑地站在台阶下等待，拥有着无与伦比的优雅和尊严。啊，她是多么美丽啊！他张开双臂，向前奔去。正要抱住她时，他只感觉脖子根上遭到重重的一击。一道耀眼的白光在他的四周闪耀，紧接着是一声巨响，仿佛是大炮的轰鸣，忽然之间，一切又都归于沉寂，消失在夜色中！

贝顿·法夸离开了人世。他的尸体以及那个折断了的脖子，在鹰溪桥的枕木下缓缓地飘来荡去。

艾柯 译

自 白

[英] 阿尔杰农·布莱克伍德

雾沉重地涌动，在他周围慢慢盘旋，这是由它自身的运动驱使的，因为没有风。浓厚的、有毒的雾呈圈形、环形地悬浮着；它或升或降；没有街灯和汽车灯的光能直接穿透它，虽然到处都有某个大大的商店橱窗在那不断运动的雾帘上投下闪烁的光斑。

奥雷利的眼睛因为要不断地努力看他脸那一边的地而觉得刺痛。视觉神经渐渐疲劳，视力因此也变得不太精确了。他谨慎地拖着脚滑步向前，穿过令人窒息的黑暗，一边咳嗽着。只有缓缓蠕动的车辆沉闷的隆隆声使他相信自己置身于一个拥挤的城市——还有在黑暗中摸索的模糊的影子，这些影子犹犹豫豫地一寸一寸地朝着不确定的目标前进时，被放大成了庞然大物，突然出现，又突然消失。

不过，这些影子是人，它们是真实的。他很清楚这一点。他听见他们被闷住了似的声音，一时近了，一时又远了，声音总是奇怪地被闷住了。他还听见数不清的手杖轻轻敲击，摸索着铁栏杆或是马路镶边石。这些幻影般的轮廓代表着活人。他不是孤单的。

是发现自己只有独自一个人的恐惧感缠绕着他，因为他还是不能不靠人帮忙就穿过一片开阔的空间。他有这个体力，是他的头脑让他失望。惊惧感会半路降临到他身上，他就会浑身颤抖，意志崩溃，他就会尖叫着喊救命，狂乱地奔跑——可能就跑进来来往往的车流中去——或者，就像在他的北安大略家乡所说的，在街上滚滚向前的车轮前面“发脾气”。他还没有完全治愈，虽然在一般情况下他是足够安全的，就像亨利大夫向他保证的那样。

他一个小时以前坐地铁离开雷金特公园的时候，空气还是清清朗朗的，十一月的阳光明亮地照耀着，淡蓝色的天空没有一丝云彩，设想他能够独自完成穿过伦敦城的行程，是有理由的。第二天他就将启程去布莱顿，度过最后一周康复期：在一个晴朗的十一月下午，对他的能力做这么一个小小的初步测试是有好处的。亨利大夫给他提供了详细的指示：“你在皮卡蒂利广场换车——不用离开地铁车站，注意——在南肯星顿站出地铁。你知道你那位志愿救护支队队员朋友的地址。和她一起喝杯茶，然后从原路回雷金特公园。天黑以前回来——最晚六点吧。这样更好一些。”他准确地描述了离开地铁以后怎么转弯，哪些弯向右，哪些弯向左；这有点儿让人搞糊涂了，好在距离很短。“你总能问路。你不可能走错。”

但是，这场没有预料到的雾现在把这些指示弄得模糊不清，在他头脑里成了杂乱无章的一团糟。眼睛看不见影响了记忆。除此之外，那个志愿救护支队队员朋友还警告过他，她的地址“第一次不那么容易找到。房屋坐落在一个偏僻的地方。但是运用你‘偏远地方人’的本能，你可能比任何一个伦敦人都能更准确地找到地方。”她也没有料到有雾。

奥雷利在南肯星顿地铁站拾级而上的时候，进入了一片漆黑之中，他以为自己还在地下。一个黑暗的世界环绕在他周围。只是一阵潮湿空气阴冷的刺激告诉他，他已经站在露天。有一小会儿，他站着，瞪视着——一个加拿大士兵，家乡在清朗、明亮的地区，现在生平第一次与他过去常常读到的东西面对面相遇了——一场厉害的伦敦雾。他极感兴趣而且极感惊讶地“欣赏”着这个新奇的景象，约莫有十分钟，他看着人们到来又消失，弄不明白为什么在他们踏上街道的那一瞬，车站的灯光就死了似的停住了，不再照在他们身上——然后，带着冒险的感觉——这需要一点努力——他离开这个有屋顶的建筑物，投入到外面的黑暗之海里。

他自己重复着听到的方向指示——先向右，接着向左，再次向左，就这么走——他检查着每个拐弯处，向自己保证不可能走错。尽管走得慢，但是他走得对，直到有个人撞上了他，突然问了他一个令人吃惊的问题：“您知道，去南肯星顿车站这么走对吗？”

是这种突然性让他吓了一跳；上一瞬间还一个人都没有，接着他们就面对面了，再下一瞬间，这个陌生人礼貌地说了一句感谢的话以后就消失在黑暗之中。但是，这个小小的令人吃惊的中断使记忆失灵了。他已经向右拐了两次弯，还是没拐两次？奥雷利突然意识到他已经忘记了他记住的指示。他一动不动地站着，极力想恢复记忆，但是每次努力都使他比以前更不确定。五分钟以后，他就像任何一个在蛮荒林区离开帐篷、却没有在树皮上刻路标以确保再找到回来的路的城里人一样，绝望地迷了路。甚至方向感，当他在故乡森林中的时候如此强的方向感，也彻底消失了。没有星星，没有风，没有气味，没有流水的声音。到处都没有任何东西能指引他，什么也没有，除了偶尔一个模糊的轮廓，摸索着，拖着脚走着，在旋转的雾中出现又消失，但是极少走到能实实在在地说话的距离之内，更不要说碰触了。他完全迷失了，而且，他是独自一个人。

不过并不完全是独自一人——这是他最恐惧的事。就在他附近还有人影。它们出现、消失，再出现，再消失。不，他并不完全是独自一人。他看见这些使雾变浓的过程，他听见他们的声音，他们的手杖谨慎的敲击声，还有他们拖着的脚步声。他们是真实的。他们似乎是环绕着他在移动，决不靠得很近。

“但是他们是真实的，”他大声自言自语，暴露出自己防护性盔甲下的弱点。“他们真的是人。我对这个很肯定。”

他从不与亨利大夫争论——他想康复；他绝对服从，相信大夫告诉他的每件事。但是对于这些人影，他一直有自己的看法，因为这些影子中常常有他自己那些来自索姆河①、加里波里的伙伴，还有梅斯波特恐怖事件中的伙伴。他看见自己的伙伴当然应当认得！同时他很清楚自己被震昏了，处于混乱状态，似乎是半失控了，他的整个身心系统被推入了某种不平衡状态，这意味着记忆是不准确的。真的。他完全明白这一点。但是，在那种被震昏和混乱的状况中，他没有可能获得另一种功能吗？就没有缺口、断边和碎片不能再像往常一样接榫、吻合吗？一句话，就没有裂缝

① 索姆河位于法国北部，全长150英里，流入英吉利海峡，坦克就是1916年首次在激烈的索姆河战役中使用的。

吗？ 是的，正是这个词——裂缝。 也可以说，在他对于外部世界的感知和他对于这种感知的内部理解之间就没有裂缝吗？ 在记忆和认知之间就没有裂缝吗？ 在各种意识状态之间就没有裂缝吗？这些意识状态通常吻合得如此精巧，以致正常情况下察觉不到关节。

他的状态，他自己很清楚，是不正常的，但是他这种状态的症状是不是不真实的？ 这些“裂缝”就不能被利用——被其他人利用？ 他过去看见他的“影子们”时，常常自问：“这些就不会是真实的，而其他的——人的影子——却是不真实的？”

这个问题现在又重新强烈地在他脑中复苏了。 雾中的这些人影是真的还是假的？ 曾经问过他去车站的路的那个人，那个人究竟是不是只是一个影子呢？

靠他的手杖和脚，还有他能有的视力，他知道他在一个岛上。他旁边一个路灯柱坚实地、笔直地竖立着，发出微弱的、闪烁的光斑。 不过，还有栏杆，这让他迷惑不解，因为他的手杖连续不断地明显地碰到金属杆。 一个岛周围是不应该有栏杆的。 但是，他显然很肯定自己穿过了一块可怕的开阔地，来到他现在所在的地方。 他的混乱和迷惑以危险的速度飞快增长着。 离惊恐不远了。

他不再在公共汽车线路上。 偶尔有一辆出租车蠕行而过，车窗上一个白色的小块显示那是一张焦急的人脸；不时过来一辆有篷货车或运货马车，车夫手擎灯笼引导着马犹犹豫豫地往前走。 这些车让他感到安慰，虽然这些车很少。 但是最吸引他注意力的是人影。 他相当肯定它们都是真的。 他们和他自己一样是人。

虽然如此，他决定自己不妨肯定这一点。 他于是试了一个——一个大块头男人，就像从地底下突然冒出来，出现在他面前。

“您能告诉我去莫利街的路怎么走吗？”他问。

但是那个人同时发出了询问，声音比他大得多，他的问题被淹没了。

“喂，你知道去地铁站这么走对吗？ 我完全迷糊了。 我想去南肯星顿站。”

奥雷利指给他自己刚才来的方向，那个人又走了，被湮没了，被吞没了，就连他的脚步声都听不见了，简直好像——似乎是又一次——那个人从未在这儿待过。

这让他极不愉快，留下了比以前更迷惑的感觉。 他等了五分钟，不敢挪动一步，然后又向一个人影发问，这次是一个女人，很幸运，她知道就在那附近的一个地方。 她以可能有的最和善的态度给了他详细的说明，然后令人难以置信地飞快而灵活地消失在远处黑暗的海洋里。 她那种猝然消失的方式令人沮丧、令人苦恼：它是那么令人不可思议的仓促而突然。 然而她还是让他安心了。 莫利街，按照她的说法，离他站的地方不过两百码。 他摸索着向前走，一步一步地，靠着他的手杖，穿过一块令人头晕目眩的空阔地，交替地用两只靴子踢着马路镶边石，他这么走的时候一直咳嗽着，觉得窒息。

“不管怎么样，他们是真的，我猜，”他大声说，“他们两个都是够真的。 不久，雾可能会散一点儿！”他正在尽极大的努力控制住自己。 他正在战斗，那就是说，他很清楚地意识到这一点。 唯一的问题是——那些影子的真实性。 “雾现在随时可能消散，”他大声重复着。尽管冷，他的皮肤却在大量出汗。

但是，当然，雾没有消散。人影也越来越少。听不见任何运货马车的声音。他小心地按照那个女人的指示走，但是现在却发现自己在某个偏僻小道上，显然就是在天气最好的情况下行人也很稀少。他周围是一片呆滞的寂静。他的脚找不到马路镶边石，他的手杖划过的是空空的空气，没有碰到任何坚硬的东西，惊恐令人发抖地、冰冷地攫住了他。他是独自一个人，他知道自己是独自一个，更糟的是——他到了另一片空阔地。

他花了十五分钟来穿过那片空阔地，大部分的路他是手膝并用爬过的，忘记了冰冷的污泥弄污了裤子，冻僵了手指，他只集中注意力感觉背和脊梁又有了坚实的支撑。这是一段无穷无尽的过程。崩溃的那一刹那近了，尖叫声已经升到了他的喉咙，浑身在不受控制地颤抖，这时——他伸出去的手指碰到了一块友好的马路镶边石，看见头顶上散射的光辉投下闪烁的光斑。他赶快做了巨大的努力站直了，下一刻他的手杖又沿着栏杆咔嗒咔嗒向前。他斜靠着栏杆，气喘吁吁，透不过气来，他的心脏在痛苦地跳动，这时街灯用它微弱的光亮远远地给了他安慰，但是实实在在的灯光却是看不见的。他朝这边看看，又朝那边看看；人行道空无一人。他被吞没在雾黑暗的寂静之中。

但是，他知道，莫利街现在必定很近了。他想到了那位友好的、身材小巧的志愿救护支队队员，他是在法国认识她的，他想到了温暖明亮的炉火、一杯茶和一支雪茄。再做一下努力，他想着，所有这些就会是他的。他又大胆地朝前探着路，沿着栏杆慢慢移动着。如果事情真的又变糟了，他会打个电话求助，不管他怎么回避这个想法，也得如此。假若他不用再穿过空阔地，假若他不再看到人影出现又消失，就像生于雾中而且住在雾里，恰似住在自然里的动物一样——他现在怕那些影子比怕别的任何东西都厉害，甚至比害怕孤单更厉害——假若那种惊恐感——

下一盏路灯底下，有一块雾的颜色淡淡地加深了，这引起了他的注意，叫他吃了一惊。他停下了。这次不是一个人影，它是一根柱子被古怪地放大了的影子。不，它在移动。它在朝他移动。他的身体先是一阵发热，后又一阵冰凉。它是个人影——紧挨着他的脸。这是个女人。

他突然记起了大夫的劝告，这个劝告使他摆脱了许多幻影：

“不要不理睬它们。把它们当真的。和它们说话，跟它们一起走。然后你很快就会证实它们是假的。它们就会离开你……”

他做了一个勇敢的、巨大的努力。他在发抖。一只手紧抓着潮湿、冰冷的栏杆。

“和我一样迷了路，对吗，女士？”他声音颤抖着说道，“你知道我们究竟在哪儿？我正在找莫利街——”

他突然停住了。那个女人移得更近了些，他第一次清晰地看到了她的脸那张脸，死人般地苍白，明亮而惊恐的双眼带着一种茫然不知所措的神情直瞪着他的眼睛，首先是她的美丽让他话说到半途顿住了。这个女人很年轻，高高的身材裹在一件黑色的毛皮外衣里。

“我能效劳吗？”他不由自主地问，暂时忘了自己的恐惧。他不止是吃惊。她那悲伤痛苦的样子在他心里激起了一种特别的苦恼。她没有立即回答，把她苍白的脸探得更近一些，好似要审视他，这么近，真的，他很难控制住要往后缩一点的本能。

“我在哪儿？”她终于问，专心地探究着他的眼睛。“我迷路了——我迷失了自己。我找不到回去的路。”她的声音低沉，声音里有一种奇异的悲痛古怪地触动了他的同情心。他感到自己的悲伤融入了一种更深的悲伤中。

“我也一样，”他回答道，信心大了一些，“我也害怕独自一个人。你知道，我有弹震症。让我们一起走。我们会一起找到一条路——”

“你是谁？”女人喃喃道，还在用她明亮的大眼睛凝视着他，但是眼里的悲伤没有丝毫减少。她凝视着他，似乎突然意识到了他的存在。

他简要地告诉了她。“我要去和一个在莫利街的志愿救护支队队员朋友喝茶。你的地址在哪儿？你知道这条街的名字吗？”

她看来没有听见他的话，或者没有准确地理解；似乎她又没有在听。

“我出来得如此突然，如此出乎意料，”他听见她低低的声音，每个音节里都是痛苦；“我又找不到回家的路了。正当我又在等待他的时候——”她环顾身畔，带着一种狂乱的表情，使得奥雷利渴望立时把她拥在双臂中，让她得到安全。“他现在可能在那儿——这会儿正等着我——可我却回不去。”她的声音如此悲哀，奥雷利只有靠了一番努力才阻止自己伸出手去抚摸她。他渴望帮助她，在这种渴望中越来越忘记了自己。她的美丽，她苍白面孔上出奇明亮的眼睛里的疑惑神情，形成了巨大的吸引力。他变得平静一些了。这个女人足够真实。他又问她的地址、街名和门牌号，她认为距离有多远。“你对于方向有没有一点概念，女士，一点概念？我们可以一起走，并且——”

她突然打断他。她转过头似乎在听，因此他有一瞬间看见了她的侧影，纤细脖颈的轮廓，瞥见了正好在皮毛下面的珠宝。

“听！我听见他在叫！我记得……”她从他身边走进了旋转的雾里。

没有一秒犹豫，奥雷利紧跟着她，不仅因为他希望帮忙，也因为他不敢一个人留下来。这个奇怪的、迷路的女人的出现安慰了他；他决不能失去她的踪影，不管发生什么事。他得跑，她走得如此之快，就在前面，自信而肯定地走动，右转或是左转，穿过街道，但是决不停顿，决不犹豫，她的伙伴一直气喘吁吁地紧跟在她身后，越来越恐惧会随时失去她。她在浓重的雾里找到方向的本领真够神奇，但是奥雷利唯一的念头就是一直盯住她，以免他自己的惊恐在黑暗和孤单的街道上重新降临，必定使他崩溃。这是一场狂野而令人喘不上气来的追逐，他很困难地才能把她保持在自己的视野之内，一个模糊的、疾奔的轮廓总是在他前面几码。她没有一次回过头来，没有发出一个声音，没有叫喊；她以坚定的直觉疾步向前。他没有一次想到过这种追逐是多么奇怪；她是他的安全，这是他意识到的一切。

但是，他后来记得有一件事，虽然在当时他只是记住了细节，没有加以注意——她在空气中留下的一种明显的香水气味，而且是一种他知道的香水，虽然他跑着的时候想不起它的名字。对他来说，这香味模模糊糊与某种令人不愉快的、某种讨厌的东西联系在一起。他把它与悲惨和痛苦联系在一起。它给了他一种不安的感觉。不止这样，他当时也没有注意，也记不起——他肯定没有试过——他以前从哪儿知道这种特殊的香味。

然后，这个女人突然停下，打开一扇大门，进入了一个私人小花园——如此突然，紧跟在后的奥雷利差点儿撞在她身上。“你找到了？”他叫道，“我能跟你进来一会儿吗？或许你可以让我打电话给医生？”

她立即转过身。她的脸，紧挨着他的脸，是惨白的。

“医生！”她以一种可怕的低语重复着。这个词对她意味着恐怖。奥雷利吃惊地站住了。有一两秒钟他们谁都没有动。这个女人似乎吓呆了。

“亨利大夫，你知道，”他结结巴巴地说，又能开口了，“我在他的照管之下。他在哈雷街。”

她的脸就像刚才突然暗下去一样突然明朗了，虽然一开始那种迷惑痛苦的表情还浮现在她的大眼睛里。但是里面没有了恐惧，似乎她突然忘记了使那种恐惧复苏的东西。

“我的家，”她低语道，“我的家在这儿某个地方。我现在就在它附近。我必须回去——及时回去——为了他。我必须。他来找我了。”说了这些特别的话，她就转过身，走上狭窄的通道，站在一幢两层楼房屋的门廊里，而她的伙伴这时还没有从惊讶中恢复过来，没能移动，或是说出一个字作为回答。他看见，前门半开着。它是先前就打开的。

有五秒钟，或者十秒钟，他犹豫着，是门会关上而且把他关在外面的恐惧使他的意志和身体做出了决定。他跑上台阶，跟着那个女人进了黑暗的门厅，她在他到达以前曾经站在那儿，在门厅的黑暗中她现在终于消失了。他关上门，不怎么确切地知道他为什么这么做，而且以一种本能的感觉立即知道，他现在和那个不知名的女人所在的房子是空的，没有人住。不过，在一所房子里，他感到安全。空阔的街道才是他的危险。他站着等待，在说话以前听了一小会儿；他听见那个女人沿着过道从一扇门走向另一扇门，用她低低的声音向自己重复着一些悲伤的词句，那些词句他不能理解。

“它在那儿？噢，它在哪儿？我必须回去……”

然后奥雷利发现自己突然说不出话来，似乎随着那些奇怪的词句，一种挥之不去的恐惧出现了，在黑暗中向他吹气。

“她究竟会不会只是一个影子？”他麻木的大脑中电光火石般地闪过这个念头，“她是真的——还是假的？”

为了在某种行动中寻找解脱，他机械地伸出手去，沿着墙摸索着电灯开关，虽然他靠某种神奇的运气发现了它，但按下去以后却没有光亮出现。

而女人的声音从黑暗中传来：“啊！啊！我终于找到它了。我又回家了——终于！……”他听见楼上的一扇门开了又关上。他现在在一楼——独自一个人。接着是彻底的沉默。

在各种感情的冲突中——为自己担心，唯恐他的惊恐会回来，为那个女人担心，她领他进了这座空宅，现在又因为自己的某种神秘的事情把他遗弃了，她的事让他想到疯狂——这种冲突让他有一瞬间着了魔，但是他找不到解释。这个女人是真的还是假的？她是一个人还是一个“影子”？怀疑的恐惧困扰着他，令人极其不安，泄露出那不受欢迎的内心恐惧回来了，他知道它是危险的。

把他从危机中拯救出来的似乎是这个明显的事实，即他考虑那个女人比考虑自己多，这一危机本来对他的大脑和神经系统都会造成最危险的后果。他的同情心和怜悯心被深深打动了；她的声音，她的美貌，她的痛苦和迷茫，都不寻常，令人费解，神秘莫测，这些一起形成了一种要求，把自我赶到了背景的位置。还有就是她丢下他的细节，一言不发地上了楼，而现在，在楼上一间关着门的房间里，发现她自己终于与她急切找寻的东西面对面相遇了——和“它”在一起，不管“它”会是什么。真的或假的，影子还是人，他整个人压倒一切的冲动就是他必须到她那儿去。

正是这个清清楚楚的冲动给了他决心和力量去做他接下去做的事。他擦亮了一根火柴，找到了一截蜡烛，他靠这簇闪闪烁烁的亮光沿着通道往前走，上了没有铺地毯的楼梯。他小心地、偷偷摸摸地移动着，虽然他不知道为什么要这么做。这幢房子，他现在看见，的确是没有人住；防尘罩盖着堆放起来的家具；他瞥见，虽然门半开着，画遮着墙，灯座上遮着有褶的罩子，看上去好像用头巾包着的头。他慢慢往前走，脚步坚定，踮着脚尖，好像意识到被监视似的，注意到下面门厅里的黑暗之井，和他的移动投在墙上和天花板上的古怪的影子。寂静是令人不愉快的，但是，记得那个女人是在“期待”某个人，他就不希望寂静被打破。他到达了楼梯平台，一动不动地站着。他遮住蜡烛检查这个地方的时候，看见走廊两边的门都关着。他自问，这些门哪一扇后面是那个女人，不管是影子还是人，现在正独自与“它”在一起?

没有任何东西指引他，但是一种决不延迟的本能又把他推向前开始找寻。他试了右边的一扇门—— 一间空屋，家具被遮尘罩遮着，床垫卷在床上。 他试了第二扇门，让第一扇门在身后开着，同样是一个空卧室。 他又走出来到了走廊上，站了一会儿，等待着，然后放开喉咙呼唤着，声音低低的，但依然在下面的门厅里激起了令人不快的回声：“你在哪儿？ 我需要帮助——你在哪间屋子里？”

没有回答；他简直高兴自己没有听到任何声响，因为他知道得很清楚，他其实在等待另一个声音——被“期待”的那个他的脚步声。 想到与这个不知名的第三者相遇使他浑身发抖，似乎这关系到他所害怕的与他整个心灵的会面，必须不惜一切代价去避免。又等了一两秒钟，他注意到蜡烛头快烧完了，于是他怀着一种既犹豫又坚定的心情，穿过楼梯平台，走向正对着他的一扇门。 他打开门，没有在门槛那儿停留。 他伸开手臂擎着蜡烛，勇敢地走了进去。

他的鼻孔告诉他终于找对了，因为他闻到了一阵奇怪的气味，这次比以前更为浓烈，使他的神经又起了一阵新的战栗。 他现在知道为什么这气味与不愉快、痛苦和悲惨相联系了，因为他闻出了它——医院的气味。 在这间屋子里用过强烈的麻醉剂——而且是最近用过的。

和嗅觉同时，视觉也接收到了它的信息。 门后面，在他右边一个巨大的双人床上，躺着那个穿黑皮毛外衣的女人，让他吃了一惊。 他看见了纤细脖颈上的珠宝；但是眼睛他却没有看见，因为眼睛闭上了——他立即明白，是死了闭上的，尸体全身平伸，一动不动。 他走近前。 一股黑色的细流从张开的双唇中流出，流到下巴，然后消失在毛皮衣领里，是一股血流。 血简直还没有干。 它闪着光。

或许这很奇怪，当想象的恐怖有力量把他从头脑到身体都吓呆，而看见某种真实的恐怖却有恢复信心的效果。看见血和死亡，置身于通常是可怕甚至极其恐怖的情境中，对他来说并不是新鲜事。他静静地走上前，用稳稳的手触摸女人的脸颊，它的柔软显示不久前生命的温暖。最后的冰冷还没有控制住这个生命已空的形体，它的美丽在完全的静止中显出一种新的奇异的甜美，如同一朵神秘的花朵。惨白、寂静，没有生命，它躺在他眼前，他那截淌着烛泪的蜡烛闪闪烁烁的光照着它。他翻起毛皮外套，触摸没有跳动的心脏。至多一两个钟头以前，他想，这颗心脏还在忙碌地工作，呼吸从这两片张开的嘴唇里穿过，双眼美丽地闪着光。他的手碰到了一个坚硬的小块——一根长长的钢制帽别针的头，针深深地钉进了心脏，直钉到了头。

于是，他知道了哪个是影子——哪个是真的，哪个是假的。他还知道了“它”意味着什么。

但是他还没来得及想到或者思考他必须采取什么行动，甚至还没来得及从俯身向着尸体的姿势直起身来，从下面空房子里就传来了前门被哐啷一下大声关上的响声。另一种他忘记了这么久的恐惧立即攫住了他——为他自己担心的恐惧。他自己战栗神经的惊恐以不可阻挡之势降临了。他转过身，熄灭了蜡烛，持蜡烛的手剧烈颤抖着，从房间里飞奔而出。

接下来的十分钟好似一场噩梦，在这场噩梦中，他既做不了自己的主，也不能确切地知道他做了什么。他意识到的一切只是脚步声已经在楼梯上作响，快速走近了。手电筒的闪光已经晃在楼梯扶栏上，握着手电筒的手上升时，扶栏的影子沿着墙飞快地侧向一边。他在一刹那的狂乱中想到了警察，想到他在这房子的现场，想到那个被谋杀的女人。这是一种险恶的联系。不管发生什么，他必须逃跑，甚至不能被人看见。他的心脏疯狂地跳动着。他如离弦之箭一般冲过楼梯平台，冲进对面的房间，很幸运他让那房间的门开着。显然是由于某种令人难以置信的运气，他既没被那个男人看见，也没被他听见，一瞬间以后那个男人到达了楼梯平台，进入了躺着那个女人尸体的房间，小心地把身后的门关上了。

奥雷利发着抖，简直不敢呼吸，唯恐呼吸声听得见，他被自己的个人恐惧攫住了，那是战争弹震症尚未治愈的残留，他没有想到要求他或者不要求他尽什么责任。他只想到了自己。他只意识到一件清楚的事——那就是他必须不被人听见也不被人看见地从房子里出去。那个新来的人是谁他不知道，但是不可思议的是，奥雷利肯定那不是那个女人“期待”的他，而是凶手本人，现在轮到凶手在期待这个第三者。在那间屋子里，近在手边就是他自己一两个钟头以前杀死的人，这个谋杀者现在隐藏着等待他的第二个牺牲品。而门是关上的。

但是它随时会再打开，阻断一切退路。

奥雷利悄悄出来，偷偷穿过楼梯平台，到达楼梯口，开始以最谨慎的方式，冒着危险下楼。光木板每在他身体重量下吱嘎响一声——不管他的身体是怎么偷偷地落在上面，他的心跳都要停一下。他每落一步脚，都要试验一下，把尽可能多的重量压到楼梯扶栏上。下到一半路多一点的时候，让他恐惧的事发生了，他的脚绊到一个突出的地毯缝上；他在磨光的地板上滑了出去——若不是他疯狂地抓住了栏杆，差一点儿就头向前直掉下去，轰地弄出了一声响，对他来说，这好似在被遗忘的战壕里一颗手榴弹的爆炸声。于是他的神经垮掉了，恐惧攫住了他。强烈的回声之后，在接下来的寂静中，他听见楼上卧室的门开了。

现在躲藏是毫无用处的，也是不可能的。他跳着下了最后一段楼梯，一下跳四级，到了门厅，飞快地穿过去，打开了前门，这时，追他的人手拿电筒，已经在他后面下到楼梯的一半处。他砰的一声关上门，一头冲进外面受欢迎的、遮蔽一切的雾中。

现在雾对他不再是恐怖之物了，他欢迎它隐蔽的披风；他朝哪个方向跑都没关系，只要他和那幢死亡之屋拉开距离。那个追他的人当然没有随他跑到街上。他穿过开阔的街道，没有一丝战栗。但是他跑的是个圆圈，虽然他自己没有意识到这一点。周围没有人，没有一个摸索着的人影走过他身边，也没有车辆的隆隆声传到他耳朵里，当他终于停下来靠着街区栏杆喘口气的时候，他发现自己没有了帽子。他现在记得，当他检查尸体的时候，部分是出于尊重，部分或许是出于无意识，他把帽子脱了下来，放在——就在那张床上。

它在那儿，在那幢死亡之屋里，泄露着逃避不了的罪证。他脑子里闪电般地掠过一连串可能的后果。幸运的是那是一顶新帽子；更为幸运的是，他还没有在里面写上名字或姓名首字母；但是制帽商的标记在那儿，完全能看出来，警察会立即到他两天前才买了它的那家商店去。商店里的人会记得他的样子吗？会记起他去商店的事、去的日期和谈话吗？他认为不可能；长得像他的人很多，他没有突出的特征。他试图思考，但是他的头脑混乱而烦恼，他的心脏可怕地跳动着，他觉得极不舒服。他徒劳地想为他为什么远远离开家，没戴帽子待在外面的雾里找到借口。但是没有一个主意冒出来。他紧紧抓着冰冷的栏杆，勉强保持着直立，很快就会垮下去——突然一个人影从雾里冒出来，停下来盯着他，伸出一只手抓住他，然后说话了。

“你病了，我亲爱的先生，”一个男人友好地说道，“我能帮点什么忙吗？来，让我帮你。”他立即看出这不是个酒鬼。“来，抓住我的胳膊，好吗？我是个医生，而且幸运的是，你正好在我的房子外面。进来。”他半拉半推着奥雷利——后者现在濒临崩溃，上了台阶，用大门钥匙开了门。

“突然病了——在雾里迷了路……吓着了，但是很快就会没事了，非常感谢——”奥雷利结结巴巴地表示着感激，已经觉得好点儿了。他陷在门厅的一把椅子里，医生则放下他一直拿着的一个纸包，很快领他到了一个舒服的房间里；炉火明亮地燃烧着；电灯用罩子遮着，令人愉快；一瓶威士忌和一个苏打水瓶立在一个大扶手椅旁边的小桌子上；奥雷利还没找到话说，另一个已经给他倒了一杯，请他慢慢呷着，若是感觉还不太好，就不必费心说话。

“这会让你恢复过来的。最好慢慢喝。你绝不应该在这么一个晚上出来。如果你还要走很远，最好在我这儿留宿——”

“您太好了，太好了，真的，”奥雷利喃喃道，有一个他已经喜欢而且甚至感到被吸引的人在场，他感到安慰，恢复得很快。

“一点不麻烦，”医生回答说，“我一直住在前面，你知道。我能看出你是什么病——弹震症，我肯定。”

奥雷利对医生的快速诊断印象颇为深刻，也注意到了他的老练和友好。比如说，他就没有提没戴帽子的事。

“很对，”他说，“我在哈雷街和亨利大夫在一起，”他补充说了几句有关他的病的情况。威士忌起了作用，他渐渐恢复了，每分钟都感到越来越好。医生递给他一支雪茄；他们开始谈他的症状和恢复情况，他的信心又部分回来了，虽然他仍然觉得吓得够呛。医生的态度和个性给了他很大帮助，因为医生的脸上显出力量与和善，但是他的容貌也显出不同寻常的果断，只是在明亮而引人注目的双眼中突然闪过一丝痛苦的影子使他的容貌偶尔变柔和了。这张脸，奥雷利想，是一个见识过很多而且可能经历过地狱磨炼的人的脸，但是也是一张单纯、好心而真诚的人的脸。不过这是一个不可轻视的人；在他的温和后面有某种非常坚决的东西。这种品质和性格使奥雷利除了感激，还唤起了他的尊敬。他的同情心被激起来了。

“你还让我敢于做另一个猜测，”对病人的状态做了成功的现场观察以后，医生说道，“你有，明确地说，就在最近你受过一次严重的惊吓，而且”——他犹豫了仅仅一霎——“它对你来说是个解脱，”他继续说着，声音里富有技巧的暗示奥雷利没有注意到，“而且如果你能向——某个人——某个会理解你的人表白你自己，会是很明智的。”他带着友好而十分和善的微笑看着奥雷利。“也许，我不合适吧？”他用柔和的声调问着。

“某个会理解的人，”奥雷利重复着，“这正是我的烦恼。你说中了。一切都这么难以置信。”

医生微笑着。“越是难以置信，”他建议说，“你越是需要表白。压抑，你可能知道，像这种情况下是危险的。你认为你藏住了它，但是它等待时机，以后会冒出来，造成很多麻烦。你知道，自白——”他强调着这个词——“自白对于灵魂有好处！”

“你说得太对了。”奥雷利表示同意。

“现在，如果你能够的话，让你自己把它对某个愿意听而且愿意相信的人说出来——，比如，对我说。我是个医生，对很多事情都熟悉。当然啰，我会把你说的一切作为专业秘密；而且，因为我们是陌生人，我相信还是不相信都没有什么特别重要的。不过，在你没说以前，我可以提前告诉你，我想我能保证——我会相信你要说的一切。”

奥雷利于是没再费周折，说了他的故事，因为这个富有技巧的医生的建议找到了一块合适的土壤来植入。在叙述过程中，主人的眼睛没有一次离开过奥雷利的眼睛。他的身体纹丝不动。他的兴趣似乎非常强烈。

“有点儿荒诞，对吗？”奥雷利讲完他的故事以后说道。“而且问题是——”他刚要滔滔不绝地继续说下去，医生立即打断了他。

“奇怪，是的，但是并非难以置信，”医生插话说，“我看不出有任何理由不相信你告诉我的事情，哪怕是一个细节。据我个人经验所知，和这同样不同寻常，同样难以置信的事在所有大城市都发生过。我可以告诉你一个例子。”他停了一下，但是奥雷利充满兴趣而好奇地直盯着他的眼睛，没有做任何评论。“一些年以前，事实上，”医生继续说，“我知道一个非常类似的情况——奇怪地类似。”

“真的！我会非常感兴趣——”

“类似得简直像个巧合。可能轮到你发现自己很难相信了。”他又停顿了一下，奥雷利则在椅子上向前倾身听着。“是的，”医生慢慢继续道，“我想每个与它有关联的人现在都死了。我没有理由不说出它，因为心心相换，你知道。它是在布尔战争的时候发生的——那么久了，”他强调着补充道。“从某方面看它真的是个很普通的故事，虽然从另一方面看很可怕，但是一个在前方服兵役的人会理解而且——我肯定——会同情。”

“我相信如此，”奥雷利爽快地答道。

“我的一个同事，现在已经死了，正如我提到过的——一个外科大夫，有一个大诊所，和一个年轻的有魅力的姑娘结了婚。他们一起快乐地生活了几年。他的财产让她过得很舒适。他的诊室，我得告诉你，离他的房子有些距离——正如应当如此的那样——因此她从不会被他的病案打搅。然后战争来了。像许多其他人那样，虽然早过了服兵役的年龄，他还是自愿报了名。他放弃了赚钱的诊所，去了南非。他的收入，当然啰，断了；大宅子关闭了；他妻子发现她快乐的生活在相当大程度上被剥夺了。看来，她认为这是一个非常艰难的境况。她对他怨声载道。她全无想象力，也没有牺牲的精神，是一种自私类型的人，不过，她仍然是一个美丽而有吸引力的女人——而且年轻，必然就有情人突然出现来安慰她。他们计划一起私奔。他很富有。他们认为日本会很合适。只是，由于某种坏运气，丈夫得到了风声，就在关键时刻赶到了伦敦。”

“摆脱她，”奥雷利插话说，“我想。”

医生等了一会。他呷着杯中的酒。然后他盯着奥雷利脸的眼睛有些严酷了。

“摆脱她，是的，”他继续说，“只是他决定摆脱得彻底。他决定杀死她——和她的情人。你知道，他爱她。”

奥雷利没做任何评论。在他自己的国家对于不忠女人的这种做法也并非不为人知。他的兴趣很专注，但是他听的时候也在思考，极力思考。

“他精心计划了时间和地点，”医生小声地继续说着，好似他可能会被人听见。“他知道，他们在现在已经关闭了的大宅子里会面，他和他年轻的妻子在他们顺利的时候曾度过如此快乐的岁月。但是计划在一个重要的细节上失败了——女人在约定的时间来了，但是她情人没有来。她发现死亡正等待着她——这是无痛死亡。然后，她的情人，预定半小时以后到来的，根本没有来。门有意为他开着。宅子是黑暗的，它的房间都关上了，无人居住；甚至没有看管的人。那是一个浓雾的夜晚——就像今天晚上。”

“另一个人呢？”奥雷利用变衰弱的声音问，“那个情人——”

“有一个人确实进来了，”大夫平静地继续说，“但不是那个情人。这是一个陌生人。”

“一个陌生人？”奥雷利低语着，“那么那个外科大夫——他一直在哪儿？”

“一直等在外面看见他进去——藏在雾里。他看见那个人进去了。五分钟以后他跟进去，想去完成他的复仇，他的正义行动，不管你愿意怎么叫它。但是进去的那个人是个陌生人——他是偶然进去的——就像你可能做过的那样——去躲避雾——或者——”

奥雷利虽然费了很大努力，还是突然站了起来。他有一种可怕的感觉，他觉得面对着他的这个人是疯子。他有一种强烈的愿望想到外面去，不管有雾没雾，离开这间屋子，躲开这动人的声音那安静的口音。威士忌还在他的血管里起作用。他不觉得缺少信心。但是他很困难地才说出话来。

“我想我现在最好离开，大夫，”他笨拙地说，“但是我觉得必须谢谢你的好意和帮助。”他转过身，牢牢盯住正对着他的那双锐利的眼睛。“你的朋友，”他悄声问，“那个外科大夫——我希望——我的意思是，他被抓住了吗？”

“没有，”这是庄严的回答，大夫站在他面前，“他没有被抓住。”

奥雷利等了一下才做出另一个评论。“那么，”他终于说，但是声音比以前大得多，“我想——我很高兴。”他没有握手就向门口走去。

“你没有戴帽子，”他身后的声音提醒道，“如果你等一下，我去拿一顶我的。你不用费心还回来。”大夫走过他身边，走进门厅里，传来撕纸的声音。奥雷利过了一会儿头上戴着帽子离开了宅子，但是直到他半个小时以后到达地铁站，他才意识到那是他自己的帽子。

詹颂　译

幽魂岛

[英]阿尔杰农·布莱克伍德

一

故事发生在加拿大湖区的一个幽僻的小岛上。那里湖水清凉，在炎热的夏天常吸引蒙特利尔和多伦多的市民去那里休闲度假。就这么一点特色，似乎还不足以打动我们这些心理学系的学生。然而，我们还是去了那里。

失望之余，同行的二十多人当天就回蒙特利尔去了。只有我一人独自留下，准备在那里待上一两个星期，为的是把几本该读而没读的法律书读完。

那时正值九月下旬，肥硕的鲑鱼和狗鱼在湖底悠闲地游动。它们要等北风和早霜降临，气温骤降后才会慢悠悠地游到湖面上来。枫树林已透出绛红和金黄的色泽，潜鸟的叫声像人的疯笑，在隐蔽幽静的海湾上空回响。这么古怪诡异的叫声，在夏季是从来听不到的。

只身一人留在孤岛上读书，和我相伴的仅有一座两层的度假小屋和一条独木舟。其间，唯一可称作打扰的是一些小花栗鼠，以及附近的农民每周上岛一次来送新鲜鸡蛋和面包。一切都很好！

不过，我的同伴们在离开小岛时曾得到过多次警告，要他们提防印第安人，晚上也不要独自在外面待得太久以免冻伤，因为这儿气温会降到零下四十度。他们走后，我就开始觉得不对劲了。小岛远离人烟，与世隔绝，方圆六七十里内没有别的岛屿。大片的森林就在我身后不到两三米处，没有任何人居住和活动的痕迹。不过，小岛看起来虽笼罩在荒凉和沉寂中，那些岩石和树林间似乎还回荡着两个月前人们留下的欢声笑语，时时唤起我的回忆。当我走在岩石间时，我会恍惚觉得有人在叫喊，而且不止一次，我好像听见有人在喊我的名字。

我住的小屋共有六个小卧室，每个卧室都用松木板隔开，里面放着木制床架、床垫和一把椅子。我在这些房间里只找到两面镜子，其中一面还是破的。

当我在屋子里走动时，木地板会吱吱作响。房间里分明还残留着先前住客的痕迹。我几乎不相信自己真是独自一人留在这儿，不由得希望能找到某个落下的伙伴。或许，他正费力地要挤进一个根本容不下他的箱子里，躲藏起来。有一间卧室的房门比较沉，打开它颇费时间。我便自然而然地想到，或许有人正藏在卧室里，紧拉着把手。我若打开门，迎面就会撞到那人的双眼。

整幢房子上上下下走了一遍，我决定把自己的卧室设在一间有着小巧阳台的房间里。小阳台就在走廊的上方。房间很小，床却很大。那床垫是所有房间中最好的，还有一扇小小的气窗可以看日出日落。我的卧室下面是客厅，那是我起居和阅读的地方。

岛上到处生长着枫树、铁杉和雪松。前门和走廊前唯有一条小径穿过森林直通湖边码头。林木紧紧围着小屋，最细微的一阵轻风，也会让枝条擦到屋顶，轻扣到小屋的木质墙壁。日落后不一会儿，夜色便浓得化不开，在门外十码远的地方，仅靠客厅四扇窗户透出的灯光，一英尺外的东西就休想看见，稍走几步便有可能撞上树干。

我利用那天剩余的时间忙着把自己的东西从帐篷搬进客厅，补充食品储备，还砍了许多木头，以备一星期的生炉取暖之用。将近日落时分，我又划着独木舟绕小岛巡视一圈。在此以前，我是做梦也不会想到自己会做这些事情的，现在一个人离群索居，就不得不自力更生了。

上岸时，我这才感到小岛是那么孤寂。日落西山，北方透出一点暮色微光。黑夜转眼就要降临。好在独木舟已安全靠岸，我把它翻转过来，摸索着沿那条林间小路回到走廊前。六盏灯立刻在前屋亮起，但到我去厨房用餐时，屋子还是影影绰绰的。灯光不够亮，我甚至能从屋顶的空隙间窥见星星。

那天我睡得很早，四周一片静寂，连一丝微风都没有，除了吱吱作响的床架和窗外潺潺的溪流声外，我却听到了一种异样的声响。半夜醒来，那寂静沉沉地压在我身上。我不由得毛骨悚然。忽然，我听到外面走廊里和旁边的空房间里好像有脚步声，还有衣服的沙沙声和压低嗓门的说话声。然而，睡意最终压倒了一切，我的呼吸声和这些神秘的吵闹声渐渐混合在一起，成了梦中的一片模糊声响。

一个星期就这样过去了，我的“阅读”计划进展顺利。然而，在我独自生活的第十天，却发生了一件奇怪的事情。那天我从梦中醒来，突然对自己的房间产生了一种异乎寻常的厌恶感。

房间里诡异的气氛几乎使我窒息，而我越是想解释清楚这种厌恶感从何而来，越想让自己冷静，越想弄个明白，这种感觉就越厉害。房间里好像有什么东西让我莫名地恐惧。说来似乎有点荒唐，但当我穿好衣服后，这种感觉依然挥之不去。我禁不住浑身发抖，且有一种想尽快逃离这房间的冲动；而且，我越是想压制这种冲动，它就变得越强烈。终于，我箭步冲出房间，穿过走廊，飞步下楼进了厨房。这时，我才稍稍感觉好一点，好像刚从极其危险的瘟疫区里逃了出来。

在准备早饭时，我细想着过去几天发生的事情，希望从中发现恐惧感的来源。我唯一能够想起的是在一个暴风雨的夜晚，我突然惊醒，听见走廊地板的声响。我敢肯定那里有人在走动。我于是取枪下楼，查看所有的门窗，但却并无异样，只有几只老鼠蹿过，外加几只甲虫在地板上爬行。这显然不能解答我心中的疑问。

整个上午，我照例看书。中午稍事休息后我准备去游泳，然后再做午饭。突然，那种感觉又不期而至，而且更加强烈。就在我要上楼去拿一本书时，我感到前所未有的恐惧。进屋后，更不舒服，惶惶不可自制。于是，我决定不再看书，整个下午划着独木舟钓鱼。直到黄昏，我带着五六条黑鲈鱼回来，准备做晚饭。

此时，睡觉对我来说成了大问题。我打定主意，如果回卧室后还有那种莫名其妙的恐惧感，我就搬到客厅去睡。我还尽量说服自己，这并不是向荒唐的恐惧感屈服，而只是为了能安然入睡，因为只有睡好了，第二天才能继续看书。

于是，那天晚上我就把床搬到楼下的客厅里，而且面对着大门。之后我似乎安心了不少。楼上卧室的门已被我锁上，那里再有什么鬼魅出没，我也不用担心了。

厨房里的钟喑哑地敲了八下。我洗完盘子后关了厨房的门，走进客厅。所有的灯都开着。白天我还擦了灯罩，此时客厅里特别明亮。

屋外，夜依然是那么寂静；空气凝滞不动，岛上寂静无声，连树枝也不再摇晃。天上的云块就像厚厚的窗帘一样覆盖着湖面，黑暗正以一种不寻常的速度吞没着一切。此时，日落处还有一丝微光尚未消失殆尽。空气中弥漫着一种不祥的气息和死一般的沉寂。这往往意味着暴风雨要来了。

我坐在那里看书，头脑很清醒。一想到厨房里还有五条黑鲈鱼，明天早上又会有附近的农民送新鲜面包和鸡蛋来，我心里甚至有点乐滋滋的，很快就沉浸在我的法律书里了。

夜已深，周围更加寂静，就连花栗鼠也没了动静。我入神地看着书，直到厨房里传来喑哑的钟声——是九下。钟声在寂静的夜里格外洪亮，就像一把大铁锤在重重地敲击着。

我合上一本书，又打开另一本，准备继续看下去。然而，这种状况没有持续多久。我很快发现，一段文字往往要读上几遍才能懂，而这样简单的段落本不需如此。随后我意识到自己走了神，注意力越来越难以集中。更麻烦的是，我发现自己翻书时会两页一翻，却又浑然不知，直到读完了一页才知道前面有两页没读。情况变得越来越糟。这究竟是怎么回事？不可能是因为太疲劳；恰恰相反，我一点也不觉得疲劳，头脑还很清醒。我再次努力凝神阅读。才过一会儿，就发现自己只能呆坐在椅子上，两眼直愣愣地注视着前面的空气。

显然，我的潜意识里有什么东西在作怪。 有什么事情被我忽略了。 是厨房的门窗没有关好？ 我赶紧过去，发现门窗都关得好好的。 或许是火炉？ 跑去一查，也没有什么问题。 我检查了屋子里的灯，还上楼查看每一个房间，然后又在屋子里上下转了一圈，甚至还去了地窖。 一切正常！ 所有的地方，所有的东西，都安然无恙。 但我总觉得，一定有什么地方不对劲。

最后，当我重新坐下来准备看书时，我第一次感到客厅里的空气似乎在迅速变冷。 那天相当闷热，到了傍晚也不见凉爽。 加上客厅里的六盏灯也不至于这么冷。 我想，或许是湖面上的寒风吹进了屋子，于是就起身把对着走廊的那扇玻璃门也关了。

过了一会儿，我向窗外张望。 由于客厅里的灯光透过窗户照出去，不远处的湖面也隐约可见。 这时，我突然看到有一条独木舟出现在湖面上，但一晃而过，很快就消失在黑暗中。 它大约离岸只有一百英尺，速度奇快。

在这种时候，怎么会有独木舟经过小岛？ 我颇为诧异。 因为所有来湖区度假的游客早在几个星期前就全走了，而这座小岛附近也没有任何秋季航线。

我没法再安心看书了。 不知怎么，那只幽灵般的独木舟在朦胧的湖面上滑行的景象似乎深深印入了我的脑海，而且时不时地在我眼前的书页上晃动。

我越发纳闷。 这是我在整个夏天看到的最大的独木舟，船首船尾都翘得很高，船身很宽，那不是古代印第安人的战船吗？ 我一页书也看不进去了。 最后，我放下书，想到外面去走一走，活动活动。

夜寂静无声，天黑得超乎想象。 我磕磕碰碰地沿着门前的小径来到湖边的小码头上。 湖水正轻拍着湖岸，发出轻轻的咕哝声。 远处，树林里传来一棵大树倒下的声音，而且在凝重的空气中回响着，仿佛远处传来的一声枪响。 此外就再没有其他声音打破这里的沉寂了。

这时，借着从客厅窗户里透出的亮光，我又看到一条独木舟，而且同样飞快地在我眼前驶过，消失在黑沉沉的湖面上了。

这一回我看得更真切，是一艘桦皮独木舟，和第一只样子很像，有高而弯曲的船首和船尾，上面还画着饰纹。 有两个印第安人在划船，一个在船尾，一个在船头。 他们身材高大魁梧，我看得很清楚。 但是，尽管这第二只桦皮独木舟离小岛要近得多，我还是认为他们是路过这里回保护区的印第安人。 他们的保护区大约离这里有十五英里。

正当我寻思着印第安人到底发生了什么事要在这黑夜里出来时，第三条独木舟出现了，而且上面同样坐着两个印第安人。 这条独木舟悄无声息地驶过码头，这一次离得更近了。 我不由得想到，这三条独木舟会不会是同一条？ 只是在绕着这个岛行驶？

这绝对不是好事。 如果猜得不错，那么此时出现的独木舟就应该是冲着我来的。 我虽未听说过印第安人和这片荒野之地的其他居民有过暴力冲突，但那种可能性确实存在……不过，我尽量抛除这样可怕的想法，而是竭力想象其他可能来放松自己。 这种方法通常都很有效，可惜这一次却一点也不起作用。

我一边想着，一边本能地后退几步，躲到了一块大岩石后面。

我想看看这独木舟是否还会出现。刚才我一直傻乎乎地站在光亮处，现在好了，我可以看清湖面上发生的事情，湖面上的人却看不到我。

果然不出我所料，不到五分钟，独木舟第四次出现了。这一次离码头还不到二十码。我觉得那两个印第安人好像要上岸，同时认出他们就是刚才那两个印第安人，掌舵的还是那个彪形大汉——我没看错，就是他！我想，他们一定有什么目的，所以绕着小岛转了几圈后才打算上岸。我在暗处死死盯着他们。但就在这时，他们却消失在黑夜里，连划桨声也听不见了。接着，独木舟又悄然出现。这一次，他们大概真要上岸了。我最好有所准备。但我不知道他们想干什么，再说，在这样的孤岛上，在这样的深夜里，要我一对二（还是两个高大魁梧的印第安人！）也是难以想象的。

我的来复枪就搁在客厅的一个角落里，弹膛里有十发子弹，但现在回屋去取枪已来不及了。我想回去守在那里，或许更为有利。于是我转身就跑，还小心翼翼地从树林中的另一条小路折回，免得被他们看见。

一进客厅，我就随手关上大门，还迅速关掉了客厅里的六盏灯。几乎与此同时，我站到客屋的一个角落里，拿起那支来复枪，背靠着墙壁，手指扣在冰冷的扳机上。在门和我之间是我的书桌，上面放着一堆书，现在成了我的掩体。眼前一片漆黑，我一时什么也看不见。但过了几分钟，我的眼睛似乎习惯了黑暗，客厅的轮廓渐渐浮现出来，最后连窗框也隐约可见了。又过了几分钟，大门和走廊里的两扇窗也渐渐清晰起来。我很高兴，我想那两个印第安人要是真进屋的话，我就在暗中监视他们，看他们想干什么。

我没猜错，码头那边传来了独木舟被拖上岸的声音，甚至还能听到他们把桨放进独木舟时发出的“咯咯”声。接着，便是一片沉寂。我不由地想到，那两个印第安人大概正蹑手蹑脚朝我的屋子走来。

这时，客厅里的空气好像凝结了，我喘不过气来。确实，我觉得万分恐惧，但我保证，我并没有因为恐惧而丧失理智。我只是觉得自己处于一种奇异的精神状态：肉体上的恐惧似乎已不再影响到我的内在情绪。我固然觉得恐惧，双手却牢牢握着那支来复枪，与此同时，我又觉得要靠这支枪来对付那两个印第安人，实在是不可能的。说真的，我觉得我好像不是生活在一个真实的世界里，眼前发生的一切好像既和我有关，又和我无关。我只是个旁观者，但又不得不参与其中。总之，那天夜里，我的感觉太混乱，太怪诞，至今都说不清楚。但不管怎么说，我至死都不会忘记那种可怕的恐惧感；如果那段时间再拖得长一点，我肯定会精神崩溃。

二

我屏住呼吸站在那里，等着将要发生的事情。屋子里死寂得像座坟墓，我好像听到血在我血管里流动的声音，它流得太快了，简直是在奔涌。

我想，那两个印第安人如果想从屋子后面进来，马上就会发现厨房的门窗早已被关死，是不可能悄无声息地溜进来的。他们如果通过大门进来，那我就面对着大门，两眼正一眨不眨地盯着他们。

我的眼睛这时已完全适应了黑暗。我能看清楚我的书桌几乎占了大半个客厅，而且只有书桌两旁留有一点空隙可供行走；我还能看清楚紧靠书桌的那几张木椅子的笔直的椅背，甚至能看清楚我放在白色桌布上的书和墨水瓶。在我左边不到三英尺的地方是通往厨房的过道，通往楼上卧室的楼梯也在那里，我都能看清楚。我还看到窗外没有一根树枝在摇，甚至没有一片树叶在动。

令人窒息的静谧维持了片刻，我突然听到走廊里的地板在“吱吱”响，还有“笃笃”的脚步声。那声音仿佛是不经耳朵直入我的大脑的。就在万分震惊之际，我突然看到一张人脸贴在客厅和走廊之间的玻璃门上。我惊惧得浑身打战。

接着，一个印第安人的身影出现了。如此高大的身材，我只在马戏团里见过。他的头好像散发着幽光，在这幽光中我看到一张黑红色的脸，鹰钩鼻、高颧骨。他把脸贴在玻璃门上，不知道在看什么！

不知为何，这个黑影在那里足足停留了五分钟。他好像弯着腰在朝客厅里张望，看上去仍和玻璃门一样高。在他身后，还有一个稍稍矮小一点的印第安人的身影。两个人影左右晃动着，像两棵在风里摇摆的大树。而我，除了屏息瞪眼，在这五分钟里已被惊吓得手足无措。我真不知道他们要干什么。

我只觉得脊背一阵寒战，手脚冰凉。心脏好像一下子停止了跳动，接着又发疯似的怦怦乱跳。他们一定听到了我心跳的声音，甚至听到了血在我大脑里涌动的声音！我几乎控制不住自己，一串串冷汗从脸颊上落下，我甚至想疯狂喊叫。我要喊叫，我要像孩子一样用头猛撞墙壁！我要把这里弄得震天响！或许，只有这样才能缓解我的紧张和恐惧。

或许正因为此，我竟然有了一点勇气。我握紧手里的枪，准备对着玻璃门射击。然而，我却发现自己无法扣动扳机。我的全身肌肉都已麻痹，因为过度恐惧而几近瘫痪。这真是太可怕了！

客厅玻璃门上的铜把手发出一阵轻微的“咯咯”声，门被稍稍推开了几英寸。几秒钟后，又被推开几英寸。我没有听到脚步声，只见两个黑影进了客厅，后面的那个还轻轻碰了一下那扇玻璃门。

现在，就在这四堵墙壁之间，我和那两个黑影面对面。他们看到我了吗？看到我这个呆滞而僵硬地站在角落里的人了吗？我全身的血一下子涌了上来，头脑嗡嗡作响。尽管我气也不敢透，但我担心我会控制不住而喘出声来。

他们好像没有发现我。我盯着他们看。他们既没有说话，也没有做手势。但我仍然觉得可怕至极，因为客厅很小，而且无论他们从哪里走，都要从书桌旁边走过。要是这样的话，如果他们从我边走的话，那和我只有六英寸距离！这样擦肩而过，结果会怎样呢？

正在我想象着那万分恐怖的一幕之际，我看到那身材稍矮的印第安人用手指了指天花板，另一个则抬头看了看。我看懂了，他们要上楼！而他们所指的那个房间，不就是我的卧室吗！怪不得从今天早上起，我总觉得卧室里有一种异样的感觉，总使我莫名其妙地感到惶惶不安；要不然的话，我此刻理应在那里，而且正熟睡着。

那两个印第安人的身影开始移动，奇怪的是一点声音也没有。他们要上楼梯，并且正朝我这边过来。他们移动得很快，又悄无声息，若不是我神经紧张而注意力高度集中，很可能意识不到他们从我身边经过。而就在他们从我眼前过去时，我发现那个矮小一点的印第安人身后还像尾巴一样拖着什么东西。那东西轻轻滑过地板，我模模糊糊看到，好像是一大包雪松树的树枝。不管是什么，我只能看清它的轮廓。因为我太紧张、太害怕了，连身体也不敢动一动，哪里还敢伸出头去看个究竟！

当他们朝我这边移动时，那身材魁梧的印第安人还用他一只巨大的手抹了一下我的书桌。我紧咬嘴唇，呼吸像烈焰一样炙热，简直会把我的鼻孔烧焦。我试着闭上眼睛，不想看到眼前的一切，但我的眼皮也僵硬了，根本不听我使唤。

难道他们非要从我身边经过吗？我想躲开，但我的腿好像也失去了知觉。我像站在一小截树枝上，或者一块凹凸不平的石块上，摇摇欲坠，就是贴着墙也站不稳了。好像有一种恐怖的力，正把我往前推，往前扯。我头晕目眩，身体摇摇晃晃，眼看就要在那两个印第安人经过我身边时颓然倒下！

然而，那漫长的瞬间终于熬了过去。还没等我反应过来，那两个黑影已和我擦肩而过，而且已经到了楼梯口。他们和我擦肩而过时相距不到六英寸，我只觉得就像一阵冷风刮过。他们显然没有碰到我，而且我相信他们也没有看到我，就连他们拖着的那包东西也没有碰到我的脚。在如此惊险的一刻，这么一点小运气虽微不足道，但仍使我感到庆幸。

那两个印第安人上了楼。我没有一丝放松，仍龟缩在那个角落里瑟瑟发抖。除了呼吸稍稍顺畅一点，我仍然觉得浑身不舒服。刚才他们在我眼前时，似乎有一道诡异的光，引导着我的视线，使我看清了他们的动作；现在，他们上了楼，那道诡异的光也就随之消失了。客厅里又变得一片昏暗，我只能勉强看出窗户和那扇玻璃门。

就如前面所说，我当时处于一种极不正常的精神状态。就像身处梦境似的，我对眼前发生的一切既感到恐惧，又觉得虚幻。我的知觉变得异常敏锐，任何细微的动静都能铭记在心，但我的思维却变得极其愚钝，除了最简单的算术题，也许什么都不能思考。

我只知道那两个印第安人此刻已上了楼。他们好像迟疑了片刻。他们想干什么？我不知道。他们好像在全神贯注地倾听，又好像在东张西望。接着，我从他们发出的极轻微的声响中感觉到，其中的一个，也就是那个身材高大的，穿过走廊，走进了我头顶上方的那个房间——那正是我的卧室！要不是今天早上我在卧室里感觉异常，此刻我正躺在那里，而那个身材高大的印第安人正悄无声息地站在我床前！

一阵长而又长的寂静，大约有一百秒，静得好像宇宙尚未形成，天地尚未诞生。接着是一声长长的、颤抖的、骇人的尖叫，划破死一般的寂静，又戛然而止。这时，另一个印第安人好像也进了卧室，因为我听到他拖着那包东西的声音。接着就是“砰”的一声，好像什么重物落了下来。接着，又是一片寂静。

这时，忽然间，夜空中划过一道闪电，接着是一声巨响，原本死气沉沉的天空顿时在电闪雷鸣中变得疯狂起来。足足有五秒钟，我震惊地看着客厅里所有的东西都被照得雪亮。窗外，一排排树木俨然而立；我看到远处岛屿上空闪电阵阵，听到湖面上雷声隆隆。接着，就像天池的闸门崩裂，大雨像洪水般倾泻而下。

雨珠刷刷地撒向湖面，原本平静的湖面顿时变得星星点点；雨珠打在枫树叶上，落在屋檐上，发出“啪啪”的声响。接着，又是一道闪电，比前一次更亮，时间也更长，几乎把整个夜空都照得透亮。炫目的白光照射着整座小屋，我甚至看到窗外树枝上的雨点在闪闪发光。接着，大风呼呼吹起。不到一分钟，暴风雨就把一整天积蓄的能量全都释放了出来。

尽管屋外雷声、雨声、风声不绝于耳，我仍能听到屋内哪怕最细微的动静。那阵寂静只持续了几秒钟，接着我就听出他们好像又在走动。我不停地打战，恐惧而痛苦。他们离开了我的卧室，走到了楼梯口。随后，他们就下楼了。他们拖着那包东西好像磕磕绊绊的，在楼梯上不得不一级级往下拖。我听得出，那包东西变得更重了。

我等着他们的出现。奇怪得很，我这时竟然镇静了一点。也可能是麻木了，可能是暴风雨的缘故，我好像被大自然注入了麻醉剂。不管怎样，对于后来发生的事情来说，我当时的麻木真是大自然的仁慈。他们在靠近我，好像越来越近了。他们拖着的那包东西也表明他们在靠近我，因为它发出的声音越来越响了。

他们下了一半楼梯，我就感到极度恐惧。一个念头在我脑中闪过：要是他们到了客厅，这时正好有一道闪电，那他们的模样不就全都显现在我眼前了吗？更为可怕的是，我也会暴露在他们面前！对此，我只能屏住呼吸等着，听凭这种不祥的预感的煎熬。

那短短几分钟，漫长得没有尽头，简直就像过了几个小时。

两个印第安人终于下了楼梯。先出现的是那个高大的印第安人的巨大身影，接着是一声闷响——他们拖着的那包东西从最后一级楼梯上落到了地上。又是一阵寂静。随后，我看见那高大的印第安人转了转身，好像是去帮了一下他的同伴。他们继续朝我而来，而且还是要从我这边绕过书桌。那个身材高大的印第安人已走到我面前，后面紧跟着他的同伴——他仍拖着那包看上去很重的东西。此时客厅里很暗，一切都模模糊糊，影影绰绰。我睁大眼睛再一看，他就直挺挺地站在我面前。他们停了下来，而这时，窗外的暴风雨也突然停了——风声和雨声全都停息了。静谧，黑暗，可怕的静谧和黑暗。

大约在五秒钟内，我的心脏似乎停止了跳动。然而，紧接着，我最害怕的事情终于发生了。接连两道闪电，毫不留情地照亮了整个客厅。只见那个高大的印第安人就站在我右边两三步远的地方，正扭着头从他又宽又厚的肩膀上方注视着他的伙伴和拖着的那包东西。我看清了他的侧影：巨大的鹰钩鼻，高高的颧骨，黑而直的长发，下巴突出；而且瞬间把这张印第安人的面孔深深印入了脑海，终生难忘。

还有一个印第安人离我更近，相距还不到十二英寸。这回我看清楚了，他比他的伙伴要矮小得多，相比之下简直就像个小矮人。他正弯着腰在翻弄他拖着的那包东西，看上去更加古怪而畸形。那包东西呢，啊！我终于看清楚了，果真是一大包雪松树的树枝，但当那小矮人拨开树枝，里面竟是一具白人男子的尸体！他的头皮已被剥开，满脸污血斑斑。

这时，那使我身心瘫痪的恐惧，终于变成了一股来自灵魂深处的怒火。我大吼一声，伸出双臂扑向那身材高大的印第安巨人，想掐住他的喉咙。但我扑了个空，摔倒在地上，昏了过去。

我认出了那具尸体，那正是我自己的脸！……

三

当一个男人把我唤醒时，外面已是阳光明媚。我就躺在我摔倒的那个地方，见有个农夫站在客厅里，手里还拿着几只面包。我对昨天夜里发生的事情仍心有余悸，所以当那个淳朴的农夫扶我起来，捡起我身边的枪并关切地问我一连串问题时，可以想象，我的回答只是寥寥数语，不但没有多作解释，甚至有点语无伦次。

那天，我对小屋作了一番毫无结果的检查之后就离开了那个小岛，和那个农夫一起到他那里去度过了我最后十天的“读书日”。当我最后要离开时，那些该看的书都已看完，我的神志也完全恢复了正常。

在我动身那天，农夫一早就用他的大船把我的行李送到十二里远的地方，那里有每周两次定期接送猎户的小轮船。到了下午，我就自己划着独木舟到那个地方去。但我仍想去看看那个孤岛，那个曾使我如此惊魂的怪异之地。

我顺路到了那里，绕岛巡视一圈之后，我又把那座小屋检查了一遍。当我再次进入楼上的卧室时，我并没有异样的感觉。那地方显然没什么特别。

然而，当我重上独木舟准备出发时，我却发现前面另有一条独木舟正在绕小岛环行。我觉得奇怪，因为那条独木舟不但很不寻常，而且好像是从什么地方突然蹦出来的。我于是紧随其后，看它是否会消失在那块突起的岩石后面。那条独木舟不仅有着高而弯曲的船首和船尾，上面还真的坐着两个印第安人。我不由得一阵紧张，继续划着独木舟在那片水域徘徊，想看看它是否会从小岛的另一端出现。果真，不到五分钟，它又出现在我的视野里，而且和我相距不到两百码。那独木舟上的两个印第安人正在拼命划动船桨，朝我直扑过来！

我也拼命划动船桨；说真的，在我一生中还从未有一次划得这么快。过了几分钟，我回头看，发现印第安人已改变方向，又在绕岛环行。

太阳从湖边的森林后面落了下去，殷红的霞光映照在湖面上，我最后一次回头遥望，仍隐约看到那只巨大的黑色桦皮独木舟和那上面的两个模糊的人影。他们还在绕岛环行。随后，天色越来越暗，湖水也越来越黑。我转了个弯，夜风迎面吹来，而那座小岛和那条独木舟则被一块凸起的岩石挡住，再也看不见了。

梁亮　沈睿　译　刘文荣　校

女房客之谜

[英] 阿尔杰农·布莱克伍德

他坐着黄色的公共马车，到达目的地已是深夜了。经过三个小时缓慢的爬坡又爬坡，困坐在车内。累得他四肢僵硬，精疲力竭。呈现在面前的村子是一团黑乎乎的影子，家家户户早已沉沉入睡。只有小旅店门前还有喧闹声和灯火，一片忙碌的景象——但也持续不长时间。几匹马拖着疲乏的步子，没精打采地穿过道路，任凭挽具在尘土中拖曳着，消失在各自的马厩里。笨重的马车还留在原地，活像只断了腿的黄肚皮大甲虫。

这位老师花了十畿尼①的钱要作一次旅游，旅途虽然刚刚开始几小时，已累得筋疲力尽，但仍然显得异常的兴奋。这个阿尔卑斯山高峻的山谷幽静极了。米迪地区那些逶迤起伏的山脊上空，星星闪烁，皑皑白雪衬着黑檀木般的山崖，如幢幢鬼影。凛冽的寒气里，弥漫着松树的芳香，散发着饱含露珠的草地和新锯下的木材的气息。他感到新奇而喜不自禁，片刻间，身心完全沉醉在这氛围之中。跟他一起的另外三位旅客忙着吩咐人家搬运行李，各自进入安排好的客房。他转身跨过地上粗糙的草垫，走进灯火通明的门厅。门边墙上挂着一幅很大的山地地形图，他很想上去仔细看看，但最终还是作罢。

猛然间，他大吃一惊，煞是不安，一下子让他从理想国里跌到现实中来。原来这小客栈是村子里唯一的一家客栈，这里已没有空房间，甚至连店里的沙发也有人占住了……

都怪自己太蠢了，怎么事前没有想到写封信来订个房间？话得说回来，这是不可能的事，因为他的这次旅游完全是临时决定的。记得当时在日内瓦一连一个星期的下雨天，那天上午突然云开雨停，阳光明媚。遇上这样的好天气，一时兴起，匆促间他才下了决心。

---

① 畿尼，英国1663年发行的一种货币，等于21先令，1813年后停止流通。

一名号服镶着金边的杂役和一位脸色严峻的老婆子——他注意到她神情严峻—— 一直在叽叽呱呱，指指点点，没完没了，手始终指着村子的上下左右，像是在出什么主意，可他听不太懂，因为他的法语水平有限，而那一男一女一口的方言土语他听得一头的雾水。

“那边！”——他在那边兴许找得到房间——“要么就那边！可咱们这儿，唉，全满了——满满当当，压根没想到。明天，兴许——要是某某把房给退了……”那神色严峻的老太婆说到这里，多次耸了耸肩，看了一眼那号服镶金边的杂役，而杂役睡眼惺忪，看了一眼老师。

最后，他抱着莫名其妙的希望，按照老婆子不知所云的指点出了旅店，沿着街道，向老婆子方才指点的一座座黑洞洞的房子走去。他只知道，他得去擂人家的门，求人家借宿一夜。此刻他实在太困，想不出别的更周全的办法来。那杂役倒是出来要陪他去的样子，可到头来还是转身回去和老婆子聊天了。四周黑沉沉一片，那些房子显得朦朦胧胧，只能看出大概的轮廓。天气很冷，整个山谷里倾流而下的轰轰水声处处可闻。他隐约觉得，黎明怕是不远，他甚至可能要在林子里转悠，度过这一夜了。突然身后传来一阵很响的声音，回头一看，一个人影匆匆朝他赶来。来的不是别人，竟是那杂役——他是跑着来的。

客栈的小店堂里开始又一场三方会谈，你一言，我一语，很是杂乱。其间老婆子和杂役用他们的方言不停嘟嘟囔囔地议论，叽叽咕咕地低声轻语，谈了一通之后，得出的结论是：“要是这位先生不反对的话——那边倒有一个房间，毕竟在底层——不过可以说也是‘有人占了’的。就是说……”

不过这位先生并没有盘根究底下去，便要下这间无疑是天上掉下的房间。旅店经营道德之类与他毫不相关。既然这老婆子为他提供安身的地方，他何必跟人家争长论短，追究她所提供的房间合不合法。

但是那杂役分明有点不自在。他陪着客人到客房去。他用英语夹杂着法语详细地讲了老板娘没有提到过的其他一些情况，明腾老师听了不免也随之不自在起来，只觉得自己这下落到一个可能发生的悲剧中了。

每一个有过攀登高山谷地经历的人都体验到一种独特的刺激，都懂得其主要的诱人之处在于攀登过程险象环生，面对眼前的景色油然而生某种朦胧而强烈的恐惧感。当你抬头仰望荒凉而高耸的山脊，不由自主想到那些以攀登为乐的人，他们日夜兼程，登上云罩雾锁的山巅，一步一步艰难跋涉，征服冰封雪盖的绝顶。高空中他们永远播下险恶和恐惧。这种冒险的气氛，往往伴有发生极度险恶的悲剧的可能，但始终吸引那些探胜访幽之人，激发他们的想象力，促使他去深思遐想。明腾对那提心吊胆的杂役所说的话不甚了了，但对方的大概意思他还是听明白了。这房间原本住着位英国女人。她外出时坚持不带向导。她是两天前，天亮前不久离店的——这杂役亲眼看她走的——可竟然一去不回！她走的那条线路崎岖难行，十分危险。但对熟练的登山者来说，即使不带向导，也算不了什么。这位英国妇女是位有经验的登山者。而且她很自以为是。听不进别人的劝告和忠言，是个极端自信的女人。此外，她这人很古怪。总是独来独往，有时把自己锁在房间里，几天几夜不让别人进去。明摆着是个不折不扣的怪物。

这许多情况都是明腾从那杂役口中听得的，其间，他帮着搬行李，整理房间。此外，他还听说，已派出一路人马上山搜索了，他们随时都可能会回来的。要是那样的话……房间还没人住，可房主人还是她。“要是您先生不反对的话——要是他愿冒这个险，不怕三更半夜冷不防被人赶出门……”这位嘴巴讲个不停的杂役，既让他了解到更多的细节，又使这场交易大可怀疑。于是明腾设法尽快打发走杂役，好赶快让自己躺到匆匆铺就的床上去，在自己被人驱逐出房间前，争取多享用几个小时。

说实在的，起先他感到不自在——确实不自在。他这是待在别人的房间里。他没有权利待在这儿。他这不是私闯他人的领地吗？当他打开行装时，禁不住频频回头四望，像是生怕角落里有人在窥视自己。仿佛外面过道里随时都会传来脚步声，有人敲门，接着门打开，他就看见那个精力充沛的英国女人怒气冲冲，上下左右打量他。更糟的是，他会听到对方责问自己，待在她的房间里——她的卧房——居心何在？当然，他会说清原委，可毕竟……

接着，他想到自己这时已是衣衫不整，片刻间，脑海里闪过一个怪念头，不禁发出笑声——只是轻轻的浅笑。他轻轻一笑后，立刻感觉到原先感到的那种悲惨境地。也许，就在他发出笑声的刹那间，她已陈尸那凶险的高峰，全身冰冷，断肢残体，寒风夹着白雪，戏弄她的秀发，无神的双眼茫然地凝视高天的星辰……想到这里，他不禁打了个寒噤。他与这个女人素未谋面，连姓甚名谁也一无所知，可是她的形象却真真切切地出现在眼前。他几乎认为，此刻她就在这房间里，与他同在一起，躲在什么地方，把他的一举一动全看在眼里。

他轻轻地打开门，把靴子放到门外。然后又关上门，转动钥匙反锁上门。他打开行李，把为数不多的几样东西零落地摆放在房间里。事情很快就处理完了，因为首先，他只带一个小手提包，外加一个背包；其次，房里可以堆放衣物的地方只有一个沙发。见不到五斗橱，而那个奇大无比、结实的衣橱是上了锁的。英国女人的东西分明是被匆忙塞进橱子里的。唯一能说明她最近在这里住过的只有一束阿尔卑斯山玫瑰，插在洗手架上的玻璃瓶里，已经凋谢。此外，还残留一股淡淡的香水味。但是尽管房里只有这点小小迹象，他还是从中看出，整个房间弥漫着一种怪异的气息，说明房间是有主儿的，这很煞风景。过了一会，他觉得这气息里微妙地包含“人刚走”的感觉。接着又平添了“还在房里”的古怪印象，想到这里，他不禁一转身，急不可耐地看看背后。

总之，这房间令他深恶痛绝，恨不得把瓶里凋谢的玫瑰花扔出窗外，再把自己的雨衣挂上衣橱的门，尽可能把它遮起来，眼不见为净。因为在他的想象中，这个又大又丑陋的衣橱里面装满了一个女人可能再也用不着的衣衫，且不停地栩栩如生而鲜明地浮现在脑海中，他见了定会激起不安和惶恐，而且随之会有一种不可名状的恐惧渐渐在心中浮现。无论如何他见不得这令人厌恶的衣橱，几乎是出于本能，非把它遮掩起来不可。最后，他熄了灯，上床睡了。

可是房间一旦没了灯光，他更受不了。而且，黑灯瞎火中，还突然袭来一股不知从何而来的冷气。 奇怪的是，他点起床头的蜡烛，竟发现自己的手在发抖。

这局面自然太难堪了。 他这是到了疑神疑鬼的地步，再也不能听之任之。 但是说来要摆脱这困境的办法倒也别致。 他方才种种举动正说明是他自己心里有鬼，才生出恐慌，而恐慌一旦深入心中，再驱除它就难了。 他侧身躺在床上，胳膊肘支着脑袋，仔仔细细把房内的东西记录下来——意在把所见、所触的物件一一盘点盘点，然后划上一道线，最后加起来，得出结果："房里的东西全在上面！ 样样东西我全算进去了。 没落下什么。 这下可安安心心入睡了！"

就在他荒唐地盘点房里家什的时候，算着、算着，只觉得一种难耐的倦怠感可怕地袭来，害得他很难进行下去。 这感觉来势惊人地迅猛，不知不觉间轻而易举地制服了他。 他只感到浑身酥软无力—— 一种无法言传的疲惫感。 它所产生的第一个效果就是消除了心中的恐惧感。 他再也没有足够的余力去害怕和紧张了。 他还是觉得很冷，但惊恐感消失了。 论个性，他平日里一向生气勃勃，但此刻，他内心的角角落落里开始潜入一种毒害肌体的疲惫感，片刻间似乎变成了精神上的萎靡不振。 他忽然意识到自己是多么愚蠢，生命是何等的空虚，努力和争斗又是何等的无聊——使生命变得有价值的一切的一切如今看来都变得毫无意义——这种感觉渗入了他的每个细胞，使他陷入了虚弱无力的状态。 一种人力所难及的、绝望的厌世感遍及他内心深处的角角落落……

他内心出现的种种形象无不蒙上灰色的阴影：君不见那些疲惫而大汗淋漓的马匹正挣扎着爬坡，却落得劳而无功的结局；君不见那名神情冷峻的老板娘为了满足贪财的欲望，费尽心机，丧尽天良——为的是区区几法郎的小利；君不见号衣上镶着金边的杂役，费尽口舌，献足殷勤，卖力起劲，恨不得把自己知道的一切都抖搂给他！可他们这般劳碌有什么好处？说到他自己，只不过是一个预备学校里的小小教师，干尽费力而乏味的工作，可到头来又捞到什么好处？得到什么前程？生命的奥秘深不可测，最终的归宿渺不可知，那么种种不可靠的劳苦的价值何在？如此说来，什么劳精费力，遵纪守法，埋头苦干，无不是愚蠢之举！行乐享受竟是镜中花、水中月，高尚的生活无非是竹篮打水一场空！

想着，想着，明腾猛地感到自己的情绪不该这般颓废，跳将起来，险些打翻蜡烛。经常情况下，他从未出现过这样消沉颓废情绪，所以这突如其来的反常心境使他作出强烈的反应，但为时短暂。片刻后他又被滚滚浪涛般的消沉情绪所压抑、所淹没。他的工作——充其量只能让他当上个小小的预科学校校长而已——也和这次阿尔卑斯山之行一样，将是愚蠢而一无所获。他真是个大傻瓜，怎么会远离家园，背上背囊，为的是攀登什么山，折磨得筋疲力尽，一无所获，落得双手空空的结局。想到这里他感到一种阴森森的悲凉凄惨。人生原是一场可怕的骗局！宗教只是哄孩子的儿戏！一切无不是害人的陷阱——死亡的陷阱，造物主用来让人上钩的色彩斑斓的诱饵！可是这诱饵图的是什么？毫无价值！世间万物皆空。唯有一事是真实的——那就是死亡。越早发现这真实的人越加幸福。

那么，为什么等着死亡降临呢？

想到这里，他吓得胆战心惊，便从床上跳了下来。太可怕了。 单纯出于肌体的疲劳会导致他精神上变得如此阴暗消沉、会令他感到前景如此渺茫无望，使他变得如此懦弱，突然感到前景茫茫，万念俱灰吗？ 正常情况下，他是个达观而精力充沛的人，过着健康而不落伍的生活。 这骇人听闻的颓废感却彻底毁了他性格的基础，而成了求死的欲望。 这似乎发展成他的第二性格。 他读过一些书，自然知道，有些人由于受到打击，性情、记忆、嗜好等等变得和原来截然不同。 当时他为此感到害怕。 虽然科学家言之凿凿，可难以置信。 可如今他自己身上就发生类似的事。 毫无疑问，他正体验着另一个人的心理变化！ 这是不道德的。 太可怕了。 但是——唉——毕竟是挺有意思的。

他觉得有意思，这一感觉是他开始恢复自我本性的第一个征兆。 因为感到有意思意味着要活着，意味着热爱生命。

他跳下床后，三两步奔到房中央，打开电灯。 他第一眼看到的就是那个大橱。

“好哇！ 就这家伙——这该死的衣橱！”他脱口喊了起来，喊得很响。 里面放着那个已死女人的全部内衣、裙子、外衣和夏装。 不管怎么说，他反正知道，她已命丧黄泉……

就在这时候，从敞开的窗子外传来瀑布的哗哗声，使他联想到那白雪皑皑荒凉的高山，清晰地出现在眼前。 他看到她——确实看到她，就躺在坠落的地方，脸上盖着寒霜，白雪在她头发和双眼周围飞舞，她的断肢残体横卧在冰块上。 片刻间，面对这幅艰难攀登而落得粉身碎骨结局的女人的图像，他精神上的疲惫感——生之虚妄感，悄然消失了。 不是吗，人的渺小的力量敢于与严酷无情的大自然巨大威力抗争，虽是英勇之举，却是徒劳的。 他原有的本性又恢复了。然而立刻又感到那可怕的寒冷、空虚和无为。

他发现自己就站在那存放她衣物硕大的衣橱前。他突然想看看那些衣服——她用过的和穿过的东西。衣橱近在咫尺，几乎伸手可及。他果然立刻触到了。他用指关节敲了敲。

他为什么要敲它？说不清。也许是本能驱使。是内心深处的某样东西驱使他——命令他动手。他敲了敲橱门。木板发出沉闷的声响给这寂静的房间带来的是——恐怖。为什么会带来恐怖？他自己说不清。恰如他说不清为什么身不由己去敲打衣橱。可事实是，他听到了衣橱里响起微弱的声响，这清楚说明那女人就在里面，他惊得呆立着哆嗦起来。同时他可怕地预感到，几乎是希望听到里面传出回应声——也许听到的是挂在里面裙子的窸窣声，也许，更糟的是，看见锁着的橱门慢慢地在他眼前打开。

从这时起，多多少少显出他已部分失去自控能力，至少丧失了判断力。你看他内心产生一个无法抗拒的欲望，想要打开橱门，看看里面那些衣物，于是他用房间里所有的钥匙，一一去试，但就是打不开。结果，他还没意识到自己在干什么，便按起铃来。

但是在大清早两点钟，无缘无故，毫无道理地按了铃后，他就立在房中央等着服务员进来。这时他第一次意识到，是自身之外某个东西逼着他作出了此举。差不多好像指挥他的是内心的一个声音……过道那边终于传过来脚步声，进来一位怒气冲冲、睡眼惺忪的女佣，立在他面前，满脸的困惑：这么晚了，打铃召唤人来为的哪一桩？这可难不倒他，轻而易举地把要说的话说了出来。刚才迫使他非要打开衣橱的那股力量，此刻又让他不由自主地说出话来。

“我打铃召呼的不是你！”他说得斩钉截铁，且显得很不耐烦，“我要的是个男人。把那个杂役叫醒，立刻打发他过来——快！听到没有——快！”

女佣看他那么焦急，吓了一跳，赶紧走了。她走后，明腾才意识到，自己方才竟说出这等话，不但吓坏了那女佣，同样也出乎自己的意料之外。话说出了口，他才明白自己到底说了什么。这时，他知道，某种力量，一种与自己本性格格不入的力量，利用了他的思想和器官。刚刚控制他的那种阴暗的忧郁感也是这种力量在作祟。这位失踪的女子的精神力量强大无比，短时间内控制过他——也许是通过房间内还属于她的东西所产生的氛围传达了她的意志。但是，即便此时此刻，那杂役来不及穿外套、戴领圈，赶来立在他面前，他还要声色俱厉，一口咬定非要对方把衣橱钥匙找到，打开橱门不可，不容置疑，不得延误。他仍然不明白，自己为什么这等固执己见。

这场面也够古怪的。那杂役到过道另一头与那女佣不知所云耳语一通之后，好不容易找来了钥匙，疑虑重重地给了他。无论是杂役，还是女佣实在不明白，这位激动的英国人到底要干吗，为什么他在大清早两点钟急不可耐地要打开衣橱。他俩满脸狐疑，打量着接下去他要干出什么事来。他这急不可耐的举动，甚至刚刚流露出的恐惧，竟感染了这两位下人，钥匙在橱门锁孔里转动时发出的刺耳咯咯声把他俩吓了一跳。

他俩屏声敛息，看着橱门嘎嘎地慢慢打开。只听得橱门内另有只钥匙“咔嗒”一声落到木板上——橱底的木板上。原来衣橱被人从里面反锁上了。可是发出尖声怪叫的不是别人，而是那女佣，她站在过道上，吓得跌倒在楼梯的栏杆上，因为她首先看见——

那杂役没有去救她。老师和他径自同时奔到橱门前。橱门洞开着，他俩也看到——

挂衣钉上没挂着衣服、裙子或外套什么的，他们见到的是那英国女人的尸体，晃晃悠悠地悬空吊在那儿，脑袋前伸。橱门一开，气流进去，使女尸慢慢地转过来，脸对着他俩……橱门的背面用图钉揿着一只旅店里的信封，上面歪歪斜斜用铅笔写着这些字：

> “厌倦——不幸——绝望沮丧——无法活下去——一片黑暗。我务必一举了断……原想在山上完成，但我害怕了，便悄悄回到房间，没被人看见。这办法最容易，也最好……”

姚锦熔　译

鬼影幢幢

丽姬娅

[美] 埃德加·爱伦·坡

其中自有意志，意志永生不灭。孰知意志之玄妙及其威力哉？上帝乃一伟大意志，以其专一之特性遍泽万物。凡人若无意志薄弱之缺陷，决不臣服天使，亦不屈从死神。

——约瑟夫·葛兰维尔①

说真的，当初我跟丽姬娅②小姐怎样认识，几时相逢，甚至究竟在何处邂逅，全想不起来了。那是多年前的事，何况我又饱经沧桑，记性坏了。否则的话，眼下追忆不起这种种细节，或许是因为我心上人的性情脾气、渊博的学问、娴雅的绝色、流水欢歌般的醉魂幽语，潜移默化地印入我心头，我才没注意，也不知晓。可话说回来，我大概是在莱茵河附近，一座古老的、破落的大城市里，跟她萍水相逢，之后就经常来往。她的家世倒确实听她亲口谈过。不用说，是个历史悠久的世家。丽姬娅！丽姬娅！我正埋头研究一门学问，比其他一切都宜于使人遗世忘俗，单单这三个

---

① 约瑟夫·葛兰维尔（1636—1680），英国哲学家，牧师，作家。他是唯神论者，认为一切都由上帝的行动而决定。以上题句并非出于葛兰维尔之手，系爱伦·坡杜撰，俾以配合本文中心思想。

② 丽姬娅，原是希腊文，意指嗓子清脆。爱伦·坡曾在《明星》一诗第258至259行写道："丽姬娅！丽姬娅！我的美人！"根据美国诗人兼评论家伍特贝里(1855—1930)的说法，作者听到晚风，想到天地万物的和声，将丽姬娅三字构成《明星》中的仙女；在本文中，根据微风的拂动和宇宙间的美妙乐声化成女人，实乃坡的幻想美女。

悦耳的字眼——丽姬娅——就教我仿佛见到她的倩影，其实她早不在人世了。眼下，手里写着这篇文章，心头陡然想起，她姓什么，根本就不知道，其实她还是我的好朋友，我的未婚妻，后来成了我的学伴，最后又成了我的爱妻呢。难道能开玩笑地说这是我的丽姬娅不是？要不，难道这是我爱情的试金石，就用不着打听她姓什么？再不，难道还是我自己想入非非——是热恋的神龛前一种风流绝伦的供奉？这件事只是隐隐约约记在心头，怪不得前因后果都忘了个一干二净！说真的，如果那个名叫风流的神仙——如果她，崇拜偶像的埃及那个苍白的蝉翼仙子，爱虚陶菲①，正如人家说的，主管恶姻缘，那么准是她在左右我的婚姻。

话说回来，有件宝贵的事倒没忘怀，就是丽姬娅的仪容。她身材修长，有点娇弱，临死前，竟是形销骨立。要我画出她那雍容华贵的风度，要我描出她那无限轻盈的、飘飘欲仙的脚步，真是妄想。她来去无踪，像幽灵。要不是她的玉手按上我的肩头，吐出欢歌般的低柔细语，根本就听不见她进了我这间房门紧闭的书斋。她那张秀丽的脸，天下没一个少女比得上。好似瘾君子的五光十色的梦境——心旷神怡的虚幻梦境，比睡意蒙眬的得洛斯②妇女心头萦绕的幻想还要绚丽呢。异教徒的古典作品中往往错误地指引我们爱慕端正的容貌，可她并不属于那一类型。范吕兰姆男爵培根③对一切形式、一切类型的美倒说得好，“匀称中若无异

---

① 爱虚陶菲，埃及神话中并无此神，疑系 Astarte 一字之误。按“爱斯塔特”为腓尼基的爱与美的女神，即圣经中的“亚斯他录”。

② 得洛斯，爱琴海昔克拉德群岛之一。传说是阿波罗神与阿尔忒弥斯诞生的地方。

③ 培根（1561—1626），英国政治家，哲学家。1621 年封为范吕兰姆男爵。

点，即不足以称之绝色”[1]。我虽看到丽姬娅的容貌并不属于端正的古典美——我虽看出她那份美当真称得上“绝色”，也感到她脸上多的是“异点”，但要想看出什么不端正来，找到心目中的“奇异”来，却是枉费心机。我端详高阔、苍白的额角——真是毫无瑕疵；那字眼一用来形容如此神妙的庄严模样，真是多么平淡呵！再端详跟纯白象牙相仿的皮肤，矜持而安详、宽阔而饱满的天庭；再端详熠亮的、浓密的蓬松乌丝，活活道出荷马[2]式形容词“如风信子”[3]的整个意义！我注视轮廓优美的葱鼻，如此完美，只有在希伯来人那种优雅的浮雕中才看到过。同样滑如凝脂的鼻子，同样暗带鹰钩的鼻梁，同样线条相称的鼻孔，活活透着豪放气魄。我凝视惹人心疼的嘴巴。这真是登峰造极的杰作——模样庄严的短短上唇；柔软的、娇媚的、催人欲眠的下唇；喜盈盈的酒窝，红艳艳的唇色；她镇静的、沉着的，但又喜洋洋的微笑，一道道圣光射在牙上，亮得出奇的一口牙齿就反射出这道道圣光。我打量下巴的模样——我也看到了希腊人那种下巴，宽阔而又显得圆润，柔软而又显得威严，饱满而又显得脱俗——这种轮廓，阿波罗神[4]只有在梦中才让雅典人的儿子克里奥米尼[5]看到。于是我盯上丽姬娅那对大眼睛了。

---

① 照培根原文，此句应为“匀称中若无异点，即不足以称之为佳色”。“佳”（excellent）改为“绝”（exquisite）显系爱伦·坡笔误。

② 荷马（约生于公元前850年），古希腊史诗诗人，《伊利亚特》与《奥德赛》的作者。

③ “如风信子”，据希腊神话，阿波罗爱上美少年海辛托斯，两人作掷铁饼戏时，阿波罗不幸击死海辛托斯，无法救活，遂使其血化成风信子，花瓣上印有 AI AI 字样。一般将此字作白色解，而荷马却将此字代表黑色。

④ 阿波罗，希腊神话中宙斯与勒托之子，司预言、医药、文艺的神。

⑤ 克里奥米尼，第三世纪雅典著名雕刻家。梅迪奇的维纳斯像为其著名作品。

在远古时代可没有过这样一对眼睛。我心上人的眼睛里，大概也蕴藏着范吕兰姆男爵提到的秘密。无可否认，我们这族人的一般眼睛说什么也没那么大。连诺耶哈德谷①那族人中最圆的羚羊眼睛②也赶不上那么圆呢。可话又说回来，只有碰到兴高采烈的时刻，这特点才往往在丽姬娅身上显得一清二楚。碰到这种时刻，她的美就是天上玉女，世外神仙那一种——土耳其神话中的火丽③那一种；也许是我心里胡思乱想，才显得这样吧。眸子黑得熠亮，偌长的漆黑睫毛盖过眼睛。

眉毛长得不太整齐，也是这样黑。然而，在眼睛里看到的“异点”，性质上和脸庞的模样、色泽、神采迥然不同，归根结蒂，一定是神情上有“异点”。啊，神情这字眼多没意义呵！我们掩饰自己对灵性一无所知，就单单说出这含义广泛的字眼。丽姬娅这副眼神呐！整整半天来，我多么专心地默默琢磨呵！整整一个仲夏晚上，我多么专心地拼命想要领悟呵！深藏在我心上人眼珠里的——比德漠克里特的井④还深奥的——是什么呀？是什么呀？我一心只想揭穿这个秘密。那对眼睛呵！那对又大，又亮，又美的眸子呵！那对眼睛成了我心目中的勒达⑤

---

① 诺耶哈德谷，出处不详，疑系爱伦·坡杜撰。

② 羚羊眼睛，指温柔的棕色眼睛。

③ 火丽，伊斯兰教中的天堂女神，以永恒的青春及美丽著称。据说由麝香与香料造成。每一虔诚的伊斯兰教徒可得12个火丽。

④ 德漠克里特（前460？—前362？），古希腊哲学家。他说：“真相在井底”，所谓“井”者，疑指他想象中的原子活动的空间。

⑤ 勒达，希腊神话中斯巴达王廷达瑞奥斯之妻。宙斯爱其美貌，诱之，遂生两蛋，其中一个化出海伦；另一个化出卡斯托尔与波吕杜克斯，即双子星座中之两星。

的双星；我成了那对眼睛的最最热心的星相研究家。

心理学上有不少无从捉摸的变态心理，其中最最惊心动魄的，恐怕在学校讲堂里也根本不提，这就是我们拼命想要追忆一件早已忘怀的往事，常常发现快要回想起来，可结果还是想不起。我仔细端详丽姬娅的眼睛，也是往往觉得快要彻底领悟了——觉得眼神快要给我领悟了——可又不怎么了解，结果终于莫名其妙！说来也怪，啊，真是怪到极点的谜，在天底下最平凡的事物中，我竟也看出不少类似的东西。我是说，丽姬娅的美潜入我脑海，像供奉在神龛里那样萦绕心头，此后，我一见到尘世万物，有种心情就油然而生，每逢看到她那对水灵灵的大眼睛，总是这股心情。

但到底是什么心情，我照旧没法解释，也没法分析，连一直揣度都不行。还是重复一遍吧，我有时候端详一株迅速生长的葡萄，凝视一只飞蛾，一只蝴蝶，一条虫蛹，一条流水，这股心情便识破了。看见海洋，看见流星陨落，曾经体会过。看见年近古稀的老人的眼色，曾经体会过。用望远镜仔细照照天上的一两颗星星，尤其是天琴座中那颗大星附近的六等星，双重星，变幻不定的星星①，曾经领悟过。听到弦乐器的某些声音，曾经满怀这种心情；看到书上几节文章，也难免时时充满这种心情。在其他无数事例中，我尤其深深记得约瑟夫·葛兰维尔的一部书中有段文章，看了总不免涌起这股心情——大概只是因为文章写得怪吧；谁说得上？——“其中自有意志，意志永生不灭。孰知意志之玄妙及其威力哉？上帝乃一伟大意志，以其专一之特性遍泽万物。凡人若无意志薄弱之缺陷，决不臣服天使，亦不屈从死神。”

---

① 指织女星。

时隔多年，经过一番回顾，我当真还能找出丽姬娅的某些性格，跟那位英国伦理学家①的这节文章不无几分间接关系。她专心一意地思索、行动、谈话，或许就是那种了不起的意志的产物，要不至少也是它的反映，在我们长期来往的过程中，可没其他更具体的迹象流露了。我认识的女人当中，就数她，外表镇静的、始终沉着的丽姬娅，心里一股热情赛如翻江倒海，折磨得她好苦。这股热情，我可估计不出，要么只有凭着大得出奇的眼睛，叫我那么惊喜交加的眼睛；凭着她幽幽嗓音里那分清晰的、沉着的、抑扬顿挫的、简直迷魂的声调；凭着她一贯那种咄咄逼人的谈吐（跟她说话神气一比，逼人的威势更显著了），或许还估计得出。

上文中谈到过丽姬娅的学问：真是渊博之至，根本没听说过闺秀妇女有这样的学问。她精通古典语言；就我对欧洲现代方言的知识来说，根本没见她给难倒过。说真的，碰到任何深受崇拜的课题——就因为那是学院夸耀的学问中最深奥的一种——又何尝发现丽姬娅给难倒过？只有在这晚近几年，妻子的这一特点才多么迥乎寻常，多么惊心动魄地使人不得不全神贯注呵！上文刚说过，我根本没听说过闺秀妇女有她这分学识，可是世上哪里又有一个男人涉猎心理学、物理学、数理学等一切学问，而且成绩斐然呢？我当初并不知道丽姬娅的才学了不起，令人咋舌，到如今才看清楚；但当初倒完全晓得她有至高无上的权力可以支配我，竟像孩子一样安心，听凭她指导我研究玄而又玄的形而上学；婚后数年中，我孜孜不倦研究的就是形而上学。正当我研究不大有人探索——不大有人通晓的学问，她就伏在我身上，我真是无限得意，

① 指约瑟夫·葛兰维尔。

无限喜悦，怀着无限美好的憧憬，感到神妙的远景在眼前逐渐展开，顺着那人迹未到的、光辉灿烂的漫长道路，可以到达学问的终点，这种学问实在珍贵之至，禁不住人要研究呵。

因此，过了几年，眼看那些有根有据的希望化作一阵风，吹散了，我心头的悲哀不必提有多大了！ 失去了丽姬娅，我不过是个孩子，暗中摸索罢了。 有她在眼前，单听她讲解，我们埋头研究的先验论①中不少疑难，就此迎刃而解。 少了她那对亮晶晶的眼睛，闪光的金字竟比铅还暗淡。 可如今那对眼睛愈来愈难得射在我熟读的书上了。 丽姬娅病啦。 惶惑的眼睛闪出熠熠光芒；苍白的手指成了死尸般的蜡黄颜色；高阔额角上的青筋随着极其微妙的感情起伏骤涨骤落。 我眼里看出她准死无疑——我心里就不顾死活地跟狰狞的无常拼命。

可万万没料到，多情的妻子跟死神的搏斗竟比我还厉害。 她那冷酷的性格足以使我相信，在她心目中，死决不可怕；——谁知并非如此。 她跟死神拼命的那股炽烈的反抗力，决非笔墨所能描绘。 我见了这副惨状，痛心得长吁短叹了。 真想安慰安慰她，真想劝导劝导她；可她非常非常想活下去——想活下去——只想活下去——安慰她，劝导她，那才叫傻呢。 她火烧似的心里虽然翻江倒海地折腾着，不到最后关头，那貌似沉着的态度却始终不变。嗓音愈来愈柔了——愈来愈低了——她悄悄说出一番话来，那怪诞的意义，我可不想细述。 我晕头转向地听着，恍恍惚惚的，听着非同凡响的清音——听着人间未有的妄想和希望。

---

① 先验论，乃德国哲学家康德（1724—1804）所创，他将时间、空间、因果性、必然性及逻辑的其他范畴和基本原理均称为超出经验范畴的认识形式。

她爱我，这倒不必多疑；在她那种胸怀里，爱情不比寻常，这也一看便知。可是，只有在她临终时，我才给她的至深且巨的挚情彻底打动了心。整整半天来，她紧紧握住我的手，当面倾吐泛滥胸怀的衷曲，心头那强如热恋的痴情无异就是至爱呵。我怎配听到这番心声呢？——我怎么活该倒霉，碰到我心上人倾吐衷肠的时刻①，竟眼看她撒手人寰？要细述这件事，可受不了。就这么说吧，天呐！眼见丽姬娅强似常人地热恋着一个不该受人爱的，不配受人爱的，才终于看出如今她的生命行将结束，她真心真意地怀着渴望，一味想要活下去。这种炽烈的愿望，这种一心想活下去，只想活下去的火热心愿，我可没本领描绘，我可没措辞来表达。

她去世那天晚上，深更半夜，她不由我分说，招我到身边，请我把她不多几天前写成的一首诗重念一遍。我遵从了。内容如下——

看！这是个狂欢的晚上，
在凄凄凉凉的暮年！
有群蝉翼仙子，脸上
蒙着轻纱，热泪涟涟，
端坐戏院里，观看一出
恐惧和希望交织的悲剧，
乐队时作时辍地奏出
缥缥缈缈的天外仙曲。

丑角乔扮凌霄的天帝，

① 某些版本，如柯里尔版本，此句作“碰到我倾吐衷肠的时刻”。本文从诺甫版本译出。

飞东飞西地往返无常，
咕哝不停，声音低低，
只是傀儡，横冲直撞，
听凭无形巨掌牵上牵下。
无形巨掌瞬息换景，
扑扑秃鹰翅膀，飞降
灾祸，看不清！

这出戏真是五光十色！
啊，常记心头，千万莫忘！
人群不停追逐“幻影”，
伸手捕捉，永远失望，
绕圈回旋地兜来转去，
始终回到同一地方，
剧中情节多的是恐惧
和罪恶，有的是疯狂。

看呵，一条横行爬虫，
闯进欢乐的小丑群中，
浑身猩红，直往前冲，
扭出舞台僻角中！
折腾蠢动！一声哀吟，
可怜丑角霎时丧身，
蠕虫的毒牙鲜血淋淋，
座上女神泣不成声。

灯火转暗，一一隐熄！
好似棺套罩上灵柩，

帷幕势比骤雨，倏地落下，
掩没人影，战栗无救，
仙子摘下轻纱，纷纷起身，
脸色刷白，双目茫茫，
公认台上悲剧名唤“人生”，
主角便是“毒蛊霸王”。①

“啊，天呐！”我念完这首诗，丽姬娅顿时跳起身，急惊风似的双手一举，半带尖声地喊道，“啊，天呐！ 啊，老天爷呐！——难道这种情况始终不变？ ——难道这个霸王永远称霸不成？难道我们不是上帝您的骨肉？ 孰……孰知意志之玄妙及其威力哉？ 凡人若无意志薄弱之缺陷，决不臣服天使，亦不屈从死神。”

这时她仿佛发泄了满腔怨愤，累坏了，两条雪白的胳膊刷地放下，一脸严肃，回到床上等死了。 弥留之际，嘴里还喃喃有词。我弯下腰，凑着耳朵一听，原来又是葛兰维尔那节文章中的最后一句：“凡人若无意志薄弱之缺陷，决不臣服天使，亦不屈从死神。”

她去世了——我难过得肠断肝裂，再也不堪独居在莱茵河畔那阴沉的破城里。 我倒不缺世人所谓的财富。 丽姬娅给我带来的财富，远比凡人通常注定享有的还多，要多得多呢。 因此，我疲惫

---

① 1838 年，作者初次发表本文时，并无以上诗句。 该诗于 1843 年 1 月，以《毒蛊霸王》为题，初次发表于《葛雷姆杂志》。 1845 年，作者将全诗略加改动（如将第 13 行“隐约”一字改为“无形”，最后一段的“垂死”改为“战栗”，“憔悴”改为“刷白”等），插入本文，再行发表。

地辗转漂泊了两三个月，终于在风光绮丽的英国一个人烟稀少的荒芜地方，买下座寺院，修葺了一番。寺名不提了。我万念俱灰，才到了这与世隔绝的穷乡僻壤；这座满目苍凉的堂皇巨厦，这片荒凉的庄院，还有不少跟巨厦和庄院有关的、素有来历的凄恻纪念品，倒跟我万念俱灰的心情很相配。寺院外部虽然面目未改，一片绿荫凋零残颓，可我好似孩子一样任性，或许暗怀一线希望，但愿减轻心头的悲伤，竟大事铺张，把屋内布置得比王府还华丽。这种傻事，在童年就已经养成癖好，如今仿佛活到凄凉的晚年，竟又重新干起来了。天呐，看看光怪陆离的花幔、庄严的埃及雕刻、怪诞的壁沿和家具、图案杂乱的金丝地毯，我觉得连初期疯病的症状都可以看出不少呢！我早就成了瘾君子，无论工作和习惯都透着鸦片梦境的特色。但决不能掉转笔头来细述这种荒唐的事。还是光谈谈一间鬼房间吧。当初我一时神经错乱，在圣坛前拜了堂，领着特瑞缅因那位碧眼秀发的罗维娜·特瑞梵侬小姐，当作新娘，当作萦绕我心头的丽姬娅的替身，就走到了那间卧房里。

眼下，新房中的构造和陈设无不历历在目。新娘的娘家势利成性，贪图金钱，竟听任这么可爱的一位姑娘，一位千金踏进如此装饰的房里，他们的骨气何在？上文刚谈过，房里的一切细节，我都丝毫不漏地记在心头，可我对重要大事却伤心得忘怀了；那种异想天开的布置一点没次序，一点不调和，哪会留下什么印象。这间房在城堡式的寺院中一个巍巍塔楼上，成五角形，很宽敞。朝南那面开着一扇窗子——偌大一块威尼斯不碎玻璃——只有一个窗框，漆成青灰色，阳光和月光透过窗子射进来，照得房里一切物件都蒙上了阴森森的光。这扇大窗的上半部搭出个花架，盘着老葡萄藤，缘着塔楼的巨墙往上爬。死气沉沉的橡木天花板，其高无比，构成拱形，精工描绘回纹图案，又是哥特式，又是德洛伊式①，真是稀奇古怪，荒诞绝伦。这苍凉的穹隆正中心，垂下一根长环金链，挂着偌大一只撒拉森式②金香炉，千镂万孔的、五彩的火花灵若蟒蛇，川流不息地在炉孔里穿进穿出。

四处放着几张长榻，几座金烛台，一律都是东方式样。还有一张印度式卧榻——合欢床——低低的，实心乌木上雕着花纹，挂着一顶棺套似的床帐。卧房四角各竖一口硕大无朋的黑花岗石棺材，全是从卢克索③对面的皇陵中挖掘出来的，古旧的棺盖上雕满不知何年何月刻下的花纹。可天呐！最最怪诞的就数房里的帷幔。巍峨的四壁真是高不可攀，甚至高得不相称，从顶到脚，重重叠叠地挂着巨幅沉甸甸的帐幔——帐幔的料子看来就跟地毯、床帐、长榻的套子、乌木床的罩单、半遮着窗户的螺纹花窗帘一模一样。全是华贵无比的金布，一团一团的布满阿拉伯式的图案④，或远或近的，每团直径约莫一英尺光景，在布上形成漆黑的花样。但只有从一个角度望去，才带着几分真正的阿拉伯式花样。经过一番设计（这种设计目前流行世上，其实太古时代就有了），这些图案便显得变化无穷。刚踏进房，只觉得奇形怪状；可往前走几步，这副怪样渐渐消失；在房里东转西转，就逐渐看到四下川流不息的都是鬼影，或是诺曼底人迷信的传说里的那一种，或是出家人

---

① 德洛伊，指上古时代高卢人与不列颠人中一种能妖术、会预言的德洛伊教教徒。其图案花样作五点状。

② 撒拉森，原指叙利亚与阿拉伯间沙漠中的游牧人，后又指信奉伊斯兰教的阿拉伯人。

③ 卢克索，中埃及尼罗河畔城市，以狮身人面像、方尖碑等古迹著称。

④ 阿拉伯人崇尚的一种壁饰图案，以树枝、树叶以及漩涡交织一起，称为蔓藤花纹。

邪梦中出现的那一种。帷幔后面不断猛烈地吹过一阵阵风，幻影幢幢的感觉就此骤增十倍——房里一切也就平添一种可怕的、不安的活力。

在这类厅堂里——在这种新房中——我和特瑞缅因那位小姐度过了蜜月，无忧无虑地度过了。我不由看出妻子就怕我这种喜怒无常的脾气——看出她躲开我，简直不爱我；可我心里反倒高兴。我把她恨得咬牙切齿，这愤恨只有妖怪才有。我霎时想到了丽姬娅，我的亲人，我的天仙，我的美女，我的亡妻，唉，心头这分惋惜不必提有多大了！我出神追忆她的纯洁，她的智慧，她的至高无上的神妙性格，她的如胶似漆的火热痴情。于是无所顾虑地燃着满腔熊熊情火，比她还炽烈呢。在吞了鸦片后的乱梦中（因为我吸毒成瘾了），我会出声呼唤她的名字，或者在万籁俱寂的晚上，或者白天，在隐蔽的幽谷山坳里，仿佛只要我心痒难抓地、热情如焚地诚意怀念亡妻，就好使她重新回到早已抛弃的人生道路上——唉，能永远如此吗？

约莫在婚后第二个月的月初，罗维娜小姐突然病倒了，一病就病了好久。高烧摧毁了健康，害得她夜不成眠；在半睡半醒的不安心情中，她谈到塔楼上这间卧房里的声音和动静。我断定这无非是她胡思乱想的缘故，要不恐怕是房里那幻影横生的感染力的影响。她终于渐渐复原——到底痊愈了。谁知没过多久，又病了，这次病得更凶，缠绵病榻了；她身体素来虚弱，这次病后，从此毫无起色。过了这个时期，病势可真严重，旧病复发，就分外严重，医生用尽一切医道，使出浑身解数，怎么也治不好。这慢性病愈来愈严重，分明就此牢牢缠住她，人力挽回不了啦，我便看出她那急躁不安的脾气，也愈来愈厉害；碰到些微小事，就吓得要命，这种动辄激动的情绪也愈来愈厉害了。她早先提过帐幔间有声音——轻微的声音——异常的动静，如今又谈到了，而且谈得益发频繁，益发执拗。

九月末梢，一天晚上，她格外强调这一烦心问题，引起我的注意。她刚从乱梦中醒来，我看着她那瘦脸抽搐个不停，心里又是焦急，又是隐隐恐惧。我靠近她那张乌木床，坐在一张印度式的长榻上。她半欠起身，认真地低声谈到当时听到的声音，可我听不到——谈到当时看见的动静，可我看不出。帐幔后面飒飒吹过风，我真想告诉她，那简直听不大清的声息，墙上那几乎没有变化的影子，无非是风一直飒飒吹过而引起的，但老实说吧，这连我自己也不敢全信呢。话说回来，眼见她脸上一片死白，心里就有数，尽管千方百计地想安她心，结果还是落空。看模样她快晕过去了，可身边又没个仆从好使唤。我想起卧房那头放着医生规定喝的一瓶淡酒，就三脚两步地走去取来。谁知刚到香炉光下，竟有两件惊人的事不由我不注意。只觉得身边轻轻走过什么看不清但又感觉得到的东西；眼里还看到香炉里射下熠亮灯光，正中金黄地毯上有个影子——貌似天仙的模糊淡影——这种影子可能给当作幻影。可是，我吞了过多的鸦片，醉得晕头转向，对这种事简直置之不顾，也没有告诉罗维娜。我找到了酒，重新回到卧房这头，斟了一杯，凑到这位人事不省的小姐嘴边。如今她倒有点苏醒了，伸手拿了杯子，我便倒身坐在附近一张长榻上，眼睁睁地看着她。就在这时，耳边分明听到睡榻附近地毯上响起一阵轻微的脚步声；转眼工夫，罗维娜正将酒杯举到嘴边，我猛然瞅见三四滴亮晶晶的、红艳艳的流汁仿佛从房内半空中什么无形的泉源里流出来，洒进了酒杯；要不也许是我做梦吧。如果我看到的话——罗维娜可没瞅见。她毫不犹豫，将酒一口喝干，我忍住了，没把这事说出口，照我看，归根结底，无非是因为眼见罗维娜小姐吓得要命，再则吞了鸦片，三则时间又在晚上，幻想力就非常活跃，幻想丰富了，就势必引起这种联想。

可我没法蒙过自己的眼睛，就在那几滴红液洒进了酒杯之时，妻子的病情突然一下子恶化了；到第三天夜晚，奴婢准备给她下葬了，到第四天，剩下我一个人，陪着她那裹衾的尸体，坐在怪异的卧房里，我和她的新房里。——面前展出一片荒诞的幻景，吞了鸦片才有的幻景，忽隐忽现，影影绰绰。我眼花缭乱，凝视房内四角那四口石棺，凝视帷幔上那变幻无常的图案，凝视头顶上那只香炉中穿进穿出的五色火舌。一想到前几天晚上的事，眼光不由落在香炉光下那个地方。当初我在那儿见过朦胧影子，可如今不见了。我舒舒畅畅地吸着气，朝床上那苍白的、僵硬的死尸看去。于是丽姬娅的无数事迹忽然一一浮现——转眼间，势如山洪暴发，心头重新涌现当初看她这么裹着寿衾而涌起的那股说不出的悲哀。夜尽了；我仍然怔怔望着罗维娜的尸体，照旧满腔辛酸地想着深深迷恋的唯一亲人。

大约到了深夜，可能早一点，也可能晚一点，我可没留心时间，耳边忽然响起一声呜咽，低低的，柔柔的，但又清清楚楚，我不由从迷梦中惊醒过来，只觉得从乌木床上传来——从罗维娜临终那张床上传来。我不禁迷信起来，害怕得要死地听着——谁知再也没听到第二声。我睁大眼睛，看看尸体有没动静——谁知一点也看不出。可不见得是错觉。不管声音多轻，到底听见过，何况头脑也不是不清醒。我毅然死盯着尸体。可以解谜的事一件也没出现。过了片刻终于看清腮帮里、眼帘上的凹陷的微血管忽然泛出微微一层红，淡极了，简直看不清。我心头起了一种说不出的恐惧，凡人的语言可没法充分表达，只觉得坐在那儿，心不跳了，手脚僵了。不过，一股责任感终于又使我重新安下心。我就肯定，后事料理得太仓促了——罗维娜还活着呢。得马上挽救；但塔楼离寺院那角的下房很远——身边又没个仆人好使唤——要不离开房间几分钟，就没法召他们来帮忙——可又不敢离开。因此孤零零一个人，千方百计要将这游魂唤醒。不到片刻，旧病无疑复发了；眼帘和腮帮上的血色消退了，留下一片白，竟比云石还白；嘴唇格外皱了，瘪成一团，活脱脱一副狰狞的死相；尸体上霎时变得黏糊糊，冷冰冰，不由人恶心；紧跟着又照常僵硬了。我刚才吃惊不小，从榻上站起身，如今浑身一阵寒噤，重新倒在榻上，又专心想着丽姬娅那鼓舞热情的幻影了。

这样过了一个钟头，我第二回听到床那儿传来隐隐约约的一声——真有其事吗？我侧耳细听——心里怕极了。又传来啦——是声叹息。我匆匆奔到死尸前，只见嘴唇在簌簌地抖，看得清清楚楚呢。一眨眼，不抖了，露出珍珠似的一排皓齿。我心坎里原只是畏惧，如今又添了分惊讶，就此七上八下。只觉得眼睛花了，脑子糊涂了；使了浑身力气，才算打起精神，出于责任感的鞭策，我又去干起死回生的工作了。这时死尸的额角上，还有腮帮上和喉咙上都泛出几分红晕；浑身上下摸得出有暖气；连心都微微悸动了。罗维娜小姐活着呢。我就格外热心地干起来；擦洗了尸体的太阳穴和双手，凡是不消看什么医书，单凭经验就可以知道的办法都使尽了。谁知白费力气。冷不防，血色无影无踪，心不跳了，嘴上又显出副死相，转眼间，浑身上下冰凉了，一片青灰，僵硬无比，只剩下副骨头，多少天来，早就成了死人的一切可憎的特征全流露出来了。

我又重新想着丽姬娅的幻影——耳边又响起幽幽的一声（多不可思议呵，眼下一边写着，一边竟然还打寒噤呢！）——又响起幽幽的一声呜咽，从乌木床那儿传来。可是，那天晚上发生的一切不可名状的恐怖，何必细述呢？何必掉转笔头来描写这出复活的恐怖戏呢？何必说什么灰蒙蒙的黎明来临前，这出恐怖戏一次次的搬演；一次次可怕地旧病复发，结果无非是益发可憎的死亡，分明挽回不了；一次次垂死呻吟，模样浑似跟无形的仇人拼命；一次次拼命，结果死尸容貌上总是显出说不出名堂的怪诞变化；这一切何必细述呢？还是赶紧把文章写完吧。

那个恐怖的晚上过去了一大半，她早就死了，但又重新动弹了——这回比前几次动得更加厉害，虽然复活这事根本毫无希望，比什么都可怕。我早不搏斗，早不动弹，只是直僵僵地坐在长榻上，七情六欲一一涌现，我就是束手无策地受尽折磨，其中的极端恐惧倒一点也不可怕，也毫不消耗精力。再说一遍吧，死尸动弹了，这回比前几次动得更加厉害。脸上突然泛出血色，这股子劲可不比寻常——手脚不僵了——要不是眼帘依然紧闭，要不是尸体上有着绷带和披挂，照旧显出一副阴森森的死尸模样，我也许会以为罗维娜当真挣脱了死神加在她身上的桎梏呢。但如果这想法就连在当时也不全对的话，至少可以肯定，那裹衾的怪物确实在床上爬起身，两腿无力，双目紧闭，浑像人家做着噩梦的模样，踉踉跄跄地走着，一寸一寸飘到房间当中，实实在在①，清清楚楚。

我并没哆嗦——我并没动弹——因为那人形的神气、身材、举

① 根据诺甫版本，此处作“boldly”显眼，本文从伐金版本译出。

止，使我想起不少说不出的幻想，在脑子里匆匆打转，害得我反而麻木了——浑身冰凉，成了石头人。我并没动弹——只是怔怔地望着这个鬼怪。心里乱七八糟——翻江倒海似的平静不了。眼前站着的当真是活生生的罗维娜吗？当真是罗维娜——特瑞缅因那位秀发碧眼的罗维娜·特瑞梵侬小姐吗？何必，何必疑心呢？绷带不是紧紧扎在嘴边吗——这难道会不是活生生的特瑞缅因那位小姐的嘴？还有脸蛋——不是红艳艳的，就跟她妙龄时代一样吗——对，这确是活生生的特瑞缅因那位小姐的漂亮脸蛋。还有下巴，两个酒窝，就跟她健康时一样，难道会不是她的？——但话可说回来，难道病了以后，身体就会长高了？一想到这念头，我疯狂透顶了！一个箭步跳到她面前！她往后一缩，不让人碰着，听凭头上裹着的阴森森的寿衾掉下来，松开来，密密麻麻的一头蓬松长发，就飘拂在房里川流不息的空气中了；比深夜里的乌鸦翅膀还黑呢！这时，站在我面前的人形慢慢睁开眼睛。我出声尖叫了："啊，至少我决不会——决不会弄错——这对滚圆的，漆黑的，惶惑的眼睛——是亡故的爱人的——是小姐的——是丽姬娅小姐的。"

徐汝椿　译

老保姆的故事

［英］伊丽莎白·盖斯凯尔

你们知道吧，我的小宝贝们，我这个老保姆，你们的保姆妈妈，是个孤儿，没有父母，也没有兄弟姐妹。你们都听说过你们的外公是北方威斯特摩兰郡的牧师吧，我也是从那地方来的。那时候，我还是乡村学校的学生。一天，你们的外婆来学校找我们老师，问有没有人能做保姆。我就大胆说，我行。老师喊我起来，说我针线做得不错，人又忠厚老实，家境虽不怎样，可父母都是本分人。那位太太（你们的外婆）说，她快要生孩子了，有些事要我做，说的时候脸涨得和我一样红。我看着她，心里想，能服侍这样的太太真是太好了！看来，你们更想听后面的故事。好吧，我马上就会说到的。在罗萨蒙德小姐（就是你们的妈妈）出生前，我就这样被雇佣，在你们外婆家住下了。当然，孩子一出生，我也没怎么能照顾她，因为你们的外婆一天到晚抱着她，整夜都和她一块睡。

有时，她让我帮忙照看一下你们的妈妈，我就很高兴。我从来没见过这么漂亮的宝宝，虽说你们小时候也都挺可爱的，可你们长得都没有她那么漂亮！她长得很像你们的外婆。你们的外婆可是个天生的美人，是诺桑伯兰郡弗尼瓦尔爵士的孙女。我猜想，她没有兄弟姐妹，就这样在弗尼瓦尔家族中长大，直到嫁给了你们的外公。你们的外公那时只是个助理牧师，卡莱尔区一个小店主的儿子，但他聪明能干，知书达理，在教区里又踏踏实实，勤奋肯干——这教区可大啦，包括了所有韦斯特摩郡的丘陵地带。

但是，当你们的妈妈罗萨蒙德小姐还只有四五岁时，你们的外婆在两星期里就死了父母。哎，那真是些难熬的日子啊！那时，漂亮的女主人（你们的外婆）快生第二胎了，可你们的外公在一次出远门时被雨淋了，浑身湿透，加上劳累，回家就发高烧死了。这之后，你们的外婆一病不起，苦苦撑到把孩子生了下来，可那孩子在肚子里就死了。她把死孩子抱在胸前，没过几天也死了。她临死前要我照顾好你们的妈妈罗萨蒙德小姐，其实就算她不说，我这辈子也不会离开小姐的。

接下来，我们的眼泪还没擦干，遗嘱执行人和监护人就来处理事情了。他们是你们外婆的表哥弗尼瓦尔爵士，和你们外公的弟弟埃斯维特先生，他在曼彻斯特开了一家小店，生意一直不太好，家里人倒挺多。不知道是他们商量出来的呢，还是女主人临死前嘱咐她表弟的，反正他们要把我和罗萨蒙德小姐送到诺桑伯兰郡的弗尼瓦尔庄园去住。弗尼瓦尔爵士说，这是女主人临死前的意思，说她曾对他说，他的庄园很大，多一两个人算不了什么，所以他同意了。我其实不想去，可我舍不得小姐，她现在是我的小主人，又那么聪明伶俐，到哪儿都像阳光一样惹人喜爱。还有，别的仆人都羡慕我，说我有福气，可以和小姐一起到弗尼瓦尔庄园去住，我也很高兴。

后来我知道，我们不是和弗尼瓦尔爵士住在一起。弗尼瓦尔家族的人早在五十多年前就搬出去了，不住在弗尼瓦尔庄园。我想也是，我那死去的女主人就在这个家里长大的，可我从没听她说在那儿住过。我本想，罗萨蒙德小姐到她母亲住过的地方去住，倒也不错，听他们这么一说，我心里有点冷。

弗尼瓦尔爵士的随从还对我说——这是我大着胆子问出来的——那座庄园挺大的，在坎伯兰郡的一座荒山脚下，有一个年老的弗尼瓦尔小姐，就是我那死去的女主人的姑妈，还有几个仆人，住在那儿。弗尼瓦尔爵士说，那儿环境很好，挺合适罗萨蒙德小姐在那儿住上几年的，还说罗萨蒙德小姐住在那儿，说不准还会让她那个上了年纪的姑奶奶高兴起来。

弗尼瓦尔爵士还对我说，要隔天把罗萨蒙德小姐的行李收拾好。他不多说话，说话时的样子又很凶，听说弗尼瓦尔家的男人都这样。我听说，弗尼瓦尔爵士过去很喜欢他表妹，就是我那死去的女主人，还想娶她，只是后来知道她父亲不同意，她不管弗尼瓦尔爵士怎么求她，最后还是嫁给了埃斯维特先生（就是你们的外公）。其实，整件事我也不很清楚，只知道弗尼瓦尔爵士后来一直没结婚。我本想，他要是喜欢过罗萨蒙德小姐的母亲，那一定会很关心小姐的，可他没有。他让他的随从送我们去那个庄园，还要他当晚就赶到纽卡斯尔去见他。

这样，那个随从送我们到了那里，就匆匆走了，没时间把我们介绍给庄园里的那些人。而我们两个可怜人呐（我那时也没到十八岁），就这样被留在了那个又老又大的庄园里。我现在想起来，还觉得那好像是昨天的事儿。我们一大早离开自家的宅子，心里很不好受，坐的是爵士的马车（我盼望了好久，还是第一次坐），可我们还是哭得心都要碎了。那是个九月里的下午，我们在一个小镇上停了下来，那里雾蒙蒙的，他们最后一次给车换马。那个镇子上住满了挖煤的矿工。罗萨蒙德小姐那时睡着了，那个随从（我们叫他亨利先生）要我叫醒她，说要让小姐一到那儿就看到庄园和那里的房子。后来，小姐又睡着了，我不想再叫醒她，可我害怕亨利先生会到爵士那里去告状，还是把小姐叫醒了。马车走啊走啊，我再也没有看到小镇，连村庄也没有了。后来，马车进了一扇大门，里面是一个一眼看不到边的大庄园，到处是一堆堆乱石头，一片片野草地，一棵棵老得已褪了皮的老橡树，还有一条小河，样子一点也不像是北方的庄园。

马车在庄园里又走了两英里多路，这才看到一座大屋子。屋子的两边种满了树。树干都快贴着墙了，风一吹过，枝条都蹭到墙上，有些枝条断了，有些树枝就挂在那里，看上去好像没人打理似的。只有屋前那块地方看上去干净一点，那里有一条很宽的、弯弯的马车道，上面没有一根杂草。屋子很宽，墙上有好多窗子，可窗前没有树，也没有草地。那屋子真是很荒凉，可要比我想的大。屋后有座山，好像是座荒山。我接着在屋子的左面看到有个老式花园，不很大。屋子西边黑乎乎的树丛里好像有一扇门，听说是特意为那个老弗尼瓦尔小姐开的，可那扇门好像全被树枝挡住了，不知道人是怎么进出的。还有，我在那里没有看到一朵花，听说那地方种花好像大多是种不活的。

我们进了屋子的大门，到了大厅里，我想我们大概要迷路了——屋子真是很大很大，人在里面觉得空荡荡的——那些大吊灯高高地挂在你头上，好像全是铜的。这样的大吊灯，我从来没有见过，很好看。大厅的一头有个大壁炉，大得比我们村子里的屋子还大，旁边有一大堆柴，还有一群狗守着。大壁炉旁边有个老式的大沙发。大厅的另一头，就是你进门的左边——西边——有一架管风琴靠墙放着，那管风琴大得差不多把整个一堵墙都挡住了。

就是在这一头，在管风琴边上，有一扇门。大厅的那一头呢，那大壁炉的两边都有门，是通往东边屋子的。我虽说在那屋子里住了蛮长时间，后来一次也没进过那两扇门，所以那里面到底有什么，我也没法告诉你们。

已经是黄昏了，大厅里还没点灯，黑乎乎、阴森森的。好在我们在大厅里没待多久，那个为我们开大门的老仆人来了，他向亨利先生鞠了一躬，就领着我们进了管风琴旁边上的那扇门。我们穿过几个小一些的厅堂和几条过道后，到了西边的画室门口，那个老仆人说，老弗尼瓦尔小姐就在里面。可怜的罗萨蒙德小姐这时紧紧抱住我，好像很害怕。那一定是这地方吓着她了，我要她别怕，可我自己也好不了多少。那间画室里面倒是挺漂亮的，有许多一看就很值钱的家具和摆设，还烧着暖烘烘的炉火。老弗尼瓦尔小姐看上去很老，我猜她快八十了——到底有多老，其实我也说不准。她又高又瘦的，脸上密密麻麻的皱纹像是用针刻上去的。她眼神很好，我猜这大概是她的耳朵聋得一塌糊涂，眼神自然就好了。老弗尼瓦尔小姐坐在那里，正在一块大画布上织画，坐在她旁边的是她的贴身女仆，年纪和老弗尼瓦尔小姐差不多，叫斯达克夫人。她年轻时就开始服侍老弗尼瓦尔小姐了，所以说她是小姐的女仆，不如说她是小姐的女伴。她的样子冷冰冰，老阴沉着脸，好像从来没有爱过谁，也从来没有关心过什么人。我想她除了老弗尼瓦尔小姐对谁都是满不在乎的，就是对待老弗尼瓦尔小姐，因为她耳朵不好使，她也是把她当作小孩一样哄着的。亨利先生把弗尼瓦尔爵士的话捎到后，行了个礼就走了——连可怜的罗萨蒙德小姐向他伸出手，他都没吻一下，更不用说我了——他就这样把我们丢在那儿了，让那两个老女人戴着眼镜上上下下打量我们。

等我听到她们打铃叫那个领我们进来的老仆人带我们去自己的房间时，我才松了口气。我们走出那个画室，进了一个客厅，出了那个客厅，又进了一个很大的房间——那房间好像是办公用的，一边摆满了书橱，一边是窗户和书桌——房间里有一座很大的楼梯，我们就上了那座楼梯，到了我们自己的房间。听那个老仆人说，我们的房间下面就是厨房，我听了也不觉得什么，我倒是担心我们在这么大的屋子里会不会迷路。我们住的房间是个育儿室，是很久以前这里的少爷和小姐小时候住过的地方。壁炉里生着火，房间里暖洋洋的，茶炊架上烧着茶，桌上还有茶具。卧室在里面，有一张小床，是给罗萨蒙德小姐睡的，我的床就紧挨着那张小床。那老仆人叫詹姆斯，他把他老婆朵洛西也喊上楼来了，说欢迎我们。他俩都很好，很热心的，罗萨蒙德小姐和我不一会儿就觉得很自在了，等到茶烧好后，罗萨蒙德小姐都已经坐在朵洛西膝上，和她叽叽喳喳地说话了。后来，我得知朵洛西也是从威斯特摩兰郡来的，我俩就更加要好了。他们夫妻俩可是我碰到的最好的好人。老詹姆斯差不多一辈子都在这庄园里做仆人，他觉得他的主人很了不起，对自己的老婆倒有点看不起，总嫌她嫁给他前一直住在村庄里，没见过世面。不过，他还是蛮喜欢他老婆朵洛西的。

他们有个女佣，是帮他们做粗活的。他们叫她埃格妮。庄园里大概就这么几个人，埃格妮、我、詹姆斯和朵洛西、弗尼瓦尔小姐和斯达克夫人——哦，差点忘了，还有我那可爱的罗萨蒙德小姐。我刚到那儿时常想，罗萨蒙德小姐没来前他们都干些什么呢？现在你们看，他们都在围着她转。厨房和画室虽说是不会变的，可满脸皱纹的老弗尼瓦尔小姐和那个冷冰冰的斯达克夫人却变了。她们看到罗萨蒙德小姐像只小鸟一样飞进飞出，听到她嘴里一刻不停地哼着小曲，也开心了起来。我敢打赌，有好几次她们看到小姐转身跑向厨房时，心里是很不想让她走开的，只是她们不好意思说出口，要她留在她们身边。还有，小姐那么懂礼貌，她们也没想到。斯达克夫人说小姐是受了父亲的影响才那么懂礼貌的，可我觉得小姐天生就是这样的。那座又大又空的大屋子可是小姐玩耍的好地方。小姐常拉着我的手，摆动着她那双小脚东跑西跑，东看西看——只有屋子的东边我们没去过，那里常年都锁着，我们也没想要进去看看。屋子的西边，还有北边，看上去还很不错，那里的东西虽说见过世面的人看了也算不了什么，可我们都觉得很新鲜。窗子外面的树枝和常春藤把光挡住了，屋子里不很亮，可我们还看到那里有褪了色的老瓷罐、雕着花的象牙盒、好多又厚又重的书，还有好些旧得发黄的画像，这我记得最清楚了。

记得有一次，我那可爱的小姐还拉着朵洛西和我们一起去看那些旧画像，要她说那些画像里都画着什么人。朵洛西说，那都是弗尼瓦尔家族里的人，只是她说不全他们的名字。我们差不多看遍了整个屋子后，进了大厅那边的一间老画室。那里有一张老弗尼瓦尔小姐的画像——哦，那时她叫格雷丝小姐，她姐姐才叫弗尼瓦尔小姐。那时她还长得真美！可就是一脸看不起人的样子，那双漂亮眼睛直瞪着你，眉毛有点翘，好像在说，谁敢这样看着我！可我们正看着她，觉得她那张嘴好像也噘起来了。她穿的那种衣服式样我从没见过，可我知道那一定是那个时候很流行的。她头上的那顶白色软帽像是海狸皮做的，帽檐把她的前额全遮住了，一边还插了一撮漂亮的羽毛。她穿着蓝缎裙，领口敞开着，露出了里面白白的棉胸衣。

看着那画像，我叹口气说："哎呀，俗话说得还真不错！草木会黄人会老。看看今天的弗尼瓦尔小姐，谁会想到她以前这么漂亮！"

朵洛西回答说："是啊，人活着，总有伤心事的。听我主人的父亲说，我主人的姐姐，就是从前的那个弗尼瓦尔小姐，比我主人——她那时叫格蕾丝小姐——还要漂亮。她的画像也在这儿，一会儿我就让你们看。不过，你们可不能告诉詹姆斯……"她悄悄问我：“你家小姐会保守秘密吗？”

我说不准，我想罗萨蒙德小姐是个可爱的孩子，很老实的，她大概会想说什么就说什么的。我没办法，就对我的小姐说，咱们来捉迷藏好不好，你先藏起来，我来找你。等她一走开，朵洛西就要我帮她把一幅靠在墙上的画像翻过来。那画像很大，面朝里靠在墙上，不知道为什么，他们不把它挂在墙上。我一看，果真不错，画像里的那个女人比格蕾丝小姐还要漂亮，只是她的神情和格蕾丝小姐没什么两样，也是一副看不起人的样子。要不是朵洛西忙着要把那画像翻回去，我准会盯着它看上一个小时。可朵洛西好像很害怕，要我赶紧去把罗萨蒙德小姐找回来。她说这屋子里有些地方不太干净，小孩子最好不要去。我那时胆子大，脑子也简单，再说我过去是常和小孩们玩捉迷藏的，从来就没事，所以我没多想那老女人的话到底什么意思，很快就把可爱的罗萨蒙德小姐找了回来。

这样到了冬天，夜长日短了。这时，说真的，我常听到好像有人在大厅里弹那架大管风琴。声音不是每晚都有，可过几天总能听到。通常是在我把小姐放上床后，坐在她床边歇一阵时，那声音就来了，一会儿响，一会儿轻，好像就在楼下，好像又是从很远的地方传来的。第一个晚上，我就在下楼吃晚饭时问朵洛西，是不是有人弹琴，詹姆斯赶紧说，那是风吹过树枝发出的声音，哪有什么人弹琴。可我看到朵洛西好像很害怕，朝詹姆斯看了一眼，厨娘贝茜的脸一下子变得煞白，嘴里还嘀咕着什么。我看他们都不想说这事，也就不好再问了。我想等我和朵洛西单独在一起时再问，到时候我准能从她嘴里掏出不少话来的。第二天，我找好了时间，一次次问她，想从她嘴里知道那到底是谁在弹琴，因为我敢肯定，那声音是从管风琴里传出来的，根本不像詹姆斯说的，是风声。可我马上就明白了，已有人要她什么都别说。从朵洛西那儿问不出什么名堂，我就只好去问厨娘贝茜了，不过我在问她的时候是把头抬得高高的——要是问詹姆斯和朵洛西，就不能这样了，可贝茜是厨娘，我是保姆，总比她强吧！她求我千万别告诉别人，就是不小心说漏了嘴，也不能说是她说的。她说那声音很奇怪，她已听到过好多回了，大多是在冬天晚上，特别是快要下雪的时候。她说，她也是听来的，那是从前的老爵士在大厅里弹管风琴，他活着的时候就常在那儿弹。

可是，那老爵士到底是谁，他为什么死了还要来弹琴，为什么偏偏要在冬天夜里快要下雪的时候才弹，贝茜都没说，不知道是她真的不知道呢，还是不想说。嗨！不说就不说，我那时胆子可真大，我想这么大的屋子里有点音乐也挺好的，管他是谁弹的！再说，那音乐听起来也蛮动人的，一会儿很伤心，一会儿很快活，直到最后才慢慢地、轻轻地结束。这怎么会是风声呢？我一开始还猜是老弗尼瓦尔小姐在弹，贝茜不知道，就对我瞎说。

可是有一天，我一个人在大厅里，我就像过去在克罗斯维特教堂里一样，偷偷翻开管风琴的盖子看了看。一看才知道，那管风琴看上去挺好的，里面早就坏了，哪里还能弹！那时是大白天，可我还是吓出了一身冷汗，砰地关上盖子就没命地逃回育儿室去了。从那以后，我比詹姆斯和朵洛西更害怕听到那声音，好在罗萨蒙德小姐在那段时间里变得越来越讨人喜欢了。两个老太太都喜欢和小姐一块儿吃午饭——她们吃饭时，詹姆斯总站在老弗尼瓦尔小姐的椅子后面，我呢，就站在罗萨蒙德小姐后面。吃完饭，老弗尼瓦尔小姐要去午睡，我到厨房去吃饭，罗萨蒙德小姐就在那间大画室的角落里玩一会儿。可她在那里总安静得像只小老鼠，等着我把她带回到育儿室里去玩，还说老弗尼瓦尔小姐老不说话，斯达克夫人不和她玩，只有和我一起玩，她才开心。就这样，虽说那奇怪的音乐声有时还会传来，可我慢慢地好像也习惯了。反正谁也不知道它从哪里来的，也没碍着谁，那就随它去吧！

那年冬天很冷，十月中旬就下霜了，接下来有好多天都一直这样。我记得有一天吃饭时，老弗尼瓦尔小姐抬起头，看看斯达克夫人，心事重重地说："今年冬天，恐怕要倒霉了。"这话听起来很奇怪，斯达克夫人呢，又好像没听见似的，大声说着其他事情。我和我家小姐才不会怕霜冻呢，当然不怕！只要不下雨，不下雪，我们还常到屋后的那座山上去，一直爬到山顶，那儿什么也没有，我们就冒着寒风下山。有一次，我们走一条新路下山，那条路旁边有两棵很大的冬青树，就在屋子东边的半路上。那时，白天越来越短，那个老爵士——要是真是他在弹琴的话，那他弹出来的琴声也越来越叫人伤心了。一个星期天的下午，大概是十一月底的那个星期天吧，老弗尼瓦尔小姐午睡后，我像往常一样要把小姐从画室里接回育儿室，可那天我想去教堂，带小姐一起去我又怕天太冷，就要朵洛西帮我照看一下小姐。朵洛西一口答应了，她喜欢小姐，我没什么不放心的。那时，天阴沉沉的，好像从昨天晚上起就一直这样，风不大，可就是冷得要命。我不管它，还是和贝西一起到教堂去了。

贝茜出门时就说："要下雪了。"真像她说的，我们还在教堂里时，天上就飘起了大雪，那雪也下得真大，差点把教堂的窗子都封住了。我们从教堂出来时，雪已经停了，可回家的路上，雪积得又软又厚又深。等我们回到家时，连月亮也出来了。这时的天，比下午我们去教堂时反而亮了些，一半是有月亮，一半是有雪的反光。 哦，我大概没说过吧，老弗尼瓦尔小姐和斯达克夫人是从不去教堂的，她们只是在家里一声不吭地做祷告。 那个星期天，老弗尼瓦尔小姐没织画，所以当我去厨房想从朵洛西那儿把小姐带到楼上去时，朵洛西说小姐没来厨房，大概是主人把她留在画室里了。 听她这么说，我也不觉得奇怪，放下东西后就到画室去找她，打算带她到育儿室去吃晚饭。 可是，我走进那间大画室，只看见两个老太太坐在那儿说着话，没看见罗萨蒙德小姐在她们身边。 我想，小姐大概又在和我捉迷藏了，这是她常玩的把戏，这次还说服了两个老太太也装出不知道她在哪儿的样子。 我这么想着，就朝椅子后面看看，沙发底下看看，还做出一副找人找不到的样子。

这时，斯达克夫人转过头来，大声问我："你在找什么，海丝特？"我不知道老弗尼瓦尔小姐有没有看到我进来。 我说过，她耳朵很聋，眼神还是很好的，可这时她正呆坐在那里，眼睛直愣愣地看着壁炉里的火，看她脸上的表情，好像在为什么事情担忧。 "我在找小姐。"我一边回答斯达克夫人，一边仍在找，我想这孩子躲不到哪里去，马上就会找到的。

没想到，斯达克夫人说："罗萨蒙德小姐不在这儿，她一个多小时前就走了，说要到朵洛西那儿去。"说完，她就转过头去，也直愣愣地看着壁炉里的火。

听她这么一说，我着急了。 我真后悔，我不该去教堂的，要是把小姐丢了，那可闯大祸了！ 我赶紧回到厨房，跟朵洛西说，小姐不见了！ 那天詹姆斯正好出门去了，只有朵洛西和贝茜帮我一起找。 我们点着灯，慌慌张张地到处找，先是去了楼上的育儿室，后来又把整个屋子都找了个遍，一边找，一边还喊，想让小姐从躲着的地方出来。真是急死人了！可就是不见小姐的人影，也没听到一丁点儿声音。

找到后来，我说：“噢！她会不会跑到东边屋子里去了，躲在那儿？”

朵洛西说，不会的，那儿连她也没去过，还说那儿的门是一直锁着的，钥匙听说在管家那里，管家呢，她说她和詹姆斯也从来没有见过。听她这么说，我就说，那我再到画室去看看，说不准小姐真的躲在那里，还不让两个老太太知道。我还说，要是真这样的话，我得狠狠教训教训她，谁叫她把我急成这个样子！可那是我急糊涂了才说的，我怎么敢教训小姐？我奔回到西边的画室，对斯达克夫人说，罗萨蒙德小姐不见了，我们正在到处找她，没找到，我想再到画室里来找一找。我说，她没准在哪个角落里睡着了。

可是，我找遍了画室，还是没找到。我们又找了一遍，连老弗尼瓦尔小姐也抖着身体站了起来，帮着找，可就是找不到。后来，全屋子的人都叫来了，大伙把我们找过的地方又找了一遍，还是没找到小姐。老弗尼瓦尔小姐抖得厉害，斯达克夫人说要扶她回画室去，那儿暖和一点，她们还要我保证，一找到小姐马上把她带到画室去。真是该死的一天！我急得人都要发呆了，可就在这时，我猛地想到，该看看屋外有没有动静！我人在楼上，伸头往窗外一望，外面月光很亮，雪地上真有一串小小的脚印！是从大厅门口出去的，一直到屋子东边的转弯角上。我不记得我是怎么下楼的，只记得一推开又大又沉的大厅门，我就把裙子往头上一兜，冲了出去。我直冲到屋子东边的转弯角上，那儿很暗，什么也看不清，可我朝前走了一段后，又在月光下看到了那串小小的脚印。天哪，是往山上去的！天很冷，我只顾往山上跑，一边跑，一边哭，也顾不得我的脸快要被风撕开了，心里只想着我那可怜的小宝贝一定被冻坏了。就在我快要跑到那两棵冬青树跟前时，我看到有个放羊的人正从山上下来，怀里还抱着什么东西，是用毯子裹着的。他看到我，朝我直喊，问我是不是在找孩子。这时，我已经累得走不动了，哭得连话也说不出来。他见我动不了，就朝我跑了过来。我看见我那小姐正躺在他怀里，一动也不动，脸色白得像死了一样。那放羊的说，他是在天黑前到山上去赶羊的，走过那两棵冬青树时（那山上最显眼的就是那两棵冬青树），看见我家小姐——我的小绵羊——我的小女王——我的小可爱——躺在雪地里，都冻僵了。哦，天哪！我得怎么感激他呀！我的眼泪又哗哗流了出来。我不能再让他抱着她了，我把小姐和毯子一起接了过来，紧紧抱在怀里，贴着我的脖子，贴着我的心，觉得她的小手臂有点热了起来，鼻子里也有点呼出气来了。可等我把她抱回大厅时，她还没醒来，我也连说话的力气都没了。

“快把暖炉拿来！”我只说了一句，就把小姐抱到了楼上。贝茜帮我脱掉她身上的衣服，我还一边用我想得出来的好听名字喊着我的小宝贝——就是眼泪水模糊了双眼，我还是不停喊着。最后，哦！她总算睁开了她那双蓝蓝的眼睛！我马上把她放进暖和的被窝，又马上叫朵洛西到楼下去报告老弗尼瓦尔小姐，我自己呢，就要整晚守在她旁边，一步也不离开。可她一碰到枕头就睡着了，我就在她床边一直坐到天亮。等她醒来，还是那么聪明伶俐——说真的，那时我才知道她有多么聪明伶俐——还有你们，我的小宝贝们，我说你们也一样聪明伶俐。

她说，昨天下午她在画室里，见两个老太太都睡着了，本是想到朵洛西那儿去的，可当她穿过西边大厅时，看见窗外下起了大雪，雪花飘啊飘啊，那么可爱，就想到去看雪。她说她走到大厅窗前，看见外面空地铺了厚厚一层雪，又白又软，很好看，可就在她那么站着看时，她看见外面雪地里也站着个小女孩，岁数比她还小，“可她多漂亮啊，”我的小宝贝就是这么说的，“她招招手，要我出去。噢，她多漂亮，多可爱，我没办法，就出去了。”她说她出去后，那小女孩就牵着她的手，两人一起走到屋子的东边去了。

我不相信，说：“看，你又淘气了，还想骗人。你妈妈可一辈子没骗过人，她现在去了天国，要是她听到你刚才说的，也会说：小罗萨蒙德，你可不能骗人啊！”

小宝贝哭了，她说：“不，海丝特，我没骗你，真的没骗你！”

“好了，别说了！”我还是不相信，“我昨天是跟着你的脚印上山的，可雪地里只有你的脚印啊，要是有个小女孩和你手牵着手上山，她怎么没有脚印啊？”

“我不知道啊，亲爱的，亲爱的海丝特，”她听我这么说，哭得更起劲了，“我不知道她怎么会没有脚印，我没低头看她的脚，可她是用小手紧紧牵着我的手的，是她带着我上山，走到冬青树那儿去的，我看到有个太太在那里哭，可她一看到我就不哭了，还很高兴地笑了。就是那个太太，她抱着我，轻轻唱着歌，哄我睡……就是这样，海丝特，后来……后来我就睡着了——说的是真的，妈妈也知道，我说的是真的……”她一边说，一边哭。我想这孩子大概是发烧说胡话了，就装作相信她，可她把这事说了一遍又一遍，直到朵洛西来敲门，说是给罗萨蒙德小姐送早饭来了。

朵洛西还说，两位老太太正在楼下吃早饭，要我去和她们谈谈。其实她们昨天夜里就来过育儿室，那时罗萨蒙德小姐睡着了，她们只看了看小姐，没问我什么就走了。

“知道了。”我回答朵洛西说，一边就朝楼下走。在穿过屋子北边的走廊时，我心里想：“小姐丢失也不能全怪我呀，我去教堂了，她们也该管好小姐的，怎么可以全怪我呢？”我大着胆子走进餐厅。行过礼后，我就把嘴凑到老弗尼瓦尔小姐耳边，提起嗓子把昨天的事情一五一十地说起来。当我说到昨天有个小女孩把小姐叫到雪地里、还把小姐领到那两棵冬青树下去见那个漂亮太太时，老弗尼瓦尔小姐忽然张开两条又老又干瘪又在发抖的手臂，大声喊起来：“哦！上帝啊！原谅我，原谅我吧！”

斯达克夫人忙过来拉她，好像不让她喊，可她挣开斯达克夫人，仍冲着我喊叫。她那样子真叫人害怕，可我还是听得清清楚楚，她喊着：“海丝特！快把那个小女孩赶走！不要让她靠近小姐！她会害死她的！她是个坏孩子！告诉小姐，那小妖精要害死她！”

斯达克夫人急急忙忙把我赶出了餐厅。说实话，我也不想待在那里。可我在餐厅门外仍听到老弗尼瓦尔小姐在大声喊叫：“哦！原谅我吧！这么多年了，你还不原谅……”

自那以后，我就安不下心来了。不管白天夜里，我都不敢离开罗萨蒙德小姐半步，就怕她再溜出去，怕她出什么事。特别是我看到老弗尼瓦尔小姐那副样子，我看她快要发疯了，心里特别害怕。我害怕有什么东西找上我家小姐，天天都发愁。（你们知道，就是在家里，有时也会有这种东西。）每到夜里，只要雪下得比平常大一些，只要有风，我们总会听到风声里有那个老爵士在弹琴的声音——那是不是老爵士在弹，其实我也说不清。反正，不管罗萨蒙德小姐到哪里，我就跟到哪里——那怪声音我倒是不怎么怕，我怕的是小姐出什么事儿，她没爹没娘了，那么可怜，还那么可爱，我随便怎样都是舍不得的。再说，看着她玩，看着她笑，我自己也觉得是件开心事儿。就这样，我老陪着她，和她一起玩，有时也在大屋子里四处转转，不过就是在屋子里，我也不敢把她给弄丢了。这样快到圣诞节的时候，有一天下午，我和小姐一起在大厅里的一张台球桌上玩球。（我俩都不懂怎么个玩法，小姐只知道用手去抓那些象牙小球，在桌子上滚来滚去，好像很喜欢。我嘛，只要她喜欢，我也喜欢。）我们玩着玩着，屋外好像还亮，屋子里慢慢暗了下来，我想带小姐回育儿室去。刚想走，小姐忽然喊了起来：

“看，海丝特！那个小姑娘又在那里了！在雪地里！看！”

我从那扇又高又窄的窗户里望出去，是啊！就在那儿，真有一个小女孩！看上去比小姐小一点，可奇怪啊！她身上穿的不是冬天的衣服——她好像在哭，很伤心的样子，一边还拍着那边的窗户，好像在求屋里的人放她进屋来。看她这副样子，罗萨蒙德小姐忍不住了，转身要去开门，可就在刹那间，我们身边的那架大大的管风琴猛地响了起来，一下子把我惊呆了。我不知道发生了什么事，只记得我那时一阵头晕，眼睛直愣愣地看着窗外灰蒙蒙的天，虽说那小女孩还在使劲拍着窗户，可我一点声音也听不到，连她哭喊的声音也没有了——什么声音都没有了——就是有，我也不记得了。我只记得那架管风琴里发出来的声音把我吓坏了，只记得我那时一把抓住罗萨蒙德小姐，不让她去开门——不管她怎么叫，怎么踢我，我一把抱起她就往厨房跑。我一头冲进厨房，把朵洛西和埃格妮吓了一跳。她们正在那里做馅饼。

朵洛西看见罗萨蒙德小姐在我怀里挣扎，大声问：“哎呀，小姐怎么了？”

没等我开口——我正喘着气啊——小姐先说了：“她不让我开门！不让那小姑娘进来！那小姑娘在山上会冻死的！坏海丝特，坏海丝特！”她骂我，打我，打得还真不轻。这时，我看见朵洛西的脸色一下子变白了，我浑身的血也一下子冻住了。

“快把厨房门关了，锁上！”我听见她对埃格妮说。随后，她也没多说什么，只是给了我一点葡萄干和杏仁，要我哄哄罗萨蒙德小姐。可回到育儿室，小姐什么都不肯吃，就是不停吵闹，要把那小女孩放进来。后来，她哭着哭着睡着了，我才松了口气。我轻轻下楼，对朵洛西说，我要带小姐离开这庄园，到艾波斯维特我父亲家里去住，那里日子虽说要过得清苦许多，可是太太平平的，不像在这里，我说，那老爵士弹琴的声音已经够吓人了，我还看到了那个哭着要进来的小女孩，她穿的衣服那么怪，拍窗户时一点声音也没有，右边肩上还有个乌黑的伤口，真是太吓人了——这些倒也算了，我说，我实在受不了的是罗萨蒙德小姐差点被那小鬼魂害死。

我说着，看见朵洛西的脸色变了好几回。等我说完，她对我说，我可以走，但不能把罗萨蒙德小姐带走，因为罗萨蒙德小姐的监护人是弗尼瓦尔爵士，他现在也是我的主人，没有他的同意，我不能带走罗萨蒙德小姐，不管什么地方都不行。她又问我，真的很害怕那声音和那件事吗？就为了这些，真的舍得离开我那么喜欢的小姐？她还说，他们对那声音和那件事都慢慢习惯了，觉得也没什么。 我听了有点生气，我说你们都知道那声音和那件事的底细，说不准还认识那小女孩，可我什么都不知道，叫我怎么习惯？ 我这么说，她觉得不好意思，就答应把事情讲给我听，可我听完后就后悔了，因为听她这么一讲，我觉得更加害怕了。

她说，她也是从邻居那儿听来的。 她和詹姆斯刚结婚那会儿，周围的老邻居还都活着，那时庄园里还没出事，老邻居还常来串门。 她说邻居们说的事没准是胡编的，也没准是真的。

那个弹琴的老爵士，就是老弗尼瓦尔小姐的父亲。 那时，格雷丝小姐不叫弗尼瓦尔小姐，她的姐姐莫德小姐才叫弗尼瓦尔小姐。 老爵士从来就看不起人，脾气又很不好，他的两个女儿呢，也和他差不多。 附近有许多年轻人看中她们，她们却一个也看不上。 那时，她们可是这地方少见的美女，比我在画像上看到的还要漂亮，可俗话说，“漂亮的姑娘会惹事”，真是一点不错。 两个小姐眼睛长在头顶上，却偏偏喜欢上了同一个男人。 那个男人是个外国乐师，是老爵士从伦敦请来弹管风琴的。 老爵士脾气坏，对音乐倒是挺喜欢的，奇怪的是他喜欢音乐，脾气还是那么坏。 有人说，可怜的老爵士夫人就是被老爵士活活气死的。 老爵士喜欢音乐可是喜欢得不得了，不管花多少钱都愿意，他请来的那个外国乐师呢，听说弹起琴来连树上的鸟儿听了也不再叫了。 老爵士就是喜欢听那个外国乐师弹琴，别的音乐他都不想听，所以他要那外国乐师每年都到他家里来。 那外国乐师还从荷兰带来了一架管风琴，就是放在大厅里那架，后来谁也没有动过它。 那乐师为老爵士弹琴，还教老爵士弹琴。 老爵士迷上了弹琴，成天想着那架管风琴，对别的事全都没了心思。 这样，连那个脸色黑黑的乐师常和他的两个女儿——有时是莫德小姐，有时是格雷丝小姐

——在小树林里散步，他也不知道。

后来，不用说，是莫德小姐和那乐师好上了，两人还瞒着家里人偷偷结了婚。这样到第二年，那乐师再到老爵士的庄园里来时，莫德小姐已经偷偷生下了一个女儿——她怀上孩子后就骗老爵士和格雷丝小姐说，她要到堂卡斯特瑞斯去住，其实呢，一直躲在屋后山上的一间空屋子里，让一个农妇照顾着她。孩子生下来后，她把孩子留在那间空屋子里，自己就回到家里，她父亲和她妹妹还以为她从堂卡斯特瑞斯回来了，一点也不知道她生孩子的事。

这时，莫德小姐虽说做了母亲，可坏脾气一点没改，还是和从前一样动不动发脾气，特别是那乐师第二年来庄园时，她的脾气更坏了，因为她看到那乐师（她丈夫）老盯着她妹妹格雷丝小姐，好像很有意思，把她倒给忘了。她跟那乐师发脾气，那乐师对她说那是做给家里人看看的，好不让他们怀疑他和她的事，可莫德小姐还是受不了她妹妹的那副得意的样子，老缠着那乐师吵，还缠着妹妹吵。那乐师大概也受不了了，想撒手不管——他本是外国人，往外国一躲，什么事也没了——所以，那年夏季他提早一个星期就走了，临走前还生气地说，他再也不会来了。那乐师走了，那个小女孩就一直藏在山上的那间屋子里，她母亲对那地方又是爱，又是恨，只能每星期骑着马上山来看她一两次。那老爵士呢，还是只管弹他的琴，脾气还是那样坏，连家里的仆人都说，他再怎么弹琴，脾气也好不起来。

老爵士的身体越来越糟，连走路也得拄拐杖，他的两个儿子呢，一个就是现在那个弗尼瓦尔爵士的父亲，那时正在美国当兵，另一个儿子也出海去了，所以莫德小姐就成了家里的老大，什么都要她说了算，还常常和格雷丝小姐大吵大闹，要不是老爵士朝她们瞪眼睛，发脾气，她们就会吵个没完。第二年夏天，那乐师还是来了，可那真成了最后一次。他看到姐妹俩整天争风吃醋，吵个不停，实在烦死了，就一走了之，再也没了音信。莫德小姐本来还想等父亲死了就让邻居们知道她结婚的事儿，现在好了，她一下子变成了活寡妇——丈夫明明活着，可没了——还有个女儿，可她不敢说是她生的——她喜欢那孩子，想把她领回家来，可又害怕父亲会大发脾气，妹妹会朝她冷笑，还会说出很难听的话来。这样又过了一年，那乐师再也没来，莫德小姐和格雷丝小姐也越来越发愁——虽说姐妹俩仍像从前一样漂亮，可脸色越来越不好。慢慢地，莫德小姐的脸色有点好了起来，因为她看到老爵士的身体一天天不行了，整天只知道弹琴，不管家里的事，心里有点高兴。

那时，姐妹俩已经分开住了，格雷丝小姐住在屋子的西边，莫德小姐住在屋子的东边——就是现在常年锁着的那个地方。她们住在一个屋子里，可从不往来，再说，屋子又那么大，莫德小姐就想，这下可以把女儿领回来了，反正父亲和妹妹不会知道，家里的仆人知道了也不敢说，就算有人问，她说那是附近农家的孩子，她喜欢就领回来了，他们也不敢不相信……事情就是这样，朵洛西说，家里的仆人知道的也就是这些。接下来究竟发生了什么，她说，那只有格雷丝小姐和斯达克夫人才知道，别人都不太清楚。斯达克夫人那时就是格雷丝小姐的女伴，和格雷丝小姐很亲近，比她的姐姐亲近多了。从她嘴里漏出来的几句话，仆人们猜想她大概看出了那个乐师一开始就喜欢莫德小姐，对格雷丝小姐只是逢场作戏。她一定和格雷丝小姐说过那乐师是假装喜欢她，其实已经和莫德小姐结了婚，说不定还生了孩子，因为从那以后，仆人们没看到格雷丝小姐脸上有过一点笑容，时常还偷听到她和斯达克夫人在算计着什么，有时还听到她说，她总有一天要报复东边的那个小姐。

新年刚过后的一天夜里，朵洛西说，家里发生了一件可怕的事情。那天夜里，雪下得很大，冷得要命，屋外到处是厚厚的雪，天上漆黑一片，什么也看不见。这时，只听见屋里“砰”的一声响，把仆人们都惊呆了，接着就听到老爵士像拼了老命一样在大声叫骂。他好像气得发疯了，叫骂声响得整个屋子里都能听到，中间还夹着一个女孩的哭声，还有一个女人的声音，也在大喊大叫，好像又气又恨，接着是“啪”一声，像是木棍打在人身上的声音，接着就没什么声音了，只听见哭声越来越远，慢慢消失在屋后的那座山上……接着，老爵士把屋里的仆人全都叫了出来，当着仆人的面，他大发脾气，喘着气、咬着牙说，他的女儿把他的脸面都丢尽了，现在他把她——还有那个女孩——赶出了家门，再也不许她们回来——要是有人敢去帮她们——不管是给她们送吃的，还是偷偷放她们进来——他发誓说，他要叫那人一辈子倒霉！

这时，格雷丝小姐站在一边，一声不响，脸像石头一样沉着。等老爵士讲完了，她长长地舒了口气，好像是说，她早就等着这一天了，这下她可称心了。可那天以后，老爵士就再也没有弹过那架管风琴，还没等到第二年，他就死了。说来也不奇怪，他把母女俩赶出家门后，第二天就从山上下来的牧羊人那里听说，莫德小姐坐在那两棵冬青树下，在疯疯癫癫地傻笑，怀里还抱着个死孩子——那女孩的右肩上有道可怕的伤口。“可那孩子不是受伤死的，”朵洛西说，“她是在大冷天里活活冻死的！哎，山上的野兽还有山洞，家里牲畜还有窝棚，可母女俩穿着单衣，被赶到了山上……现在你全知道了，大概不再害怕了吧？”

我说是的，不再害怕了，可心里更加害怕。想到罗萨蒙德小姐，我真想马上带她离开这座屋子，可我不能带她走，更舍不得丢下她。天哪！我该怎么办！我得怎样保护她呀！我没办法，只好每天在天黑前一个多小时就把门窗关得紧紧的，不像从前那样到天黑后才关门窗，那时我觉得太晚了。可罗萨蒙德小姐还是老听到那小女孩呜呜的哭声。不管我和朵洛西怎么劝她，她就是想出去找那个小女孩，要不，就是要把那小女孩放进屋里来，说外面雪太大了，她会冻坏的。真拿她没办法！在那段时间里，我总不想见到老弗尼瓦尔小姐和斯达克夫人。我一看到她们，看到她们沉沉的脸、呆呆的眼神，想到朵洛西说的那个可怕的夜里，就想到她们不是好人。不过，我对老弗尼瓦尔小姐还是觉得她有点可怜。我看到她脸上的那种表情，心里就想，她大概也不好过。后来，我都有点为她难过了——她从不说话，要有人问她，才说一两句——上帝啊！宽恕她吧！我有时为她祈祷。我还教罗萨蒙德小姐为有罪过的人祈祷，可她低头祈祷时，常会抬起头来，细细听，然后说："我听到那小姑娘在哭，很可怜的——哦，让她进来吧，她会死的！"

又是新年刚过后的一天夜里——冬天总算过去了，天气开始回暖——我在楼下忙着什么事，听到西边画室里的大钟敲了三下，我猛地想到，这时候我不能让小姐一个人在楼上睡觉。那天夜里老爵士弹琴的声音特别响，我担心小姐会被吵醒，醒来后又会听到那小鬼魂的哭声。我上楼一看，还好，她睡得还安稳，门窗也都关着。可我总不放心，就随手找了几件衣服把她裹住，连衣服连人一起把她抱到了楼下，进了西边的画室。两个老太太还在那里织画，见我进去，斯达克夫人觉得奇怪，问我："小姐睡得好好的，怎么把她抱到这儿来？”我压着嗓子说：“这会儿我还有事，我怕她醒来，外面那个小鬼魂……”说到这儿，我看她朝我直摇手（还朝旁边的老弗尼瓦尔小姐瞥了一眼），我就不说了。她说，老弗尼瓦尔小姐正要把织错的画拆了重织，可她俩都眼花了，你来了，就帮着拆一下吧。听她这么说，我就把小姐放到沙发上，让她在那儿睡，我自己坐到了她们旁边的凳子上。说实话，我心里很不愿意帮她们忙。

屋外风很大，吹得窗子都格格响，我回头看看，罗萨蒙德小姐在沙发上睡着了。老弗尼瓦尔小姐一句话没说，也不管风把窗子吹得多响，她看都没看一眼。可忽然间，像有什么东西惊着了她，她冷不防地站了起来，手里挥着织画的线，嘴里喊着：“听见吗？有人在说话！哦，我听见了，听见了！哦，太可怕了，是我父亲的声音！”

这时，罗萨蒙德小姐，我的小宝贝，也猛地醒了过来，也喊起来：“海丝特！那小姑娘在哭！哭得太伤心了！”她还想从沙发上下来，可脚被毯子裹住了，我忙过去把她按住，不让她下来。什么有人说话？什么哭得伤心？我怎么没听见？斯达克夫人好像也听不见。可弗尼瓦尔小姐听见了！罗萨蒙德小姐听见了！我吓得浑身都起鸡皮疙瘩。可没过一两分钟，说话的声音，哭的声音，真的来了，还很响！我听见了，听得清清楚楚——很奇怪，这时窗外风的声音倒听不见了——斯达克夫人也听见了，吓得朝我直瞪眼，我也吓得朝她直瞪眼。我们俩谁也不敢说一句话。这时，只看见老弗尼瓦尔小姐正跌跌撞撞走出门去，斯达克夫人忙跟了出去。我吓得不敢留在那儿，一把抱起沙发上的小姐，也跟了出去。老弗尼瓦尔小姐走出前厅，穿过西厅，接着就打开了进大厅的门。我们一走进大厅，哭喊的声音一下子响起来，像是从东边传来的，就是东边那扇锁着的门那儿——那扇门的后面。这时，我看见大厅里的吊灯都亮着，可那里就是一点光也没有，很暗很暗，壁炉里的火正烧着，可那里就是一点热气也没有，很冷很冷。不知道是害怕，还是冷，我浑身直哆嗦，一股劲地抱住小姐。可就在我抱紧小姐的当儿，东边的那扇门摇晃起来，小姐猛地在我怀里挣扎着要下来，还哭着喊着："海丝特，放我下来！那个小姑娘来了！我听见她了！海丝特，快放我下来！"

我使劲抱住她，不放她下来，心里想，就算我死了，我也不会松手让小姐跟那小鬼魂走的！可老弗尼瓦尔小姐站在那里一动不动，像是把小姐给忘了。这时，小姐已经从我怀里挣了出来，可她双脚一落地，我就扑上去又把她抱住了。我跪在那里，伸出手臂抱住她。她哭啊，挣啊，就是想挣开我。

忽然间，像是打了个闪电，东边的那扇门"砰"的开了，像是有人把它一脚踢了开来。门里照出一道光来，很怪的光，光里走出一个头发花白的高个儿老头，恶狠狠地挥着手，把一个女人从门里赶了出来。那女人很漂亮，可脸色难看，她身旁有个小女孩，正拉着她的裙摆。

"海丝特！海丝特！"罗萨蒙德小姐又叫了起来，"就是她，坐在冬青树下的就是她！还有那个小姑娘，就是她带我去的！海丝特，快放开我！我要过去！她们在那里，我要过去！"

她没命地挣着，要过去，可我怎么也不松手，反把她抱得更紧了。我生怕这样会伤着她，可我宁愿伤着她，也不能让她过去！那几个鬼魂朝大厅的门走去，风在门外吹着，正等着把他们吞掉。

到了大门前，那女的转过身来，看得出她恨那个老头，像是对那老头说了什么话，可她马上回过身去，想去护住她身边的女孩——哦，可怜的孩子！ 那老头举起拐杖要打她。

这时，罗萨蒙德小姐好像力气比我还大，在我怀里挣啊，哭啊，喊啊。（我倒快要没有力气了。）“她们要我一起到山上去！ 她们正拉着我去！ 哦，可怜的小姑娘！ 我要去！ 坏海丝特把我抱得太紧啦！”可她一看到那老头举起拐杖，就晕了过去。谢天谢地！ 还是这样好，我拖不住她了！ 我看到那老头举着拐杖，头发披散，正要朝那缩成一团的女孩打下去——这时，我身边的老弗尼瓦尔小姐忽然喊出声来：“哦，父亲！ 父亲！ 饶了那无辜的孩子吧！”可就在这时，我们看见还有一个鬼魂，老像影子一样在晃来晃去。这时大厅里有点光，像大雾天里的那种不太亮的光，可我们全看清楚了，那鬼魂站到了老头身边，板着脸，很凶的样子，又像是很高兴的样子。她很漂亮，头上戴着一顶白软帽，帽檐很长，盖住她的前额——身上穿着一件领子敞开的蓝缎裙——她撅着嘴，一脸看不起人的样子——我好像在哪里见过她，那不就是格雷丝小姐，年轻时的老弗尼瓦尔小姐吗？ 那鬼魂真可怕，冷冰冰得像石头一样看着那老头举起拐杖——这时不管老弗尼瓦尔小姐怎么求他也没用了——他举起拐杖，狠狠地朝女孩的右肩打了下去——“啪”！ 大厅里的吊灯，壁炉里的火，全灭了。老弗尼瓦尔小姐倒在我们跟前——像死了一样。

是啊！ 那天夜里我们抬她进房间后，她就再也没有起来。她躺在床上，脸朝着墙壁，嘴里总说着：“哦！ 哦！ 从前的罪过是擦不掉的呀！ 从前的罪过是擦不掉的呀！”

常磊 译 刘文荣 校

一桩谋杀案的审判

[英] 查尔斯·狄更斯　查尔斯·阿尔斯顿·柯林斯

我一直注意到，人们普遍缺少一种勇气，即使那些智识超群的人也是如此，那就是，他们总不敢把自己某些奇特的心理活动告诉别人。几乎所有人都害怕他们所说的情况不能被对方接受或认同，自己因而会受到怀疑和嘲笑。如果他是一个诚实的旅行家，他应该见过像海蛇一样怪异的生物，他也会对此津津乐道；但是，就是这同一个人，如果他有某种特别的预感、冲动、怪异的想法，幻觉（所谓的）、梦境或是其他明显的心理上的印象，在说出来之前，他就会犹豫再三。因此，我认为，这类心理活动如此难以捉摸，也就要归因于人们对这些话题的避讳。同对主观事物的体验相比，我们总是更容易与人交流那些对于客观事物的经验，这样造成的结果就是，本来应该是多数人都有过的主观体验，却显得成了个别人的，尤其是如果这些体验极端不完美，那就更是如此了。

在下面我要讲述的这个故事里，我并不打算建立、反对，或是支持任何一种理论。我了解那位柏林书商的履历，我研究过最近一位王室天文学家妻子的案例，它同戴维德·布鲁斯特先生所说的一样；我也听说过在一位朋友身上发生的一件关于鬼魂的怪事的细节。可能对最后一件事我有必要交代一下，这位受害者（一位女士）和我不沾亲不带故。不过，她头脑中的某个幻觉可能对我亲身经历的一件事做出了解释——但是，只是一部分——而整个这件事毫无依据。这件事的发生并不是因为我生性怪僻，我以前从来没有过类似的经历，从那以后也再没有过。

在英格兰曾经发生过一起谋杀案，这件事发生在多少年前或是曾经引起过多大的轰动，并不重要。那些谋杀者臭名昭著的事迹接二连三地被公之于众，我们实在是听够了这些事；如果有可能，我会埋藏对于这件兽行的记忆，如同在纽盖特监狱埋藏掉谋杀者的尸体。在下面的叙述中，我会尽量避免直接描述这个罪犯的特征和身份。

当这件谋杀案最早被揭露的时候，没有人怀疑到——或者，我更应该说，对于事实我知道得并不十分详细，还没有公开的言论怀疑到后来被逮捕的那个人。因为那时报纸上还从未提及过他，显然，那时不可能有人在报上公开描述他。这是我所记住的基本事实。

早餐的时候，我翻开一张晨报。这份报上第一次报道了这桩案子，我发现它很有意思，于是，我逐字逐句读完了这篇文章，然后，我又读了一两遍。这件案子发生在卧室里，于是，当我放下报纸时，我意识到闪过——冲过——飘过——我不知道该如何形容——我找不到一个确切的词语来描述这种感觉，我好像看到了那间卧室从我的房子里经过，就像是一幅画，它可能是画在一条流动的河上。尽管是转瞬即逝，但是，它无比清晰；清晰得让我确确实实地看到了尸体从床上消失。

我突然有了这种奇怪的感觉，而我所住的并不是有传奇色彩的地方，它只是位于皮卡迪里大街上的一所房子，那里离圣詹姆斯大街的拐角处非常近。我以前没有出现过这种幻觉。那个瞬间，我正坐在自己的安乐椅上，这种奇异的感觉伴随着一阵古怪的战栗，这种战栗是从椅子上产生的。（但是，有一点需要说明，那就是，这把椅子下面有些小轮子，很容易转动。）

我走到一扇窗前（这间屋子在三楼上，屋里有两扇窗），我想往下看看皮卡迪里的街景，以此来放松一下眼睛。

这是一个秋高气爽的早晨，街道上人来人往，充满生机。风在高处吹着。当我从窗户往外看的时候，风从公园的方向卷来很多落叶；接着，又一阵疾风吹来，把它们呈螺旋状卷起；随着疾风的消逝，树叶飘散在地上。这时，我看到路那头有两个人，正从西往东走。

这两个人一前一后地走着，前面的人不时回过头来朝后看。第二个人跟在他后面约三十步远，他的右手一直举着，像是在威胁什么人。起初，是他在大庭广众之下做出这个威胁的姿势，并且保持不动的状态吸引了我；然后，我发现，更奇怪的是没有人注意他。这两个人在人群中穿行，他们行走得非常平稳，几乎不像是走在人行道上；我也看不到任何人给他们让路，或是碰到他们，或者看他们一眼。从我的窗前经过时，他们都抬起头来盯着我。我非常清晰地看到了他们两人的脸，而且我相信，无论在什么地方再遇到，我都可以认出他们。这倒不是因为我有意识地注意到了在任何一张脸上有什么特别之处，不过，走在前面的那个人异常矮小，跟在他身后的人面呈蜡色。

我是个单身汉，家里只有一个男佣和他的妻子。我在一家银行的分行里工作，而且，我希望我的部门经理职位能像别人想象的一样轻松。那个秋天，因为工作的缘故，我不得不待在那个小镇上；而我希望有所改变。我没有病，可是健康状况也不是很好。我的读者很有可能认为，这是由于我感到疲惫，对于单调的生活感到压抑，而且患有“轻度抑郁”——这是医生在回答我的咨询时写在病历上的话，我那位有名望的医生使我确信，我那时真正的健康状况好得不能再好。

随着这起案子的案情逐渐明朗化，它越来越引起公众的关注，人们对它议论纷纷，我尽可能对周围的这些议论不闻不问，以此来避开这个案子。但是，我知道，那个嫌疑犯已经被认定犯有蓄意谋杀罪，而且，他已经被押送到纽盖特监狱。我还知道，由于普遍存在着的偏见，而且，辩护方还需要时间准备材料，这件案子的审判在中央刑事法庭被延期了。我还应该知道，但是我相信我并不知道——在什么时间，或者大概在什么时间，法庭会开庭审理他的案子。

我的起居室、卧室和梳洗间都在二楼。要去梳洗间必须经过卧室。事实上，梳洗间以前还有一个门，是和楼梯相通的；但是，我的洗浴设施把它堵住了——而且已经堵住了很多年。在那期间，这扇门被钉住了，而且还用一块布遮着。

一天夜里很晚了，我站在卧室里，我要在仆人睡觉前吩咐他去做点什么事。我的脸正对着和梳洗间相通的唯一一扇门，而且，这扇门关着。我的仆人背对着它。我正要跟他说话的时候，突然看到门开了，一个男人朝里张望着，他非常急切而神秘地向我招手。那个人正是我看到在皮卡迪里大街上走过的两个人中的后一个，他的脸色蜡黄。

那个人招了手之后退了回去，关上门。我急忙走进卧室，手中拿着一支点燃的蜡烛，打开梳洗间的门往里看。我预感到那人不在梳洗间——在那里，我也确实没有看见他。

这时我才意识到仆人惊讶地站在那里，我转过身来对他说：

“德里克，你相信不相信，我想我明明白白地看见了一个——”说话的时候，我的手正放在他的胸前，他突然浑身颤抖着说：“哦，上帝，是的，先生！一个死人在招手！”

德里克是跟随我二十多年的忠实的仆人，现在我相信，他是在我碰到他的时候才看到那个人的。当我碰到他的时候，他的变化让人吃惊，所以我完全相信，在那个瞬间，他是以某种神秘的方式从我身上得到了那个印象。

我让德里克去拿点白兰地来，我让他喝了一口，我自己也很想喝一点。关于在那天夜里之前发生的事，我对他只字未提。想来想去，我还是肯定，除了在皮卡迪里大街上的那一次，以前我绝对从未见过那张脸。上一次，我站在窗口，他抬头朝我看，刚才，他在门冲我招手，我比较着他两次看见我的表情，得出结论，他第一次出现时想让我牢牢地记住他，而在第二次出现时，他确信，我立刻认出了他。

那天晚上，我觉得不太舒服，然而，我有个难以言说的预感：那个人不会回来了。天亮的时候，我才沉沉地睡去。后来，我被德里克叫醒了，他手里拿着一张纸来到我的床前。

刚才我隐隐听到，我的仆人为这张纸在门口和送信人发生了争执。那是一张通知，中央刑事法庭即将在老百利开庭，叫我加入它的陪审团。从前没有人让我参加过这样的陪审团，约翰·德里克当然清楚这一点。他认为——那个时候我也不能肯定这是否有道理——陪审员通常是从资格比我低的人中选出来的，所以，一开始他拒绝接受这个通知。送信人的态度很强硬，他说，我去不去跟他无关，反正他把通知送到了，我怎样处理是我自己的事，跟德里克没有关系。

接到通知的头一两天，我犹豫不决，不知道该不该理会它。我对任何人没有一点点偏见或偏爱，也不会对他们产生任何影响，对这一点我能肯定，它就像我在这里说的其他每句话一样真实。最后，我决定去，就算是给眼前这种单调的生活带来一点变化吧，我还是去。

开庭时间是十一月的一天早晨，浓雾笼罩着皮卡迪里大街，街上漆黑一团。我发现，法庭的走廊和楼梯上都点着煤气灯，显得灯火辉煌，法庭里也同样灯火通明。我觉得，直到法庭官员把我领到“旧庭”，看到那里拥挤的场面之后，我才知道，那天要审判的就是那个杀人犯。我觉得，直到被人费了好大力气领到“旧庭”之后，我才知道，在同时开庭的两个审判庭中，我应该参加哪一个。不过，我并不是十分肯定，因为，对这两点我都记得并不是很清楚。

我在专供陪审员等候开庭的坐席上就座了。大厅里烟雾缭绕，我尽量环视着法庭。我注意到，一扇扇巨大的窗子外面，沉沉的雾气就像是一幅暗色的窗帘；我还注意到，有车轮辗过扔在街上的麦秆或空罐，发出吱吱嘎嘎的响声，还有聚在大厅里的人群发出的嘈杂声，偶尔还会冒出一声尖锐的哨音或是扯开嗓门歌唱或叫喊的声音。不久之后，两名法官走进法庭就座。大厅里立刻安静下来。接下来轮到那个杀人犯被带上被告席。他出现在那里。就在这同一时刻，我立即认出，他就是那天在皮卡迪里大街上的那两个人中走在前面的那一个。

如果那时有人点到我的名字，我怀疑自己是否能应出声来。但是，在陪审员名单上，我是第六个或是第八个被点到的，也是到了这个时候，我才能回答出“到！”

现在看看吧。当我走进陪审员席位时，那个犯人突然变得焦躁不安，并对他的律师招了招手——他本来在小心地打量着四周，并没有关注什么。这个犯人明显对我有敌对情绪，我甚至看到，律师把双手撑在面前的台子上，摇着头对他的当事人耳语了几句。在他们谈话的当儿，被告的那种敌意暂时消失了。

后来，我从这位绅士那里得知，这个犯人对他说的第一句话是："要不惜一切，反对那个家伙！"这句话让律师吓了一跳，但是，犯人没有解释其中的原因，他还承认，甚至在点到我的名字之前，他还不知道我叫什么。他的律师没有照他说的那样去做。

我解释过，我不想唤起那个杀人犯留下的令人不快的记忆，而且，要详细记录他漫长的审判过程，我下面的叙述是必不可少的。因此，下面我要对我们这个陪审团在那十个日夜里发生的几件事进行详尽的叙述——这些事都跟我离奇的个人经历有关。也就是这些——而不是那个杀人犯，是我想用来吸引读者的；同样，我希望读者注意这些东西，而不是纽盖特监狱的案例。

我被选为陪审团的主席。开庭的第二天早晨，在听取了两个小时证词之后（我听到了教堂报时的钟声），我无意中用眼光扫了一下在座的其他陪审员，却发现总也数不清他们到底有多少人。我数了几遍，然而都遇到了同样的问题。简而言之，我数出的人数总是多一个。

我碰了碰坐在我旁边的那位陪审员，低声对他说："请你帮我数一下，我们是多少个人。"看上去，他对我的请求感到很吃惊，但还是回过头去数了数，"怎么回事？"突然，他疑惑地说："我们怎么是十三——可是，不，不可能。不，我们是十二个人。"

那天，我们反复清点人数，逐个数的时候总是十二个人，而算总数的时候却总是多出来一个。没有谁——没有人——来说明其中的原因。但是当时，我有一种直觉：肯定是那个人来了。

陪审团被安置在伦敦客栈。我们都睡在一间大房子里一张张单人床上，每天二十四小时都有一名官员负责照顾，他还监视着我们以保证我们的安全。我觉得没有什么必要隐瞒这位官员的真实姓名。他智识卓著，彬彬有礼，为人诚恳，并且（我很高兴地听说）在这个城里很受人尊敬。他面容和善，长着和善的眼睛和令人嫉妒的连鬓胡，嗓音洪亮而温和。他就是哈克先生。

晚上，我们都上床睡觉去了，屋里一共有十三张床，哈克先生的床在门口。第二天夜里，我毫无睡意，发现哈克先生正坐在床上，便走过去坐在他身边，请他吸鼻烟。哈克先生的手刚一碰我的烟盒，全身立刻奇怪地颤抖了一下，他马上问："这是谁？"

顺着哈克先生的目光望去，我又看到了那个在我意料之中的人——在皮卡迪里大街上的那两个人中走在后面的那一个。我站起身，向前走了几步，然后停住，又回过头去看哈克先生。他毫不在意地笑着，愉快地说："刚才那会儿，我还以为看到了第十三位陪审员呢，他没有床位。但是我明白了，那是月光。"

我没有把实情告诉哈克先生，却请他和我一起走到大房子的尽头，我看请了那人在干什么。他在其他十一名陪审员每个人的枕边站一会儿，并且，他总是站在床的右侧，总是走过床脚来到下一个床边。从他歪着头的姿势来看，他似乎只是仔细看看每个睡着的人的脸。他没有注意我，也没有注意我的床，我的床离哈克先生的床最近。他好像是从月亮照进来的地方出去的——从一个高处的窗户，就像是腾空飞走了。

第二天早餐的时候，除了我和哈克先生之外，几乎所有在座的人都说到夜里梦见了那个被害人。

现在我可以肯定，走在皮卡迪里大街上那两个人中后面的那个就是被害人，正像他为给我送信而直接向我示意一样。 但是，就是在那个时候，我也并没有明白。

开庭第五天，原告方的诉讼已经接近尾声，这时有人出示了一个物证，那是一枚被害人的微型肖像。 在这起案件被发现时，这枚肖像从他的卧室里失踪了，而后来，在有人见过被害人挖坑的地方找到了。 证人看过并认出这枚肖像之后，它被送给法官大人，然后才传给陪审员察看。 一位穿黑袍的官员刚要把它递给我，突然从人群中蹦出一个人——在皮卡迪里大街上走在后面的那个人，他一把从官员那里把肖像夺了过去，亲手把它递给我，我还没有看清这枚装在首饰盒里的肖像，就听他用一种低沉而空洞的嗓音说："那时候我还年轻，我的脸也不像现在这样没有血色。"

他来到我和坐在我身边要从我这里接过肖像的那个人之间，然后又移到那个人和他旁边的人之间，他就这样在我们中间转了一圈，最后又回到我这里。 尽管如此，没有一个人发觉他。

每当我们在哈克先生监护下被隔离起来之后，一到吃饭时间，我们通常要议论议论当天的诉讼情况。 第五天，原告方诉讼结束，我们对案情有了全面的认识，大家的议论也就更热火朝天，更紧张严肃。

我们当中有一个教区会员，这个人是我见过的最愚蠢的白痴，他会极端荒谬地否认再明白不过的事实，而且，还有两个大腹便便的教区寄生虫站在他一边；这三个人大肆叫嚣，说他们应该已经参加过五百多起谋杀案的审判。 当这几个不安分的蠢货叫嚣得最热闹的时候，夜幕已经降临，我们中间已经有人准备上床睡觉了，这时，我又看到了那个被谋杀的人。

他冷峻地站在他们身后，冲我招手。我一走到他们中间同他们辩论，他立刻就退下了。这之后，他屡屡露面，却总是出现在隔离我们的这所长形大房子里。只要我们当中有几个人把头凑到一起，我就看见受害人出现在他们中间；只要他们笔记的核对结果对他不利时，他就会紧张而又坚决地冲我招手。

要记住，在开庭的第五天，被害人的微型肖像被出示之前，我从没有在法庭上见过那个人。

现在我们进入了辩护方的诉讼阶段，到目前为止，案情已经发生了三个变化。我先说说前两个变化吧。

这个人现在持续地出现在法庭上，而且他不再对我说话，而总是对当时正在发言的人说话。

比方说，受害人的喉管处有一道平直的刀伤。在辩方发言中提到，受害人可能是自己割断了喉咙，这时，那个人就站在发言者的臂肘旁，露出他那道狰狞的刀伤（以前也露出过），一会儿用左手，一会儿又用右手，在自己的喉管处横着比划来比划去，极力向发言者表明，他自己的哪只手也弄不出这样的刀伤。

再比如，一个女证人作证说，这位犯人是个最慈善的人。这时，那人就站在她面前，面对面地看着她，张开臂，伸着手指，指着那个长相邪恶的犯人。

现在该说第三个变化了。在这三个变化中，这一个留给我的印象最深。我不想从中得出什么结论，只想准确地把它叙述下来。尽管这个人并没有被对方察觉，可是，当他靠近时，对方必定会发出战栗和不安。我似乎是被某项法律条文严格地约束着，对他的事守口如瓶，而他在无影无形中悄无声息地对他们施加影响。

当辩方律师提出受害人有自杀的可能时，那个人就站在这位知名绅士的身边，令人感到恐怖地看着自己受了重创的喉管，那位律师顿时变得结巴起来，他平日雄辩的口才一时不见踪影，他用手帕擦拭着额头，脸色变得苍白起来。当那位证人正好面对那个人的时候，她的目光也分明随着他伸出的手指落在被告的脸上，并显出非常疑惑和困窘的神色。

我还想再举出两个例子来说明问题。在开庭后的第八天，在每天下午较早的时候例行的、只有几分钟时间的休息之后，我回到法庭，其他陪审员还要过一会儿才回来。

我站在陪审席中向四周打量，以为那个人不在那里，就在我抬眼向走廊上看过去时，我看到他身体前倾，靠在一位非常体面的女人身上，好像是想看清法官们是不是已经回到了坐席上。突然，那个女人尖叫一声，昏倒在地上，她被人抬了出去。主持这次审判的是一位令人尊敬的、贤明而有耐心的法官，他也出现了同样的情况。案子结束时，法官恢复了常态，他拿着卷宗做总结发言，那位被害人从法官入口处进来了，来到法官大人的坐席后面，急切地从法官肩上探过头，看着他正在翻看的纪录。

这时，法官的脸色骤变；他的手停止了动作；一阵我熟知的战栗传遍了他的全身；他结结巴巴地说："对不起，先生们，我有点受不了这儿污浊的空气。"他喝了一杯水才恢复过来。

在那漫长而单调的十天中，有六天，同样的法官们坐在长凳上；同样的被告站在被告席上；同样的律师坐在案前；同样语调的提问和回答直冲法庭的屋顶；法官们写字时发出同样的唰唰声；同样的领席员进进出出；每天在同一个时间亮起灯光；白天，有雾的时候，一扇扇巨大的窗户外面，笼着同样的雾霭；下雨的时候，落下同样的雨滴；狱卒和犯人日复一日踩在同样的锯末上，留下同样的脚印；同一把钥匙打开和锁上同一扇门——这种单调的重复使我觉得，我做首席陪审员已经有很长很长一段时间了，皮卡迪里街的繁华对我就像巴比伦一样遥远，而那个被害人一直在我的视线中，片刻也不曾消失。

有一点不能不提，事实上，我从没看到那个人——我这样称呼那个被害人——看一眼那个杀人犯。我一次又一次地想知道：“为什么他不这样做呢？”但是，他从没看他一眼。

自从有人出示了那枚肖像之后，他也没有再看我一眼，直到审判结束前几分钟。

那天，陪审团退席讨论时，已经是夜里九点五十三分。那个笨蛋教区委员和他的两个寄生虫给我们带来了很多麻烦，以至于我们不得不两次回到法庭上，请求法官大人把笔记中的某些段落重读一遍。我们九个人对这些段落都没有丝毫疑问，我相信，法庭上也不会有人有疑问；然而，那三个人纯粹是为了捣乱，在同一个问题上和我们争论不休。最后，我们占了上风，在十二点二十分的时候，陪审团重新回到法庭上。

这时，被害人就站在法庭那头，正对着陪审席的地方。当我一落座，他的目光就极度关注地盯着我；他看上去很满意，把一块巨大的灰色面纱举过头顶，轻轻挥舞着，这是他第一次把它搭在手臂上。当我们做出“有罪”判决时，那块面纱落了下来，一切都消失了，他的位子空着。

按照惯例，在即将宣判死刑前，法官问那个杀人犯，他还有什么话要说。他嘟囔了几句什么，后来，在第二天的报纸头条上，这几句话被说成：“几句含糊不清、互不连贯、听不清楚的话，大家认为，他是在抱怨这次审判的不公，因为首席陪审员蓄意反对他。”其实，他这番备受关注的话原话是这样的：“主啊，当那位首席陪审员走进陪审席时，我就知道，一切都已成定局。我的上帝，我知道他不会放过我，因为，在我被逮捕之前的那个晚上，他就曾来到我的床边，叫醒我，然后把一条绳子勒在我的脖子上。”

赞扬　译

它是什么？

［美］菲茨-詹姆斯·奥布赖恩

我得承认，要讲述自己遇到的这桩怪事，我很没有自信。我打算详细讲述的这件事非常特别，对于别人的怀疑和嘲笑，我有充分的心理准备。我预先就准备好接受所有这些怀疑和嘲笑。我相信我有面对怀疑而写作的勇气。深思熟虑以后，我决定尽我所能，用简单而直接的方式来讲述去年七月我看到的一些事实情况，在自然科学关于神秘现象的记录中，还没有什么与它完全相同。

我住在纽约第二十六街某号。从某些方面来说，这宅子是很奇怪的。过去两年里，它有闹鬼的名声。它是一座宽大而庄严的宅子，一度被一个花园所围绕，但花园现在只是一个围有篱笆的绿地，被人们用来晒衣服。一个干涸的池子，以前曾经是喷泉，有几株果树，参差不齐，未加修剪，表明这个地方过去曾是一个宜人的、绿树成荫的憩息之所，满是果树和花朵，还有轻柔悦耳的水声。

宅子很宽敞。一间相当轩敞的门厅通往一个宽大的螺旋式楼梯，这楼梯从它的中央盘旋向上，各个房间的面积也都很大。它是大约十五或二十年前由A先生建造的，A先生是纽约的一个著名商人，五年前，他以一桩惊人的银行欺诈事件震动了商界。人人皆知，A先生逃到了欧洲，不久绝望而死。就在他死亡的消息传到这个国家并且被证实以后，几乎立即在第二十六街上就有传闻说：某号闹鬼。

前房主的寡妻被依法逐出了，只有看守房子的人和他妻子住在里面。房子落到了房屋经纪人手里，经纪人把他们安置在那儿，想把房子出租或是卖出去。这些人宣称他们被奇怪的噪音所困扰。门被什么看不见的东西打开了，剩余的家具散放在各个房间里，夜里却被看不见的手一件一件堆起来。看不见的脚大白天在楼梯上走上走下，伴着看不见的丝绸衣服的窸窣声，看不见的双手沿着结实的栏杆滑动。

看守房子的人和他妻子宣称，他们不愿再在那儿住下去了。房屋经纪人笑着把他们解雇了，让其他人代替他们。噪音和超自然现象还在持续着。邻居抓住这个说法，于是宅子三年都没有人住。几个人来谈买房子的事，但是，不知怎么他们总是在成交以前就听到那些不愉快的流言，于是就拒绝将交易往下进行了。

就是在这种情况下，我的女房东有了一个大胆的主意，她要租下第二十六街某号的这幢宅子。她那时在布里克街经营寄宿公寓，想移到更靠近市中心的地方去。恰好她的公寓里有一帮相当勇敢而达观的房客。于是，她把自己的计划摆在我们面前，把她所听到的有关这幢宅子闹鬼的情况老老实实地全给我们讲了，说想让我们搬到那儿去。除了两个胆怯的人——一个海船船长和一个回国的加利福尼亚人，他们立即通知房东说自己要走，莫法特太太的所有房客都宣布，他们会陪她一起搬进这幢闹鬼的宅子，她的这次搬迁颇有武士风范。

五月份，我们搬了家，我们被自己的新居迷住了。我们的宅子位于第二十六街，在第七和第八大道之间，是纽约最宜人的地段之一。宅子后面的花园，向下几乎延伸到哈德逊河，夏天成了一条草木葱茏的大道，完美无缺。这里空气纯净，令人精神振奋，风从威霍肯高地直掠过哈德逊河，拂面而来。甚至就是围绕着宅子的那个花园，虽然树木参差不齐，在洗衣的日子里拉了太多的晒衣绳，也还能给我们一块绿色的草坪，供我们欣赏，并且在夏日的夜晚提供一个凉爽的憩息之地。我们在暮色中吸着雪茄，看着萤火虫在长草上闪着它们光线微弱的灯笼。

自然，我们一在某号的这幢宅子里安顿下来，就开始期待鬼怪来临。我们绝对是急不可耐地等待着它们到来。我们晚餐的谈话是关于超自然现象的。有一个房客买了一本克洛太太的《大自然之夜》，供自己私下消遣，他被全体房客视为公敌，因为他只买了一本而不是二十本。他读这本书的时候，日子过得极其悲惨。一个间谍系统建立了，而他就是受害者。如果他不小心把书放下一会儿，离开房间，那本书立即就被人抓走，在某个秘密的地方向少数几个特选出来的人大声朗读。我发现自己成了一个极其重要的人物，因为有人透露我对超自然现象相当精通，还曾写过一个故事，而那个故事的主要角色就是一个幽灵。如果我们聚在大起居室的时候，一张桌子或是一块墙面镶板碰巧弯了，大家就会立时安静下来，每个人都准备马上听到链条的叮当声，看到一个幽灵的形象。

在一个月的心理激动之后，我们被迫极其失望地承认，没有一件哪怕有一丁点儿接近超自然的东西露过面。一次，那个黑人男管家声称，他正准备脱衣服上床睡觉的时候，他的蜡烛被某种看不见的东西吹灭了。但是，因为我不止一次发现这个黑绅士处于这样一种状态中，那就是一支蜡烛在他看来显得像是两支蜡烛，所以，我认为，可能他喝得更过了一点儿，于是事情可能就倒过来了，当他应当看到一支蜡烛的时候，他却一支也没看到。

当时事情就是这样，可是，忽然发生了一件事，它发生得那么可怕，那么费解，一记起这件事，我的理智就陷入混乱。

那是七月十日。晚餐以后，我照例和我的朋友哈蒙德大夫去花园，我抽着烟斗。我和大夫之间并不存在某种精神上的共鸣，我们是被一种恶习连接在了一起。我们都抽鸦片。我们知道彼此的秘密，并且尊重它。我们一起享受着那美妙的浮想联翩的时刻，那种不可思议的感知力的增强。我们似乎与整个宇宙息息相通，那时我们体验到存在的那种无限的感觉——简而言之，那是不可思议的精神上的至乐，即使为了王位，我也不愿意舍弃它，而那种感觉，我希望你，读者，决不——决不要去体味。

我和大夫一起秘密地享受吸鸦片的快乐的时刻是被一种科学的精确性所规定着的。我们并不是盲目地吸着这种天堂之药，我们并不让我们的梦想纯任偶然。吸的时候，我们小心地掌握着我们的谈话，使它沿着光明而平静的思想渠道前进。我们谈到东方，努力回忆它那明丽而神奇的景色。我们批评那些最能激发美感的诗人——那些诗人把生活描绘得健康、鲜艳，洋溢着激情，因为他们拥有青春、力量和美，生活在他们笔下充满欢乐。如果我们谈到莎士比亚的《暴风雨》，我们对阿丽尔恋恋不舍，却避开凯列班。就像祆教徒，我们把脸朝向东方，只看见世界光明的一面。

我们对于思想轨道这种有技巧的粉饰在接下去的想象中涂上了一种相应的色调。阿拉伯仙境的华丽光芒渲染着我们的梦想。我们在那条狭窄的草地上以帝王般的步履和姿态慢步。当他紧靠着那株粗糙的李树的树皮时，鸟儿的歌声听起来就像天才音乐家唱出的旋律。房屋、墙壁和街道就像雨云一样消失了，不可思议的辉煌灿烂的景色在我们眼前伸展开来。这是一种热烈的友谊。我们更为圆满地享受着那种巨大的喜悦，因为，即使在我们最欣喜若狂的时刻，我们也意识到彼此的存在。我们的愉悦，在一个人的时候，也是双份的，以一种音乐的节拍振动着、应和着。

就在出事的那个夜晚，七月十日，我和大夫不知不觉地陷入了一种异乎寻常的超自然的情绪状态。我们点燃了各自的巨大的海泡石烟斗，装满上好的土耳其烟草，在它的中心点燃一小块黑色的鸦片，那就像神话故事里的小坚果，在它那小小的果壳里，盛着帝王都体验不到的奇迹。我们来回踱着，交谈着。一种奇怪的反常情况主宰着我们的思想之流。

我们的思想之流不愿意沿着阳光照耀的渠道流淌，虽然我们努力想使之转向，流进这个渠道。因为某些无法解释的原因，思想之流经常岔入黑暗而孤独的河床，那儿持续不断地孕育着忧郁和消沉。按我们的老方式，我们全身心投入到东方的海岸上，谈到它快乐的集市，哈朗时代的辉煌，后宫和金色的宫殿，但这些都是徒劳。黑色的恶魔不断从我们的谈话深处浮起，膨胀扩张着，就像渔夫从铜瓶里放出来的那个，直到它们把一切光明的东西都从我们的视野中破坏殆尽。我们不知不觉地屈服于这种影响着自己的神秘力量，沉溺于忧郁的思索之中。我们已经谈了一会儿人类头脑易于倾向于神秘主义，还有对于恐怖的几乎是普遍的爱好，突然，哈蒙德对我说：“你认为恐怖最重要的要素是什么？”

这个问题难住了我。很多事情是恐怖的，我知道。在黑暗中绊在一具尸体上；或者，就像我有一次经历过的，看见一个女人沿着一条深而湍急的河漂下来，手臂狂乱地挥舞着，一张面朝上的脸极其骇人，她往下漂着，发出让人撕心裂肺的尖叫，而我们，这些旁观者，站在窗前，僵住了，我们的窗子高踞在河上，离河有六十英尺，不能做出一丁点儿努力去救她，只能默默地看着她临终前的极度痛苦，看着她消失；突然遇到一条碎裂的失事海船，上面看不到一个活物，在海上无精打采地漂着，这也是一件恐怖的物体，因为它暗示着一种巨大的恐怖，它恐怖的部分被掩盖住了。但是现在我第一次忽然想到，必定有一种巨大而支配一切的恐惧的体现——恐怖之王，其他一切恐怖都必须臣服于它。它会是什么呢？在什么样的情况下它会存在？

“我承认，哈蒙德，”我回答说：“我以前从来没有想过这个问题。我觉得，必定有某种东西比所有其他的东西都更恐怖。但是，我对它做不出哪怕是最模糊的界定。”

“我有点儿像你，哈里，”他答道：“我觉得自己有能力体验一种比人类头脑所能构想出来的更为恐怖的东西——某种迄今为止被认为是矛盾的元素的结合，一种令人恐惧和不自然的结合。布罗克登·布朗的小说《恐怖国》是可怕的；布尔沃的《扎诺依》里的《门槛上的居民》也是；但是，”他忧郁地摇着头，补充说，“有某种东西比这些还要恐怖。”

“我说，哈蒙德，”我又答道：“让我们丢下这种话题，看在老天的份上！我们会为此受苦的，你瞧着吧。”

“我不知道自己今儿晚上是怎么了，”他回答说：“我的脑子老是转着所有古怪而可怕的念头。 我觉得自己今晚似乎能写一个像霍夫曼那样的故事，如果我掌握了一种文学体裁的写作技巧的话。”

“噢，如果我们想让谈话有霍夫曼风格，我就回去睡觉了。 鸦片和噩梦永远都不应当弄到一起。 天气多闷热啊！ 晚安，哈蒙德。”

“晚安，哈里。 祝你做个好梦。”

“祝你这个忧郁的家伙梦到恶魔、食尸鬼和巫士。”

我们分别了，各自回到自己的房间。 我很快脱了衣服，上了床。 按我通常的习惯，拿了一本书，一般我会让自己读到入睡。 我的脑袋一放到枕头上就打开了书，然后马上又把它扔到房间那头去了。 那是高登的《妖魔史》，一本奇怪的法国书，是我最近从巴黎买来的，但是在我当时那种状态下，这本书绝不是一个令人惬意的伙伴。 我决定立即睡觉，于是，我把煤气灯拧小到只有一个蓝色光点在管道顶端闪烁，我自己安定下来休息。

房间里一片黑暗。 亮着的煤气原子照亮的距离不超过灯头周围三英寸的地方。 我极力把一只胳臂压在眼睛上，好似要把黑暗挡在外面，试图什么也不想。 但这是徒劳。 哈蒙德谈及的那些讨厌的话题不断闯进我脑海中。 我和它们搏斗着。 我想要用智力活动的空白作为壁垒，筑起这个壁垒来把那些讨厌的念头拒之门外。 然而它们依然纷至沓来。 我像一具死尸一样静静地躺着，希望通过身体的完全静止来使精神上尽快得到安宁和休息。 就在这时，一件可怕的事件发生了。 一个什么东西掉下来，它似乎是从天花板上掉了下来，笔直地落在我胸口上，紧接着，我感到两只瘦骨嶙峋的手卡住了我的喉咙，极力想勒死我。

我不是一个懦夫，而且相当有力气。这个突然袭击不仅没有让我惊呆，反而使我的每根神经都高度紧张起来。在我的大脑还没来得及意识到自己所处的恐怖境地之前，我的身体本能地行动起来。我立即用两条强健的胳膊箍住了这个东西，急迫中用尽所有的力气紧紧把它按在我胸口上。几秒钟以后，那两只卡在我喉咙上的瘦骨嶙峋的手就松开了，我又能自由地呼吸了。然后一场极其紧张的搏斗开始了。我身处在最浓重的黑暗当中，完全不知道突然袭击我的这个东西的性质，我发现我抓住的东西每时每刻都在滑动，根据推理，那个攻击者似乎完全是赤身裸体的，它用尖利的牙齿在我的肩膀、脖颈和胸口咬着，我每一秒钟都要保护自己的喉咙不受一双强壮而敏捷的手的攻击，而那双手是我用尽最大努力也限制不住的——情况复杂，需要用我所有的力量、技巧和勇气来对抗。

最后，经过一场沉默的、精疲力竭的殊死搏斗，我靠一系列难以置信的努力将我的攻击者压到了自己身下。一旦用我的膝盖在我辨出是它胸口的地方将它抵牢，我就知道我是胜利者了。我休息了一会儿，喘口气。我听见自己身下的这个东西在黑暗中喘着气，感到一颗心脏在剧烈跳动着。它显然像我一样精疲力竭。这是一个安慰。这时我记起自己睡前经常在枕头底下放一块大的黄色绸手帕。我立即伸手去摸它在不在，它在那儿。几秒钟以后，我就把它用做了一条绳子，绑住了那东西的胳膊。

我现在觉得相当安全。除了打开煤气灯，再没有什么要做的了。第一眼见到这个午夜攻击我的东西，我把全宅都惊起来了。我得承认由于某种骄傲心理的驱使，我此前没有发出报警的惊叫；

我希望自己一个人抓住这个东西，不要别人协助。

我一秒钟都没有放松我抓住的东西，我从床上溜到地板上，把抓住的东西一起拖着。到煤气灯那儿只消走上几步。这几步我走得极其小心，我的手像老虎钳一样紧紧抓住它。最后，我走到一伸胳臂就能够着那个蓝色光点的地方，那个光点告诉我煤气灯的位置。我快如闪电地松开了一只手，把灯拧到最亮。然后，我转过头看我的捕获物。

对于自己拧亮灯以后那一瞬间的感觉，我简直不能描述，连尝试描述一下都不可能。我推想自己必定恐怖地尖叫了起来，因为，一分钟以内，我的房间里就挤满了住在这幢宅子里的人。想起那个可怕的瞬间，我至今还发抖。我看见的是空无一物！是的，我一只胳臂紧紧地扣着一个有呼吸的、喘着气的、实实在在的形体，我的另一只手拼全力紧卡着一个喉咙，这喉咙像我自己的一样温暖，而且显然是肉体的。然而，在煤气灯明亮的灯光下，我却绝对是什么也没看见，虽然这个活物被我紧紧抓着，它的身体紧贴着我自己的身体。它甚至没有轮廓——它无形无质，像一种气体。

甚至就是现在，我也不明白自己当时的处境。我回想不起那件骇人听闻的事件全部的情况。我的想象试图了解那个可怕的矛盾体，但那是徒劳。

它在呼吸。我的面颊上能感到它呼出的温暖的气息。它猛烈地挣扎着。它有手。它的手抓住我。它的皮肤是光滑的，就像我自己的皮肤。它就在那儿，紧紧压着我，像石头一样坚硬——但是，却完全看不见！

我在那一瞬间没有昏过去，也没有发疯，对此我觉得很奇怪。

必定是某种本能支撑着我。因为，我绝对没有松开那个恐怖而不可思议的东西，在我感到恐怖的那一瞬间，我反倒似乎获得了更大的力量，我用惊人的力量把它抓得更紧，我感到这个怪物痛得发抖。

就在这时，哈蒙德在全宅人前头冲进了我的房间。他一看到我的脸——我的脸，我猜想看起来必定很可怕，就急忙走上前，叫道："天哪，哈里！出了什么事？"

"哈蒙德！哈蒙德！"我叫道："到这儿来！噢，真可怕！我在床上受到了某个东西的袭击，我抓住它了，可是我看不见它——我看不见它！"

毫无疑问，哈蒙德被我脸上那种真实而非伪装的恐怖表情打动了，他向前走了一两步，表情急切而又迷惑不解。来到我房间里的其他人吃吃地笑起来，笑声清晰可闻。这种抑制住的笑声让我怒不可遏。嘲笑一个处在我这样境地里的人！这是一种最恶毒的残忍行为。现在，我能理解为什么一个人激烈地与一个似乎是看不见的东西搏斗，并且要求别人帮助他与这个幻象搏斗时，会显得滑稽可笑了。但是，那时，我对嘲笑自己的人群是如此愤怒，如果我有力量的话，我会把他们就地打死。

"哈蒙德！哈蒙德！"我又绝望地喊起来："看在上帝的份上，到我跟前来，眼下我能抓住这个——这个东西，可是再过一会儿就撑不住了。它正在制服我。帮帮我！帮帮我！"

"哈里，"哈蒙德走近我，小声说，"你吸了太多鸦片。"

"我向你起誓，哈蒙德，这不是幻象，"我同样低声回答道，"你没看见它的挣扎是怎样使我全身都在抖动吗？如果你不相信我，你自己来证实一下。感觉它——摸摸它。"

哈蒙德走近前来，把他的手放在我指示的位置。他发出了一声疯狂而恐怖的喊叫。他感觉到它了！

他马上在我房间里某个地方找到了一条长绳，紧接着就在我胳臂紧紧扣着的那个看不见的形体上绑起来，并且打了结。

“哈里，”他说道，嗓音嘶哑而激动，因为他虽然还保持住了理智，但却被深深地震动了，“哈里，现在安全了。你可以松手了，老伙计，如果你累了的话。这个东西不能动了。”

我精疲力竭，很高兴地松开了手。

哈蒙德站着，抓住绳子的末端，绳子绑着那个看不见的东西，绳子在他手边扭动着，在他面前，就像自己支撑着自己似的，他抓着一根系紧并且交叉绑着的绳子，这绳子紧紧绑着一个空无一物的空间。我从未见到一个人像这样因恐惧而完全惊呆了。然而，他的脸表现出了全部的勇气和决心，我知道他拥有这些品质。他的嘴唇虽然白了，但是坚定地闭着，人们只要一瞥就能发现，他虽然因恐惧而深感震惊，但并没有被吓倒。

接下来在房客中发生的混乱是无法描述的。这些人目睹了哈蒙德和我之间那特殊的一幕，他们目睹了捆绑这个挣扎着的东西的过程，他们也目睹了我在“看管囚犯”的任务结束时，因为体力衰竭而几乎瘫倒在地。这些旁观者看见所有这一切的时候，就被混乱和恐惧攫住了，这种混乱和恐惧是难以形容的。软弱一点的人从房间里逃了出去。剩下的寥寥几个人缩到门边，什么也不能使他们走近哈蒙德和他捆着的那个东西了。他们的恐惧当中依然透出难以置信的表情。他们没有勇气让自己的好奇心得到满足，不过他们还是怀疑着。

我请求一些人走近来，摸一摸，自己证实一下在这个房间里有一个看不见的生物存在着，但这是徒劳的。他们怀疑，但是不敢让自己明白实情。一个固体的、活着的、呼吸着的生物怎么可能看不见呢，他们这么问。我的回答是这样的，我向哈蒙德做了一个手势，我们两人控制着接触到这个生物时的恐惧和厌恶，把它从地上举起来，就这么让它被捆着，把它弄到我床上去。它的重量大概相当于一个十四岁的男孩。

“现在，朋友们，”当哈蒙德和我将这个生物举到床上方时，我说：“我能给你们不言自明的证据，证明这儿有一个固体的、有重量的身体，虽然你们看不见它。注意看床的表面就行了。”

我对自己如此镇定地处理这件奇事的勇气感到吃惊。但是我已经从最初的恐惧中恢复过来，对这件事有一种科学的骄傲感，这种骄傲感控制了其他一切感觉。

旁观者的目光立即集中到了我的床上，随着一个约定的信号，哈蒙德和我让那个生物落下去。发出了一声沉闷的声响，那是一个重物落到柔软的床上发出的声响。床上的木头吱吱嘎嘎响了起来。枕头上和床上明显地出现了一个深深的印迹，标志着它的存在。目睹这一幕的人群发出了一声低低的喊叫，从房间里冲了出去，只留下哈蒙德和我与我们那个神秘的生物待在一起。

我们静静地待了一会儿，听着床上的那个生物低沉而不规则的呼吸声，和它无力地挣扎着想从束缚中脱身时床单的沙沙声。然后，哈蒙德说话了。

“哈里，这真可怕。”

“啊，可怕。”

“但并不是无法解释的。”

“不是无法解释的！你是什么意思？这么一个东西有史以来

就从来没出现过。我不知道该怎么想，哈蒙德。上帝知道我没有疯，这并不是一个疯狂的幻想。”

“让我们理智点儿，哈里。这儿我们摸到的是一个固体的身体，但是我们看不见。这个事实实在非同寻常，因此我们因为恐惧而深感震惊。不过，就没有与它类似的现象吗？拿块纯净的玻璃来。它是有形的，并且是透明的。某种化学粗粒才使它不彻底透明，以至于完全让人看不见。注意，制造这样的一块不会反射一线光的玻璃，理论上并不是不可能的。这块玻璃的原子非常纯净，性质单一，太阳的光线一旦穿过它，就像穿过空气一样，折射但是并不反射。我们看不见空气，但是我们能感觉到空气。”

“那都很对。哈蒙德，但是那些是没有生命的物质。玻璃不呼吸，空气也不呼吸。可是这个东西有一个跳动的心脏—— 一种意志在使心脏跳动，有发出声音、呼吸着的肺。”

“你忘了最近我们常常听说的一种现象，”大夫严肃地回答道，“在‘精灵圈’聚会上，看不见的手被塞进坐在桌边的人的手里——温暖的、肉质的手，似乎有正常生命的搏动。”

“什么？那么，你认为，这个东西是——”

“我不知道它是什么，”这是他严肃的回答，“但是如果可能的话，我要在你的协助下对它做彻底调查。”

我们整夜一起在床边看守着，吸了很多烟，那个怪物在床上翻来覆去，喘着气，直到它显然是筋疲力尽了。然后，我们从它低沉、有规律的呼吸中知道它睡着了。

第二天上午，整个宅子都轰动了。房客们都聚到我房间外面的楼梯平台上，哈蒙德和我成了名人。我们得回答许许多多关于我们那个特殊囚徒的状况的问题，因为宅子里除了我们俩之外，还是没有人敢走进我的房间。

那个怪物醒了。这从床单的扭动上可以明显看出来，它是在努力想逃跑。看见间接显示出的它为脱身而做的可怕的翻腾和痛苦挣扎的迹象，而动作本身却看不见，这其中确实有某种恐怖的东西。

哈蒙德和我自己在那个漫长的夜晚里绞尽脑汁，想找到一些方法，通过这些方法，我们可以显示出这个怪物的形状和整体面貌。就我们用手掠过它的形体所能了解到的情况看，它的身体和面部轮廓是人。有一张嘴；一个圆圆的、光滑的头，上面没有头发；一个鼻子，不过它几乎不比面颊高；它的手和脚摸上去像一个男孩的手和脚。起先，我们想把它放到一个光滑的表面上，用粉笔描出它的轮廓，就像鞋匠描出脚的轮廓那样。这个打算由于没有价值而被放弃了。这样的一个轮廓对于了解它的构造毫无用处。

我想到了一个好主意。我们可以用熟石膏给它做一个模子。这会给我们一个固体的形体，满足我们的所有期望。但是怎么做呢？这个怪物的动作会干扰涂石膏，并且把模子弄变形。得再想一个主意。为什么不用氯仿把它麻醉呢？它有呼吸器官——它能呼吸，这就是有呼吸器官的明证。一旦使它处于一种麻醉状态，我们就能做我们想做的事了。我们派人请来了 X 大夫，这位值得尊敬的医生一从最初的震惊中恢复过来，就开始进行氯仿麻醉。

三分钟以后，我们就可以把绑缚的绳子从它身上解开了，一个模型师忙着用潮湿的黏土涂在它那看不见的形体上。再过五分钟，我们就得到了一个模子，还不到晚上，我们就得到了这个怪物的一个大致的复制品。它的形状像一个人——扭曲、古怪而且可怕，但仍是一个人。它比较小，身高只有四英尺几英寸，它的四肢显示出一种不对称的肌肉发展。它的脸比我见过的任何丑恶的东西都更为可怕。古斯塔夫·多雷，或是卡洛特，或是托尼·约哈诺特都从未构想过如此可怕的东西。后者绘制的一幅插图中的脸，稍稍有点像这个怪物的面貌，但是还不能和它相比。我想象中的食尸鬼应当就是这副相貌。它看上去好像能以人肉为食。

满足了我们的好奇心，并且限制宅子里的每个人都保守秘密以后，怎么处置我们这个怪物就成了一个问题。将这么一个恐怖的东西留在宅子里是不可能的；把这么一个可怕的东西释放出去同样也不可能。我承认我很乐意投票决定将这个怪物毁灭掉。但是谁来承担责任呢？谁来处决这个与人相似的可怕的怪物呢？

一天又一天，这个问题被严肃地商讨着。房客们全都离开了宅子。莫法特太太处于绝望之中，用所有法律惩罚来威胁哈蒙德和我，如果我们不把这个恐怖的怪物从宅子里弄出去的话。我们的回答是这样的："如果你愿意，我们就走，但是我们拒绝把这个怪物和我们一起带走。如果你高兴的话，你自己把它弄走。它是在你的宅子里出现的。责任是落在你身上。"自然，她对这些话无辞以对。莫法特太太甚至找不到一个愿意走近这个神秘怪物的人，不管这个人是出于兴趣还是为了钱。

这件事情最奇怪的方面是我们完全不知道这个动物习惯于吃什么为生。我们把自己能想到的每种有营养的东西都放在它面前，但是它从来不碰一下。日复一日，站在旁边看着床单扭动着，听到沉重的呼吸声，知道它正饿得要死，这真可怕。

十天，十二天，两个星期过去了，它还活着。不过，心脏的跳动变得越来越弱，现在几乎快停止了。显然，这个怪物正因缺少食物而濒于死亡。这种恐怖的生命搏斗持续着，我为之感到痛苦。我睡不着觉。虽然这个怪物是可怕的，但是想到它遭受的折磨，它又很可怜。

最后，它死了。哈蒙德和我发现它有一天早晨在床上变得又冷又硬。心脏停止了跳动，肺停止了呼吸。我们赶紧把它埋到花园里。那是一个奇怪的葬礼，我们把一具看不见的尸体放进一个潮湿的坑里。它的形体的模子我送给了 X 大夫，他把模子保存在第十街他的博物馆里。

我要做一次漫长的旅行，可能不回来了。就在出发前夜，我写下了这件事，这是我所知道的最奇怪的事。

詹颂 译

鬼恋人

[英] 伊丽莎白·鲍温

在伦敦逗留了一天，杜路沃太太要离开了。她到自己的关闭了的房子去找些要带走的东西。有些是她自己的，有些是她家人的，他们现在都习惯乡村生活了。那时八月将尽，整天热气蒸腾，不时有阵雨。她去时，路下边的树在湿润的、黄色的午后斜阳里闪着光。在一块块灰云堆积的背景上，断残的烟囱、胸墙很显眼。在她一度很熟悉的街道上，像是在任何一个没有用过的沟渠里一样，淤积了一种陌生的奇怪的感觉。一只猫在栏杆里钻来钻去。但是没有人看见她回来。她用手臂夹好带着的纸包，在那不顺当的锁里用力转动着钥匙，然后用膝盖一顶变歪的门。她走进去时，一股窒闷的空气扑面而来。

楼梯的窗户钉住了，门厅里没有光。她只能看见一扇门半开着，便快步走过去，打开屋里的百叶窗。这位毫无想象力的太太看着周围，她看到的一切，以前长期生活的痕迹，使她感到困惑更多于熟悉。黄烟熏染了白色的大理石壁炉架，写字台顶上有花瓶留下的圈痕。壁纸上的伤，是猛然开门时磁门柄碰出来的。钢琴已经送走保存，镶木地板上留下了爪子似的痕迹。虽然没有多少灰土渗进来，每件家具上都罩着尘埃的薄膜；而且只有烟囱通风，整个客厅里有一种不生火的炉膛的气味。杜太太把纸包放在写字台上，离开这房间上楼去；她需要的东西在卧室的箱子里。

她曾急着想看看这房子的情况如何——几个邻居合雇的兼职照料房屋的人这星期度假去了，不会回来。一般他不大进屋看的，她从来也不信任他。屋子有裂缝，上次轰炸留下的，她一直很留意，倒不是说会有什么办法修好——

一缕折射的日光横过大厅，她定定地站住了，瞪着厅中的桌子——上面有一封给她的信。

她先以为——那么一定是管房子的人回来了。不管怎样，看见房子关闭了，谁会把信投入信箱？又不是一般的通知或账单。可是一切通过邮局寄给她的东西都转到乡下地址了。管房人(就算他回来了)并不知道她定好今天到伦敦——来这里是打算好不让他知道的——这信这么搁着就显出他的疏忽了，让它在昏暗和尘土中等着，使她不安。她不安地拿起信，信上没有贴邮票。但是它不会是什么重要的信，否则他们会知道……她拿着信快步上楼，直到走进从前的卧室，放进亮光来，都没有看信一眼。这房间下面是花园，还可以看见别人家的花园。参差的云块低垂，遮住了阳光，树木和长荒了的草坪似乎已经罩上了暮色。一种因为有人轻视她的习惯而被侵扰了的感觉使她不愿再看那信。不过，在下雨前的紧张气氛里，她读了。那信不过几行。

亲爱的凯瑟琳：

你不会忘记今天是我们的纪念日，还是我们说好的这一天。岁月流逝，很快也很慢，因为情况毫无变化，我相信你会遵守诺言。我看见你离开伦敦，深感不悦；但是你毕竟回来了，我很满意。那么，在那安排好的时刻，等着我吧。直到那时……

K.

杜太太看写信的日子，是今天。她把信扔在弹簧床垫上，一会儿又拿起来看——她的嘴唇在残留的唇膏下变白了。她觉得自己脸色大变，就走到镜子前擦出一块地方，紧张而又遮遮掩掩地照。镜中人是一位四十四岁的妇女，在随便拉下来的帽檐之下，眼睛直瞪瞪的。她独自喝过茶离开铺子后就没有搽粉。丈夫送的结婚礼物——珍珠项链，松松地挂在她现在细瘦了些的颈项上，滑进了粉红的V字领羊毛衫，那是去年秋天围坐在炉火旁时，她姐姐织的。杜太太平常有一种遏制着烦恼的表情，但那是表示同意的神情。她生了第三个男孩后，大病了一场，左嘴角边便有了间歇的肌肉颤动。但是尽管如此，她总能保持一种既精力充沛又平静稳重的风度。

她像照镜子时一样猛然扭过脸，走到箱子前，开了锁，掀开箱盖，跪下来找东西。雨开始哗哗地下了，她忍不住回头去看光秃秃的床，上面就放着那信。在雨的帘幕后面，仍然伫立着的教堂钟敲六下。她数着缓慢的钟声，很快地愈来愈害怕。“安排好的时刻——我的上帝，”她说，“什么时刻？——我该怎样——？在过了二十五年以后——”

花园里有一位姑娘和一位军人在说话。她从没有看清他的脸。天很黑，他们在树下告别。在那关键时刻看不清他，似乎她从来就没有见过他似的——为了证实他出现不止这几分钟，她常常伸出手来。他每次都毫无温柔之意地把它压在制服的纽扣上，使她好疼。军人从法国回来休假，现在离假期结束那么近，她只有希望他已经走掉。时间是一九一六年八月。他没有亲吻，而是远远地推开惊恐的凯瑟琳审视着，看得她觉得他眼中闪着鬼气。她转脸从草坪上望去，在树林间，可以看见客厅亮着灯。她吸了一口气，想象自己奔跑着冲进母亲和姐姐平安的臂弯里，叫道：“我怎么办？我怎么办？他走了。”

听见她吸气，未婚夫漠然地说：“冷吗？”

“你要走得那么远。”

“不像你想象的那么远。”

“我不懂？”

“你不用懂，”他说，“你会懂的。你知道我们说过的话。”

“可那是——如果你——我说，如果。”

“我将和你在一起。”他说，“早晚而已。你不用做什么，只要等待。”

只一分多钟以后，她自由地跑过静静的草坪。穿过窗户，她看见母亲和姐姐，她们一时没有发现她。她已经觉得这古怪的许诺把她和其余的人类分开了。没有别的奉献自己的方式更使她感觉孤独迷惑和注定受到诅咒了。她不能做出更不祥的盟约了。

几个月后，有报导说，她的未婚夫已经失踪，推测是阵亡了。

她的家庭不只支持她，而且能够毫不吝啬地称赞她的勇气，因为他们对那未婚夫几乎一无所知，也就无所遗憾。他们希望她在一两年内能把自己安慰好——如果仅只是个安慰的问题就简单多了。她的麻烦是，在不明显的悲痛后面，她和一切事物完全脱节了。她没有拒绝求婚的人，因为他们从未出现。好几年她对男子毫无吸引力。快到三十岁时，她变得很自然地分担着家庭为她年龄日长的焦虑，开始张罗，猜测着自己的命运。她三十二岁那年，威廉·杜路沃求婚，使她如释重负。她嫁了他。他们在这安静的、树木茂盛的肯星顿一带住下来。岁月积累，在这所房子里，孩子们都长大了。第二次世界大战的炸弹才把他们赶开。作为杜路沃太太，她的生活圈子有限，而且她从不肯想到有人注意着她的生活。

事情就是这样——不管写信的人是活还是死，他送来了威胁。杜太太不能老跪着，背对空屋子，她从箱子边站起，坐在一个直背椅上，这椅子坚定地靠着墙。旧卧室弃置了。她婚后的伦敦的家整个气氛就像一个有裂缝的杯子，使回忆连同它安抚的力量或蒸发或漏掉了。这一切形成了一种危机——而就在这关口，写信人有见识地给她当头一棒。在这个傍晚，这座房屋的空虚把许多年来的笑语喧哗、习惯、脚步全勾销了。透过关闭的窗户，她只听到周围房顶上的雨声，为了振作起来，她说自己在闹情绪——闭上眼睛两三秒钟告诉自己那信不过是幻想，可是睁眼一看，它就在床上。

那信怎样进来的神秘一面她不肯想。在伦敦，有谁知道她打算今天来到这座房屋？无论如何，明明是有人知道了。就算是管房人回来了，也没有理由料到她来；他会把信装在口袋里，按部就班地去投邮。也没有别的迹象显示管房人来过了——但是，如果不是管房人来过呢？放在一座空屋门口的信不会飞，也不会走上厅里的桌子的。这信不会坐在空桌的灰尘中，那神气似乎确信一定能遇到收信人。这需要人的手——可是只有管房人有钥匙。在这种情况下，她不愿去想，没有钥匙也能走进屋子。很可能现在这儿不只她一个人，楼下也许有人在等她。等待——等到什么时候？等到“安排好的时刻”。至少那不是六点钟，六点钟已敲过了。

她起身走过去，锁上了门。

问题是得出去，飞吗？不，不行。她得赶火车。她是家庭生活中可靠的支柱，不愿意没有拿到要拿的东西就回到乡下，回到丈夫、儿子和姐姐身边去。她又在箱子里捡东西了，捡得很快，胡乱一塞，又很坚决地扎好几个包裹。这样，连同原先买的东西，就拿不了了。这就是说需要出租车。一想到出租车，她的心轻松起来，恢复了正常呼吸。我现在就打电话叫车，车不会很快来，听见马达响，我再平静地下楼，穿过前厅。我要打电话——可是不行，电话线路早掐断了。她拽着电线的结头，那是她错系上的。

逃走吧……他从来对我都不好，不是真的好。我不记得他好过，一点儿没有。母亲说他从不关心我。他就是一心要得到我，那就是他的感情，不是爱情。不是爱情，不想让别人好过。他做了些什么，让我做出那样的允诺？我不记得——但是她发现她是记得的。

她记得，准确得可怕地记得，以致之后的二十五年都烟消云散了；以致她直觉地寻找钮扣留在手掌上的印痕。她不只记得他的每一句话，每一个动作，还记得在八月的那个星期里，她自己生存的全部细节。我不是我自己了，那时他们都这样说。像盐酸滴在照片上所造成的空白，她无论如何记不起他的脸。

所以，无论他在哪儿等着，我也不会认识他。你来不及从一张根本没料到会出现的面孔前逃走。

必须在钟敲响那个规定的，不管是几点的时刻之前上了出租车。她要溜到街上转过广场，从那儿上大街。她会坐在车里平安地回到自己家门。她要叫那确实存在的司机和她一起在房间里来来去去拿包裹。关于出租车司机的想法使她有了决心和勇气，她开了门锁，走到楼梯上，倾听下面的动静。

什么也听不见——但就在这时，一阵穿堂风吹到她脸上。那是从地窖来的；有什么人选择了这一时刻离开，开了门或窗。

雨停了，人行道朦胧地闪亮，杜太太从自己家前门蹭到空荡荡的街上。空屋的炸坏的门面迎着她的目光。她努力不往后看，向前走上大街去找出租车。真的，真太静了——这个夏天，战争的灾难使得伦敦偏僻的街道更加寂静——静到另有一点脚步声也不会听不见，她走到有人居住的广场时，才意识到自己不寻常的步伐，调整了它。广场另一端，两部公共汽车冷淡地对面开过。有人漫步街头，还有妇女，骑自行车的，一个人推着一辆有信号灯的小车，这里又是生活的普通潮流了。广场上人最多的一角应该是——过去是——短短的一排出租车。这晚上只有一辆车。虽然无表情的车尾向着她，但却似乎已在警觉地等候。她气喘吁吁地从后面去开车门。那司机头也不回，已经在发动引擎了。她上车时，钟敲七点。车子对着大街，回到她的房屋该转弯，她坐好了，车转弯了。她很惊异它怎么知道该怎么走，忽然想起她还没有说上哪儿。她探身去抓抓司机和她之间的玻璃板。

司机踩了制动闸，车几乎停住了，他转身拉开玻璃板。车猛然停住，使得杜太太向前一冲，脸几乎碰在玻璃上。通过拉开的这条缝隙，司机和乘客的脸相距还不到六英寸，似乎是永恒地相对着了。杜太太张着嘴，好几秒钟都喊不出来。以后她一声接一声地喊叫，用戴手套的手在车子周围的玻璃上敲。而那车子冷酷地加快了速度，载着她驶向无人居住的荒郊。

冯钟璞　译

这是一个梦吗？

[法] 居伊·德·莫泊桑

我曾经疯狂地爱过她！

一个人为什么恋爱？一个人为什么恋爱？他在整个世界上只看见一个人，脑子里只有一个念头，心里只有一个愿望，嘴上只有一个名字——一个不断出现的名字，它就像泉眼里的水，从心灵深处上升到嘴唇，这个名字他一遍又一遍地重复着，这个名字他不停地悄声唤着，不论身在何处，他念叨着，就像念叨一段祈祷。这是多么奇怪的事！

我要告诉你我们的故事，因为爱情只有一个，它总是相同的。我遇见了她，我陶醉在她的臂弯里，她的衣香中，我迷恋她的温柔，她的爱抚，她的话主宰着我的生活。我整个儿陷进去了，她的一切把我迷住了，我一心只在她身上。我不再关心在我们这个古老的地球上，是白天还是黑夜，自己是死还是活。

然后，她死了。怎么回事？我不知道。我不再知道任何事。一天晚上，她湿淋淋地回了家，因为正下着大雨。第二天，她咳嗽起来，她咳嗽了大概一个星期，然后卧床不起了。发生了什么事我现在不记得了，但是医生来了，开了处方，然后走了。药拿来了，一些女人让她把药喝了。她的手火热，她的额头滚烫，她的眼睛明亮而悲哀。我跟她说话，她回答了，但我现在不记得我们说了些什么。我已经忘掉了一切，一切，一切！她死了，我清楚地记得她那声轻微、虚弱的叹息。护士说："啊！"我明白了，我明白了！

我什么都不知道了，什么都不知道了。我看见一个神父，他说："你情人？"在我看来，这好像是他在侮辱她。因为她死了，没人有权利再那样说了，于是我把他赶了出去。另一个神父来了，他很善良，很亲切，当他向我说到她的时候，我流了眼泪。

他们就葬礼的事同我商议，但是我不记得他们说的任何事情了，虽然我还能回忆起棺材，还有他们把她钉进棺材的时候那锤子的声音。噢！上帝，上帝！

她下葬了！下葬了！她！葬在那个坑里！一些人来了——女性朋友，我避开了，偷偷逃跑了。我跑着，然后穿过街道，回了家，第二天开始做一次旅行。

昨天，我回到了巴黎，我又看见了我的房间——我们的房间，我们的床，我们的家具，一个人死后每样东西上都遗留着她的生命。我重新又被强烈的悲痛击倒了，我想打开窗户，跳到街上去。我不能再在这些东西中间待下去了。这些墙，曾围绕过她，遮蔽过她，在它们那些细小的裂缝里留下了她生命的气息，她的皮肤，她的呼吸。我戴上帽子，开始逃跑，我走到门那儿，经过门厅里的那面大镜子，那是她放在那儿的，这样她每天出去的时候，就能从头到脚地打量自己，看自己的服饰看上去好不好，是不是得体，是不是漂亮，她从自己的小靴子看到帽子。

我在那面大镜子前短暂地停留了一下，镜子里曾多少次映出她的影像——多少次，多少次，它必定留下了她的影像，我站在那儿，颤抖着，眼睛定定地盯在镜子上——盯着那扁平的、深邃的、空空的镜子，它曾经把她从头到脚映照进去，曾经像我那么多地拥有过她，像我那充满激情的眼神一样。我觉得自己爱上了这面镜子。我抚摸着它，它是冰冷的。噢，这些回忆！悲伤的镜子，燃烧的镜子，可怕的镜子，让人们忍受这样的折磨！忘掉心里曾经拥有过的一切，忘掉在心里曾经感受的一切，忘掉在心里反省过的一切，或者忘掉在它的柔情里，在它的爱情里反映过的一切，这样的人是幸福的！而我是多么痛苦！

我不知不觉走了出去，走向墓地，自己也并没有想这么做。我找到了她简朴的坟墓，一个白色大理石十字架上镌刻着这样几个字：

她爱过，被爱过，死去了。

她就在那下面，腐烂了！多么可怕！我抽泣着，额头抵在地上，我在那儿停留了很长时间，很长时间。然后，我看见天色渐渐暗了，这时，一个奇怪而疯狂的愿望，一个绝望的情人的愿望，抓住了我。我想在她的墓前流着泪哀悼她，以此来度过这个夜晚，这个最后的夜晚。但是我会被看见，并且会被赶出去。我该怎么办？我很狡猾，我站起身来，开始在这座死人之城中四处漫游。我走着，走着。这个城市比起另一个来显得多么小！另一个城市是我们居住的。然而，死者比起活着的人来多了无数。我们需要高楼大厦、宽阔的街道和更多的房间，仅仅为了四代人，这四代人同时看得见日光，饮的水来自汩汩涌出的泉水，喝的葡萄酒来自能酿酒的葡萄树，吃的面包来自产粮的原野。

而为死去的所有那些人，却什么也没有，什么也没有。土地把他们接回去了，忘川把他们淹没了。再见！

在墓地尽头，我突然觉察到自己在它最古老的部分，那儿，很久以前死去的人已与泥土融为一体；那儿，就连十字架也已经腐烂；那儿，可能的新来者也会在明天才能被安置。到处都是无人照管的玫瑰，还有粗壮而阴沉的柏树。——一个悲惨而美丽的花园，靠人肉滋养。

我孤身一人，完全是孤身一人。于是我蜷伏在一株绿树下，在它那茂密而阴森的枝干中将我自己整个儿藏了起来。我等待着，紧贴着树干就像一个失事海船上的人紧抓着船板。

天色相当昏暗的时候，我离开了自己的庇护所，开始轻柔地走着，慢慢地、无声无息地走着，穿过那满是死者的地方。我四处走动了很长时间，但是却再也找不到她的坟墓。我继续走着，伸着胳膊，用双手、双脚、双膝，用我的胸，甚至用我的头在坟墓上敲击着，可是却没能找到她。我像一个盲人在摸索着路。我触到了石头、十字架、铁栏杆、金属花圈和凋谢了的花圈！我用手指摸着字母，分辨着墓主的名字。这是怎样的一个夜晚啊！这是怎样的一个夜晚啊！我再也不能找到她！

没有月亮。这是怎样的一个夜晚啊！我吓坏了，在两排坟墓之间那些狭窄的小径上，我被吓得魂不附体。坟墓！坟墓！坟墓！除了坟墓什么也没有！我左边，我右边，我前面，我四周，到处都是坟墓！我坐在一座坟墓上，因为我再也走不了啦，我的膝盖全软了。我能听见自己的心跳！我还听见了其他什么声音。什么声音？一种乱哄哄的、难以名状的声音。这声音在我头脑里，在深不可测的黑夜里，还是在神秘的土地下面？这土地里满是人的尸体。我朝四周看着，但是我看不见自己在那儿停留了多长时间；我恐惧得动弹不了，吓得浑身发冷，想大喊，想去死。

突然，我正坐着的那座坟墓上的大理石板似乎在动。它肯定在动，好像被举了起来。我一下子跳起来，跳到隔壁的坟墓上，我看见，是的，我清楚地看见我刚离开的那块石头垂直立了起来。接着，死人出现了，那是一具裸体的骨架，用它弯着的脊背把石头朝后推。我相当清楚地看见了它，虽然夜是如此黑暗。在十字架上我能看见这样的字句：

> 雅克·奥利文特在此安息，他五十一岁去世。他爱他的家庭，为人善良而诚实，上帝仁慈地把他召回了。

那个死人也在读刻在墓石上的字句。然后，他从小径上捡起一块石头，一块小小的、尖角的石头，开始仔细刮擦那些字母。它慢慢把它们抹去，然后，它用两只空洞洞的眼眶，看着曾刻有那些字句的地方。接着，他用那曾是食指的骨头尖，用发光的字母写着，就像男孩子们用摩擦火柴的尖头在墙上写的那些字行：

> 雅克·奥利文特在此长眠，他五十一岁去世。他的冷酷无情加速了其父的死亡，因为他希望继承其父的财产；他折磨自己的妻子、孩子，欺骗他的邻人，抢夺每个他能抢夺的人，他穷困潦倒地死去。

写完以后，这个死人一动不动地站着，看着他的作品。我回转身看见所有的坟墓都打开了，所有的死人都从里面出来了，所有的人都擦掉了他们的亲戚刻在墓石上的字句，代之以真实的情况。

我看见所有人都曾折磨邻人——恶毒、欺诈，伪君子、撒谎者、流氓无赖、造谣诽谤者，爱嫉妒；他们曾经偷窃、欺骗，干下了种种可耻的、可恶的勾当。这些好父亲，这些忠实的妻子，这些孝顺的儿子，这些贞洁的女儿，这些诚实的商人，这些被称作完美无瑕的男人和女人。在他们永恒安息之所的门槛上，所有人同时写下了真实情况，可怕而神圣的事实，每个人在活着的时候都不知道或假装不知道的事实。

我想她必定也在她的墓石上写下了什么；现在，我在那些半开的棺材中间，在那些尸体和骸骨之间毫不畏惧地跑着，我向她跑去，我当然应当马上找到她。我不用看见她的脸就立即认出了她，她的脸被裹尸布盖住了。在大理石十字架上，我不久以前读到的是：

她爱过，被爱过，死去了。

现在我看到的是：

她欺骗自己的情人，有一天冒雨去会别的男人。她得了感冒，死去了。

他们在黎明时找到了我，我那时正躺在坟墓上，不省人事。

詹颂　译

匪夷所思

匍行者

[英] 亚瑟·柯南·道尔

福尔摩斯一直认为，如果公布有关普利斯伯瑞教授二十年前的一些怪异行径，能够消除他所任教大学的焦虑和震惊伦敦学术界的所有丑恶的谣言，那我应该这么做。然而，由于某些障碍，这件奇异案子的真实调查过程，一直与我朋友的许多其他经历的记录一起埋藏在我的洋铁箱中。现在，我们终于取得了许可，公开这件福尔摩斯退休前所查办的最后案子的调查经过。即使是现在，把事情公开，仍需谨言慎行。

那是一九〇三年九月初的一个星期日傍晚，我接到福尔摩斯一个简短的便条：

如果方便，请即前来——不方便，也得来。

S. H.

我们之间的关系，在后来几年变得非常特别。他是个有一些怪习性的人，单调而专注的习性，而我就是他的习性之一。我就像他的小提琴、粗烟草、老黑烟斗、参考书，或其他一些小东西。当他处理案子需要帮手，或者要一个精神上能信赖的伙伴，我的角色就很明显了。不过，除了这点，我还有其他可用的地方。我是他心灵的磨刀石，我能激励他。我在时，他喜欢大放厥词，那些话并不是真的对我说的——事实上他对床架讲也可以——不过，不管怎样，这变成了一种习惯，如果有我参与，对他总有些帮助。

如果我的思维缓慢而使他不耐烦，那只会使他那强烈的本能与反应变得更加灵活快速。 这就是在我们的合作中我些许的作用。

当我到贝克街时，发现他正膝头屈起地蜷缩在扶手椅中，口中衔着烟斗，眉头因深思而纠结，显然正在为某些烦人的问题苦恼。他挥了挥手，示意我坐进以前我常坐的那张扶手椅中，除此之外，有半个钟头的时间，他没有任何表示，根本无视我的存在。 然后，突然，他似乎由幻想中跃出，以他惯有的古怪微笑欢迎我回到这个曾经一度是我的住处的地方。

“华生，你会原谅我刚才的出神吧，”他说，“在过去二十四小时之内，有一些特异的事情交到我手中，这使我联想到一些比较普遍的特性。 我很认真地想写一篇用狗来做侦探工作的专文。”

“噢，福尔摩斯，不是已经有人这么做了吗，”我说，“比如像猎犬——警犬——”

“不，不，华生，那方面的工作当然是很明显的了，但另外还有更为微妙的。 你也许还记得，你以精妙的笔记记述的那个铜山毛榉的案子。 我只是观察一个孩子的心灵，结果能推论出一个自满于一切威望的父亲的罪行。”

“是的，这案子我记得很清楚。”

“我以狗来推论的想法也是类似的。 一只狗反映出它主人家的生活，有谁见过一条活泼的狗出现在一个阴沉的家庭？ 或者一个快乐的家庭有条悲伤的狗？ 喜欢怒骂的人，他的狗也是咆哮不停，危险的人的狗也危险，他们瞬息的情绪也会影响到别人瞬息的情绪。”

我摇摇头说：“显然，福尔摩斯，你这说法太牵强了吧。”

他重新装满了烟斗，又坐回椅子中，对我的说法毫不在意。

“我刚才的说法的实际应用与我现在正在调查的问题十分接近。你知道，那问题是一团混乱，我正在找一个头绪，其中一个可能的头绪就是：为什么普利斯伯瑞教授的狼狗诺埃会想要咬他？”

我有些失望地坐回椅子中，难道就为了这么一个琐碎的小问题使他要我放下工作而来这里？ 福尔摩斯看了我一眼。

“你还是跟以前一样！”他说，“你永远学不会，最严重的事情常常是取决于最微小的事。可是，事情是否有点儿奇怪，一位沉着年长的哲人——你当然听过剑桥大学有名的生理学家普利斯伯瑞教授的名字——他钟爱的狼狗居然向他攻击了两次！ 你有什么看法？”

“那狗病了。”

“嗯，这点是必须考虑到。可是，它并没有攻击别人，而且，除了很特殊的情形，它也没有骚扰主人。奇怪，华生——真的很奇怪。不过，如果这声电铃是年轻的班尼特先生，那他来早了。我本来希望在他来之前先跟你多谈谈的。”

楼梯上响起敏捷的脚步声，接着响起了清脆的敲门声。片刻，我们的新委托人就自己走了进来。他是个高大英俊、大约三十岁左右的年轻人，衣着考究，彬彬有礼，但是在他的态度中，带着点儿学生的腼腆，不像是个对一切都十分有把握的成熟男子。他与福尔摩斯握了握手，然后有点儿惊讶地看着我。

“福尔摩斯先生，这件事十分敏感，”他说，“请顾虑到普利斯伯瑞教授与我之间公开及私下的关系。我实在不能在第三者面前谈这件事。”

“别担心，班尼特先生。华生医生绝对能保守秘密，我可以向你保证。这件事我很可能会需要一个帮手。”

“那就听你的，福尔摩斯先生。我相信你能了解，我对这事有所顾忌。”

“华生，如果我向你介绍这位崔佛·班尼特先生是那位伟大科学家的助手，住在他家，并且已与他的独生女订了婚，我想你会理解的。当然，我们必须承认，他对那位教授是绝对忠心而且敬爱的。不过，表现这点最好的方式就是把这件奇怪的事澄清。”

“我希望如此，福尔摩斯先生，这是我唯一的目的。华生医生知道事情的来龙去脉吗？”

“我还没有时间向他解释。”

“那么，也许在我解释新的发展前，要先把事情开始的情况再大致说一遍。”

“还是让我来说，”福尔摩斯说，“看我是否清楚地了解了事情的先后次序。华生，这位教授是闻名欧洲的，他一辈子献身于学术研究，从来没有出过任何丑闻。他目前鳏居，有一个女儿名叫伊笛丝。据我推测，他是个精力充沛、积极进取的人。这情形一直维持到几个月前。

“接着，他的生活就被打乱了。他现年六十一岁，却与一位同事——比较解剖学的权威莫菲教授的女儿订了婚。据我了解，他的这项举动，并不是一个年长者理智的交往求婚，而是出于类似年轻人的那种狂热。没有一个人表现得比他更像热恋中的情人。至于那位女士爱莉丝·莫菲，不论身体或心灵，都是个绝佳的女子，因此也难怪教授会对她如此迷恋。然而，他自己的家人，却不是完全赞同。”

“我们认为似乎有些过分。”我们的访客说道。

“一点儿也不错，是过分，而且还有点儿莽撞和不自然。 然而，普利斯伯瑞教授颇为富有，对方的父亲倒并不反对。 至于那位女儿，她身边不乏合适的人，他们虽然不如教授有名，但至少年龄比较合适。 那位女士似乎并不在乎教授的一些怪癖，只有年龄是唯一的障碍。

“就在这时候，有一些颇为奇怪的小事情突然破坏了教授的正常生活，他做出一些他以前从没做过的事，他突然离家而不告诉别人他去了哪里。 他离开了两个星期，回来的时候一副舟车劳顿的样子。 他不提他去了哪里，虽然平时他是个十分坦白的人。 然而，很碰巧，我们这位委托人班尼特先生收到一个在布拉格的同学的来信，说他十分高兴在那里见到普利斯伯瑞教授，虽然他没有机会与他谈话。 只因为这样，他家人才知道他去过那里。

“现在，要说到正题了。 从此之后，教授有了一些奇怪的改变。 他变得偷偷摸摸、鬼鬼祟祟，他周围的人都觉得他不再是他们本来认识的那个人，而且似乎有一些阴影掩盖了他高尚的品格。他的学识倒并没有受影响，他的课仍讲得与以前一样精彩，可是他的生活中总有一些以前没有的怪异和让人意外的举动。 他的女儿本来与他十分亲近，也一次次试着想打开她父亲戴上的面具，恢复以往的亲密关系。 还有，先生，你，据我所知也试着做同样的事情——可是都没有用。 好了，班尼特先生，请你自己来说有关那些信件的事。”

“你要知道，华生医生，教授对我从来没有什么秘密，就算我是他的儿子或弟弟，也不会再得到更多的信任。 作为他的秘书，我经手所有他往来的文件，也拆阅并归类他的信件。 在他回来之后，这一切都改变了。 他告诉我也许会有一些寄自伦敦的信给他，那些信的邮票底下会有个十字记号，这些信必须挑出来，只有他自己才能拆阅。我可以说，的确有几封这样的信寄来，邮戳是伦敦市东区，笔迹像是没有受过什么教育的人写的。如果他回过这些信，它们一定没有经过我的手，也没有放在平常我们收邮件的篮子里。”

“还有那个盒子。”福尔摩斯说。

“啊，对了，那盒子。教授那次旅行回来带回了一个小木盒，这件东西提供了他去过欧洲大陆的线索，因为那是一个雕刻精巧的盒子，一般人都会联想到那是德国的产品。他把这个盒子放在仪器柜子里。有一天，因为要找一根插管，我拿起那个盒子来看，出乎我的意料，他十分生气。仅仅由于我的好奇心，他恶狠狠地责骂了我一顿，这是第一次发生这种情形，我心里深深感觉受到了伤害。我竭力解释我碰那盒子只是偶然，但一整晚我都可以感觉出他对我十分不友好，这件事一直令他心怀耿耿。”班尼特先生由他口袋中掏出一本小日记本说，“那是七月二日的事。”

“你实在是个十分仔细的证人，”福尔摩斯说，“我也许会需要一些你记下的日期。”

“这方法是从我这位伟大的老师那儿学到的东西之一。从我开始注意到他行为不正常之后，我便觉得我有责任调查这事，因此我记下了这些事情。就在同一天七月二日，教授由书房走到走廊去的时候，诺埃攻击了他。七月十一日，类似的事情又发生了。七月二十日，我记下又发生了一次。之后，我们只有把诺埃放到马厩去。它是只可爱亲切的小动物——噢，我大概让你听厌了吧。”

班尼特先生的语气有点儿不高兴，因为很显然福尔摩斯根本没有听。他的表情僵硬，两眼茫然地看着天花板。经过一番努力，他总算让自己回到现实。

“奇怪！真奇怪！”他喃喃道，“这些细节我现在才知道，班尼特先生。我想我们已经把事情开始的情况弄得很清楚了，是吗？可是你刚才提到有些新线索。”

我们访客开朗的脸立刻阴沉下来，似乎忆起了一些不愉快的事。“我要讲的是前天晚上的事，”他说，“我躺在床上一直到清晨两点钟都睡不着，后来听到走廊上传来低沉不清的声音，于是打开房门向外观望。我应该先解释一下，教授是睡在走廊尽头的房间——”

“那天日期是——？”福尔摩斯问道。

我们的访客显然因被这么一个无关紧要的问题打断而恼火。

“先生，我已经说过了，那是前天晚上——也就是九月四日。”

福尔摩斯笑着点了点头。

“请继续说。”他说。

“他睡在走廊的尽头，如果要到楼梯，必须经过我的房门口。那情形太可怕了，福尔摩斯先生。我想我的神经不比别人脆弱，但是仍被我看到的情形给吓住了。走廊很暗，只在中间有一扇窗户透进一些亮光，我可以看见有东西从走廊的一端移动过来，是个黑影在爬行。然后，它突然进入窗户透过来的光亮处。我看出是教授，他在爬，福尔摩斯先生——在爬！他并不是用膝和手爬行，而是用手及脚，脸则垂在两手之间。不过，他好像爬得很轻松。我被那景象惊得呆住了，因此一直到他到了我面前，我才跨出去问他是否有需要我帮忙的地方。他的回答很不寻常，他直起身来，恶狠狠地骂了我几句，然后匆匆经过我，下楼去了。我等了大约整整一个钟头，他都没有回来。等他回房间时，天一定都亮了。”

“嗯，华生，你对这事有什么看法？”福尔摩斯以一副病理学家显示稀有标本的口吻问道。

“很可能是腰痛风。我知道有极严重的腰痛风发作时会让人这样行走，而且没有其他更能使人脾气暴躁的病症了。”

“真行！华生，你总能言之成理。可是我们不能接受腰痛风这个解释，因为他立刻又能毫不困难地站直。”

“他身体很健康，”班尼特说，“事实上，从我认识他以来，他目前的身体状况最好。可是，福尔摩斯先生，有这么多怪事。这种事不能去找警察，可是又完全不知道该怎么办，我们觉得好像有什么大的不幸的事要发生了。伊笛丝——就是普利斯伯瑞小姐——跟我的感觉一样，我们不能这样什么事都不做地光等下去。”

“这实在是一个十分奇怪而令人感兴趣的案子。你觉得怎样，华生？”

“以一个医生的立场而言，”我说，“这似乎是个精神病的案子，这位老教授的脑子也许被恋爱冲昏了。他出国去了一趟，希望能把自己的热情冷却下来。他的信件以及木盒可能与私人财务来往有关——也许是一笔贷款或证券之类的东西，存放在盒子里。”

“那么狼狗显然是不同意他的财务交易啦。不，不，华生，这中间有更复杂的原因。现在我只能建议——”

福尔摩斯的建议永远无法知道了，因为就在这时，房门打开了，一位年轻的女士被领了进来。她一出现，班尼特先生马上惊呼一声跳起身来，跑过去伸出双手握住那位女士伸出的双手。

“伊笛丝！ 亲爱的，我希望没事吧？”

“噢，杰克，我觉得非跟着你来不可。 我吓死了！ 一个人在那儿实在可怕透了。”

“福尔摩斯先生，这位就是我提及的年轻女士，我的未婚妻。”

“我们也慢慢猜到了，是吗，华生？”福尔摩斯微笑着回答，“普利斯伯瑞小姐，我想又有一些新的发展，你认为我们应该知道，是吗？”

我们新来的访客是位美丽大方、传统型的英国女孩，她一边坐到班尼特先生身旁，一边对福尔摩斯报以一笑。

“当我发现班尼特先生已经离开旅馆后，我就想到他很可能在这里。 当然，他告诉我了，他会来请教你。 可是，噢，福尔摩斯先生，你难道没有办法帮助我那可怜的父亲吗？”

“我抱以希望，普利斯伯瑞小姐，可是这案子仍然不明朗。或许你要告诉我们的事会给我们带来一些新线索。”

“是昨天晚上，福尔摩斯先生。 他一整天行为都很奇怪，我相信有时候他根本就不记得他做了什么，与我生活在一起的不是我的父亲。 他的外壳还在，可是完全不是他。”

“告诉我发生了什么事？”

“昨天晚上，狗疯狂地吠叫，把我吵醒了。 可怜的诺埃，它现在被用铁链拴在马厩那边。 我可以告诉你，我睡觉总是锁门的，因为杰克——班尼特先生——可以告诉你，我们总觉得周围有某种危险。 我的房间在二楼。 昨晚正巧我的窗帘是打开的，外面月光很亮，我躺在床上，眼睛瞪着外面的月光，耳朵听着狗的狂吠。突然，完全出乎意料，我看到我父亲的脸注视着我。福尔摩斯先生，我几乎吓个半死。他的脸贴住窗框，一只手举起来像是要推开窗子。如果窗子被推开的话，我想我会吓疯，这绝对不是幻觉，福尔摩斯先生，可别想错。我敢说有大约二十秒钟的时间我僵卧着不能动，只是注视着那张脸。然后，他就消失了，可是我不能——我不能跳起来去看他的踪影，我躺着浑身发寒战，一直到天亮。吃早餐的时候，他很清醒，但是态度粗暴，没有提到昨晚任何事情。我也没提，不过我找了个借口进城——于是我就来这里了。”

福尔摩斯对普利斯伯瑞小姐的叙述似乎完全感到意外。

“小姐，你说你的房间在二楼，那花园里有长梯子吗？”

“没有，福尔摩斯先生，就是这点叫人难以置信。没有任何办法能爬到窗口——可是他却办到了。”

“日期是九月五日，”福尔摩斯说，“这显然使事情更复杂。”

这下轮到这位年轻的小姐感到惊讶。

“福尔摩斯先生，这是你第二次提到日期。”班尼特说，“这有可能跟案子有关吗？”

“可能——很可能——不过我还没有收集到所有的资料。”

“也许你想到月圆与人的情绪的关系？”

“不是，这点我可以向你保证，我的想法与这完全无关。或许，你能把你的笔记本留给我，我需要对照一下日期。好了，华生，我想我们现在要采取的行动已十分明显。这位年轻的女士告诉了我们——而我也深信不疑——她父亲对某些天发生的事情完全不记得，或只有模糊的记忆。我们去拜访他，假装是他跟我们约好了的，他会以为自己忘了。这样我们可以先近距离地观察一下他。”

“这样好极了。”班尼特先生说，“不过，我先警告你们，教授有时候脾气很粗暴。”

福尔摩斯笑了笑说：“我们有立刻行动的理由——很有力的理由，如果我的理论对的话。明天，班尼特先生，你一定会在剑桥见到我们。如果我记得不错的话，那里有家叫棋格的旅馆，那儿的红甜酒比一般的好，床单的清洁度比挨骂的程度稍好些。华生，我想我们接下来几天的时间可能要待在一个不甚愉快的地方。”

星期一早晨，我们出发前往那个有名的大学城——对福尔摩斯来说，出门一趟没什么大不了，他没什么牵绊，可是对我而言，则要匆匆地做一大堆安排，因为我不能不管我的诊所。一直到我们将行李放到他提的那家老旅馆后，他才又提到这案子。

“华生，我想我们正好可以在午餐前找到教授。他的课是十一点，午餐时间应该在家。”

“我们找什么借口去拜访他？”

福尔摩斯看了看笔记本。

“在八月二十六日，他曾经有怪异行为出现。我们假定他对那天的事情记不太清楚，如果我们坚持是那天约好的，我想他大概不会反驳我们。做这种事你脸皮够不够厚？”

“我们没别的办法，只能一试。”

“好极了！华生，努力不懈加上精益求精。我们不管怎样只有试试——这是坚持的座右铭。找个友善的当地人带路，我们一定可以找到教授的家。”

一个善良的马车夫及他漂亮的马车快速地带着我们穿过一排古老的校舍，最后转上一条两边树木成行的车道，停在一幢漂亮房子的大门前。房子的四周都是草地，并种满紫藤。普利斯伯瑞教授过的显然不只是舒适而且还是颇为豪华的生活。就在我们车子刚停下来时，前面窗户中探出一个灰白头发的脑袋，我们注意到他那对浓眉下的锐利目光正从厚厚的眼镜片后打量我们。片刻之后，我们真正地来到了这位神秘科学家的书房。是他怪异的行为，把我们由伦敦带到这儿来，现在他就站在我们面前。由他的态度及外表来看，绝对找不到一点古怪的迹象，他是个庄严而高大的人，穿着双排扣的外衣，神态中有着一位教授应有的庄重。他的眼睛是相貌中最突出的部分，锐利、机智，聪敏到狡猾的边缘。

他看了我们的名片，说："请坐，两位先生。我能为你们做什么吗？"

福尔摩斯友善地笑了笑。

"教授，这正是我想请问你的问题。"

"问我，先生？"

"可能这中间有点儿误会。我从别人那儿得知剑桥大学的普利斯伯瑞教授需要我的服务。"

"噢，是吗？"我觉得在他敏锐的灰眼中有不怀好意的神色，"你听别人说，是吗？我能问这个人是谁吗？"

"对不起，教授，这我不能说。如果是弄错了，反正也没造成什么损失，我只能表示抱歉。"

"并不尽然，我想要对这事再做进一步的了解，这件事使我感兴趣。你有字条、信件或电报证明你来此探访的理由吗？"

"没有。"

“我相信你不至于说是我找你们来的吧？”

“我不希望再回答任何问题。”福尔摩斯说。

“不，我说不行，”教授粗暴地说，“不过这问题不要你帮忙也很容易找到解答。”

他走到房间另一边拉铃，我们的伦敦朋友班尼特先生应声而来。

“进来，班尼特先生。这两位先生从伦敦来，他们认为是我找他们来的。你处理我所有的信件。你发出过任何给福尔摩斯这个人的信件吗？”

“没有，先生。”班尼特红着脸回答。

“这就对了。”教授很不高兴地瞪着我的同伴说道，“现在，先生，”他双手撑着桌子，身子前倾，“在我看来，你的动机很有问题。”

福尔摩斯耸了耸肩。

“我只能再次说，我很抱歉做了无谓的打扰。”

“这不够！福尔摩斯先生，”老人以尖厉的声音叫道，脸上显出极端恶毒的神色。他一边说，一边挡在我们与房门之间，双手恶狠狠地挥动着，“你们可没那么容易说走就走。”他的脸开始抽搐，疯狂地对我们狞笑，并不断地咆哮。我相信如果不是班尼特先生劝阻，我们恐怕会被打出屋子。

“教授，”他大声说，“想想你的地位！想想这会在学校造成多大的丑闻！福尔摩斯先生是位有名的先生，你不能这么无礼地对他。”

我们的主人——如果我能这么称呼他——愠怒地让出路来。当我们再次回到屋外安静的车道上时，我真感到十分庆幸。福尔摩斯似乎对整件事情只感到很好玩。

“我们这位博学的朋友精神似乎有些错乱，”他说，“我们的闯入也许是有点儿莽撞，但我已经达到了我所希望的亲身接触的目的。可是，上帝，华生，他还真跟来了，这狂人还在追赶我们。”

身后有跑过来的脚步声，不过，发现那不是可怕的教授，而是他的助手，使我大大地松了一口气。后者出现在车道的转弯处，他气喘吁吁地跑向我们，说：“真抱歉，福尔摩斯先生，我特地来道歉。”

“哦，先生，不需要这样。这都是我职业上会碰到的一些经历。”

“我没见过他有比刚才更可怕的时候，可见，他愈来愈暴烈了。你现在应该可以了解为什么他女儿及我会担心，可是他心智还是很清楚。”

“太清楚了！”福尔摩斯说，“这是我的失算，显然他的记忆比我想的要可靠得多。对了，在我们离去之前，能不能看看普利斯伯瑞小姐房门的窗子？”

班尼特先生推开树丛往前走，于是我们看见了房子的侧面。

“就是那边，左边第二扇。”

“上帝，几乎没有办法爬上去。不过，你可以看到那里有一个铁架，上面有水管，这些可以踏脚。”

“我自己就没有办法爬上去。”班尼特先生说。

“很可能。一般人要爬会很危险。”

“福尔摩斯先生，还有一件事我要告诉你，我有和教授通信的那个在伦敦的人的地址。他好像今天早上又写过一封信给他，我从吸墨水纸上看出了地址。这么做，对一个受到信任的秘书而言是不道德的行为，但是我又有什么其他的办法呢？”

福尔摩斯看了一眼，把纸条塞进口袋。

“多瑞克——一个很奇怪的名字，我想是斯拉夫人。嗯，这是一个很重要的环节。班尼特先生，我们明天下午就回伦敦。我看不出留在此地有什么用，我们不能逮捕教授，因为他没有犯罪，也不能把他关到精神病院，因为并不能证明他疯了。目前还不可能采取任何行动。”

“那么，我们究竟该怎么办呢？”

“耐心一点儿，班尼特先生，事情很快就会有进展。除非我估计错误，否则下星期二会有危险，我们那天一定会到剑桥来。同时，不能否认，情况不是很好，如果普利斯伯瑞小姐再继续停留在——”

“这容易办理。”

“那就让她一直留到我们认为所有危险都过去之后再回来。与此同时，让教授自由行动，不要拦阻他。只要他不发脾气，一切就不会有问题。”

“他来了！”班尼特惊恐地悄声说道。透过树枝望过去，我们看到教授高大挺拔的身影由厅门中出现，然后四下张望。他身子前倾，双手向前摇摆，脑袋左右转动。秘书挥了挥手就从树丛中钻了过去，我们看到他又出现在他的雇主面前，然后两人一起回到屋子，仿佛还起劲地谈论着某些事。

“我猜这位老学者已把事情连起来了，”当我们走回旅馆时，福尔摩斯说，“我才见到他这么短一段时间，就可以看出他脑筋十分清楚，而且推理能力很强。毫无疑问，他很生气，就他的观点来看，如果是他自己家里的人去找了侦探来侦查他，他当然会大发脾气。我猜我们这位班尼特朋友目前一定不好受。”

途中，福尔摩斯顺道去了一下邮电局，发了一封电报。当天傍晚回电就来了，他丢过来给我看。

> 去过商业街，见到了多瑞克。性格温和，波希米亚人，年长。拥有一间颇大的杂货店。
>
> 莫瑟

“莫瑟是你搬走之后才来的，”福尔摩斯说，“他是我用来查询一般事务的人。知道我们这位教授如此秘密往来的人是谁是件很重要的事。他的国籍与教授布拉格之行可以说是连上了。”

“感谢上帝，总算有事情跟另一件事情连上了，”我说，“目前我们好像遭遇了一大串无法解释的事，而且彼此好像毫无关联。譬如，一条发怒的狼狗与去波希米亚（注：捷克古称波希米亚）会有什么关联？而这两件事与一个人半夜在走廊上匍匐而行又有什么关系？而你那些日期，更令人神秘不解。”

福尔摩斯笑笑，搓着双手。此刻，我们正坐在老旅馆的老起居间，桌上放了一瓶福尔摩斯提过的那种有名的红葡萄酒。

“好，现在先让我们研究一下那些日期，”他双手指尖合拢，以给学生上课的样子说道，“这位杰出的年轻人的日记显示七月二日出过麻烦。从那儿之后，似乎每九天就有事情发生，到目前为止，据我记得，只有一次例外。最近一次在星期五的发作是九月三日，也符合规律，那前面一次是八月二十六日。这不可能是巧合。”

我不得不同意。

“那么，让我们来做一个假设，就是教授每九天吃一种很强烈的药，它的作用很快，但很恶毒，他原来暴烈的脾气因此而变得更可怕。他去布拉格时学会吃这种药，而现在是由伦敦的那个波希米亚中间商给他提供药源。这些事实都可以连接上，华生！”

“可是那狗，那窗外窥视的脸，以及走道上匍匐而行的人呢？”

“嗯，嗯，起码我们已有个开始了，我不认为在下星期二之前会有任何新进展，在这同时我们只有与班尼特朋友保持联系，并且享受这个温和迷人的小镇情调。”

第二天早晨，班尼特先生偷偷跑来给我们最新消息。正如福尔摩斯所说，他的日子过得并不好受。教授虽然没有直接指责他应对我们的造访负责，但言词颇为严厉，而且显然极为不满，然而今天早晨他又恢复了正常，照例去给挤满教室的学生上了一堂精彩的课。“除了他那些异常的举动外，”班尼特说，“事实上，他比我记忆中的任何时候都更精力充沛，头脑也更清醒，但是那不是他——不是我们认识的他。”

“至少我不认为在这一星期之内你需要担心什么，”福尔摩斯回答道，“我很忙，华生医生也有他的病人要照顾。让我们约定，下星期二同一时间在此见面。在我们再度离开此地时，即使不能完全把你的烦恼解决，我相信也必定会找到合理的解释。在这同时，你随时与我们联络。”

以后的几天我都没有再与我的朋友联络，不过到了第二个星期一的傍晚，我收到他的一张字条，要我第二天与他在火车站碰面。在我们去剑桥的途中，他告诉我教授家一切安好，教授的行为也正常。当天傍晚在棋格旅馆的老房间里，班尼特先生也向我们做了同样的报告："他今天收到伦敦的来信。有一封信，还有一个小包裹，这两样东西的邮票下都有十字记号，警告我不得拆阅。除此之外，没有其他事情发生。"

"这可能就足够证明了，"福尔摩斯严肃地说，"班尼特先生，我想今晚我们就会有些结果。如果我的推理正确，我们应该有机会把事情弄出个头绪来。不过要这么做，我们必须监视教授的行动。因此，我建议你晚上不要睡，随时警惕，如果你听到他经过你的房门，别阻止他，只要尽可能地偷偷跟踪他。华生医生和我会待在附近。还有，你提过的那个小盒子的钥匙在哪里？"

"在他的表链上。"

"我相信我们的调查必定要朝着那个方向。就算是最坏的情形，锁也不至于太难打开。你们屋里还有别的强壮的人手吗？"

"有个马车夫，叫麦格菲。"

"他睡哪里？"

"马厩那边。"

"我们也许会用到他。好了，在事情有进展之前，我们不能再做什么，再见——不过，明天早晨之前，我们一定会再见到你。"

接近午夜，我们在教授家大门对面的树丛中藏好。当晚天气很好，但很冷，还好我们都穿了厚大衣。夜风徐徐地吹着，云在空中疾行，一弯明月忽隐忽现。如果不是预期会有紧张刺激的事件发生，而且我同伴也一再肯定这一连串吸引我们的怪事将可能会有结果，不然，这样的守夜实在不是件愉快的事。

"如果九天发作的理论正确，那么教授今晚该是情况最糟的时候，"福尔摩斯说，"他这些怪征兆是在去了布拉格之后才开始出现，而他又秘密地与伦敦的一个波希米亚商人来往，那人很可能是在布拉格的某人的代理人。今天他又收到一个此人寄来的小包裹，所有这些事实，都指往同一个方向。他用的是什么药，他为什么要用这种药，我们都还想不通，但这全源自于布拉格，他严格按指示用药，每九天用一次，这点首先引起了我的注意，不过他的症状实在非常不寻常。你看到他的关节了吗？”

我必须承认我没有。

“又厚又有老茧，这我从没见过。华生，观察人总是先从手看起，然后看袖口、长裤的膝盖处，以及鞋子。那些奇怪的关节只可能与行进的样子有关，班尼特看到他行进——”福尔摩斯突然停了下来，将手拍向额头，“噢，华生，华生，我真笨啊！虽然看起来难以置信，但一定是对的，所有的事都指向一个方向，我怎么会没有看出关联的地方？那些关节——我怎么会没想到那些关节？还有狗！还有树藤！啊，我实在该退休到我梦想的农场去了。注意！华生，他出来了！我们这就能亲眼见到了。”

门廊上的大门慢慢地打开，由背后透出的灯光我们再次看到了普利斯伯瑞教授高大的身影，他穿着他的晨袍。他站在门廊前时，人是直立的，但身体前倾，两臂垂直地在身前晃荡，就像我们上次见到一样。

他向前走上车道，姿势突然变了。他弯下身去，开始手脚并用地匍匐而行，偶尔快速地滑跳，像是有过多的精力需要发泄。他沿着屋子前方前行，然后转过转角处。他的身影消失后，班尼特由门中溜出来，偷偷地跟在他身后。

“来！华生，来！”福尔摩斯叫道，我们尽可能轻盈地在树丛间穿梭，直到我们来到一处可以看到房子侧面之处。房子的另一面正沐浴在半弯月光下，我们可以很清楚地看到教授正在爬满常春藤的墙角边匍匐而行。当我们注视他时，他突然开始十分敏捷地爬升，由一根藤枝跳到另一根藤枝，每一次都确定手抓紧、脚踏实了才动。他这么爬似乎只是很高兴自己有这种能力，并没有什么特定的目的。晨袍在他身体的两侧打开，使他看起来像只大蝙蝠贴在自家的墙上。月光下，那片墙上现出一片高大的黑影。突然，他显得厌烦了这种娱乐，于是又原样一根跳到另一根地爬下来，然后用他原来的怪样子匍匐而行，往马厩那个方向移去。狼狗出来了，疯狂地吠着，当它看见主人的身影，吠声变得更狂烈。它被铁链拴着，因急切与疯狂而不停地跳动。教授有意地蹲到狼狗刚刚碰不到他的地方，然后用各种方法逗它。他在车道上抓起一把小石子，丢到狗的脸上，又捡了一根树枝去刺它，他挥动的手离狗气喘吁吁的大嘴只有几寸，而且还极力用各种方式去激发那狗本已无法控制的狂怒。在我所有的经历中，我想我从没见过比这更怪异的情景：一个冷静而有尊严的人，像只青蛙般匍匐在地上，想尽各种残忍的方法，不停地刺激在他面前一条已经狂怒的狗，使它表现得更加疯狂。

顷刻，危险发生了！铁链并没有挣断，而是项圈滑了出来，因为那本来是颈项较大的纽芬兰狗的项圈。我们听到一阵金属坠地声，瞬间人狗就同时在地上滚成一团，一个发出疯狂的怒吠，一个则是从没听过的凄厉惨叫声。教授几乎丧命，那只疯狂的狗紧紧地咬住他的喉咙，它的利牙咬得很深，在我们赶去将他们拖开前，他已失去了知觉。如果让我们去拉开他们，会是十分危险的事，不过班尼特的声音及出现，立刻使那条狼狗安静下来。喧闹声把睡眼惺忪、惊诧万分的马车夫由马厩上面的房间吵了下来。

“我对这事一点儿都不惊奇，”他摇着头说道，“我以前看过他这样，我知道迟早会出事的。”

狗被拴住了，我们一起把教授抬进屋中。班尼特有医学学位，帮我一起包扎教授被撕裂的喉咙。狗的利牙已深入到离大动脉十分接近的地方，因此出血十分严重。半个小时后，血总算止住了，危险暂时算是过去了。我替病人注射了吗啡，让他沉沉睡去。直到这时，我们才能互相谈论该怎么办。

“我认为需要请一流的外科医生来看他。”我说。

“上帝，不行！”班尼特叫道，“到目前为止，这件丑闻还只有这屋子里的人知道，我们能保守秘密。但一旦传出这屋子，事情就会没完没了。我们得考虑他在学校的地位，在欧洲的声誉，以及他女儿的感觉。”

“一点儿也不错，”福尔摩斯说，“我想我们可以保守秘密，现在我们又多了一个人手，应该可以阻止事情再次发生。班尼特先生，请你取下表链上的钥匙。麦格菲守住病人，如果情况有变，马上来告诉我们。让我们看看在教授神秘的盒子中能找到些什么。”

盒子里面的东西并不多，但已足够了——一个空的小药瓶，还有一瓶几乎满的小药瓶，一个皮下注射针管，几封外国人写得潦草的信。信封上的记号显示，那些就是秘书不得拆阅的信，每一封都是由商业街发出，有“A. 多瑞克”的签名。信里的内容只是通知普利斯伯瑞教授新药寄出的发票，或者是钱已收到的收据。不过，另有一封显然出自受过较高教育的人的信，贴的是奥地利邮票，邮戳是布拉格。

“这就是我们要找的东西了！”福尔摩斯抽出信纸时，大声说道。

同行前辈大鉴：

自从大驾光临，本人仔细考虑了您的情形。虽然有关您的情形，有特殊的理由要采取治疗，但本人仍郑重提出，需谨慎从事，因根据记录，此种治疗不无危险。

可能人猿的血清会较好，不过，诚如向您解释过那样，本人采用黑面猴，因血清较易获得。当然，黑面猴是匍匐而行，且性喜攀爬，而人猿直立行走，较接近人类。

恳请务必尽量小心，并勿将此项尚未成熟之治疗法外传。本人在英国另有一委托人，皆由多瑞克代理。

请每周按时报告情形。

H. 洛文斯坦拜上

洛文斯坦！ 这个名字使我记起来曾在报上看过。 此人是个荒谬的科学家，极力研究某种不为人知的返老还童以及长生不老的方法。 布拉格的洛文斯坦！ 洛文斯坦的奇异的强壮精力的血清，是医学界禁止的，因为他拒绝公开来源。 我简单地说出了我记起来的事，班尼特由书架上取下一本动物学。 “黑面猴，”他念道，“喜马拉雅山麓之巨型黑脸猴子，是体形最大、最接近人类之攀爬类猴子。 另外还有许多细节。 啊，谢谢你，福尔摩斯先生，很显然我们已经追查到血清的来源了。”

“真正的来源，”福尔摩斯说，“当然是源自于那桩不合时宜的恋爱。 我们这位有名的教授以为，只要他能变年轻一点儿，就能实现愿望。 一个人想要超乎自然，则一定会跌至地狱。 最高等的人类，如果脱离常轨，就会变为动物。”他手中把玩着小药瓶，注视着里面透明的液体，“如果我写信给这个人，告诉他，他对传送出来的这些毒药必须负刑事责任，我们就不会再有麻烦了。不过这种事情还可能再次发生，别人也许会想出另外的办法，危险仍然存在——对人类的真正危险仍然存在。华生，想想，全世界那些追求物质、感官的人类全都想延长他们毫无价值的生命，而真正有灵性的人都不愿意违反造物的意旨，于是最不好的人留了下来，我们这可悲的世界会变成个什么样的污池泥淖啊？”突然，他的空想停止了，这个注重实际行动的人从椅子中跳起来，“班尼特先生，我想没有其他需要说的事情了，这一连串不同的事件现在都很容易连接起来。当然，狗能比你更快察觉变化，它的嗅觉不会有错。诺埃攻击的是猴子，不是教授，就好像是猴子在挑逗诺埃一样。攀爬是那种动物的喜好，我想那次只是巧合，他爬到了那位年轻女士的窗边。华生，一早有火车回城，不过，我想我们还有足够的时间到棋格旅馆喝杯茶，是吧？”

王知一　译

没有归还的一天

［意］乔万尼·帕皮尼

我曾有幸结识许多上了年岁但依旧容貌姣好的公爵夫人；然而，她们大抵都是些家道中落的贵夫人，身边只有一名身着黑衣的小女仆，住在托斯卡纳[①]式的衰颓的别墅中；栅栏做成的围墙，两

① 意大利中部地区，以悠久的文化艺术传统著称，首府为佛罗伦萨。

株布满灰尘，像哨兵一样守卫着栅栏墙的杉树，遮掩了整座别墅。

倘若您在某位孤孀寡居的伯爵夫人的沙龙里遇见她们，您尽可以不合时宜地称她们为“高贵的夫人”，并且用那种国际流行的、古典式的、毫无生气的法语——马尔蒙台①修道院长的《道德箴言录》足以帮助您通晓此种上流社会使用的语言——跟她们攀谈。我的那些公爵夫人几乎总是愿意彬彬有礼而又喋喋不休地回答您。当您已经深入到她们的可怜的心灵——褊狭的、被尘埃和细枝末节封闭的、犹如十七世纪演说家的心灵——您将会发现，生命仍然是值得留恋的，我们的母亲也并不愚蠢糊涂，诚然当我们从娘胎里来到人世间的时候，会以为母亲做了一件蠢事。

那些上了年岁的、容貌姣好的公爵夫人向我絮絮私语了多少异乎寻常的隐私啊！她们非常喜爱香粉，兴许更加热衷于闲谈，因为她们都是德国女人——出于偶然的原因，只有一个是俄国女人——她们所操的娓娓动听的古老的法语，有时竟会激起我的汹涌奔腾的感情波澜；这时，我的心狂乱地跳动，坦白地说，我恰如一个痴心的恋人，产生了不可遏制的欲望。

一天下午，夜幕尚未降临，在一座托斯卡纳式别墅的客厅里，我坐在一张帝国时代的老式沙发上，旁边的茶几上放着仆人递给我的一杯清茶。我默默无声地陪伴着我的公爵夫人中年岁最大，最美丽温雅的一位。

她穿着一身黑色的衣服，脸上罩着一块黑色的面纱，我所熟悉的总是微微鬈曲的萧萧白发，遮掩在一顶绛黑色的帽子里。我恍

① 让·弗朗梭·马尔蒙台（Jean Francois Marmontel，1723—1799），法国启蒙主义者，文学家，《百科全书》编辑。

惚觉得，一轮黑色光圈笼罩在她的周围。这使我很满意。我力图使自己相信，那女人仅仅是根据我的愿望所显现的形象。要相信这一点是不困难的。整个屋子几乎都沉浸在黝暗的昏黑之中，只有一支发出微弱光亮的蜡烛照着她那搽了香粉的脸庞；一切东西都被黑暗吞噬了，以致使我觉得，在我面前的仅仅是一颗悬在空中的脑袋，一张离地面大约一米高的、与身体脱离的脸庞。

可是，公爵夫人终于打开了话匣子，这时我的任何幻觉自然也就不可能存在了。

“那么，请听我细细说，先生，”她对我叙述道，“这件事发生在四十年以前，那时，我正当青春年华，因此完全可以说天真未泯。”

她用那纤细的声音，继续向我叙述她的丰富的罗曼蒂克经历中的一段历史：一名拜倒在她石榴裙下的法国将军，受到她的爱情的熏陶，一举成为一名优秀的演员；后来，在一个夜晚，他却不幸遭到了一个醉汉的杀害。

然而，对于她的诸如此类的风流韵事，我早已了如指掌；我直率地告诉她，我乐意听她叙述比这更曲折、更遥远、更令人难以置信的故事。公爵夫人落落大方，欣然表示，愿意完全满足我提出的要求。

“看来，您要迫使我揭开我所保守的最后一个秘密，”她说道，“它之所以永远是一个秘密，就因为它在我所经历的全部罗曼蒂克事件中是最难以令人置信的。但我晓得，要不了几个月的时间，兴许在春天来临之前，我就要与世长辞了，也许我再也找不到一个能像您这样饶有兴趣地对待荒唐可笑的事情的男人了……

“这个秘密发生在我二十二岁的时候。那时，我是维也纳最艳丽动人的公爵夫人，我也还没有杀害我的第一个丈夫——那是发生在更晚些时候的事，两年以后，当我爱上了……不过你已经很了解这件风流韵事，恕我不再谈它了！

“事情发生在我二十二岁那年快完结的时候，一个上了年岁，但没有胡须，曾经获得过勋章的老人来登门拜访。我接待了他。他要求秘密地跟我谈两分钟话。当只剩下我们两个人的时候，他对我说：

“‘我有一个视若掌上明珠的女儿，她现在身患重病。我必须赋予她生命和力量，因此，我正在到处奔波，以购买或借取的方式，寻求青春的年龄。如果您能慷慨允诺，借给我一年的青春，我将在您生命结束以前，逐步地，一天一天地，归还给您。比方说，在您满了二十二周岁的时候，您不是进入二十三岁，而是跳过一年，直接进入二十四岁。您仍然是风华正茂，您丝毫不会察觉这一年龄上的跳跃而带来的影响。我以后将把这一年的三百六十五天，每次两天或三天，全部如数归还给您，直到最后一天。这样，当您年纪衰老的时候，您可以根据自己的愿望，体验到再度获得真正的青春年华，突然重新享有失去的健康和美貌的幸福。

“‘请您不要以为您是在跟一个爱说瞎话的骗子手或者是在跟一个魔鬼谈话。我是一个普通的不幸的父亲，我向上帝祈祷了许久，上帝慈悲地准许我做别人所不能做的事情。我费了很大的周折，总算筹借到了三年，但是，我还需要许多年。请把您的青春借给我一年吧，您将永远不会因为这一慷慨的行为而追悔！’

“在那以前，我对各种离奇古怪的冒险行为早已司空见惯，在我生活于其中的那个上流社会里，没有任何事情会被认为不可能做到的。于是，我欣然同意了他的特殊要求。

“几天以后，我比正常的情况下多长了一岁，但几乎谁都没有察觉到这一点，一直到我四十岁，我都异常快活地生活着，根本不需要索回我储蓄着的、有朝一日应该归还给我的一年。

“那位老人给我留下了一份合同，还有他的地址。他对我说，如果我希望得到一天或一个星期的青春的话，我必须至少提前一个月通知他。他向我许下了诺言，我会在我希望的日子获得我希望的青春。

“年过四十以后，我的花容月貌逐渐消逝，我便回到我的家庭留下来的为数不多的一个城堡中去隐居，一年只前往维也纳两三次。我事先向我的负债人写信，然后，既年轻又漂亮，好像只有二十三岁妙龄的我，便去参加宫廷舞会，光临首都的沙龙，这使得那些知道我的美丽的风姿正在衰落的人们大吃一惊。

“青春再现的前夕，是多么激动人心啊！前一天晚上，我犹如一朵凋谢的花儿，像往常那样疲倦地熟睡了。翌日清晨，我苏醒以后，却仿佛一只刚刚学会飞翔的小鸟，轻松愉快地奔到穿衣镜跟前，脸上的每一条皱纹都消失殆尽了，我的身躯轻盈灵巧而又柔软丰腴，头发全都重新闪现出金黄色的熠熠光彩，嘴唇如此娇艳红润，以致我自己都恨不得发狂似的吻它。

“在维也纳，崇拜者们把我团团围住，发出惊奇的赞叹，责备我玩弄了魔法。总而言之，他们什么也没有明白。当归还给我的青春期限快要结束的时候，我便登上马车，急匆匆地返回城堡；在那里，我谢绝一切登门拜访的客人。

“一次，一个来自波希米亚的年轻的伯爵，在我某次重返维也纳参加社交活动的时候，认识了我，如醉如痴地爱上了我，不知怎么回事，他突然闯进了我的城堡中的宅邸。当他看到我跟他在维也纳大街上倾心相爱的女人是如此相像，但又如此难看和衰老的时候，顿时惊愕失色，几乎昏厥了过去。

“打那以后，再也没有人能够闯入我心甘情愿地选择的与世隔绝的生活。在我的生命之花不断枯萎的郁郁寡欢的岁月里，唯独偶尔再现的青春所激起的奇特的喜悦和深深的忧伤，才足以使这种几乎不食人间烟火的生活暂时中断。您能够想象得出我那漫长的、孤独的、与世隔绝的生活中，每每由于少许几天的美貌和激情突然迸发出火焰而产生的奇妙情景吗？

“开头的时候，我满以为那三百六十五天是取之不尽，用之不竭的，只觉得它们是永远不会完结的。因此我过于恣意挥霍，经常给那位神秘的生命负债者写信。然而，他是一个惊人地恪守诺言的人。有一次，我上他那儿去了，瞧见了他的一堆账单。我发现，我并不是跟他签订这类合同的唯一的人，看得出来，他非常精确地记载着他不断偿还的债务。我还瞧见了她的女儿，一个脸色异常苍白的女人，正坐在鲜花盛开的阳台上。

“我压根儿不晓得，他从哪里得到生命的年月，从而使他能够如此准确无误地按日子分批偿还他的债务，但我有某种理由相信，他为此又积欠了新的债务。他从哪些女人那里借得日子来偿还给我呢？我多么想认识她们当中的一位，可是，尽管我常常善于巧妙地提出问题，但我却从来未曾有幸揭开这个秘密。但是，很可能，她们并不是我想象的那种陌生人……

“总而言之，这老头儿是一个异乎寻常地饶有兴味的人物，他极其出色地执行着他的计划。您简直难以想象，当他以一个银行家才有的冷静向我宣布，现在，他欠我的日子只剩下十一天了，我的生活突然变得多么凄惨可怕。在整整一年的时间里，我没有给他写过一封信，我曾经一度萌发过这样的念头，把这留着的十一天馈赠给他算了，免得再痛苦地折磨我自己。您当然能够明白为什么，是吗？每一次，当青春昙花一现之后，理智苏醒的时刻便愈发令我黯然神伤，因为随着岁月的流逝，我眼下的情况跟我二十三岁时的距离是愈来愈大了。

“从另一方面来说，我又无法抗拒它的诱惑。您可以设想一下，一个可怜的孤独的老婆子怎能够拒绝哪怕只有一天或两天、三天的美貌、爱情和欢乐呢？她需要被人宠爱，虽然只有一天的时间；她需要被人追求，哪怕只有一个钟点；她需要幸福，尽管只有片刻的时光！

“然而，我赊给那老头儿的日子快用完了，那笔债务即将永远结束了。请您想想，我能够支配的青春的日子仅仅剩下一天的时间了！这一天一旦消逝，我将最终成为垂暮的老婆子，眼睁睁地坐待死神的召唤。仅有的光明灿烂的一天，然后将是永世的黑暗！我请求您设身处地想想我生活中这一始料未及的悲剧。在要求归还这一天以前……

“可是，我什么时候应该要求归还这一天呢？我将用这一天来做些什么呢？三年多来，我没有再恢复过青春，在维也纳，兴许已经没有任何人再记得我，我的美妙风姿似乎已化为鬼怪的幻影。然而，我仍然感到需要一个恋人，一个全心全意地，以火一般的激情爱慕我的恋人。我的整个身躯需要再次享受爱抚。我的皱纹密布的脸容将再次透露出青春的红润，我的嘴唇将最后一次给人以陶醉的欢乐。我这可怜的干裂而失去血色的嘴唇！它们多么渴望有朝一日还能变得鲜红、炽热，哪怕仅仅只有一天，为了最后一个情人，最后一个亲吻！

“可是，我不晓得如何作出我的抉择。我没有勇气去花掉真正的生命给我留下的最后一天，仅有的一笔微不足道的财富；我也不晓得应该如何耗费这笔财富。但我发狂似的渴望把它挥霍殆尽……”

这位可爱的公爵夫人深深激起了我的恻隐之心！她揭开黑面纱已经有好几分钟了，泪珠在她涂抹着香粉的脸上犁下了两条细细的沟痕。这时，她以贵夫人的矜持态度强行抑制的啜泣，使她无法继续自己的叙述。

于是，我禁不住产生了一种强烈的、不惜一切代价去安慰这位仪态优雅的老婆子的愿望。我跪倒在她的脚下，跪倒在一位满脸皱纹的、身穿黑衣服的公爵夫人的脚下。我对她说，我要以远远胜过任何一个疯狂的绅士的热情来爱她；我用最甜蜜的话语请求她允许我，仅仅允许我一个人享受她的美妙青春的最后一天。

我已无法准确地回忆起我对她所说的一切，但我的言语肯定使她大为感动，因为她用类似舞台上演员惯用的几句台词对我许诺说，我将是她最后的一个情人，但仅仅只有一天的缘分，而且是过一个月以后。我们约定某一天就在这座别墅里会面，随后我怀着激动的心情，吻了吻她那干瘦的、苍白的手，便告辞了。

晚上，我返回城里。一弯银色的眉月当空高照，仿佛以讥讽的、怜悯的神情执拗地盯着我。但公爵夫人的形象在我的脑际萦绕，愈发坚定了我对这件事采取的严肃态度。

那个月显得异常的漫长，兴许是我一生中时光流逝得最缓慢的一个月。我答应我的未来的情人，在约定的那天以前，我一定约束自己，不再去见她。我忠实地信守了诺言。

翘首盼望的这一天终于来到了，这真是那最漫长的一个月当中的最漫长的一天。夜幕也终于降临了。我尽可能地穿戴打扮了一番，便怀着一颗激动不安的心，迈着迟疑不决的步子，朝那座别墅走去。

我远远地瞧见，明亮的灯光照耀着别墅的窗户，这是从来不曾有过的情景。走近别墅，我发现栅栏门敞开，阳台上一朵朵硕大的花儿开得十分艳丽。我走进别墅，来到客厅，大厅里两只奇异的烛台上点燃着明灿灿的蜡烛。

仆人告诉我稍候片刻工夫。我等待着。没有任何人出来。整座别墅都静悄悄的。摇曳的烛光在闪烁着，鲜花吐出缕缕的清香，氤氲在寂静的空气里。我焦躁不安地等待了约摸一个小时；我再也耐不住性子了，便走进了餐厅。

餐桌上摆着两副餐具，几簇鲜花和丰盛的水果。我走进了一间小客厅。灯光柔和地照耀着，但空无一人。我最终在一扇房门前站住，我晓得，这里该是公爵夫人的卧室。我在门上敲了两下或者三下，但是没有人应声。我寻思，情人行事可以不顾礼节，于是我鼓起勇气，推开了门，在门槛上止住脚步。

房间里仿佛经历了一场浩劫似的，到处是随意乱扔的豪华服饰。四只烛台环绕着一只投射出明亮的光辉的大烛台。公爵夫人身穿一件我从来不曾看见过的最漂亮的衣服，仰面坐在面对穿衣镜的一张安乐椅上。

我轻声叫唤她，但她没有回答。

我走上前去，用手轻轻碰了碰她，但她毫无反应。这时，我才发现，她的脸庞像我往常看见的那样，干瘦而又苍白，但脸上的表情显得比平素更加忧伤，似乎受了惊吓的样子。我把手指放在她的嘴唇上，竟丝毫没有感到呼吸的气息，我又把手按在她的胸口，也丝毫感觉不到她的心脏的跳动。

可怜的公爵夫人已经死去了。她是坐在穿衣镜前面，欣喜地期待青春的再临时，愉快地猝然去世的。

我在靠近她的安乐椅的地板上捡起一封书信。这封信向我揭开了她突然离开人世间的秘密。

信中只有几行字，字体工整，像出自军人的手笔，内容是这样的：

尊敬的公爵夫人：

请原谅我不能立即把我积欠您的最后一天青春归还给您，为此我实在内疚于心。

我没有能够物色到一位通情达理，并且对我的令人难以置信的诺言表示信赖的女人；而我的女儿已处于生命垂危之中。

我仍将不遗余力地继续寻找合适的对象，一俟获得结果，当即向您禀告，因为让您善始善终地享受最后一天的青春的快乐，是我的真挚的意愿。

尊贵的公爵夫人，请您相信我……

您的最忠实的……

书信末尾的签名，字迹难以辨认。

蔡蓉 译

毛 虫

[英] 爱德华·弗里德里希·本森

一个月之前，我从一份意大利报纸上看到一则新闻：我曾在那里住过的卡斯卡纳别墅被拆掉了，它的原址上正在建造一个什么大工厂。这样一来，也就没有什么理由让我不能写下那些事：我在上述那座别墅里某一个房间、某一座楼梯平台上亲眼见到的（或者是想象我见到的）那些事，以及随后发生的事。随后发生的事情与我所经历的可能有关，也可能无关，这就随读者去想了。

我说到的这座卡斯卡纳别墅，可以称得上极华丽完善的建筑之一，然而，如果它现在还耸立在那里，那么对不起，世界上没有任何东西——我说这话绝对可信——能够诱惑我再次踏进这座宅子一步，因为我深信，这是一座极端恐怖而又不折不扣的闹鬼的房子。尽管大家都会说鬼，但大多数鬼并不会有什么危害。它们的样子也许十分可怕，但是，它们通常去拜访的那些人在受点惊吓之后也就不会有什么事了。另一方面，这些鬼说不定还十分友好，会给人带来好处呢。但是，卡斯卡纳别墅里的那些东西不会带来什么好处，要不是我遇上它们的时候情况稍微有些不同，我相信，我的下场不会比我那位朋友英格利斯好多少。

这座别墅坐落于一座长满圣栎树的山冈上，这个山冈离意大利的度假胜地里维埃拉不远。从别墅望去，可以看到湛蓝迷人的大海，后面是一片灰绿色的栗树林，这片栗树林向山上延伸，然后取而代之的是松树林，和栗树林相比，松林的颜色就要深得多，它们布满山头。别墅的四周是花园，盛开着仲春的鲜花，香气四溢。带着咸味的海风吹来，送来了木兰和玫瑰的芳香，这股香气如溪流般漂进别墅里那些清凉的房间。

房子的最底层，三面围着宽阔的柱廊，柱廊顶上是二楼一些房间的阳台。一座宽大的灰色大理石楼梯，从门厅通向二楼一套房间外面的一座楼梯平台，这套房间共有三间，两间是大起居室，一间是卧室。卧室空着，没有人住，两间起居室则在使用。大楼梯从这里继续通向二楼，这里又有一些卧室，我就住在其中一间。而在二楼楼梯平台的另一边，再上五六级楼梯就到了另一套房子，我上面提到的亚瑟·英格利斯就住在那套房子里，他是一位画家，那里有他的卧室和画室。就是这样，我的卧室在最高一层，它外面的楼梯平台既通二楼的楼梯平台，也可以再上几级楼梯到英格利斯的房间。邀请我到别墅来作客的是吉姆·斯坦利夫妇，他们住在房子的另一侧，他们那些仆人也住在那边。

五月中旬一个阳光灿烂的中午，我来到这幢别墅，正好赶上午餐时间。花园里五颜六色，香气扑鼻，我在酷热炙人的阳光中从小码头长途跋涉来到这里，心里觉得很高兴。只是一踏进这座冰凉的大理石别墅，我就觉得有什么东西不对头。这种感觉，我可以说，非常模糊，然而却又非常强烈。我记得，我一进门厅就看到桌上有我的信，我马上断定自己的这种感觉来源于此：我确信有什么坏消息在等着我。然而，我把这些信拆开看了，它们却一点儿也没有证实我不祥的预感，反面向我报告了不少好消息。我这种不祥之感照理应该消除了，但我还是觉得不安，在这清凉芬芳的屋子里，我仍然觉得有什么东西不对劲。

我费劲地说这件事，是因为它也许说明我在卡斯卡纳的第一夜为什么会睡得那么不踏实。我的睡眠一向都非常好，上床时只要把灯一关，等到再把眼睛睁开，肯定已经是第二天的大白天；这件事也许还可以说明，为什么在我确确实实睡着了的时候，还会逼真地做那样的梦，这样的梦我的确从未做过，甚至连想都没有想到过（如果我亲眼看见的东西的确是梦中所见的话）。不过除了当时那种不祥的预感之外，那天下午我还听到了一些话，这些话对我当天夜里发生的事情可能也会有影响。我可以说说这些事。

当天午饭之后，斯坦利太太带着我在房子里到处转，同时还向我介绍房子的情况。一路走着，她讲到了二楼那间没有人住的卧室，它和我们吃午饭的房间相通。

“我们就让那间房空着，没有人住，”她说：“因为你知道吉姆和我在另一侧有一个很可爱的卧室和一个梳洗室。如果我们用这个卧室的话，我们就得把刚才吃饭那间房改成梳洗室，再到楼下去吃饭，不过，事实上，我们在这边还是留下了一套房间，亚瑟·英格利斯如今就住在里面。我记得——你看我的脑子不错吧——你曾经说过，你在一座房子里，住得越高心情越好，因此我让你住这房子的最高一层，也就没让你住刚才那间卧室。”

听了这番话，我心头的确曾掠过一个疑问，它模糊得就像那个让我不舒服的预感。既然没有什么必要解释，斯坦利太太为什么又说这番话来向我解释呢？于是我一时之间有个想法，那就是，这间没人住的房子是有什么事是需要解释一下的。

对我所做的梦可能有影响的第二件事是这样的。

吃晚饭的时候，我们东扯西拉，一下子谈到了鬼。英格利斯坚信不疑地说，任何可能相信超自然现象存在的人都不应该被称作傻瓜。这个话题也就到此为止了。我想来想去，想不出接下来又说了什么可以记住的话。

晚饭后，我们很早就上床睡觉了。我一边上楼，一边已经在打哈欠，我觉得困极了。我的房间非常热，于是我把所有的窗户全都打开了，皎洁的月光从窗外照进来，夜莺动听的歌声也传了进来。我很快就脱掉衣服上了床。但是，我原来虽然觉得非常瞌睡，这时却不知道是怎么了，异常清醒。不过这样醒着躺在床上很舒服：我一动不动，就那么静静地听着夜莺的歌声，看着如水的月华，心情好极了，后来，我可能终于睡着了，接下来发生的事情也许就只是一个梦。总之，过了一会儿，我觉得夜莺停止了歌唱，月亮也落下去了。我还觉得，也说不出什么原因，我觉得我将彻夜难眠，还不如找本书来看看。我一下子想起来，我把一本自己很感兴趣的书放在二楼餐厅里了。于是我从床上起来，点亮一支蜡烛，下了楼。

我走进餐厅，看到我要找的那本书就在旁边一张桌子上。就在这个时候，我看到，那个没人住的卧室开着门，一道奇怪的灰色光亮从里面照出来，那既不是晨光也不是月光。我往屋里张望。一张床正对着门，这是一张有四根柱子的大床，床头挂着花毯。这时候，我看到那灰色的亮光是从床上发出来的，或者，更确切地说，是从床上的什么东西上发出来的。

原来，床上爬满了大毛虫。

这些毛虫身长一英尺甚至更多，它们在床上爬来爬去。它们的身上发出微弱的光，正是这些光照亮了房间。不过。它们的脚不是普通毛虫的吸盘式的，而是一排排螃蟹一样的螯。它们用那些螯夹住什么，然后把身体向前滑去。看颜色，这些可怕的昆虫是灰黄色的，而且全身上下布满了不规则的疙瘩。这些毛虫起码有几百条，因为它们在床上堆成了一座蠕动的金字塔。有时候，一只毛虫落到地板上，发出轻微的声响。地板是很硬的混凝土质地，但是，在毛虫们的螯脚下，就像是油灰，然后，它重新爬上床去，跟它那些可怕的伙伴们挤在一起。它们看上去没有脸，但是，身体的一头有一张嘴，它们向旁边张开来呼吸。

我就这样又惊又怕地看着它们，那些毛虫好像突然意识到了我的存在，至少它们的嘴都转向了我这边。紧接着，它们纷纷从床上掉下来，扭动着身子向我爬过来。我一下子像被魇住了一样，呆立不动，但是紧接着，我飞奔着跑回了卧室。我还记得自己当时光着脚踩在大理石楼梯上冰凉的感觉。

我一冲进房间就把门砰的一声关上了，直到这个时候——这时我当然彻底清醒了——我才发现，我正站在自己床边，吓得浑身上下直流冷汗。关门那砰的一声还在耳畔回响。不过这也很平常，如果刚才我只是做了一个噩梦，看到那些可怕的蠕虫在一张大床上爬来爬去，或者“噼啪”一声轻轻落到地上，那么，这一切引起的恐惧也不是一下子就会停止的，到这时仍然会心有余悸。

如果刚才是在做梦，这时我完全清醒了，然而，我怎样也无法从梦中的恐惧中恢复过来。我觉得，刚才不是在做梦。一直到天亮，我都坐立不安，我不敢再上床睡觉，听到一点声响都会疑心是那些蠕虫又爬过来了。对于它们，对于那些连水泥都抠得进去的爪子来说，抓破木头门如同儿戏——就算钢门铁门也阻挡不了它们；但是，随着美好的白天重新回来，我的恐惧消失了。轻柔的风声再次使我觉得心安。不管那些无名的恐惧是怎么回事，它们都已经平息了，不会再让我感到惊恐。天亮了，一开始没有颜色；随后变成了鸽灰色，随后，火红的亮光布满了整个天空。

斯坦利家人有个很好的规矩，每个人都可以高兴在任何时候任何地点进早餐。这一来，我到吃中饭的时候才见到其他同伴。我的早饭是在阳台上吃的，上午写写信，再做点别的事，这样一直到吃中饭。事实上，我下楼吃中饭很迟，等到我下去，其他三位已经在吃了。在我的餐刀和餐叉之间放着一个厚厚的小纸盒，我一坐下来，英格利斯就开口了：

“请你看看盒子里面的东西吧，”他说，“既然你对博物学那么有兴趣。昨天夜里我发现这个玩意儿在我的床罩上爬，我可不知道这是什么东西。”我想，在打开盒子之前，我希望见到的和我实际上看到的是同一种东西。在盒子里面，有一只小毛虫，颜色是灰黄的，长着奇怪的环状疙瘩。它极其灵活，绕着盒子急急忙忙地从这边转到那边。它的脚不像我从前见过的任何毛虫，它们就像是螃蟹的螯。我看过之后把盒盖重新盖上。

“不，我不认识这种东西，”我说，“不过，它看上去非常恶心，你打算把它怎样呢？”

“噢，我要把它保存起来，”英格利斯说，“它已经开始吐丝作茧了。我要看看将来从茧里出来的是一种什么样的幼虫。”

我重又打开盒盖，看到它这么急急忙忙地转来转去，确实是在开始吐丝作茧了。这时，英格利斯又开口了：

“它那些脚实在是古怪，”他说，“它们像是螃蟹的螯。螃蟹在拉丁文里叫什么？哦，对了，叫‘坎色’①这种虫子挺罕见的，那么，我就给它命名为‘英格利斯坎色’。”

就在这个时候，我脑子里突然想起了昨天夜里见过的，或者说是昨天夜里在梦中看见过的东西。他的话里有些内容给了我一些提示，昨天夜里的恐惧和这一切联系在一起。我急忙拿起盒子向窗外扔去，连同盒子里那只小毛虫。窗外是一条小石子路，再过去是一个水池。盒子落到了水池中央。

英格利斯哈哈大笑。

“这么说，神秘学学者并不喜欢明显的事实，”他说，“我可

---

① cancer 在英文里是癌症的意思。

怜的毛虫。”

我们的谈话马上又转到别的话题上去了。我之所以详细记录这些琐碎的事情，只是要把可能与神秘问题或毛虫问题有关的一切都记录下来。在我把盒子扔到水池去的时候，我有点糊里糊涂的，原因只有一个，而且十分简单：盒子里的东西和我昨天夜里看见的完全一模一样，昨天夜里它们在那间没人住的房子里的床上挤成一团，堆成金字塔形状，如今却缩小了。不过它是有血有肉的——也不知是不是真的血肉，反正有着普通毛虫的结构——这本来有可能让人不去想那些东西和鬼怪有关，也就不该再觉得昨天夜里的情形多么恐怖。然而事实并非如此，它只是让我觉得，昨天夜里在没人住的那间卧室床上蠕动的那座金字塔更可怕更真实。

吃过午饭之后，我们在花园里漫步，或是在海边坐坐，这样过去了一两个小时。当斯坦利和我一起去小路那边的水池（也就是我把盒子连同毛虫都扔进去的那个水池）洗澡的时候，一定已经是四点左右了。水池里的水又清又浅，在水池底部，我看到了那个白色的纸盒。盒子已经被水泡散了，成了几张纸。池中心有一个大理石的爱神丘比特雕像，泉水从爱神腋下夹着的酒囊里喷出来。就在爱神的一条腿上，爬着那只毛虫，这看上去又奇怪又让人难以置信：它一定没有被水淹死，而是从那个破了的牢笼里逃了出来，挣扎着上了岸。它离水只有一臂之遥，在那儿转过来转过去，就像是在吐丝作茧一样。

我看着它，这时候我又觉得，它跟我昨天夜里看到的那些毛虫一模一样。它看着我，马上挣脱身上裹着的丝，从大理石爱神腿上爬下来，落到池子的水里，开始像条蛇一样一扭一扭地径直向我游过来。它的速度快得出奇（毛虫会游泳对我来说可是件新鲜事），一转眼，它已经游到了池边。就在这时候，英格利斯过来了。

“怎么，这不又是原来那条‘英格利斯坎色’吗？”英格利斯一眼看见了那条毛虫，他哈哈笑着说：“它那么急急忙忙地干吗呀？”

我和他正并排站在水池边的小路上，这时，那条毛虫上了岸，一路爬过来，到了离我们大约一英尺的地方停下来了，又开始转过来转过去，好像不知道该往哪个方向走才好。最后，它像是拿定了主意，爬上了英格利斯的鞋子。

“它最喜欢我，”他说，“可是，我一点儿也不觉得我喜欢它。既然它没给淹死，我想也许可以……”

他把鞋子上的毛虫抖落到小石子路上，然后，一脚踩在它身上。

由于地中海地区那种潮湿闷热的南风，整个下午的空气越来越凝重。这天夜里，我睡觉的时候又觉得睡意很浓，但是，在困倦之中我又意识到，而且比以往更强烈地意识到这座房子里有什么东西不对头，有一种危险已经近在咫尺。但是我一上床，马上就睡着了，然后，我也不清楚过了多长时间，我醒来了，或者说做梦觉得我醒来了。然后，我觉得我必须立刻起来，要不然我就要太迟了。这时候（或者是在梦中，或者是醒了），我躺在那里，和这种恐惧斗争，要说服自己，这只是由于受湿热的南风影响，而我的神经又太紧张的缘故，但是，与此同时，我心中的另一部分又很清楚，每耽误一秒钟，这种危险就更增大一分。到最后，这后一种思想占了上风，简直难以抗拒。我猛地翻身下床，穿好上衣和裤子，走出我的房间来到外面的楼梯平台。我一出来就立刻发现，我耽搁得太久了，现在已经太迟了。

这时候，下面二楼的整个楼梯平台已经铺满了爬来爬去的蠕动着的毛虫，它们连平台也盖得都看不出来了。通到起居室的房门关上了——昨天夜里我就是在那间起居室里看到了卧室里的毛虫。那些毛虫正在不断从门缝里钻出来，一条又一条，从钥匙孔里钻出来，噼噼啪啪落到地上。这些毛虫挤得很长，就像一根线一样钻过门缝和钥匙孔，但是一出来就恢复了原样，变得圆滚滚，身上布满了疙瘩。这些毛虫，有些朝那边通向上面走廊的楼梯爬去——走廊尽头是英格利斯的房间，另一些则在通向我这边的大楼梯靠近平台的这面往上爬。总而言之，我下楼必经的楼梯平台上密密麻麻铺满了毛虫；我无路可走了。一看到这种可怕的景象，我吓得浑身冰凉，一动也不能动，我无法用语言来形容当时的感觉。

到最后，所有这些毛虫开始统一行动，在通向英格利斯房间的楼梯上，它们越聚越多。接着，就像是一股股怪异的肉的浪潮，它们沿着走廊汹涌而去。就着从它们身上发出的黯淡的灰色光亮，我看到这浪潮的前锋已经到达英格利斯的房门口。

我一次又一次想大声叫喊，来警告英格利斯，但每次，我都害怕它们听到声音会转而聚到我这边的楼梯上来，由于惊吓，我也发不出声音。而这个时候，那些毛虫用原先从二楼起居室的门里钻出来的那种办法，从英格利斯房间的门缝、钥匙孔往里钻。而我仍然站在原地，做着无效的努力，拼命想叫醒他，想叫他趁还来得及的时候赶紧逃走。

最后，过道完全空了，毛虫全都不见了。直到这时候，我才第一次感觉到，光着脚站在大理石楼梯平台上非常冷。也就是在这个时候，东方的天空，晨曦开始降临。

六个月之后，我在英国一间乡村宅院里遇到了斯坦利太太。我们谈了很多事情，最后，斯坦利太太说：

“我想我都一个多月没有见到你了，也就是从我得到英格利斯的可怕消息之后。”

“我没听到过他的什么消息。”我说。

“你没听说？ 他患上癌症了。 医生甚至认为没必要动手术，因为他的病没法治了。 癌已经扩散，医生是这么说的。”

在这整整六个月中，我没有一天不想到我在卡斯卡纳别墅里梦见的那些东西，我怎么也忘不了那些梦（或者随便你们把它称作什么东西）。

“太可怕了，是吗？”斯坦利夫人接着说，“我感觉到，我不能不感觉到，他这个病是……”

“是在卡斯卡纳别墅里得的？”我问道。

斯坦利夫人看着我，显得十分惊讶。

“你为什么这么说？”她问我，“你是怎么知道的？”

接着她把情况告诉了我。 在这一年前，那如今没有人住的卧室发生过致命的致癌事件。 自然，她也就听从最好的劝告，也就是认为，最谨慎的办法莫过于让那间卧室空着，不要再让人在里面睡了，她还把它彻底消毒，重新粉刷了。 然而……

赞扬　译

蛋

[日] 梦野久作

三太郎念书念烦了，信步走到内院透透气。

天空飘着一片雪白的卷积云，和煦的阳光温暖地照耀大地，郊外的村落感觉像是没人居住似的寂静，和隔壁相邻的泥地丛生着一大簇波斯菊，花瓣纹风不动地朝着各方向反射着这般和煦的阳光。

忽然瞥见花荫下潮湿的黑色泥地上，有个像婴儿头般大小的白色圆形物。

“咦……那是什么啊？”

三太郎有些好奇地靠近一看，原来是颗大大的蛋，白色的蛋壳还带着大理石般的光彩。一旁地上不知道是用竹片还是什么东西写的字，还用像蛋一般圆形的曲线圈着。

……给三太郎先生……露子。

三太郎一看，慌忙地用木屐将这文字踩掉，然后跨过波斯菊花丛，抬头看着空地另一头隔邻的二楼。

二楼和楼下的遮雨板都紧闭着，斜贴着一张上头写着“租屋”二字的新半纸①。好像是昨晚三太郎睡着时，露子她们一家就不知道搬到哪儿去了。

露子和三太郎第一次见面是在今年春初。那是露子一家刚搬

---

① 半纸，一种日本纸，习字、书写信之用。

来这里不久的事。那时现在贴着招租纸二楼的纸窗一拉开，凭栏俯眺庭院的露子，刚好和将房间纸门敞开念书的三太郎，两人的眼神就这么交会了几秒，然后有点犹豫地别过。露子就这样冷冷地垂着眼将纸窗掩上，看到露子如此反应的三太郎也静静地起身将拉门关上。

之后一直到昨日为止的数月间，露子和三太郎每天就是以这样的方式打照面。虽然彼此都互有好感，但是却又故意摆出一副冷淡的态度……就算不小心眼神交会，也会慌忙地别过脸，像逃避什么似的缩回屋里；于是两人渐渐习惯彼此这种态度。然后连一次微笑打招呼的机会都没有，就这样分别了。

这两人真的很愚蠢不是吗？

为什么态度如此的固执、矜持呢？

为什么没有察觉到彼此有着好感呢？

……三太郎知道原因。

……其实，第一次见到露子的那晚，三太郎的魂魄就从熟睡中的肉体悄悄地脱离，然后来到刚好是现在三太郎站着的这块黑土上，和早已等得不耐烦的露子偷偷相会。之后每天晚上三太郎的魂魄都会来到这里和露子相会，彼此互诉衷曲，一起哭泣，一起欢笑。

起初三太郎以为这一切只是源于自己的幻想，觉得十分羞耻，只敢偷偷埋在心里。就算只是看到露子的背影，或是瞄到一眼她穿着和服的身影，都会觉得心中充满歉意、羞愧和害怕……不知不觉地表情就变得很僵硬。

不过这时看得出来，其实露子也和三太郎抱着同样的心情。露子和三太郎眼神交会时，就会露出一种无法形容既冷淡又紧张的表情，然后埋藏在露子心底的秘密就这样交织成一篇故事；所以三太郎的幻想绝对不是他个别的迷惑。毫无疑问地这两人的魂魄就这样悄悄脱离肉体，每天晚上在这里沉溺于幽会的欢愉……就这样三太郎渐渐地清楚意识到这件事情。像这样两个人因为无法谈一场现实中的恋情，而满足于只有魂魄的交欢，绝对不是害怕谈恋爱，而是彼此都畏惧着现实恋爱中必然会产生的“某种结果”……至少这件事，三太郎的心中十分清楚明白。

虽然白天两人四目相接时，总是态度冷淡面无表情，但其实两人心中和日落时分等不及在那黑土上幽会的欢愉心情是一样的。

就这样夏天过去了，不知道是谁在黑土上撒下的种子，长成了一片茂盛的波斯菊花丛。然后时序入秋，转眼间就盛开成今日这般美景，发生了奇事。

一时之间三太郎的心情有些微妙、恍惚，他轻轻地抱起那颗蛋。仔细一瞧，那看起来有些蓝、有些黄半透明的蛋壳中，充满着黏稠状似水的液体，而且还有点重。被阳光晒着的那半面变得暖烘烘的。

从此以后三太郎每晚都抱着那颗蛋就寝。

原本冷冷的蛋壳，接触到三太郎的肌肤就会变得很温暖，蛋中还隐约可听到嘶嘶般熟睡的鼻息声。为了证明这不是三太郎的幻想，将蛋稍微摇一摇，鼻息声就会戛然而止，然后涌出一点点像似乳汁、又似花露水般的甜香味。

三太郎愈来愈喜欢这颗蛋，每晚都迫不及待地小心翼翼轻轻地抱着它入睡，觉得再也没有比这更让他快乐的事了。天一亮就立刻将被褥收进壁橱，然后将蛋轻轻地塞入被自己睡得暖暖的垫褥间。孤家寡人的他，如果能够抱着这么可爱的蛋过一生也不错吧……三太郎开始胡乱地臆想着。

此时蛋却悄然地起了变化。蛋壳颜色由黄变成桃红……由桃红变成茶色……再由茶色转变成灰色……然后原本从蛋中可听到类似鼻息的声音，一到夜晚声调就变得更高，竟然变成那种嗯嗯的呻吟声。

三太郎开始觉得有些不太对劲……一定是蛋即将孵化了，而蛋里的东西肯定是因为无法破壳而觉得痛苦……三太郎这么想着……可是如果不任它自己从里面破壳而出的话，万一出来的时刻太早不就很糟糕吗……三太郎只好忍住性子抱着它。

随着秋天将过，蛋也渐渐由灰色变为紫色。是种感觉有点恶心近似死尸的颜色，上头还混杂着淡淡的红色斑点。蛋中的呻吟声愈来愈大，听起来就像是长着尖牙的野兽还是什么的，发出疯狂又强大的声音。

三太郎常常会因此被惊醒，然后就彻夜无法成眠。这样下去实在受不了……三太郎不禁担心起来……

于是某夜三太郎将发出呻吟声的蛋抱在怀中，呼呼地睡着时，忽然听到一声不知从哪儿传来巨大的嘶哑声。

“爸爸、爸爸、爸爸、爸爸、爸爸！……”

听起来像是拼死挣扎的小孩的声音。三太郎倏地完全惊醒。

蛋在三太郎的心窝处，像生了重病的病人般发烫，而且从蛋中还散发出一股像是排泄物、腐败鱼臭味般的恶心臭气，熏得整个被褥里都是。

三太郎慌张地抱起蛋，起身赶紧打开遮雨窗……将它放回原来的地方吧……三太郎决定这么做，于是伸脚探着穿到庭院的木屐，可是也许是因为太紧张，怎么都够不着，突然就一个不小心往前扑倒，一片暗黑中，蛋就应声铿咚地掉在庭院垫脚石的附近……不久就听到一阵啪嚓碎裂的声音，闻到一股有些暖暖的、酸酸的像小便般的酸臭味，三太郎踉跄地后退别过脸去。

漆黑的夜空布满星辰。

三太郎不敢多看，慌忙将窗子关上，感觉全身热汗被吹干了似的，蜷缩在被子里，不停地打哆嗦，一下子快要睡去，一下又啪地惊醒过来。一直记挂着得收拾一下才行……

战战兢兢地打开遮雨窗一看，不知不觉天已经亮了，外头是和煦温暖的大晴天。内院一角的白色波斯菊依旧在黑枝桠间绽放着。

垫脚石的附近并没有遗留任何痕迹。三太郎想，大概是昨夜被附近的狗和猫给舔得一干二净了吧！

三太郎总算松了一口气。然后神情平静地走出门来趟早饭前的散步。

内院那一头的房子不知何时又有住户要搬进来的样子，招租的纸已被撕得干干净净。

杨明绮　译

人　椅

[日]江户川乱步

每天早上十点多钟，佳子照例要目送丈夫上班。闲下来之后，便把自己关在书房里。她和丈夫合用一间书房，眼下，她正为K杂志今夏的增刊号创作一部长篇小说。

她是一位非常漂亮的女作家，近来声名远播，她的身为外务省书记官的丈夫，远没她那么风光。每天，她都要收到大量的不知名的崇拜者的来信。

早上坐在书桌旁开始工作之前，她都要浏览一下不知名的读者的来信。虽然每封尽说些老一套的无聊的话，但是出于女性的细心，无论什么样的来信，总是要读一读的。

她先从一些简单的开始，而后看了两封信及一封明信片，最后只剩下一封体积很大的原稿。虽然平时并没有什么特别的通知一类的信件，但诸如突然寄来的原稿之类的先例，过去也是有过的。而且，多数情况都是冗长而无聊的东西。她想姑且看一下标题吧。她便打开封口，取出其中的纸捆。

不出所料，果真是原稿用纸。但是，不知何故，稿纸上既无标题也没用署名，只突兀地以“夫人”称呼开始。咳，奇怪，到底是一封什么样的来信呢？想着，她不经意地快速地看了二三行，马上感到一股异样的令人毛骨悚然的氛围。而且，天生的好奇心驱使她迅速地读下去。

夫人：

从我这样一个夫人毫不知晓的男人这里突然冒昧地给您写信，恳请您原谅我的罪过，我这样说，夫人您或许会感到吃惊吧。我现在要向你告白我所犯的不可思议的罪恶，在数月里，我完全彻底地从人间消失，过着确如恶魔般的生活。当然，在这个大千世界里，没有人能知道我的所作所为。如果没有什么意外，我或许会永远生活在那里，不再回到世间来。

但近来，我的身心发生了奇妙的变化，而且，我不得不为自己的不幸身世而忏悔。我只能这样说，许多地方您会觉得不可理解，那么我请您耐着性子姑且把这封信读完。这样，为何我这样想，而且为何要向您告白，必须特别请您听我倾诉。凡此种种，您一定会听清楚的。

该从何处写起呢？因为此事是远离人类的所作所为，过于千奇百怪，而我却要用人世间使用的这种方式，令我实在羞愧难当，使我感到用笔也觉迟钝。但是我不能再犹豫了。就让我从事情的起源开始，顺次地写下去吧。

我是一个天生相貌极其丑陋的人。关于这一点，务必请您牢记。否则的话，万一您答应我的冒昧请求，允许我见您的时候，光是我这张形容丑陋的脸会吓您一跳。加之长时间的不健康的生活，使我成为现在不愿被他人看第二眼的一幅可怕的样子。如果在您没有丝毫思想准备的情况下让您见到，我会于心不忍的。

我这个男人，天生就是如此的不幸。我虽然相貌丑陋，内心却燃烧着不为人知的火一样的热情。我常常忘记自己一幅丑八怪相，以及自己作为一名穷困的小工匠的微薄之躯，憧憬于那些不自量的甜美、奢侈的种种“梦想”之中。

如果我出生在富裕人家，依靠金钱的力量，我可以沉迷于各种游戏以排解由于丑貌带来的郁闷不乐；或者由上天赋予我一份艺术天分，譬如我可以沉迷在美的诗歌中而将这尘世的无聊忘却。然而，不幸的是，我不能享受其中的任何一种恩赐。作为一个可怜的家具工匠的孩子，我只好依靠祖传的手艺谋生。

我专门做各种椅子。我做的椅子，无论是怎么挑剔的顾客一定会中意的。因此，即使是商会也会对我另眼相看，将做上等货的活计都派到我这里来。做上等货，凭靠、扶手的雕花，许多客户的要求很严；靠垫的舒适性、各部分的尺寸，不同的人的偏好也有微妙的差异。对于制造者来说，其良苦用心非一般外行人所能想象。但是，辛苦归辛苦，制作完成时的喜悦是难以言表的。说句不客气的话，此时的喜悦之情，简直可以和艺术家完成一件艺术品的心情相比。

一把椅子做好之后，我首先自己试一下，看一下情况如何。在异常乏味的工匠生活中，仅在此时才能感觉到一种无法言喻的得意，什么样的高贵之人抑或什么样的美人会坐这张椅子呢？能订如此不一般椅子的人家，那里一定有与这张椅子相称的豪宅吧。豪宅的墙上挂着名家的字画，天花板上垂挂着巨大的宛若宝石制作的枝形吊灯，地上铺着昂贵的地毯。而且，椅子前面的餐桌上摆放的西洋花草，香气袭人，竞相绽放。沉迷于幻想之中，似乎觉得自己已变成了这座豪宅的主人，虽然只是短短的一瞬，那份愉悦却绝非用语言可以表达的。

我这种虚幻的幻想还在不断的增多。我，贫穷、丑陋、卑微为小工匠的我，在幻想的世界里，俨然是一位心高气傲的贵公子，端坐在我亲手做的华丽的椅子上。在我的身旁，时常在我梦中出现的我的漂亮的恋人，甜甜地微笑着，倾听着我的话语，不仅如此，在幻想中，我与她手拉着手，喃喃倾诉着我的爱情。

但是，我的轻柔的紫色的梦总是被附近老板娘嘈杂的说话声、歇斯底里时的哭喊声和周围病儿的声音所打断。丑恶的现实，重新又将它灰色的身躯暴露在我的面前，回到现实的我，马上看到一个丝毫不像贵公子的可怜兮兮的我。而刚才向我微笑的美人，究竟倩影何在？就连在附近玩耍着、满身灰尘的肮脏的看孩子的女人也不正眼看瞧我。只有一样，那就是我做的椅子，仿佛还残留着梦幻的痕迹，形单影只地留在那里。然而，就连这把椅子不久也将要运到无人知晓的、与我们完全不同的世界中去了。

因此，每当作成一把椅子，我都感受到一股莫名其妙的无聊。这种难以忍受的让人生厌的情绪，随着岁月的推移，越发让我难以忍受了。

“这种虫般的生活再过下去，干脆不如死了倒好！”

我这样想着。在工作间，无论是卖力地使用凿子还是钉钉子，抑或是搅拌刺鼻的涂料，我总是执拗地思考着同样的问题。

“但是，待我再思考一下。如果连死的决心都能下的话，难道就没有别的更好的办法吗？譬如……”

于是我的想法越来越恐怖了。

恰好此时，有人请我做一把大的皮面扶手椅。这把椅子我还从来没有做过。这把椅子是供给 Y 市由外国人经营的旅馆，本来应该从本国订货的，但受雇的这家商馆极力游说，告诉这家宾馆说日本也有能制作不逊于进口货的椅子工匠，这才好不容易拿到订货。正因为如此，在制作时，我几乎废寝忘食，倾注了所有精力，全身心投入所有的工作中去。

仔细端详着所做成的椅子，我感到一种从未有过的满足。做工非常出色，连我自己也看得出神。按照惯例，我将其中一把四条腿的椅子搬到光线好的木板间，舒适地坐了上去。坐上去的感觉真是舒服极了。靠垫柔韧适中，不硬不软。因为讨厌染色，特意贴上灰色的本色的皮，保持适度的倾斜。静静地支撑这腰背的宽大的凭靠，呈精致的曲线，向上鼓起的两侧扶手。所有一切，皆保持一种不可思议的和谐，浑然一体，用安乐一词形容应该是恰如其分的。

我将身体深埋其中，双手爱抚着圆圆的扶手发呆。于是，作为我的习惯，无尽的幻想犹如五色彩虹，带着令人眩目的色彩纷纷涌来。这就叫幻觉吧。内心所思所想清晰地浮现在眼前，我感到异常的恐惧，甚至怀疑自己是不是发疯了。

很快，我的脑海里浮现了一个非常了不起的想法。恶魔的嘟哝大概是指这个吧。这件事像噩梦一样荒唐无稽，令人毛骨悚然。但是这种恐怖所具有的难以言喻的魅力却诱惑着我。

最初我的愿望很单纯，那就是不想放弃这把我精心制作的漂亮的椅子。有可能的话，不管去什么地方，我都要带上这把椅子。在展开想象的翅膀的恍惚间，在不知不觉发酵生成、发展为一个可怕的想法。而且，你看我是多么的疯狂啊，要把这种稀奇古怪的妄想付诸行动。

我急忙把四把椅子中自以为做得最好的扶手椅子拆得七零八落，然后再将它改造得有利于实施我奇妙的计划。

这是一种很大的扶手椅，悬挂部分几乎垂地，铺满了皮革。另外，凭靠、扶手也做得较厚，每张椅子无一例外地都有一个洞。即便是藏一个人，外面也不会知道的。当然，椅子有结实的木框，安装了许多弹簧，我把它进行了适当的加工，在人坐的部分上了漆。如果把手和身体伸进凭靠内，做成椅子的情况，内部空间就足以容纳一个人。

因为这些是我的拿手活儿，我很顺利地做好了，而且做得很漂亮。如为了便于呼吸及听到外面的声音，我在皮上开了一个很小的不易被觉察的缝隙，在凭靠内部正好相当于头部的地方做了一个隔板，以便贮存一些东西（可以塞入水壶和军用压缩饼干），为了备用还准备了大的橡胶袋。可谓绞尽脑汁。只要有粮食，可以连续在里面待两三天，也绝不会有丝毫的不方便。换句话说，这把椅子就是一个人的房子。

我上身穿一件衬衫，打开装在椅子底部的盖子，正好可以钻进去。那种感觉怪怪的，就像进入到黑暗的、令人窒息的坟墓。不过细想，与坟墓也没有什么两样。钻进椅子的那种感觉，就像穿上隐身蓑衣从人间消失的一样。

不久，商会派人来取扶手椅。来了一辆运输的货车。我的徒弟（我和徒弟两个人生活）不知隐情，自如地与来人应对。装车时，其中一个搬运工大声喊道："怎么椅子这么重？"我在椅子里吓了一跳。到底还是因为扶手椅本来就重，所以也不至引起他们的太多怀疑。不一会儿，只听到货车咯嗒咯嗒的震动声，我的身体不禁有一种异样的感觉。

我担心地要命，还好，一切顺利。当天下午，装着我的扶手椅扑通一声，被放在宾馆的一个房间里。事后我才知道，原来这个房间不是客房，而是一个类似休息室的地方。人们可以在这里等人、看报或者吸烟，各种人在这里频繁地出入。

或许你已经发现，我这个怪异举动的主要目的是看没有人的时候，钻出椅子，在宾馆里转悠，遇到机会便实施盗窃。椅子里藏人，谁能想到这种异乎寻常的事呢？我像影子一样，自由地从一个房间偷到另一个房间。而且，当他们大喊大叫抓贼的时候，我早已逃回到椅子里的藏身处，屏住呼吸欣赏他们愚蠢的搜寻。你知道海边的寄居蟹吗？有大蜘蛛那么大，没人的时候，为所欲为，蛮横无理地在那里爬行，稍微有一点人的脚步声。便一溜烟地逃回贝壳里。而且伸出令人讨厌的毛茸茸的前腿，窥视着敌人的动静。我就是那只寄居蟹，与寄居蟹的贝壳不同，我把椅子作为藏身处。我为所欲为的地方不是海岸，而是宾馆里。

还因为我的计划过于离奇，出乎人们的意外。所以非常成功。到宾馆的第三天，就完成了一大堆的工作，一旦实施盗窃时的既恐惧又欣喜的心情，得逞后的难以言述的快乐，看到人们在我眼皮底下四处狂奔的狼狈，这些都以无穷的魅力使我感到愉快。

可是遗憾的是，我无暇加以描述。我发现了另一种更为奇妙的快乐，这种快乐要比盗窃高出十倍甚至二十倍。而且，说实话，这也是我写这封信的真实目的。

话还得从椅子被放在宾馆休息室说起。

椅子刚运到的时候，宾馆的人都争着来看椅子做得怎么样。后来便寂静无声了。大概屋子没有人了。不过刚到就急匆匆地从椅子里出来，我还是有点害怕，怎么也做不到。我很长一段时间（或许只是如此感觉）全神贯注地倾听着外面的动静，生怕听漏了什么。

过了一会儿，大概是走廊方向，传来了咯噔咯噔的脚步声。待到走近两三个房间的时候，因为地面上铺了地毯的原因，脚步声便低得几乎听不见了。不一会儿，传来一个男人粗重的鼻息。我大吃一惊，只听扑通一声，一个洋人巨大的身躯坐在我的膝盖上，软软地弹了两三次。我的大腿和那个男人健壮硕大的臀部只隔这薄薄的一层皮，紧靠在一起，几乎可以感觉到对方的体温。他的宽肩正好靠在我的胸部，重重的双手隔着皮革正好与我的手重叠。而且，大概这个男人好像吸雪茄烟吧，一股男性浓重的体味透过皮革的缝隙一阵阵飘来。

夫人，如果您处在我的位置，你会怎么想象当时的情景？那感觉是多么的惊心动魄啊。由于过分恐惧，我在黑暗中紧紧地蜷缩着身体，从一侧的下方，我不住地滴滴答答地直淌冷汗，大脑里一阵空白。

整整一天，先是那个男人，后来又接连不断地有许多人坐到我的膝盖上。丝毫没有人发现他们信以为真的柔软的弹簧其实是我有血有肉的大腿。皮面椅子中的世界漆黑一片，动弹不得。然而它却是那么的奇妙而有魅力。在这里，人们平时司空见惯的人似乎成了另外完全不同的生物。他们只不过是由声音、鼻息、脚步声、衣服摩擦声，加上若干块富有弹性的肉块组成。我识别他们中的每一个人，不是凭他们的相貌，而是靠感觉，有的胖乎乎的，感觉就像一大堆肉块组成。相反，有点瘦骨嶙峋的，感觉就像一副骨架子。此外，脊椎骨的弯曲度、肩胛骨的宽度、胳膊的长短、大腿的粗细，或尾骨的长短，如果综合起来看，无论个头多么相似，总有不一样的地方。人，除了长相和指纹，通过整个身体的感觉，也完全可以识别。

异性也一样。一般，人们根据容貌的美丑来评判一个人，然而在椅子里的世界里，却完全是另外一回事。这里只有赤裸的肉体、声音和味道。

夫人，请你不要因为我这样露骨的表白感到不舒服，因为这时我疯狂地爱上了一位女性的肉体（她是第一位坐椅子的女性）。听声音，她还是一个非常年轻的外国少女。当时，正好房间里没人，她好像有什么高兴事，小声地唱着什么歌，怪怪的听不懂。蹦蹦跳跳地进入房间，走到我隐藏的扶手椅前，猛地坐到我的身上。我感觉到她丰满且富有弹性的肉体，而且大概是因为什么滑稽的事，她哈哈地笑了起来，手脚吧嗒吧嗒地乱蹦，就像鱼在网中活蹦乱跳的样子。

对我来说，这可真是个意外的收获。女人，乃神圣之物，我连看她们一眼都感到害怕。更何况现在我和一位不相识的异国少女同在一屋，同坐一张椅子。不仅如此，我们还紧紧地靠在一起，只隔着一层薄薄的皮革。几乎能感觉到对方的肌肤。而且，她心安理得地把全身的重量压在我的身上，因为不会担心周围有人看见，一副随意不羁、肆无忌惮的样子。在椅子里，我甚至可以做出拥抱她的样子。隔着她身后的皮面，可以吻她丰满的脖颈。不管什么样，我都可以随心所欲。

自从这惊人的发现之后，我的首要目的——盗窃，降为次要，我着魔于感官的世界不能自拔。我想，椅子的世界才是我真正的家，就像我这样相貌丑陋、性格软弱的男人，在光明的世界里，遍尝己不如人的苦果，除了挨过每日耻辱、可怜的生活，我一无所是。可是，当我身处另一个世界里，在椅子里，只要是能忍受这儿的狭小，就能接近美女。听她的声音，触摸她的肌肤。要是在光明的世界里，我非但不能和她们说话，就是沾沾她们的边也是不允许的啊。

椅子里有爱情！该是多么的神奇，令人陶醉啊。没有实际经历过的人是不可能体会到的。这种爱情只要用触觉、听觉和嗅觉去体味就足够了。它是黑暗中的爱情，决非世俗世界的爱情。你会说，这是恶魔世界的爱欲。可是你想想，在这个世界上，人们看不见的各个角落里，发生了多数稀奇古怪、令人恐怖的事啊，简直无法想象。

当然，按照预先的计划，偷盗一旦得逞，便立即逃离宾馆，可是，现在我如此地迷恋于这种奇妙的快乐，哪还想逃？我真想把这把椅子作为永远的家，一直住下去。

每当夜晚来临，我总是小心再小心，连走路也悄无声息的，还要避人耳目。这样我当然就不会有什么危险。即便如此，生活在椅子里长达数月而没有露出一点蛛丝马迹，连我自己也感到吃惊。

几乎一整天，待在非常狭小的空间里，弯臂曲膝，全身都麻木了，又不能站直了，最后来往于厨房和化妆间，几乎成了膝行。我这个男人，你说是不是疯了？忍受如此的痛苦，仍不想放弃那奇妙的感官世界。

有的旅客，就像把宾馆当作自己家一样，会连续住上一两个月。本来，宾馆就是不断有客人进出的地方。因此，我的奇妙爱情会因客人的变化而中途夭折。而且，无数个奇妙的恋人留存在我的记忆里中。与通常不同的是，我不是根据她们的容貌，而是根据她们的身体，将她们铭刻在我的心底。

有的人壮如马驹，肌肉紧绷；有的人妖艳如蛇，身体可以任意弯曲；有的胖如皮球，肌肉充满脂肪和弹力；有的美如古希腊的雕塑，健壮有力，有完美发达的肌肉。而且，每个女人的肉体都有不同的特征，极富诱惑力。就在女人走马灯似的变换中，我又体味到一种别样的奇妙的感觉。

其中有一次，欧洲某个强国的大使（从日本男服务员闲谈中得知）将他硕大的身体坐在我的膝盖上。此人与作为一个政治家相比，更是一位世界级的诗人。正因为如此，触摸这位伟人的肌肤，使我兴奋不已，倍感自豪。他坐在我的身上，和两三个相同国度的人说了有十几分钟的话，就离开了。当然，我一点也不明白他们说了什么。每次打手势时，胖墩墩的身体一动不动的。

他那比常人更温暖的身体，撩拨着我的神经，使我感到一种难以名状的刺激。

当然，我突发奇想，如果从皮面后，用利刀对准他的心脏扑哧地捅一刀，后果会如何呢？不用说，这肯定是致命的一击，他不可能再重新站起来。他国自不必说，在日本政界该会引起怎样的轩然大波？报纸该会进行怎样的煽情报道?

这将会影响日本与该国的外交关系，而且，从艺术的角度看，他的死也一定是世界的一大损失。如此重大的事情只发生在我的一挥手之间。想到这里，我不禁涌起一股奇妙的自豪感。

还有一次，某国的一位著名舞蹈家来日本，正好住在这家宾馆。这把椅子她只坐了一次。就这一次，也让我体会到了某种与大使相似的感觉。此外，她还让我体会到了一种从未有过的理想的肉体美。我陶醉于这过分的美感之中，没有了邪念，像是对一件精美的艺术品怀着一颗虔诚的心，由衷地赞美她。

此外，我还经历了许多许多，珍奇的奇妙的或者奇怪的，样样都有。在此详述这些经历并非我写这封信的目的。况且，我已经写了很长了。下面还是尽快回到关键部分吧。

到宾馆几个月之后，我的命运发生了变化，我之所以这样说，是因为宾馆老板有事回国了。回国前，他把宾馆一股脑地全部转让给一家日本公司。于是，日本人经营的这家公司改变过去奢侈的经营方针，将宾馆作为普通旅馆，筹划一种更为讲究实惠的经营。因此，把用不着的家具委托一家大家具商拍卖。在拍卖品目录里，就有我的这把椅子。

闻知此事，我一时灰心丧志。我想，倒不如趁此机会，再回到人世，重新开始生活。当时，我偷的钱也积了许多，即便回到俗世，也不需要像从前那样过苦日子了。但是转念一想，虽然离开外国人的饭店有点让人大失所望，但是另一方面，它也意味着一次新的希望。之所以这样说，因为在数月间，尽管我爱过众多异性，可对方全都是外国人。无论她们的肉体是如何地出色，如何让人满意，但仍觉得某种精神上的说不清道不明的美中不足。日本人如果不是和同样的日本人，就很难体会到真正的爱情。我的爱情观在一点一点地发生变化。

这时，正好我的椅子被拿出去拍卖。这次，或许会被日本人买走，或许被放在日本人的家里。当然，我也希望如此。我决定暂且继续椅子里的生活。

在工具店门前的两三天，我感到非常的痛苦。不过还好，拍卖一开始，我的椅子便很快成交。因为椅子非同一般。虽然旧了点，可它依旧特别引人注目。

买主是大城市的一位官员，离市区不远。从工具店到那官员的宅邸，有几里的路。搬运时，卡车强烈的震动，我在椅子里简直比死还要难受。即便如此，因为买主是我希望的日本人。与那种欢乐相比，我的痛苦算不了什么。

买主家非常气派。我的椅子被放在洋房宽大的书房里。令我非常满意的是，虽说是主人的书房，然而使用书房的是他年轻漂亮的少夫人。此后一个月，我经常陪伴少夫人。除了用餐和就寝时间，少夫人柔软的身体总是坐在我的身上。因为少夫人其间一直待在书房，埋头写书。

我是多么爱她，在此无需赘述。她是我最初接触的日本人，而且拥有一副骄人的身材。我第一次真正的爱情。相比之下，宾馆里众多体验，根本称不上是爱情。这种感觉我过去从未有过。一个明显的例证就是对少夫人，我已不满足于偷偷爱抚，我费尽心机竭力想让她知道我的存在。

我想，如果可能，我想要夫人也意识到椅子的我。而且，当然，这也只是我的一厢情愿，我想让少夫人爱上我。可是怎么样向她传递信号呢？如果明目张胆地告诉她椅子里藏着人，她吃惊之余，一定会告诉她的丈夫和家人，那岂不是一切都化为泡影了吗？非但如此，我还要背上可怕的罪名，受到法律的制裁。

可是，我尽量让少夫人感觉到椅子的舒适，使她对椅子依依不舍。她作为一个艺术家，一定有着比常人更为细腻的感觉。如果她能感觉到椅子里的生命的存在，把它作为有血有肉的活物而不是纯粹的物质，对它恋恋不舍，仅此我就心满意足了。

当她投身于我的时候，我都尽量轻柔地迎接她。当她在我身上疲劳的时候，总是轻手轻脚地活动自己的膝盖再转身。当她迷迷糊糊就要睡着的时候，我轻轻地摇晃着她的膝盖，就像摇篮。

不知是我的用心得到了回报，还是我的自作多情，近来少夫人开始喜欢上我的椅子了。她就像婴儿在母亲的怀抱或少女接受恋人的拥抱一样，无比温柔地坐在我的椅子上。在我的膝盖上，就连转身的样子都显得那样亲切。

因此，我的热情之火每日都在熊熊燃烧。终于，少夫人，我终于不自量力地萌生了一个狂妄的念头。我左思右想，如果能看到我的恋人，哪怕只是看一眼，如果能和我的恋人说说话，哪怕只是片言只语，我今生死亦足也。

夫人，想必你早已明白。我所说的恋人，务必请您原谅，那就是您。您先生在 Y 市的工具店把我的椅子买来，打那以后，我便把不自量力的爱情奉献给了你，我是多么的可怜啊。

夫人，这是我今生唯一的请求。请让我见见你，哪怕只一次。而且，请你对我这个丑男人说些安慰的话，哪怕只有一句。我不会提出其他任何的奢求。虽然我知道提出这样的要求过于丑陋、肮脏，可我还是要请求你答应我这个不幸的男人的恳求。

昨晚，为了写这封信，我悄悄地溜出了你的宅邸。与夫人面对面提出这样的请求，非常危险，而且我无论如何也做不到。

而且，当你在读这封信的时候，由于过分担心而使我的脸过分苍白，此时我正徘徊在贵宅的附近。

如果你答应我这超常无理的要求，就请你把手帕挂在书房窗户的红瞿麦盆栽上。根据这个暗号，我会像一个不经意的访客走到贵宅的大门口。

最后，这封奇怪的信以真挚的祝福之词结束。

信还未读到一半，佳子就被一种可怕的预感吓得脸色发白。后来，她毫无知觉地站起身，从放有令人恐惧的扶手椅的书房逃出去，跑到日式的起居室。 信的后半部分本来不打算读的，索性撕碎扔掉算了，可是因为过分担心，在起居室的小书桌上，好歹把它读完。她的预感真的应验了。

这件事真是太可怕了。在她每天必坐的扶手椅里，竟然有一个陌生人。

“啊，真的好可怕。”

她打了个寒战，好像后背被浇了一盆冷水，身体一直不住地打着冷战。

面对这突如其来的变故，她一下子懵了。查看一下椅子吗？怎么会有这样的怪事？椅子里即便是没有人，但是肯定会有食物以及其他属于他的脏东西。

“夫人，您的信。”

佳子吃惊地回头一看，只见女佣拿着一封好像刚到的信。

佳子毫无知觉地接过信，正想打开，突然看见信封上写的字，吓得她不由地把信丢在地上。信封上写着她的名字，笔迹与刚才那封奇怪的信上的一模一样。

是否打开这封信呢？佳子很长时间里犹豫不定。最终她还是把信打开，提心吊胆地读了起来。信虽然写得很短，但是里面的内容又让她大吃一惊。

> 非常冒昧地给您去信，望请多海涵。我平时非常喜欢读您的作品。另涵所寄，是我很像样的作品，若承蒙一读并赐教，将不胜荣幸之至。由于某种原因，原稿先于本函寄出，想必您已经读完。不知如何？若拙作能给您些许的感动，将是我莫大的快乐。原稿题目我故意省略掉，我想题目就叫作“人椅”吧。
>
> 万分抱歉。谨此。

刘军　等译

纪念爱米丽的一朵玫瑰花

[美] 威廉 · 福克纳

一

爱米丽 · 格里尔生小姐过世了，全镇的人都去送丧：男子们是出于敬慕之情，因为一个纪念碑倒下了。 妇女们呢，则大多数出于好奇心，想看看她屋子的内部。 除了一个花匠兼厨师的老仆人之外，至少已有十年光景谁也没进去看看这幢房子了。

那是一幢过去漆成白色的四方形大木屋，坐落在当年一条最考究的街道上，还装点着有十九世纪七十年代风格的圆形屋顶、尖塔和涡形花纹的阳台，带有浓厚的轻盈气息。 可是汽车间和轧棉机之类的东西侵犯了这一带庄严的名字，把它们涂抹得一干二净。只有爱米丽小姐的屋子岿然独存，四周簇拥着棉花车和汽油泵。房子虽已破败，却还是执拗不驯，装模作样，真是丑中之丑。 现在爱米丽小姐已经加入了那些名字庄严的代表人物的行列，他们沉睡在雪松环绕的墓园之中，那里尽是一排排在南北战争时期杰弗生战役中阵亡的南方和北方的无名军人墓。

爱米丽小姐在世时，始终是一个传统的化身，是义务的象征，也是人们关注的对象。 打一八九四年某日镇长沙多里斯上校——

也就是他下了一道黑人妇女不系围裙不得上街的命令——豁免了她一切应纳的税款起，期限从她父亲去世之日开始，一直到她去世为止，这是全镇沿袭下来对她的一种义务。 这也并非说爱米丽甘愿接受施舍，原来是沙多里斯上校编造了一大套无中生有的话，说是爱米丽的父亲曾经贷款给镇政府，因此，镇政府作为一种交易，宁愿以这种方式偿还。 这一套话，只有沙多里斯一代的人以及像沙多里斯一样头脑的人才能编得出来，也只有妇道人家才会相信。

等到思想更为开明的第二代人当了镇长和参议员时，这项安排引起了一些小小的不满。 那年元旦，他们便给她寄去了一张纳税通知单。 二月份到了，还是杳无音信。 他们发去一封公函，要她到司法长官办公处去一趟。 一周之后，镇长亲自写信给爱米丽，表示愿意登门访问，或派车迎接她，而所有回信却是一张便条，写在古色古香的信笺上，书法流利，字迹细小，但墨水已不鲜艳，信的大意是说她已根本不外出。 纳税通知附还，没有表示意见。

参议员们开了个特别会议，派出一个代表团对她进行了访问。他们敲敲门，自从八年或者十年前她停止开授瓷器彩绘课以来，谁也没有从这大门出入过。 那个上了年纪的黑人男仆把他们接待进阴暗的门厅，从那里再由楼梯上去，光线就更暗了。 一股尘封的气味扑鼻而来，空气阴湿而又不透气，这屋子长久没有人住了。黑人领他们到客厅里，里面摆设的笨重家具全都包着皮套子。 黑人打开了一扇百叶窗，这时，便更可看出皮套子已经坼裂；等他们坐了下来，大腿两边就有一阵灰尘冉冉上升，尘粒在那一缕阳光中缓缓旋转。 壁炉前已经失去金色光泽的画架上面放着爱米丽父亲的炭笔画像。

她一进屋，他们全都站了起来。一个小模小样、腰圆体胖的女人，穿了一身黑服，一条细细的金表链拖到腰部，落到腰带里去了，一根乌木拐杖支撑着她的身体，拐杖头的镶金已经失去光泽。她的身架矮小，也许正因为这个缘故，在别的女人身上显得不过是丰满，而她却给人以肥大的感觉。她看上去像长久泡在死水中的一具死尸，肿胀发白。当客人说明来意时，她那双凹陷在一脸隆起的肥肉之中，活像揉在一团生面中的两个小煤球似的眼睛不住地移动着，时而瞧瞧这张面孔，时而打量那张面孔。

她没有请他们坐下来。她只是站在门口，静静地听着，直到发言的代表结结巴巴地说完，他们这时才听到那块隐在金链子那一端的挂表嘀嗒作响。

她的声调冷酷无情。"我在杰弗生无税可纳。沙多里斯上校早就向我交代过了。或许你们有谁可以去查一查镇政府档案，就可以把事情弄清楚。"

"我们已经查过档案，爱米丽小姐，我们就是政府当局。难道你没有收到过司法长官亲手签署的通知吗？"

"不错，我收到过一份通知，"爱米丽小姐说道，"也许他自封为司法长官……可是我在杰弗生无税可缴。"

"可是纳税册上并没有如此说明，你明白吧。我们应根据……"

"你们去找沙多里斯上校。我在杰弗生无税可缴。"

"可是，爱米丽小姐——"

"你们去找沙多里斯上校。"（沙多里斯上校死了将近十年了。）“我在杰弗生无税可纳。托比！”黑人应声而来。“把这些先生们请出去。”

二

她就这样把他们“连人带马”地打败了。正如三十年前为了那股气味的事战胜了他们的父辈一样，那是她父亲死后两年，也就是在她的心上人——我们都相信一定会和她结婚的那个人——抛弃她不久的时候。父亲死后，她很少外出；心上人离去之后，人们简直就看不到她了。有少数几位妇女竟冒冒失失地去访问过她，但都吃了闭门羹。她居处周围唯一的生命迹象就是那个黑人男子拎着一个篮子出出进进，当年他还是个青年。

“好像只要是一个男子，随便什么样的男子，都可以把厨房收拾得井井有条似的。”妇女们都这样说。因此，那种气味越来越厉害时，她们也不感到惊异。那是芸芸众生的世界与高贵有势的格里尔生家之间的另一联系。

邻家一位妇女向年已八十的法官斯蒂芬斯镇长抱怨。

“可是太太，你叫我对这件事又有什么办法呢？”他说。

“哼，通知她把气味弄掉，”那位妇女说，“法律不是有明文规定吗？”

“我认为这倒不必要，”法官斯蒂芬斯说，“可能是她雇的那个黑鬼在院子里打死了一条蛇或一只老鼠。我去跟他说说这件事。”

第二天，他又接到两起申诉，一起来自一个男的，用温和的语气提出意见。“法官，我们对这件事实在不能不过问了。我是最不愿意打扰爱米丽小姐的人，可是我们总得想个办法。”那天晚上全体参议员——三位老人和一位年纪较轻的新一代成员在一起开了个会。

“这件事很简单，”年轻人说，“通知她把屋子打扫干净，限期搞好，不然的话……”

“先生，这怎么行？”法官斯蒂芬斯说，“你能当着一位贵妇人的面说她那里有难闻的气味吗？”

于是，第二天午夜之后，有四个人穿过了爱米丽小姐家的草坪，像夜盗一样绕着屋子潜行，沿着墙角一带以及在地窖通风处拼命闻嗅，而其中一个人则用手从挎在肩上的袋子中掏出什么东西，不断做着播种的动作。他们打开了地窖门，在那里和所有的外屋里都撒上了石灰。等到他们回头又穿过草坪时，原来暗黑的一扇窗户亮起了灯：爱米丽小姐坐在那里，灯在她身后，她那挺直的身躯一动不动像是一尊偶像。他们蹑手蹑脚地走过草坪，进入街道两旁洋槐树树荫之中。一两个星期之后，气味就闻不到了。

而这时人们才开始真正为她感到难过。镇上的人想起爱米丽小姐的姑奶奶韦亚特老太太终于变成了十足疯子的事，都相信格里尔生一家人自视过高，不了解自己所处的地位。爱米丽小姐和像她一类的女子对什么年轻男子都看不上眼。长久以来，我们把这家人一直看作一幅画中的人物：身段苗条、穿着白衣的爱米丽小姐立在背后，她父亲叉开双脚的侧影在前面，背对爱米丽，手执一根马鞭，一扇向后开的前门恰好嵌住了他们俩的身影。因此当她年近三十，尚未婚配时，我们实在没有喜幸的心理，只是觉得先前的看法得到了证实。 即令她家有着疯癫的血液吧，如果真有一切机会摆在她面前，她也不至于断然放过。

父亲死后，传说留给她的全部财产就是那座房子；人们倒也有点感到高兴。 到头来，他们可以对爱米丽表示怜悯之情了。 单身独处，贫苦无告，她变得懂人情了。 如今她也体会到多一便士就激动喜悦、少一便士便痛苦失望的那种人皆有之的心情了。

她父亲死后的第二天，所有的妇女们都准备到她家拜望，表示哀悼和愿意接济的心意，这是我们的习俗。 爱米丽小姐在家门口接待她们，衣着和平日一样，脸上没有一丝哀愁。 她告诉她们，她的父亲并未死。 一连三天她都是这样，不论是教会牧师访问她也好，还是医生想劝她让他们把尸体处理掉也好。 正当他们要诉诸法律和武力时，她垮下来了，于是他们很快地埋葬了她的父亲。

当时我们还没有说她发疯。 我们相信她这样做是控制不了自己。 我们还记得她父亲赶走了所有的青年男子，我们也知道她现在已经一无所有，只好像人们常常所做的一样，死死拖住抢走了她一切的那个人。

三

她病了好长一个时期。 再见到她时，她的头发已经剪短，看上去像个姑娘，和教堂里彩色玻璃窗上的天使像不无相似之处——有几分悲怆肃穆。

行政当局已订好合同，要铺设人行道，就在她父亲去世的那年夏天开始动工。 建筑公司带着一批黑人、骡子和机器来了，工头是个北方佬，名叫荷默·伯隆，个子高大，皮肤黝黑，精明强干，声音洪亮，双眼比脸色浅淡。一群群孩子跟在他身后听他用不堪入耳的话责骂黑人，而黑人则随着铁镐的上下起落有节奏地哼着劳动号子。没有多少时候，全镇的人他都认识了。随便什么时候人们要是在广场上的什么地方听见呵呵大笑的声音，荷默·伯隆肯定是在人群的中心。过了不久，逢到礼拜天的下午我们就看到他和爱米丽小姐一齐驾着轻便马车出游了。那辆黄轮车配上从马房中挑出的栗色辕马，十分相称。

起初我们都高兴地看到爱米丽小姐多少有了一点寄托，因为妇女们都说："格里尔生家的人绝对不会真的看中一个北方佬，一个拿日工资的人。"不过也有别人，一些年纪大的人说就是悲伤也不会叫一个真正高贵的妇女忘记"贵人举止"，尽管口头上不把它叫作"贵人举止"。他们只是说："可怜的爱米丽，她的亲属应该来到她的身边。"她有亲属在亚拉巴马；但多年以前，她的父亲为了疯婆子韦亚特老太太的产权问题跟他们闹翻了，以后两家就没有来往。他们连丧礼也没派人参加。

老人们一说到"可怜的爱米丽"，就交头接耳开了。他们彼此说："你当真认为是那么回事吗？""当然是罗。还能是别的什么事？……"而这句话他们是用手捂住嘴轻轻地说的；轻快的马蹄得得驶去的时候，关上了遮挡星期日午后骄阳的百叶窗，还可听出绸缎的窸窣声："可怜的爱米丽。"

她把头抬得高高——甚至当我们深信她已经堕落了的时候也是如此，仿佛她比历来都更要求人们承认她作为格里尔生家族末代人物的尊严，仿佛她的尊严就需要同世俗的接触来重新肯定她那不受任何影响的性格。比如说，她那次买老鼠药、砒霜的情况。那是在人们已开始说“可怜的爱米丽”之后一年多，她的两个堂姐妹也正在那时来看望她。

“我要买点毒药，”她跟药剂师说。她当时已三十出头，依然是个削肩细腰的女人，只是比往常更加清瘦了，一双黑眼冷酷高傲，脸上的肉在两边的太阳穴和眼窝处绷得很紧，那副面部表情是你想象中的灯塔守望人所应有的。“我要买点毒药。”她说道。

“知道了，爱米丽小姐。要买哪一种？是毒老鼠之类的吗？那么我介……”

“我要你们店里最有效的毒药，种类我不管。”

药剂师一口说出好几种。“它们什么都毒得死，哪怕是大象。可是你要的是……”

“砒霜，”爱米丽小姐说，“砒霜灵不灵？”

“是……砒霜？知道了，小姐。可是你要的是……”

“我要的是砒霜。”

药剂师朝下望了她一眼。她回看他一眼，身子挺直，面孔像一面拉紧了的旗子。“噢噢，当然有，”药剂师说，“如果你要的是这种毒药。不过，法律规定你得说明做什么用途。”

爱米丽小姐只是瞪着他，头向后仰了仰，以便双眼好正视他的双眼，一直看到他把目光移开了，走进去拿砒霜包好。黑人送货员把那包药送出来给她；药剂师却没有再露面。她回家打开药包，盒子上骷髅骨标记下注明：“毒鼠用药”。

四

于是，第二天我们大家都说：“她要自杀了。”我们也都说这是再好没有的事。我们第一次看到她和荷默·伯隆在一块儿时，我们都说：“她要嫁给他了。”后来又说：“她还得说服他呢。”因为荷默自己说他喜欢和男人来往，大家知道他和年轻人在麋鹿俱乐部一道喝酒，他本人说过，他是无意于成家的人。以后每逢礼拜天下午他们乘着漂亮的轻便马车驰过：爱米丽小姐昂着头，荷默歪戴着帽子，嘴里叼着雪茄烟，戴着黄手套的手握着马缰和马鞭。我们在百叶窗背后都不禁要说一声：“可怜的爱米丽。”

后来有些妇女开始说，这是全镇的羞辱，也是青年的坏榜样。男子汉不想干涉，但妇女们终于迫使浸礼会牧师——爱米丽小姐一家人都是属于圣公会的——去拜访她。访问经过他从未透露，但他再也不愿去第二趟了。下个礼拜天他们又驾着马车出现在街上，于是第二天牧师夫人就写信告知爱米丽住在亚拉巴马的亲属。

原来她家里还有近亲，于是我们坐待事态的发展。起先没有动静，随后我们得到确讯，他们即将结婚。我们还听说爱米丽小姐去过首饰店，订购了一套银质男人盥洗用具，每件上面刻着“荷·伯”。两天之后人家又告诉我们她买了全套男人服装，包括睡衣在内，因此我们说：“他们已经结婚了。”我们着实高兴。我们高兴的是两位堂姐妹比起爱米丽小姐来，更有格里尔生家族的风度。

因此当荷默·伯隆离开本城——街道铺路工程已经竣工好一阵子了，我们一点也不感到惊异。我们倒因为缺少一番送行告别的热闹，不无失望之感。不过我们都相信他此去是为了迎接爱米丽小姐作一番准备，或者是让她有个机会打发走两个堂姐妹（这时已经形成了一个秘密小集团，我们都站在爱米丽小姐一边，帮她踢开这一对堂姐妹）。一点也不差，一星期后她们就走了。而且，正如我们一直所期待的那样，荷默·伯隆又回到镇上来了。一位邻居亲眼看见那个黑人在一天黄昏时分打开厨房门让他进去了。

这就是我们最后一次看到荷默·伯隆。至于爱米丽小姐呢，我们则有一段时间没有见到过她。黑人拿着购货篮进进出出，可是前门却总是关着。偶尔可以看到她的身影在窗口晃过，就像人们在撒石灰那天夜晚曾经见到过的那样，但却有整整六个月的时间，她没有出现在大街上。我们明白这也并非出乎意料；她父亲的性格三番五次地使她那作为女性的一生平添波折，而这种性格仿佛太恶毒，太狂暴，还不肯消失似的。

等到我们再见到爱米丽小姐时，她已经发胖了，头发也已灰白了。以后数年中，头发越变越灰，变得像胡椒盐似的铁灰色，颜色就不再变了。直到她七十四岁去世之日为止，还是保持着那旺盛的铁灰色，像是一个活跃的男子的头发。

打那时起，她的前门就一直关闭着，除了她四十左右的那段约有六七年的时间之外。在那段时期，她开授瓷器彩绘课。在楼下的一间房里，她临时布置了一个画室，沙多里斯上校的同时代人全都把女儿、孙女儿送到她那里学画，那样的按时按刻，那样的认真精神，简直同礼拜天把她们送到教堂去，还给她们二角五分钱的硬币准备放在捐献盆子里的情况一模一样。这时，她的捐税已经被豁免了。

后来，新的一代成了全镇的骨干和精神，学画的学生们也长大成人，渐次离开了，她们没有让她们自己的女孩子带着颜色盒、令人生厌的画笔和从妇女杂志上剪下来的画片到爱米丽小姐那里去学画。最后一个学生离开后，前门关上了，而且永远关上了。全镇实行免费邮递制度之后，只有爱米丽小姐一个拒绝在她门口钉上金属门牌号，附设一个邮件箱。她怎样也不理睬他们。

日复一日，月复一旧，年复一年，我们眼看着那黑人的头发变白了，背也驼了，还照旧提着购货篮进进出出。每年十二月我们都寄给她一张纳税通知单，但一星期后又由邮局退还了，无人收信。不时我们在楼底下的一个窗口——她显然是把楼上封闭起来了——见到她的身影，像神龛中的一个偶像的雕塑躯干，我们说不上她是不是在看着我们。她就这样度过了一代又一代——高贵，宁静，无法逃避，无法接近，怪僻乖张。

她就这样与世长辞了。在一栋尘埃遍地、鬼影幢幢的屋子里得了病，侍候她的只有一个老态龙钟的黑人。我们甚至连她病了也不知道；也早已不想从黑人那里去打听什么消息。他跟谁也不说话，恐怕对她也是如此，他的嗓子似乎由于长久不用变得嘶哑了。

她死在楼下一间屋子里，笨重的胡桃木床上还挂着床帷，她那长满铁灰头发的头枕着的枕头由于用了多年而又不见阳光，已经黄得发霉了。

五

黑人在前门口迎接第一批妇女，把她们请进来，她们话音低沉，发出咝咝声响，以好奇的目光迅速扫视着一切。黑人随即不见了，他穿过屋子，走出后门，从此就不见踪影了。

两位堂姐妹也随即赶到，她们第二天就举行了丧礼，全镇的人都跑来看看覆盖着鲜花的爱米丽小姐的尸体。 停尸架上方悬挂着她父亲的炭笔画像，一脸深刻沉思的表情。 妇女们叽叽喳喳地谈论着死亡，而老年男子呢——有些人还穿上了刷得很干净的南方同盟军制服——则在走廊上、草坪上纷纷谈论着爱米丽小姐的生，仿佛她是他们的同时代人，而且还相信和她跳过舞，甚至向她求过爱，他们把按数学级数向前推进的时间给搅乱了。 这是老年人常有的情形。 在他们看来，过去的岁月不是一条越来越窄的路，而是一片广袤的连冬天也对它无所影响的大草地，只是近十年来才像窄小的瓶口一样，把他们同过去隔断了。

我们已经知道，楼上那块地方有一个房间，四十年来从没有人见到过，要进去得把门撬开。 他们等到爱米丽小姐安葬之后，才设法去开门。

门猛烈地打开，震得屋里灰尘弥漫。 这间布置得像新房的屋子，仿佛到处都笼罩着墓室一般的淡淡的阴惨惨的氛围：败了色的玫瑰色窗帘，玫瑰色的灯罩，梳妆台，一排精细的水晶制品和白银做底的男人盥洗用具，但白银已毫无光泽，连刻制的姓名字母图案都已无法辨认了。 杂物中有一条硬领和领带，仿佛刚从身上取下来似的，把它们拿起来时，在台面上堆积的尘埃中留下淡淡的月牙痕。 椅子上放着一套衣服，折叠得好好的；椅子底下有两只寂寞无声的鞋和一双扔了不要的袜子。

那男人躺在床上。

我们在那里立了好久，俯视着那没有肉的脸上令人莫测的龇牙咧嘴的样子。 那尸体躺在那里，显出一度是拥抱的姿势，但那比爱情更能持久、那战胜了爱情的熬煎的永恒的长眠已经使他驯服了。他所遗留下来的肉体已在破烂的睡衣下腐烂，跟他躺着的木床粘在一起，难分难解了。在他身上和他身旁的枕上，均匀地覆盖着一层长年累月积下来的灰尘。

后来我们才注意到旁边那只枕头上有人头压过的痕迹。我们当中有一个人从那上面拿起了什么东西，大家凑近一看——这时一股淡淡的干燥发臭的气味钻进了鼻孔——原来是一绺长长的铁灰色头发。

杨岂深　译

女房东

[英] 罗尔德·达尔

比利·威弗尔乘下午的那趟慢车离开伦敦，途中在斯温登换车，到达巴恩时已是晚上九点了。月亮正从火车站入口处对面的房子背后升上繁星满布的晴空。但是天气奇冷，风吹在脸上像刀割一样。

“对不起！请问，”他说，“附近有没有便宜的旅馆？”

“你到龙钟旅馆去看看，”搬运工指指市区方向答道，“他们可能会让你住下。沿马路走四分之一英里，在街那边。”

比利谢过搬运工，提起箱子步行去龙钟旅馆。他从来没有来过巴恩，在这儿也没有熟人。但是伦敦总公司的格林斯莱德先生对他说，这是个十分漂亮的城市。“你自己找住处，”他对他吩咐说，“一住下，就到分公司经理那儿去报到。”

比利十七岁，身上穿了件新海军蓝大衣和一套新棕色西服，戴一顶新棕色软毡帽，他的心情非常之好。他精神十足地沿马路走去。近来他什么事都生气勃勃地努力去干。他断定，充满生气是所有成功的实业家具有的唯一共同特点。总公司里的大头头们一天到晚总是充满了令人难以置信的勃勃生气，真令人惊叹不已。

在他行走的这条宽阔的街道两旁没有商店，只有鳞次栉比的同一形式的高层住宅。房子前面有门廊和圆柱，有四五个台阶通到前门口。显然，这些房子一度曾是十分时髦的宅第，但是现在，即使在黑暗中也能看出，门窗木结构部分的油漆已开始剥落，堂皇的白色门面由于无人照料而布满了裂痕与污迹。

在离他不到六码的地方，有一扇窗子被路灯照得十分明亮。比利突然发现在靠上边的一块玻璃后面立着一张用印刷字体写的启事：住宿加早餐。紧靠着启事的下面放着一瓶高大美丽的褪色柳。

他停住脚步，往窗前靠了靠。窗子两侧垂着绿色的窗帘（料子是一种丝绒），在窗帘的衬托下，褪色柳显得美极了。他走到窗户跟前，隔着玻璃向房间里看去：壁炉中烧着旺旺的火，在炉前地毯上，一只漂亮的德国种小猎狗正蜷缩着身子把脸埋在肚皮底下睡觉。从这半明半暗的光线中所能见到的情况来看，这间屋子里放满了舒适的家具，有一台小型钢琴，一张大沙发，好几把垫子厚厚的扶手椅。他发现在一个角落里有一只关在笼子里的大鹦鹉。比利自言自语地说，在这种地方，有小动物往往是个好兆头；看来这地方是个挺像样的去处，肯定会比龙钟旅馆舒服。

但从另一方面看，小旅馆比私人家的寄宿处要热闹惬意些。晚上可以喝啤酒，玩掷镖，还会有许多人在一起谈天，而且很可能会便宜得多。他曾在一家小旅馆住过两夜，挺喜欢的。他还从来没有在私人家寄宿过，而且，说实话，他有点害怕这种地方。那名字本身就使人联想起煮得稀烂的卷心菜，大块头女房东和客厅里强烈的熏鲱鱼味儿。

比利就这样犹豫不决地在冷空气里站了两三分钟之后，决定继续往前走，先到龙钟旅馆去看看，然后再决定住在哪儿。他转过身子准备走开。

这时，一件古怪的事发生了。他正要退后一步转身从窗前离去的时候，突然他的视线被放在那儿的那则小小的启事以最奇怪的方式牢牢吸引住了。住宿加早餐，上面写道，住宿加早餐，住宿加早餐。每一个字都像一个巨大的黑眼睛透过玻璃瞪着他、抓住了他、强制着他、逼迫着他停留在原地，不离开这所房子而去。突然他发现自己竟已离开窗子向前门走去，爬上了通向前门的台阶，伸手去按门铃了。

他按了门铃，听见在远远的后面的一间房间里响起了门铃声，门马上开了——门一定是马上就开了，因为他甚至还没有来得及把手指从门铃按钮上拿开—— 一个女人站在门旁。

在一般情况下，你按了门铃以后至少要等上半分钟门才会打开，但是这位夫人就像是个玩偶匣里的玩偶，他一按按钮——她腾地就跳了出来！把他吓了一大跳。

她约四十五到五十岁的年纪，一看见他就向他热情地一笑，表示欢迎。

“请进来，”她愉快地说道。她往旁边一站，大敞着门，比利发现自己机械地抬起脚要走到房子里去。迫使他随她走进屋子里的力量，或者更确切地说，要这样做的愿望是异乎寻常的强烈。

“我看见了窗子上的启事。”他克制住自己，停住脚步说道。

“是的，我知道。”

“我正想找个房间住下。”

“一切都给你准备好了，亲爱的。”她说道。她有一个红润的圆脸和一双极其温柔的蓝眼睛。

“我正准备去龙钟旅馆，”比利对她说，“但你窗户里的启事吸引了我。”

“亲爱的孩子，”她说，“你干吗不从冷空气里走到屋子里来？”

“你收多少房钱？”

“住一夜五先令六便士，包括早餐。”

简直太便宜了，还不到他想象的一半。

“你要是嫌太贵，”她补充道，“那么我可以稍微少要一点，你早上要鸡蛋吗？眼下鸡蛋很贵，你要是不吃鸡蛋，就可以少收六便士。”

“就五先令六便士好了，”他答道，“我很想在这里住下。”

“我知道你会住下的，请进吧。”

她看上去非常和蔼，就像一个最要好的同学的妈妈欢迎你到她家去过圣诞节。比利脱下帽子，迈进了门槛。

"就挂在这儿吧，"她说，"把大衣给我吧。"

在过厅里没有别的帽子或大衣挂在那儿，没有雨伞，没有手杖——什么也没有。

"就咱们两个人，"她说着。她领他上楼时，回过头来向他微微一笑。"你知道，我不是常常有幸把客人带到我这个小小的窝里来的。"

老太太有点儿疯疯癫癫的，比利心想。不过五先令六便士一夜这个价，谁还在乎那个？"我认为投宿的人会多得使你简直应接不暇的。"他客气地说。

"啊，是的，亲爱的，是的，当然是的。但问题是我有那么点儿挑剔、苛求——不知你明不明白我的意思。"

"啊，明白。"

"但是我总是事先准备好，这所屋子里的一切都是日夜放在这里，以备万一会出现一个合意的年轻先生。每当我有时打开门，看见门外站着一个正合我意的人时，我是多么愉快啊。亲爱的，这是多么巨大的愉快啊！"上到楼梯的半中间时，她一只手扶着栏杆停了下来，转过头，苍白的嘴唇向跟在后面的他微微一笑。"就像你这样的人，"她补充道，一双蓝色的眼睛慢慢地从头扫过他的全身，一直看到脚，然后又从脚看到头。

在二楼的楼梯口上，她对他说："这层楼我住。"

他们又上了一层楼。"这一层楼全归你住，"她说，"你的房间在这里，我真希望你喜欢它。"她把他领进了一间小小的然而很可爱的临街的房间，进门时顺手打开了电灯。

"早晨，太阳光从窗子直射进来，珀金斯先生。你是叫珀金斯先生，对吧？”

“不，”他说，“叫威弗尔。”

“威弗尔先生，真好听。我在你被子里放了一个热水袋给你烘一烘，威弗尔先生。你不认为在铺着干干净净的被褥的一张陌生的床上睡觉，有个热水袋是个极大的安慰吗？你如果觉得冷，随时可以点上煤气。”

“谢谢你，”比利说，“非常非常感谢你。”他注意到床罩已经揭开，被子的一侧被整齐地掀起，就等着有人钻进去睡觉了。

“你来了我真高兴。”她热切地看着他的脸，说道，“我都开始担心了。”

“没事，”比利欢快地说道，“你别为我担心。”他把箱子放在椅子上，打开它。

“吃晚饭吗，亲爱的？到这儿来之前你搞到东西吃了吗？”

“我一点也不饿，谢谢你。”他说，“我想尽快上床睡觉，因为明天我得早起到公司去报到。”

“那好吧，我走了。你最好把箱子里的东西拿出来。不过你上床以前，能不能费心到楼下客厅去填一下住宿登记表？法律规定人人都得填，咱们在这个时期可不想干犯法的事，对吧？”

她向他微微一挥手，迅速走出去，关上了门。

看来女房东有点精神失常，不过这丝毫也没有使比利不安。反正她不仅毫无危害——这一点是没有问题的——而且很明显心肠很好。他猜想她很可能在战争中失去了一个儿子，或者是有过类似的遭遇，一直没能从这个打击中解脱出来。

就这样，几分钟后，当他把东西从箱子里拿出来，洗过手之后，便匆匆下楼走进了客厅。 女房东没在客厅里，但壁炉中炉火熊熊，那只德国种小猎狗仍在炉前睡着。 房间里暖洋洋的，使人感到十分舒服。 我可真走运，他搓着双手，心想，这儿可真不错。

他见住宿登记簿打开放在钢琴上，因此就拿出钢笔写下了自己的姓名和地址。 在这一页上，他的名字前面只有两个人登记过，就像人们看见旅客登记簿时常做的那样，他读起前面的登记来。其中一个叫克利斯托弗·穆尔荷兰，从加的夫来的；另一个是从布里斯托尔来的格里高利·坦普尔。

真奇怪，他突然想到，克利斯托弗·穆尔荷兰，这名字有点熟。

他究竟是在什么地方听到过这个颇为不常见的名字的呢？

是小学的一个同学吗？ 不是。 是他姐姐众多的男朋友中的一个吗？ 也许是的。 也可能是他父亲的一个朋友？ 不是，不是，都不是。 他又一次看了看登记簿。

克里斯托弗·穆尔荷兰

加的夫市大教堂路二三一号

格里高利·坦普尔

布里斯托尔市梧桐大道二十七号

事实上，细想起来，第二个名字好像也和头一个名字一样很耳熟。

“格里高利·坦普尔？”他念出声来，拼命地回想，“克利斯托弗·穆尔荷兰？ ……”

“多么可爱的孩子们，”在他背后一个声音答道。 他回头看见女房东手里端着放茶点的托盘飘然走进房内，她把托盘高高地端在手中，好像托盘是勒在一匹欢跃着的马身上的缰绳。

“不知怎么这两个名字很耳熟，”他说。

“是吗？ 太有意思了。”

“我几乎可以肯定以前在什么地方听到过这两个名字。 你说怪不怪？ 也许是在报上见到过，他们不是什么有名的人物吧，是吗？ 我是说有名的板球手啦，或足球队员之类的。”

“有名人物，”她把托盘放在沙发前的一张矮茶几上，说道，“啊，不，我想他们不是什么有名人物。 可是他们长得非常漂亮，两个人都很漂亮，这点我可以肯定。 他们个子高高的，年轻、漂亮，亲爱的，和你完全一样。”

比利再一次低头看着登记簿。 “嘿，我说，”他注意到了上面的日期，说道，“最后一个登记的已经是两年前的事了。”

“是吗？”

“是的，确实这样。 而克利斯托弗·穆尔荷兰是在这之前几乎一年之久——是三年多以前的事了。”

“哎呀！”她说道，一面摇着头，一面轻叹了一声。 “你要不说，我是不会意识到这一点的。 时间真是一晃就从我们身边过去了，真快，不是吗，威尔金斯先生？”

“我的名字是威弗尔，”比利说，“w—e—a—v—e—r。”

“啊，当然是这样！”她往沙发上一坐，大声说道。 “我真笨，我向你道歉。 左耳朵进，右耳朵出，我就是这个样子，威弗尔先生。”

“你知道吗，”比利说，“知道这里面有什么十分离奇的地方吗？”

"亲爱的，我不知道。"

"嗯，你看——这两个名字，穆尔荷兰和坦普尔，我不但好像记得，而且不知道为什么，这两个名字还似乎有那么点儿奇怪的联系。就好像两个人因为同样的什么事出的名似的，不知你明不明白我的意思——就像……嗯……就像，比方说，像邓普西和突尼①，或者像丘吉尔和罗斯福。"

"真有趣，"她说，"现在你到这边来吧，亲爱的，挨着我坐在沙发上，你喝杯好茶，吃块姜汁饼干，再去睡觉。"

"你真的不该这么费心，"比利说，"我并没有想让你这么费心。"他站在钢琴旁，看着她张罗着茶杯茶碟。他注意到她有一双白皙、小巧、动作灵活的手，涂着红指甲。

"几乎可以肯定我是在报上看到他们的名字的，"比利说，"我马上就会想起来的，一定会的。"

再也没有什么比这样似乎记得可又记不起来更让人着急的了。他不愿意丢开不想。

"咳，等一等，"他说，"稍等一等，穆尔荷兰……克利斯托弗·穆尔荷兰……这不就是伊顿公学那个学生的名字吗？他在西部徒步旅行，可突然……"

"要加牛奶吗？"她问道，"要糖吗？"

"要。可突然……"

"伊顿公学的学生？"她问道，"啊，不是的，亲爱的，不可能是这样，因为我的那位穆尔荷兰先生到我这儿来的时候肯定不是

① 邓普西（William H. Dempsey）和突尼（James J. Tunnney）均为二十世纪二十年代美国著名拳王。

伊顿公学的学生，他是剑桥大学的学生。 过来坐在我旁边，在这可爱的火前暖和暖和。 快来呀，你的茶点全都准备好了。”她拍拍身边沙发上的空位子，向比利微微笑着，等着他到她身边来。

他慢步走过房间，在沙发边上坐了下来。 她把他的茶放在他面前的桌子上。

“好啦，”她说道，“多好，又舒服又暖和，是吧？”

比利小口喝着茶，她也一样。 约有半分钟左右两人谁也没有说话。 但是比利知道她在打量着自己，她的身子半朝着他，他可以感觉到她的目光落在他的脸上，越过茶杯沿看着他。 他不时地闻到一丝好像直接从她身上散发出的奇怪的气味，这气味一点也不令人讨厌，而且使他想到——咳，他也说不清这气味让他想起了什么。 是腌核桃仁？ 新鞣出的皮子？ 还是医院走廊里的气味？

“穆尔荷兰先生是个喝茶大王，”良久她又说道，“我这辈子还从来没有看见过哪个人像亲爱的、可爱的穆尔荷兰先生那样喝那么多的茶。”

“我想他不久前才离开这儿的吧，”比利说，脑子里还在琢磨着那两个名字。 现在他敢肯定自己是在报纸上看到这两个名字的——是在报纸的大标题上看到的。

“离开了？”她弯起眉毛说道，“可是亲爱的孩子，他根本没有离开，他还在这儿，坦普尔先生也在这儿，他们在三楼，两个人在一起。”

比利慢慢地把茶杯放在桌子上，目不转睛地看着他的女房东。她报以微笑，然后伸出一只白皙的手安慰地拍拍他的膝头，问道:

"你多大了，亲爱的？"

"十七岁了。"

"十七岁！"她高声说道，"啊，最理想的年龄了！穆尔荷兰先生也是十七岁。不过我想他比你要稍稍矮一些，事实上，我敢肯定他比你矮一些，他的牙齿也没有你的那么白。你有最漂亮的牙齿，威弗尔先生，你知道吗？"

"我的牙其实并不像看上去的那样好，"比利说，"后面的牙全是补过的。"

"当然，坦普尔先生年纪要大一些，"她没有理睬他说的话，继续说道，"他其实已经二十八岁了，可是要不是他告诉了我，我是怎么也猜不到的，一辈子也不会猜到的。他浑身上下一个小瘢点也没有。"

"一个什么？"比利问道。

"他的皮肤简直像婴儿的皮肤一样。"

谈话停了下来。比利拿起茶杯，又呷了一小口茶，然后把杯子轻轻地放回小茶碟里。他等着她说点别的，但她似乎又陷入了常有的沉默之中。他坐在那儿，咬着下嘴唇，两眼向前直勾勾地望着屋子远处的角落。

"那只鹦鹉，"终于他开口道，"你知道吗，当我在街上从窗户看见它的时候完全让它给迷惑了。我简直可以发誓说那是只活鹦鹉。"

"啊，已经不再是活的了。"

"这标本简直做得精巧极了，"他说，"一点也看不出是死的，谁做的？"

"我。"

"你做的？"

"当然是我做的，"她说道，"你见到我的小巴兹尔了吧？"她把头朝那舒舒服服地蜷缩在壁炉前的德国种小猎狗一点。比利看看那狗，突然间他发现这畜生也一直像那只鹦鹉一样一动不动、一声不响。他伸出一只手轻轻地摸了摸狗的背。狗背又硬又冷，而当他用手指把狗的毛推向一侧时，看见了毛下的皮肤，灰黑色，干干的，防腐保存得很好。

"我的老天，"他说道，"真是太令人惊异了。"他从狗身旁转过身来，怀着深深的敬佩之情看着坐在沙发上他身旁的这个小个子女人。"做这样一个标本一定是很难很难的吧。"

"一点也不难，"她说着，"当我的小宝贝们死了以后，全都是我亲手把它们剥制做成标本的。你还要茶吗？"

"不要了，谢谢你，"比利说。茶有一点苦杏仁味①，他不怎么爱喝。

"你填好登记簿了吧？"

"啊，填好了。"

"很好，要是以后我碰巧忘了你叫什么名字，就可以随时下来查一查。到现在我差不多还每天要查一查穆尔荷兰先生和……先生……"

"坦普尔，"比利提醒道，"格里高利·坦普尔。请原谅我这样问，在过去两三年里，除了他们俩之外难道没有来过别的任何

① 有毒物质氰化物的味道。

客人吗？”

她一只手高高地端着茶杯，头微微向左边侧着，斜眼望着他，再次对他温和地微微一笑。

“没有，亲爱的，”她说道，“只有你。”

秦湘　译

局中有局

浪漫的代价

［英］罗伯特·路易斯·史蒂文斯

这场噩梦发生在五月的一个星期一。那天下午，我走下从波士顿飞来的短途飞机，叫上一辆出租汽车，直奔玛莎的家——那套位于三楼，能俯视戈雷默西公园的公寓。天空晴朗，我的情绪极好。我可以和玛莎一起度过两个夜晚。但愿这次在生意上也碰到好运气。其实，这趟纽约之行并没有大买卖要做，不过是业务上的例行公事。

玛莎·佳迪丝是我的情人。遗憾的是，按现在自由开化的时尚，“情人”这个字眼已经快没人用了。可她确实是我的情人。我们的感情一天天在发展，已经快要发展到我替她付那整套公寓房租的地步。我每月都到纽约来，沿着四十七大街检查珠宝零售商的生意，或者在麦迪森大街北部的一些小店铺中核对古珍珠，这时，她就总是在家里等着我。

当然，我妻子琼不知道玛莎·佳迪丝。她以为我到纽约总是住在一个当兵时的老朋友家里。她或许有疑心，但从没表示过。这样可能更好。有了玛莎，并不意味着我对琼的爱减少了。琼是我妻子，是我两个孩子的母亲。这是我的家庭生活。

玛莎和戈雷默西公园的公寓，是我的另一种生活。

像往常一样，因为我在机场上已经跟她通了电话，她就站在门口等我。我叫她美妞儿，不过，这仅仅指她的外表。事实上她是个艺术家，是个诗人。她把这两种收入低微的职业合在一起，构成了她的生活。她从不张口向我要钱，也很少谈到钱。但我每次还是多少给她留上一点儿，好偿付我在她那儿的花销。我从不去想除了和我在一起，她还干些什么。如果还有一些短途飞机要在纽约降落——比如从华盛顿或芝加哥或底特律来的，我也无所谓，更不想知道。

“杰弗，亲爱的，”她那熟悉而甜美的声音传了过来，一只手轻柔地触摸着我的面颊。“隔了这么久才见到你！”

“只有四个星期呀。”

“像是一辈子。”

我在前厅挂好上衣，把公文包丢在旁边的椅子里。然后，我久久地吻她。“真像隔了一辈子。”我说，“过得好吗？”

“还好。有点寂寞。”

“我给你写过信。”

“四个星期才一封！”

按照以往的习惯，头一顿饭就在她家里吃。玛莎是烹调高手。这天晚上，我们坐在窗边用餐，她一边为我讲述这个地区的历史。

“一八三〇年时，这儿是个农场，农场的主人叫塞缪尔·鲁格拉斯。”她放下咖啡，开始吃甜点心，“后来他从农场中划出了一部分，修建了这个公园。房子大多建于一八四〇年左右；从南面数第四栋，是一八四四年纽约市长詹姆斯·哈泼的家；四十年以后，差点儿当上总统的塞缪尔·蒂尔登住在第十五栋里；大画家埃德温·布思住在第十六栋。”

“你真可以写一本书了。”我无心学习这类知识，而她似乎要滔滔不绝地讲下去，便半取笑地说了一句。

她正要回答，门铃响了起来。“会是谁呢？”

“你的一个情人。”我试探着说。

“别开玩笑了！”她通过对讲器问外面是谁，没人回答。铃还在响。“也许他们找别的房客。”她说完，恼怒地把门打开。

我听到她尖叫，声不大，接着听到她绊倒在走廊的地毯上。我从椅子里站起来，穿过房间，朝她走去。这时我看到走廊上有个男人。

他头上套着长筒袜似的面罩，拿着一支小左轮手枪。他后面还有个男人，也戴着面罩，手里的家伙很怪，平端着，像是一把短筒猎枪。

“到底怎么回事？你们是谁？”我弯腰去扶玛莎。

“离开她！”拿左轮枪的人喝道。他的声调严厉，带有强制性。“你是杰弗·迈克尔斯，对吗？”

听到我的名字从这个人嘴里说出来，我一阵冷战。这不是无预谋的抢劫。他们跟踪我并且找到了我。在这猝不及防的一瞬间，各种念头一齐涌进我的脑子里。难道琼知道了我和玛莎的事，找人来杀我？不会，那也太离奇了！

“我是迈克尔斯。”说话时我感到很吃力，“你们要干什么？”

“把你带走。告诉这位女士，如果她希望看到你活着回来，最好是别给警察局打电话。”

玛莎坐在地毯上，惊恐万状，像要缩成一团。“杰弗，他们要干吗？”

“我猜不出。”

那人用手枪点着我。“你被绑架了，先生。别反抗，按吩咐的去做，不会受到伤害。否则，你将白白送命。”

“绑架！我没有任何——”

“住口！”第二个人用猎枪瞄准我。第一个人掏出一个皮下注射用的针管儿，上面是闪亮的针头。“这不会伤害你，也不会使你昏倒。只会使你稍有一点儿迷糊，好老老实实跟我们走。当然，也可以把你砸昏过去。请挑一种吧。”

“这叫什么选择？”我嘟囔着。针头穿过我的衬衣，捅进我的胳膊。我没挣扎。

“好了，跟这位女士说别去报告警察。你大概不希望这件事出现在报纸上，因为你是在女朋友家里遭到绑架的，对吧？”

“我——不。”注射的药物已经开始起作用了，我转向玛莎。“我会很快回来的。别报告警察。”

“杰弗！”

“只要你规规矩矩，我们不会伤害他的，女士。否则他可就没命了。”

他们把我推出门，往电梯入口走。我还寄希望能有人看见我们然后拉响警报。

他们把我挡在一边，直到看见电梯里面没人，才用枪推我进去。到了底层，他们带我从后门溜出去，上了一辆早等在那儿的小汽车。我坐在后排座位上，持左轮枪的人坐在我旁边，“从现在起必须蒙住你的眼睛。如果你扯开蒙布偷看，无论你看我们、看车子，或是看去哪儿，你都会丧命，懂吗？”

“懂。”

“这就好。”

他给我戴上眼罩，我什么也看不见了。接着他命令我躺到两排座位之间的空地上，又用一条毯子盖住我。我估计我们行驶了大约半个钟头。但是药劲儿发作，弄得我迷迷糊糊，实际上也许是一个钟头。集中精力判定方位根本就不可能，甚至连我们是否驶过了二号铁桥，开出了曼哈顿区没有，也判断不出。

终于，车停了。左轮枪又戳着我。“到了。记住，别耍滑头去碰眼罩。”

他们领我进了一幢楼房，往楼上走。我仔细听脚步声，但什么也辨别不出。我们最后大概是进了一套普通的寓所，我也只能这么猜想了。地板光光的，没有地毯，关我的这间屋里似乎也没有床。“你用睡袋。”对我说话的是个陌生的男人的声音，“如果你妻子付了东西，你在这儿就不用待很长时间。”

药力渐渐消失。我真想劝劝他们。“喂，我这枚钻石戒指值两千美元，给你们，还有我的表和钱包。让我走吧。”

“我们要的赌注比这大得多，迈克尔斯。待会儿我们就往波士顿打电话，把我们的条件告诉你妻子。”

“你们要什么？我不是个富人。”

“对我们来说够富的了。我们了解你全部的珠宝生意。”

我知道一切都经过了周密的策划。“你们要多少？”我终于问他们。

“价值二十五万美元的没有雕琢过的红宝石。”

“红宝石！”

“明天先由你妻子给经理人打电话转告你的指令。如果经理人不交出宝石，你自己再跟他通话。你妻子将按照我们说的把宝石包好，明天下午直飞纽约。包裹留在机场的女厕所里，然后你妻子搭乘下一班短途飞机返回波士顿。等宝石安全地落到我们手里，警察也没来找麻烦，你就平安无事了。”

过了一会儿，他们开始拨电话。一次就通了。话筒塞到我的手里，里面传出琼疑惑的嗓音。“杰弗？怎么啦？”

我尽力让声音保持平静，“别激动。我被绑架了。”

“什么！”

“镇静一点，琼。如果你完全按照他们说的去做，我就没有危险。记好，千万别通知警察。”

“我的天哪，杰弗！他们要什么？”

“他们要价值二十五万美元的没雕琢过的红宝石。你务必到公司保险库去取这些宝石，明天你带着它们飞往纽约。这个人来告诉你具体做法。”

有人从我手里接过话筒，然后是清晰的讲话声，“我们不再跟您联系，迈克尔斯夫人，所以，请注意听仔细点。”他讲述了整个安排，包括她第二天坐什么飞机和放置包裹的地点。“有一个装卫生纸的废纸篓。你用几张卫生纸包成包裹，丢在篓里，然后迅速离开，搭乘下一班短途飞机返回波士顿。”

“我——我想我不可能那么快就得到宝石。”我听到话筒里琼的声音。

“您丈夫会通知经理人，安排好一切的。您只需包裹一下就行了。”

“我能跟我丈夫谈谈吗？”

“毫无必要。只要照您听到的去做，明晚他就会获得自由。否则，他就完了。”

电话断了。但我觉得他仍然站在电话前，没有走。“我们现在就给你的经理人打电话，把事情办妥。我们可不希望发生意外。”

于是我同乔治·富兰克林通上了话。我告诉他我已被绑架，并强调说绝不能惊动警察。他是那种一天到晚都担惊受怕的人，这一下完全把他吓坏了。

“二十五万块钱的宝石！”他抗议道，“我们到哪儿去弄那么多的宝石呀？”

“无论如何要搞到！从特别账号中提钱，去买宝石。市面上货很多，没问题。”

“好吧。”听上去他很不情愿。

“这可不是开玩笑，乔治！”

“好吧。”他重复道。

打完电话，他们给我上了手铐，又给我捅上一针，把我放进睡袋里过夜。我睡得很香，无疑是得益于麻醉药。早晨醒来，他们给了我一份少得可怜的早餐——半玻璃杯橘子汁和一小片烤面包。

我对于周围的一切一无所知。我所能听到的只有偶然传来的街上的嘈杂声。我坐在地上吃着简单的早饭，感到就像是在另一个星球上。我知道屋里有个人在监视我，由于他不讲话，我猜准是那个拿短筒猎枪不言不语的家伙。

我暗中摸了摸墙壁，很想留下一点痕迹以后好辨认出来。但墙壁油漆得十分光滑，污点一定很容易被发现，被擦去。我手里只有一只装橘子汁的玻璃杯。

玻璃杯口径很细，杯壁上刻着花纹。我无法判断花纹刻得是否精致，但我估计他们多半不会把这杯子扔掉。这是我留下记号的唯一机会了。我等着，直到我听见那人走出屋门。时间短暂，我一口喝干饮料，翻过杯子，用我的钻石戒指在杯底划上两个字母“MJ”。当然，我看不见是不是成功了，只能摸出一点粗糙的痕迹。可能刻得不够清楚；也可能刻得太显眼，他们立刻就会发现，把它扔掉。但这是我唯一的机会了。

早饭后他们又给我打了一针，整个白天我都迷迷糊糊，时醒时睡。因为眼睛被蒙着，不可能知道什么时候白天结束黑夜到来。一次我醒来后，大声问几点啦。拿左轮枪的人走进屋子，告诉我天快黑了。还说他的伙伴已经去取宝石，他在等消息。

“你最好祈祷那儿没有警察。”他说。

“可是你们杀了我有什么用呢？”

“当然有用。杀你警戒后人。不杀你，将来所有的人都会找警察来和我们作对。”

“那也不是我的错呀。”

他不回答，走出屋去。

隔了一会儿，我抬起戴着手铐的腕子，碰到了盖住我双眼的眼罩。我一直想冒险偷看一下四周。我发现宽大的带子十分牢固，便重新垂头丧气地靠在墙上。

后来，我听到寓所的门开了，接着是低低的交谈声。我感到呼吸都很吃力。我知道每时每刻都有可能射来一发子弹，或者是被注射一针毒药，从此再也醒不了。一瞬间我想起了玛莎倒在地上瘫作一团的样子。还有琼。她带宝石飞往纽约了吗？她真的会关心我的死活吗？让她携带宝石可靠吗？她正好可以甩掉我，做一个有钱的寡妇，用二十五万美元去开始一种新生活。

如果她想那么做，该有多么容易呀。

我听到有人走进屋子。

这是带左轮手枪，爱说话的那一个。“你妻子带来了宝石，”他说。“一切都符合事先的规定。今天你走运了。”

“你是说我可以走了？”

“等天黑了我们就带你出去，然后找个合适的地方丢下你。别担心，我们不会伤害你。”

这话让人挺放心。可当你两眼漆黑手也被铐着时，什么话都显得差点劲儿。那话不也同样可以理解为把我带出去丢进河里吗？

时间过得真慢。他们让我吃饭—— 一个放在纸盘里的三明治，还有一杯速溶咖啡——饭后准备出发。我被领着下楼。这次我使劲数着楼梯的级数。似乎是四楼，但我断定我们下到了地下室。那就是说他们关我的地方是三楼。

“到后排座去，”那人命令道，“别耍滑头。我们不想在就要放你走时向你开枪。”

他们带着我行驶了大半个钟头，至少我自己感觉有这么久。汽车终于在路边停下，我被推出车外。我扯开带子，摘下眼罩，汽车早已经看不见了。

这是住宅区的某个地方，靠近河边公路，可我弄不清精确的位置。 我戴着手铐，勉强往前走。 在角落里我找到了一个电话亭。兜里还有硬币，我给玛莎拨了个电话。

“天哪，杰弗，你在哪儿？ 昨晚以来我都快疯了！”

“他们把我放了。 我没伤。 对，我妻子送去了赎金——以后我告诉你全部经过。 喂，立刻给警察局打个电话，告诉他们我在”——我盯着路标——“九十八大街西区 116 号电话亭里。”

我靠在电话亭边等着，毫不理会过路的人。 直到警车来到。

我对警察局说我走访顾客时遭到绑架。 大概是理由不够充足，警方没有为我保守秘密，玛莎受到了采访，报纸还登出了照片。 回到波士顿时，琼向我问起玛莎。 也许她有所怀疑，可她没有追究。 我躲了起来。 我太累了。 报纸对这件事兴趣十足，一星期之后，有关报道才渐渐少了。 我让乔治去保险公司查询，看看我们有哪些项目保了险。 我认为这是一桩盗窃案，保险公司应该赔偿我们。

几个星期之后，我又提出要去纽约办些事，琼便暗示她了解我和玛莎的关系。 “又去纽约？ 你这次最好离那位顾客远一点。”

这怎么可能呢？

我又回到戈雷默西公园，又回到玛莎的怀抱里。 我命中注定是属于这个地方的。 唯一不同的是我这次带了手枪，以防备可能出现的任何意外。

“真高兴你回来，”玛莎说着，轻轻地吻我。 “我觉得那是我一生中最糟糕的两天，杰弗，不知道你在哪儿，又不敢向警察局报告……”

“那两天对我也同样枯燥乏味。”我说，并且第一次考虑起离开琼娶玛莎为妻的可能。我不知道男人们是否娶他们的情人为妻。

“想什么呢，杰弗？”

“想我们。”

“你觉得他们会抓住绑架你的那两个家伙吗？”

“大概不会。除非他们把事情重干一遍。”

她拍着我的肩膀。“别去想它了。来，上床吧。”

“你真惹人喜欢。”

做爱时总是口渴，我先去厨房找杯水喝。我喝完水，正要把玻璃杯放进洗碗槽里，却无意中看到杯底上有两道粗糙的划痕——“MJ”。

我惊呆了。杯壁上刻着美丽的鸢尾花。

宋毅　田杰　译

冰处女

[美] 阿尔弗雷德·希区柯克

“安娜！什么风把你吹来的？”他拉我进屋子，拖了把皮椅放到他桌边。“明晚你一定要来赴宴，我妻子昨天打电话给你时，你声音好怪。”

“除非我突然逮捕，否则我一定到。”我说，“里恩，我这次来可不是社交性的拜访。”

皮椅柔软而舒适，但我无法轻松。我不到三十五岁，双腿修长白皙，黑皮椅衬托出我美丽的头发和金黄色的羊皮外衣。然而我和男人在一起很少觉得自然。甚至和里恩，我的老朋友，在一起我仍感到周身发硬。

里恩在桌子后面坐下来，微笑说，“别告诉我你闯了红灯。我在每期警员训练班上课时，标准的训词有一段就是：‘不论阶级，秉公处理，没有特权，但安娜·凯恩除外。’”

“那是将来的事，”我微笑说，“如果我记得不错，历史上唯一拦住先父的车罚款的警员就是你。”

他咯咯一笑，“当时法官总说我那样做是为了出名。”

“难道不是吗？”我取笑他，因为那个插曲使里恩获得了诚实尽责的执法者的美名。我父亲一生从未利用他的地位和威望为自己搞特权。直到晚年他对一些禁止停车区变得有点傲慢，而初出茅庐的里恩给他开出了罚单。这一切都随时光远去，现在的里恩是本城的地方检察官，正在办理奥丁的命案。

奥丁是唯一在家乡白手起家的百万富翁，是真正从一穷二白而成富翁的。现在他死了，是被他家的铜拨火棍打死的。

星期三晚上是本城传统的厨子休假日，奥丁太太切兰也放了假，因为她母亲准备为女儿女婿开个晚会庆贺他们的结婚十五周年。切兰七点就被接到她母亲那儿去看看还有什么要准备的，因为她母亲半身不遂。奥丁则一人在家穿衣打扮，同时处理一些文件。

晚会安排在九点开始。八点半时奥丁家没人接电话，他太太不见奥丁到场，就派司机回去看看。司机发现门开着，奥丁趴在桌上，头部伤得很重。

第二天一名疑犯被捕，但我还是花了两天时间才鼓足勇气来面对里恩。刚进他办公室时我就想转身离开，但我天性中的正直驱使着我，使我问他："里恩，你能肯定你们抓到的那人就是杀死奥丁的凶手？"

友谊，迷惑，还有官员的谨慎开始在他脸上交替出现。

"里恩，请回答我，我不仅仅是好奇地问问，或者奥丁是我们的朋友。那个史杰夫已经被提审，但我从报上和听别人说，没有真正的证据证明是他干的。"

里恩吐出一口气，官员特有的谨慎开始消失。"好的，安娜，你在报上已经看到够多了，不过我对史杰夫的处境并不乐观，他似乎是唯一有动机的人。他恨奥丁，又没有不在场的证据。还有，那天下午他还恐吓奥丁，说他要杀奥丁。事情并不是简简单单的解雇，"里恩解释说，"史杰夫说奥丁悔约，他可能也有自己的道理。我们都知道奥丁成功地利用那个破农场才发达成本州电子工业巨子，其中还做了一些违背道德的事。几个月前在一次商业会议上他认识了史杰夫，认识到史杰夫的潜力，就用给股份把他诱来了，不幸的是奥丁的允诺都没有写在契约上，空口无凭。他可能不想以暴力收尾，但他承认当晚酒喝多了。或许他只想说服奥丁让他兑现诺言，或许他听到晚会的事，想趁奥丁和切兰都不在去洗劫一番。"

"你有没有考虑过，凶手可能是真正的窃贼，他在报上的社交栏里看到新闻，以为奥丁家空无一人。而奥丁的出现使他感到意外，在惊慌中下了手。”

“不可能，门上没有强行进入的痕迹，保险箱里还有八百多元现金。此外我们发现一杯喝了一半的饮料，还有一杯新倒的，没有碰过，可见是倒给访客的。那一定是他认识的人，而且他不怕那人。”

里恩忽然想起，我一度曾和奥丁订过婚。因此他又说：“对不起，安娜，我无意说死者的坏话，毕竟那时解除婚约的是你，你一定是看清了他的另一面。”

“他一向自高自大，只顾自己，不考虑别人。他认为我们当面照顾他，在背后嘲笑他，打中学起，他就想在我们面前显一显。”

“他办到了，不是吗？”里恩说。

“你难道不认为奥丁是个势利小人？”我冷冷地说，“不过我今天来不是来挖灰烬的，我关心的是这位叫史杰夫的人。”

对这话里恩皱了皱眉头。但他接着说：“没人记得六点半以后看见过他，而奥丁遇害的时间是七点半到八点半。史杰夫说他回家睡觉了，可一样没人证明。”

我深吸一口气。“有的，他和我在一起。”我可以感到血液从我脸上流逝。有一会儿我以为自己会昏过去。

里恩显然不大相信：“和你？”

我点点头，“我相信他们会记得我在酒吧里，那天我的厨娘放假，我懒得做饭，就到外面吃。餐厅里人很多，但我注意到史杰夫，当他在七点左右离开时，我跟着他出去，在外面接他上车，以后到午夜，他一直和我在一起。”

里恩凝视着我，想把这些话和我的形象联系在一起。他和全城的人都认为我是神圣贞洁的，除了奥丁和高登我曾和他们订过婚外，从没男人碰过我。我知道里恩正在回忆很久以前在一次乡村俱乐部的舞会上，他想在后院里吻我而挨的一耳光，如今我竟亲口说曾干过“这样”的事。

“秋天总是很凄凉，”我小心地用着字眼，“夏末秋初，如果不是高登因车祸死亡的话，我已经和他结婚了。我一直小心谨慎。别那样看我，里恩！我不是冰块，不论大家怎么想，我总是血肉之躯，你能够了解吗？”

“当然。”他不安地说，但我知道他并没有了解。

“史杰夫似乎很可靠，从道听途说中，我听到关于他和奥丁的争吵，我以为他已经离开这城市了。像你说的，他看来高尚、忠诚。”

“比我认为的更好，”里恩同意我的看法，“当然，他必须明白，如果你否认事实的话，没人会相信他。但他可能以为聋房东是个好借口，免得——”

“免得拖冷若冰霜、难以接近的凯恩小姐下水？”我难过地说。

“安娜，不要自责，”里恩言不由衷地说，“史杰夫在这里只住几个月，他不会了解，凯恩家族在这里代表诚实公正，不论任何代价。”当他想到代价时，他皱起眉头，露出不悦的神色，我差不多可以看见他不顾一切要保护我的名誉的样子。

“当然，我们要签一份口供。不过你可以简单点，只说你和史杰夫七点离开餐厅，两人在一起，直到……嗯，让我们就说，你们从七点到七点半一直在一起，那段时间和凶杀案最有关。我再和皮姆谈谈，让他在言论上缓和一些。这一来地方上或许会有微词，但不用担心，安娜，在凯恩城，你是受尊敬和爱戴的。有关系的人们会记得高登，他们会原谅你。”

一位速记员记下我的供词，我签了字之后，我问里恩可否见见史杰夫。他不太乐意，但还是派人到看守所把人带来了。

史杰夫小心地进入里恩的办公室，他貌不惊人，但有一张开朗纯朴的脸和充满智慧的蓝眼睛。

“他们说已经有一位证人出面为我作证。”说完，转头看到我，他两眼眯起来说：“凯恩小姐！”

“没关系，”我向他保证，“我已经告诉检察官，星期三我接你上车以及我们在一起的事。你自己不亲自说，是你错误的侠义举动。”

史杰夫看我很久，然后转身向里恩，“你是不是相信我啦！”

“坦白说，不相信，”里恩说，“但至少我已向凯恩小姐提过。她已向我说出事实，现在你不用再待在看守所了。”

尽管里恩反对，我还是提议开车送史杰夫去机场。差不多快到机场时，他终于开口说：“你是个了不起的女人，凯恩小姐。我忍不住在想，在你美丽、冰冷的表面下，是什么样的火，那使我希望星期三的晚上真的是和你在一起。而且你也很聪明，检察官可能被你稚气的坦白吓坏了，才悟不到这样你也为自己找到了不在场的证据。你为什么要杀奥丁？”

我直视路面，闭口不答。

“当然，认识奥丁，并不爱他。”史杰夫沉思，“传闻你和他订过婚，但那已是十五年前的事。为什么现在才杀他，除非——当然，他们发现他的时候，保险箱开着，你拿走了什么？凯恩小姐，旧情书？或者你以前不遵守交通规则签的供认书。”

“照片。”我把车停在机场大楼旁。我说，“五张很清晰的照片，四年前他在我们旅社的房里拍的。”

“我花了十一年时间才发现奥丁给我点燃的火并未熄灭，只是盖着灰烬而已。四年前，我们无意中在纽约相遇，我们之间一切又重新燃起。我们情欲火热，使我别无所求，只要他让我爱他。他小心地使我们的恋情得以保密，和他在一起我完全不知羞耻。有一年多时间，只要他拿起电话，告诉我时间和地点，他都可以如愿，好像我的道德完全麻木了。

“然而，渐渐的，我开始对切兰感到内疚，我飞到欧洲，试着控制自己的感情。奥丁让我安定了一个月，然后寄了一张照片到我的旅馆，他在照片背后写道：‘我还有四张类似的照片，那几张更能表现你的迷人之处。记住，如果你一周之内不回来的话，我就把它们登在报上。’我本来可能自己会回来，可收到那封信后，我恨他。

“差不多一年，他没有惹我，我以为我获得自由了。但你和他一吵，揭开他的旧疮疤。你知道，在他心中，我代表镇上的中心人物，那伙人知道他的‘底细’，而且永远不会对他的钱动心，也不会像城外的那些人对他表示尊重。他就把仇恨发泄到我身上。每当有人骂他母亲是不检点的侍女，他父亲是酗酒的农夫时，他就折磨我。你的行为明显地触怒了他，还有你骂他的一些话。

“星期三下午他打电话给我，要我七点半去他那儿。我到时他已经半醉了，说他不需要切兰了，他要离婚，和我结婚。然后叫我脱光衣服。当我抗拒时，他打我，然后打开保险箱，在我面前展示那些照片。我想抢过来扔进火里，但他又打我，还把照片像扇子一样摊在桌子上，让我忍无可忍。忽然间，拨火棍就在我手中，于是，于是……”

史杰夫拥住我，紧紧地抱住，直到我的全身颤抖停止。他讷讷地说：“我到这儿的第一个星期，就有人指着你告诉我你在未婚夫死后就没再看男人一眼。知道吗？你差不多是个传奇人物。以后我经常听到凯恩家族的美德——代代是刚正不阿的市长，法官，现在是一位美丽、贞洁的处女，她崇拜家族的荣誉。然而今天你把一切都扔进泥潭中，为的是你荒唐的正义感，不忍心让一位陌生人来替你顶罪。”

“不是陌生人，”我发动车子，同时颤抖地对他微笑，“你和奥丁争吵后就不是了，我敌人的敌人，就是我的朋友。”

他咧嘴笑笑，打开车门犹豫了一下，然后俯下身吻我面颊：“谢谢你，朋友。”

潘源　等译

恩爱夫妻

［美］阿尔弗雷德·希区柯克

约翰·约翰逊知道，他必须杀掉他妻子。他不得不这么做。

这是他唯一能做的事。他必须为她考虑。

离婚是不可能的。他没有正当的理由。玛丽善良、美丽、开朗，并且从来没有看过别的男人一眼。在他们的婚姻生活中，她从来不向他唠唠叨叨。她做得一手好菜，打得一手好桥牌，她是镇上最受欢迎的女主人。

他不得不杀掉她，这真是非常遗憾。但是，他不愿意告诉她他要离开她，这对她是一种羞辱。再说，两个月前，他们刚刚庆祝了他们结婚二十周年，他们都说自己是世界上最幸福的一对夫妻。

当着十几位羡慕他们的朋友的面，他们举杯保证说，他们要相爱一辈子。他们说，他们不求同年同月同日生，但求同年同月同日死。

经过所有这些后，约翰不能就这么把玛丽一脚踢开，那太卑鄙了。

没有了他，玛丽的生活就没有了意义。当然，她可以继续开她的商店，那个商店自从开张以来，生意一直非常兴旺，但她并不是一个真正的职业妇女。开那个店纯粹是为了消遣，当时他们隔壁的房子刚好要出售，于是他们就买下来了。也不用装修什么的，只要打通两栋房子中间的墙，开一扇门就行了。玛丽说，开家具店只是为了在她可爱的丈夫不在时，让她消磨时间而已。这对她并没有什么特殊意义，虽然她很有商业头脑。约翰很少进商店。他觉得那里乱七八糟。他一进那里，就觉得很不安，那里面的所有东西显得非常拥挤，好像随时会掉下来一样。

是的，玛丽的兴趣在他身上，而不是在商店上。为了使生活有意义，除了商店之外，她必须爱别的东西。

如果他跟她离婚，那么就没有人带她去听音乐会和玩桥牌。她也不可能再参加她最喜欢的聚餐晚会了。没有了他，他们的朋友谁也不会邀请她。离了婚，她就是孤零零的一个人了，将像那些老处女和寡妇一样，过着悲惨的生活。

他不能让玛丽过那样的生活，虽然他确信，如果他要求她离婚，她会同意的。她对他一向百依百顺。

不，他不能向她提出离婚，这对她是一种羞辱。她应该得到更好的结局。

如果他在去列克星顿出差时，不遇见莱蒂丝就好了。但那是一次奇遇，他怎么能后悔呢？在他认识莱蒂丝之后，才觉得自己充满活力。遇见莱蒂丝后，他觉得就像是盲人重见光明一样。而令人惊讶的是，莱蒂丝也深深地爱着他，迫不及待地要和他结婚，她是自由身，没有什么问题。

等待。

催促。

他必须想方设法结果玛丽，安排一次意外事件应该是不难的。商店就是一个理想的地方，那里非常拥挤。利用那些沉重的石头雕像、吊灯和壁炉架，可以轻而易举地结束他亲爱的玛丽的生命。

“亲爱的，你必须告诉你妻子，”他们上一次在列克星顿的一家旅馆幽会时，莱蒂丝催促道。“你必须赶快离婚。你必须把我们之间的事告诉她。”莱蒂丝的声音舒缓悦耳，让约翰陶醉。

但他怎么能告诉玛丽有关莱蒂丝的事呢？

约翰甚至搞不清莱蒂丝为什么吸引他。

与玛丽的和蔼不同，莱蒂丝很优雅。 莱蒂丝并没有玛丽那么漂亮或迷人，但他无法抵抗她的魅力。 在她面前，他是一个热情、老练的情人；而在玛丽面前，他则是一个体贴、和气的丈夫。和莱蒂丝在一起，生活总是充满激情，和她在一起，他体验到前所未有的亢奋。 莱蒂丝是土、气、火和水这四个元素；而玛丽——不，他不能比较她们。 但不管怎么说，强迫他们结束这种狂热的相互迷恋，又有什么意义呢?

这时，就在他正要提议莱蒂丝去酒吧时，他看到查特·弗莱明走进旅馆，向服务台走去。 查特·弗莱明到列克星顿来干什么呢?

在任何地方都可能碰上熟人，这是非法情人经常面临的问题。他们可能在任何时候、任何地点被人发现。 没有一个地方是安全的。

但是，查特·弗莱明是约翰最不想见到的人，如果他见到约翰和另一个女人在一起的话，他一定会大肆宣扬的。 弗莱明这个碎嘴子会告诉他的妻子和他的朋友，会告诉他的医生、他的店主、他的银行和他的律师。

约翰在莱蒂丝身边觉得非常不自在。 查特还在服务台说什么。 约翰不能这么暴露下去，查特只要向四周看几眼，就会发现他和莱蒂丝。 约翰找了个可笑的借口，溜到旁边的报摊，躲到一本杂志后面，一直到查特登记完后乘电梯上楼。

他们总算躲过了，但是，太玄了。

约翰觉得这玷污了他们高尚的感情，他不能容忍下去。 他必须采取行动，一劳永逸地解决这件事，但是，同时他不想伤害玛丽。

在美国，每天早晨起床的人中，有数以千计的人在天黑前死去。 为什么他亲爱的玛丽不能是其中之一呢？ 为什么她不能自己死去呢？

当约翰向莱蒂丝解释他为什么感到惊慌时，她很镇静，但是也非常关心。

“亲爱的，这次意外事件证明了我是正确的。 我早就说过，你应该马上告诉你的妻子。 我们不能这么继续下去了。 你总算明白了。”

“是的，亲爱的，你说得非常对。 我将尽快采取行动。”

“亲爱的，你必须尽快采取行动。”

奇怪的是，玛丽·约翰逊和约翰·约翰逊一样，也处在同一困境中。 她并不想坠入情网。 实际上，她认为她深爱着她丈夫。 那天早晨，肯尼思到她店里来，问她有没有莫扎特的半身雕像，她这才发现，她以前是多么天真。 她当然有莫扎特的半身雕像，她有好几个莫扎特的半身雕像；更不用说还有巴赫、贝多芬、维克多·雨果、巴尔扎克、莎士比亚、乔治·华盛顿和歌德的半身雕像。

他说了自己的名字，顾客一般是不说自己姓名的，于是她也说了自己的名字，接着她发现，他是镇上一位著名的室内设计师。

“坦率地说，”他说，“我并不想在室内摆放莫扎特的半身雕像，它会毁了房间的整体效果，但是，我的雇主坚持要这么办。 我能看看你别的东西吗？”

她带他参观了整个商店的货品。 后来，她努力回忆他们什么时候坠入情网的。 他整个上午都在那里，快中午时，他似乎对后面的一间小屋特别感兴趣，那里堆了许多带抽屉的柜子。 他伸手去拉一个抽屉，结果却拉住了她的手。

“你在干什么？”她说，“天哪，如果顾客进来怎么办？”

“让他们自己浏览吧，”他说。

她不敢相信会发生这种事，但它的确发生了。 后来，当约翰出差时，她不再感到孤独，反而渴望他出差。

堆满柜子的那间小屋成为玛丽和肯尼思秘密幽会的地方。 他们在那里增加了一张躺椅。

有一天，他们在小屋里太投入了，没有注意到有人进来。 直到来人喊道：“约翰逊太太，你在哪里？ 我要买东西。”

玛丽急急忙忙地从小屋跑出来接待顾客。 她试图把搞乱的头发捋顺。 她知道她的口红弄脏了。

来人是布里安太太，她是镇上最喜欢传话的人。 布里安太太会到处说玛丽·约翰逊在她的店里跟人约会。 约翰肯定会听到的。

幸运的是，布里安太太心里有别的事，她那天一心要看看好的奶油模子嫁妆箱，没有注意别的事。

这真是太玄了，玛丽对肯尼思说。 但是，肯尼思很不满意。

“我深深地爱着你，”他说，“我是认真的。 我认为你也爱着我。 我已经厌倦了老是这么偷偷摸摸的，我再也受不了了。 你明白吗？ 我们必须结婚。 告诉你丈夫你要离婚。”

肯尼思不停地谈到离婚，好像离婚是一件轻而易举的事——就像去看牙科医生那么容易。 她怎么能与一个二十年来一直深爱着她的男人离婚呢？ 她怎么能够无情地剥夺他的幸福呢？

除非约翰死了。他为什么不能心脏病突发死去呢？每天都有数以千计的人死于心脏病，为什么她亲爱的约翰不突然死去呢？

那样的话，一切就都简单了。

连电话铃声都显得怒气冲冲，当玛丽拿起电话时，另一头的肯尼思非常愤怒。

“该死的，玛丽，今天下午真是荒唐，真让人感到羞辱，我再也受不了了。我再不愿躲在门后，而你在那里带顾客看奶油模子。我们必须马上结婚。”

“是，亲爱的。请你耐心点。”

“我已经够耐心的了。我再也不能等待了。”

她知道他这话是当真的。如果她失去肯尼思，那么生活将失去意义。她对约翰就从来没有这么依恋过。

亲爱的约翰。她怎么能一脚把他踢开呢？他正在壮年、还可以活几十年。他的存在都是以她为核心的。他活着就是为了给她快乐。他们没有其他朋友，只有那些结婚的夫妇。如果她离开他的话，约翰将过着一种孤独可怜的生活。没有她，他就成了一个怪人，他们的朋友会因为同情而邀请他去他们家。人们都会称他为可怜的约翰。他们会说，他这样还不如死了好呢。他不会照顾自己，将会饥一顿，饱一顿，他将不得不单身住到某个破烂公寓。不，她不能让他过那样的生活。

为什么要开始与肯尼思这种疯狂的恋爱呢？为什么那个蠢女人一定要在家里放莫扎特的半身雕像呢？为什么肯尼思一定要到她的店里来找莫扎特的半身雕像呢？别的地方多的是，价格还便宜。

但是，她无法改变既成事实。跟肯尼思在一起的几秒钟，胜过跟约翰的一辈子。

只有一个办法。她将寻找一种迅速、有效、干净的办法摆脱约翰。而且要快。

约翰出差回来那天晚上，他觉得玛丽漂亮极了。有那么一瞬，他觉得这一生有她就足够了。接着他想起了莱蒂丝，他相信，为了让他们能在一起生活，无论干什么都可以，他应该照原计划行事。

他应该尽可能温柔地杀掉玛丽，并且就在那天晚上。同时，他将享受玛丽为他准备的美妙的晚餐。礼貌要求他这么做，另外，他的确饿了。

不过，他一吃完饭，就着手进行谋杀。一边吃一个女人为你准备的奶酪蛋糕，一边准备谋杀她，这似乎有点残酷无情，不过，并不是他想这么残酷，而是迫不得已。

他不知道该怎么谋杀玛丽。也许在她那个堆满半身雕像的角落里，他能想出什么办法。

玛丽微笑着递给他一杯咖啡。

“亲爱的，经过这么漫长的旅行，我想你需要多喝点咖啡。”

“是的，亲爱的，我的确很想喝咖啡。谢谢你。”

他喝了一口咖啡，瞥了一眼桌子对面的玛丽。她脸上露出一种古怪的表情。约翰觉得很困惑。他们在一起这么多年了，她一定了解他的想法。她一定知道他想干什么。这时，她露出了微笑，这是他们蜜月以来最灿烂的一个微笑。一切正常。

“亲爱的，我要出去一下，”她说。我刚想起店里有些事要做。

我马上就会回来。

她快步走出餐厅，穿过大厅，走进商店。

但她没有像她承诺的那样马上回来。 如果她不赶快回来，约翰的咖啡就会凉了。 他喝了两口，然后决定去商店看看，到底是什么耽误了她。

她没有听到他进来。 他发现她在中间那间屋子。 她的背朝着他，她正坐在一个大沙发上，旁边全是放雕像的架子，架子上全是雕像。

天哪，这真是天赐良机。 她知道了他的想法。 她的肩膀在抽动。 她在呜咽。 她知道他们的共同生活快结束了。 这时，他又觉得她可能是在笑。 如果她独自一个人笑的时候，她的肩膀就是那么摇动的。 不管她在做什么，不管她是在哭还是在笑，他都没有时间去猜测。 这个机会太好了，不能错过。 她低着头，头顶旁刚好是维克多 · 雨果或本杰明 · 富兰克林的雕像，约翰只要轻轻一推，它就会正好落到她的头盖骨上。

他推了。

非常简单。

可怜的女人。 可怜的玛丽。

这是为大家好，他不会为此而自责的。 不过，他还是感到吃惊，事情做起来就这么容易。 如果他早知道这么容易的话，前几个星期就动手了。

约翰非常镇静。 他最后瞥了玛丽一眼，然后回到餐厅。 他将喝完咖啡，然后打电话给医生。 毫无疑问，医生会告诉警察，这是一个意外。除了一个小小的细节外，约翰不需要撒谎，他只要说玛丽的动作导致了雕像的坠落就行了。

他的咖啡还是温的。他慢慢地喝着。他想起了莱蒂丝，渴望打电话告诉她；他们可以永远在一起了，再过一段时间．他们就可以结婚了。但是，他决定还是不要冒险。暂时别给莱蒂丝打电话。

他觉得快乐而镇静。他从来没有这么轻松过。毫无疑问，这种轻松来自他刚才做过的事。他甚至有点瞌睡了。他从来没有这么瞌睡过。他应该到客厅的沙发上躺一下。这比给医生打电话还要重要。但是，他等不及到沙发上。他把头放在餐桌上。他的双手在摇晃。

玛丽和约翰的朋友毫不怀疑这场双重悲剧是怎么发生的。他们仔细想想，就意识到商店是个危机四伏的地方，那天晚上，玛丽不小心，被雕像砸到头上。约翰发现她死了，悲痛欲绝。他意识到没有玛丽他就活不下去，绝望之中，他在咖啡里放进大量安眠药，自杀了。

他们都记得，在玛丽和约翰上次庆祝他们结婚周年时，都说希望同年同月同日死。他们真是世界上最恩爱的一对夫妻。你只要想起玛丽和约翰，就会感动不已。在这个动荡的世界上，没有什么比他们深挚的爱情更动人的了。正如他们希望的那样，他们在同一天晚上死去，这真是太让人感动了。

王强　译

幸运数字 3

［美］玛格丽特·阿琳汉姆

九月的一天，下午五点钟，罗纳德正在为他的第三次谋杀做准备。他非常机警，强迫自己慢条斯理，因为他一贯考虑周详而深知粗心会带来的危险。

杀手这一职业随着时间的推移会面临越来越多的不确定性。他第一次读到这一句话是在他第一次婚姻之前，那时他就认定它是正确的。同时，他还意识到，作为一个男人，成功是他的责任，因此他一直非常具有自制力。他确信他比大多数人都聪明，但是，他并没有因此而踌躇满志，相反，每当他感到他的力量从身体里奔涌而出，他就坚定地压制住它们。

在这栋他最近刚刚租下的别墅的浴室里，他一度停了下来，斜靠在浴池的边缘，若有所思地打量浴室梳妆镜中的自己。

他的脸很瘦，已经有了中年的特征，而且苍白。稀疏的黑发从高而狭小的前额退却。蓝色而且突出的眼睛轮廓优美。只有他的嘴显示出他的特殊。那是一张非常薄而且笔直的嘴，几乎看不出嘴唇，无意的，他说服自己放松一下，展开半个笑容。即使罗纳德也不喜欢自己的嘴唇。

楼下厨房中的声响打断了他的沉思，他急忙直起腰。如果埃迪斯已经熨完了衣服，她应该会在他为她准备好之前上楼来洗一个泡泡浴。他静静地等着，直到确定她出了后门。他走到窗前，正好看见她消失在屋子拐角的小院子中。那个院子和这街区所有其他的院子没有什么区别。他知道她去把新压制的亚麻制品挂在绳子上晾好，而且尽管整个计划还有足够的时间，他还是被这件事情激怒了。

在三个他说服嫁给自己，然后把不多的财产立遗嘱留给自己的中年妇女中，埃迪斯证明是最让人生气的。他曾经告诉她不要在院子里待太长的时间，但是，在他们六个星期的婚姻生活中他已经重复这个要求数十遍了。他憎恨她一个人去院子里。她害羞而且保守，但是隔壁搬来了新的邻居，那些多事的妇女和她逐渐熟悉，这给他带来危险，在这个节骨眼上这是最后一件让他不得不忍受下去的事情。

他的每一个前任妻子都很害羞。他非常小心地挑选恰当的类型，以保证他具有较高成功的概率。玛丽，她们中的第一个，在他们的平房里遇到了致命的事故，那次事故几乎没有任何人注意到。那间平房和这间很像，只是在英国北部，而不是南部。那是一个迅速成长起来的地区，验尸官匆匆忙忙，警察虽然深表同情，但却无暇顾及，邻居很少表示好奇，只有一个地区月刊的记者写了一篇关于欢乐中的悲剧的文章，配以一张结婚快照，并以“蜜月悲剧”为标题，以典型的北方风格发表了。

黛若茜迅速地闯进他的生活，然后又迅速地从他的以及她的生活中消失了。她倒是给他带来过一点麻烦，但也不太严重。她曾经告诉过他她在这个世界上没有亲人，但是在葬礼结束后，却突然出现一个哥哥向他索要她生前的财产，并提出几个讨厌的问题，如果不是他坚定的回答，那倒是一件比较烦人的事情。 罗纳德非常潇洒地赢了那场小小的官司，并毫无问题地获得了保险金。

所有这些已经是四年以前的事情了。 现在，新的名字、新的背景、新的生活地区，他感到非常安全。

从他第一眼看见埃迪斯的那刻起，她一个人坐在海边旅馆大堂玻璃下的一个小桌子上，他就知道她是他的下一个猎物。 他经常把他的妻子称作“猎物”。 他为她们精心制造的谎言和背景让他感到乐趣和满足。

埃迪斯坐在那里，看上去拘谨、整洁而且严肃，但是在她的脸上有一种胆怯，近视眼中流露出悲伤和害怕的表情，当酒店的侍者试图讲些什么取悦她的时候，她表现出明显的紧张和不知所措。她带着一只钻石胸针。 罗纳德从大堂的右边仔细地观察着，他对宝石非常在行。

那个晚上在休闲室里，他试图和她搭腔，经受了最初的冷落和斥责，并一试再试，终于和她有了最初的对话。 从那以后，正如他所预料的，他们渐渐熟悉起来。 他的方法是传统和浪漫的，因此她在一个星期之内就昏天暗地地爱上了他。

从罗纳德的标准来看，她的历史比他希望的还要好。 她二十几岁的时候在一所女子寄宿学校教书，然后被找回家照顾常年生病的父亲，这占据了她整个生活。 她现在四十三岁，未婚，一个人，没有目标和方向，就好像海上一艘没有舵的小船。

罗纳德小心地哄她开心，让她始终不能脚踏实地思考。 他投入了全部的精力，然后在他们相遇五个星期之后，他们在一个两人都是陌生人的小镇登记处结了婚。 同一天下午，他们互相根据对方的意愿留下了遗嘱，然后搬到了他廉价租下的别墅，因为假期快要结束了。

这真是他所做过的最令人愉快的事情。玛丽喜怒无常而且经常歇斯底里，黛若茜生性吝啬而且多疑。埃迪斯为他带来了意想不到的快乐，但是她竟然没有意识到男人不可能会对她一见钟情，真是太愚蠢了。罗纳德装模作样地想，如果是其他男人可能会为这次致命的事故感到内疚，但是他在他们上面，比他们强，他告诉自己，然后开始把头脑中计划好的一切变为现实——她可怕的未来。

两件事情表明她应该比他所预期的更早死去。一件是她固执的对自己的财产闭口不谈，另一件是她对他工作的兴趣让他感到局促不安。

在结婚登记的时候，他把自己描述成一个商人，说自己是一家化妆品生产厂家的高级合伙人，正在休长假。埃迪斯毫不怀疑地接受了这一说法，但是几乎立刻开始计划去他的办公室和工厂参观，并不断地谈论她应该买些新衣服，以不给他丢人。而同时，她把所有的财产证明锁在一个旧盒子中，并拒绝讨论这些事情，尽管他好几次小心地提出此类问题。罗纳德已经不能控制自己对她的怒气了，决定马上动手。

他从窗户转了回来，他小心地移开他的夹克，开始在浴室中走动。他注意到他的心脏剧烈地跳动着，他皱起了眉头，他不希望这样，他需要保持镇静。

浴室是他们唯一重新粉刷的房间。罗纳德在他们搬进来不久自己干了这些活，他在浴池上面架了些架子，放他买回来的老式浴盐罐和一个小的电加热器，这是那种有两个电极的老式机器，很便宜，但是它是白色的，和墙一个颜色，不容易被发现。 他向前倾斜，打开开关，站在那里看着它，直到出现两格表示温度的标记。然后他转出来，站在地上，让它始终亮着。

控制整个房间的保险丝盒隐藏在楼梯顶上的亚麻厨具柜底端。罗纳德小心地开了门，拿出他的手绢，这样在主开关上就不会留下他的指纹。 回到浴室，加热器已经灭了，他回来的时候显示标记条也已经变成黑色。 他盯着那个不起眼的小架子非常满意，然后他仍然用手绢把加热器从架子上取下来，慢慢地、小心地把它放入水中，让它平躺在报废的插座角上，那个地方尺寸正好合适。 白色的电线在浴池的瓷边上沿着壁踏板，穿过门，进入墙上的插座。这个插座正好在外面的地上。

当他第一次安装加热器的时候，埃迪斯对这种漫不经心的安排表示抗议，但是当他解释说地方政府由于水是导体而禁止在浴室安装插座后，她做出妥协，允许他在地毯下面走电线，这样不那么显眼。

这时，加热器在浴池中还是非常显眼，它看上去就像是不小心掉到了一个奇怪的位置，但是绝没有任何人会进入浴池而看不到它。 罗纳德停下来，他的瞳孔收缩，紧紧地抿起了嘴唇。 整个计划真是干净利落，确定致命无疑，最重要的是安全，每当他一想到这里，就快乐得浑身发抖，像他以前那几次一样。 他走出浴室等着听着。 埃迪斯已经回来了。 他能够听到她在楼下后门外的水泥地面上移动什么东西，他斜靠在挂着夹克的墙上，从衣服里面的胸袋中拿出一包香粉。 当他正读着背面的说明时，一声响使他转过头来，让他气愤的是，女人并没有在他五尺之内。她整洁的面容突然出现在碗碟储藏室的平顶天花板上，在浴室玻璃的外边。她正在清扫枯萎的树叶，他猜测她一定是站在放在后门的梯子上面。

他掩饰着他的惊慌，仍然轻轻地拿着香粉走到她和浴室之间，温和地说：

“亲爱的，你究竟在干什么？”

埃迪斯听见他的声音反应激烈，差点从梯子上掉下去，一抹恐惧的表情从她脸上一闪而过。

“哦，你吓着我了！我想我还是在洗澡之前做完这些小事情的好。如果下雨的话，排水沟里的水会把它们冲走。”

“你考虑得可真周到，亲爱的。”他用一种轻微玩笑的语气说道。他发现他最好先消除她那微弱的自我保护的意识。“但是如果你知道我已经为你准备好了漂亮的洗澡水，你一定会后悔你的聪明了，是吗？”

在“漂亮”这个词上语调的轻微变化并没有打动她，他看见她的紧张。

“或许它并没有你说的那样漂亮，”她说着甚至没有看他，“罗纳德，你实在太好了，帮我做了这么多琐事。”

“没什么，”他说，“我今天晚上要带你出去，我希望你看起来尽可能魅力四射。快点，好姑娘。泡沫不能持续太长时间，像这样高级的美容品是非常昂贵的。在卧室换上你的浴衣，直接过来。”

“好的，亲爱的。”她开始下来，他转回浴池，把香粉摇晃着倒入水中。桃色的充满玫瑰花香味的水晶颗粒漂浮在水面上，当他突然打开水龙头，把它们逐渐融化在水中，变成数不清的炫目的泡沫。有一瞬间他怀疑这些泡沫是否能够完成他所需要的伪装，他不停地用手拍打泡沫，事实上，他不需要担心。泡沫不断的变大，变成充满芳香的羽毛，它不仅掩盖住了浴池的底部，而且还爬上了瓷盆的边缘，掩盖了白色的电线，并蔓延到墙上和浴垫上。它实在是太完美了。

他穿上夹克，开了门。

“埃迪斯！快点，最亲爱的！”正当这些词脱口欲出的时候，她的出现打住了它们。她似乎缩成一团，她蓝色的浴衣紧紧地包裹着她瘦小的身体，她的头发塞在一顶不合适的浴帽里。

“哦，罗纳德！”她说，一副惊慌的表情，“你做了什么，天哪，地板上都是！”

她的犹豫激怒了他。

“那根本不是问题，”他生气地说，“你最好趁泡沫还在的时候赶快进去。快点。同时，我要去修饰一下。我给你十分钟。直接进去躺下。它们将把你皮肤上的菜色洗掉。”

他走出去，停下来，听着浴室里的动静。她像他所预料的那样锁上了门。生活的习惯不会因为婚姻而突然改变。他听到门闩落了下来，强迫自己下了楼。他给她留了六十秒钟，三十秒钟脱掉衣服，然后三十秒钟犹豫一下如何进入那些充满玫瑰香味的泡沫中。

“怎么样？”他从亚麻厨具柜门口问道。

她没有立刻回答，他感到一丝甜蜜直冲前额。然后他听到了她的声音。

“我还不知道，我刚刚进来，它们闻起来可爱极了。”

他等不及听到她最后一个字，就掏出手绢，找到主开关。

“一、二……三，”他狞笑着数，然后拉下了电闸。

他后面的插线板噼里啪啦的爆出一连串火花，然后一切回归平静。

罗纳德周围静极了，他甚至可以听到血液在血管中哗哗的流动声，楼下时钟秒针的滴滴声，被困在窗户里面的苍蝇的沉闷的叫声，隔壁花园中那个陌生人割草机的嗡嗡声。但是，浴室里没有任何声音。

过了一会儿，他爬上楼，敲了一下门。

“埃迪斯？”

没有反应，没有声音，什么都没有。

“埃迪斯？”他又叫了一声。

还是一片寂静。他又等了大约一分钟的时间，然后倒退着，深深出了一口气。

几乎立刻他就为下一步的行动做好了准备。他清楚地记得，第二步是关键。找到尸体然后处理固然重要，但并不是需要马上做的。他在黛若茜的事故中就犯了这个错误，地方检察官通常会问为什么他这么快就报了警，但是他保持了镇静和清醒的头脑，危机很快就过去了。这一次他一定要记住大约半个小时之后再去大声地敲门，然后去叫一个邻居把门撬开。他已经计划好去街上溜达一圈顺便买份晚报，而且在经过前门的台阶时假装和埃迪斯打声招呼告诉她他的行踪，以便让经过的路人听见。但是，当他沿着走廊往回走的时候，他突然意识到他应该先做一些什么别的事情。

埃迪斯存放私人财物的皮盒子在她软面帆布箱中。她一直以为他并不知道这个盒子的存在。他苦苦地回忆着。他最后一次看见它的时候它是锁着的，他一直为没能消除她自我保护的戒心而感到后悔，但是现在，没有什么可以阻止他了。

他悄悄地走进卧室，打开衣橱的门，箱子就在他最后一次看见的地方，盛满了东西，他充满希望，用手紧紧地抓住它。打开箱子上的锁比他预想的要难得多，但是他最后还是成功了，衣箱中的东西整齐地摆放着。一叠存折，一两个盖了律师事务所红色封印的信封，最上面是他所熟悉的邮局发给储蓄顾客的可以立即支取的蓝色存单。

他用颤抖的手打开一个，两千。这个数字让他吹了个口哨。两千八百五十，她一定是刚刚得到分红。两千九百。一定是他上百英镑嫁妆中的一部分。两千八百，他以为这是最后一笔存款，但是当他翻转过来，他发现这只是几笔交易中的一笔。它还不到一个星期。他记起这张存单是寄过来的，她居然聪明到把它放在信封中以躲过他的视线。但是当他突然看到最后的那些打印的字母和数字时，心里一沉，她已经取出了大部分的存款，白纸黑字：九月四日支出两千七百九十八英镑。

他的第一个念头是这些钱一定仍然在这里，可能存放在某个信封中。他翻出箱子中所有的信封，急促地撕开它们，全然不顾他一贯的谨慎。纸片，信件以及各种证明散落得满地都是。

一个写着他的收信地址的信封引起了他的注意。它是新写的，埃迪斯亲手签的名——罗纳德。

他一把撕开了它，抽出里面唯一的一张信纸。他惊讶地发现日期竟是两天以前。

亲爱的罗纳德：

你一定想象不到会读到这样一封信。很长时间，我一直希望我可以不用写这封信，但是，你的行为使我不得不为面对一些非常令人不愉快的可能做准备。

罗纳德，我想你在某种程度上是非常传统的。不知道在你的生活中是否发生过这样的事情，陷入一场匆忙婚姻的中年妇女，尽管她实在是太愚蠢，却总是对浴室中的东西充满怀疑和挑剔？

坦白地说，我并不想怀疑你。很长时间以来我都认为我是爱你的，但是当你说服我在婚礼上签署遗嘱的时候，我还是情不自禁地有所怀疑。特别是当你对这间房子的浴室表现出极大的兴趣之后，我认为我最好还是尽快做些什么准备。我也是传统的，因此我报了警。

你是否注意过搬到咱们隔壁，却从未试图和你搭腔的那个人？我们认为我最好还是隔着围墙和她说话，正是这个女人给我看了两张从过去的报纸上剪下来的新闻，都是关于妇女结婚不久就死于泡泡浴的。每一张上都有那个丈夫在葬礼上的快照。这些照片不是特别清楚，但是我一看到它们就意识到我应该配合他们的追捕行动。提出这个计划的侦探为了找到这样一个机会已经等了三年了，而为他提供这两张照片的恰恰是你可怜的第二位妻子的哥哥。

我在这里想要说的就是：如果你已经决定通过你的浴室计划失去我，罗纳德，你会发现我已经从屋顶出了浴室，正穿着我的浴衣坐在隔壁家的厨房里。我实在太笨了，居然和你结婚，但是我还没有蠢到你前妻的程度。我们正在加速计划，罗纳德。

你的，埃迪斯

另外，重读了一遍，我发现由于紧张，我忘记告诉你，隔壁的两个人不是夫妻，而是 CID 的康斯侦探和他的助手，女警瑞查德。警察告诉我如果不能使你重新进行谋杀过程的话，就没有足够的证据起诉你，这就是为什么我强迫自己勇敢地扮演自己的角色，还因为我非常同情你的前两位可怜的妻子。罗纳德，她们一定也像我这样曾为你着迷。

罗纳德紧闭的薄嘴唇由于惊讶和恐惧张成了令人厌恶的“O”字形，他从信纸上抬起憔悴的眼睛。

屋子里依然寂静如初，甚至连隔壁除草机的嗡嗡声也已经停了下来。 在一片寂静中，他突然听到后门“砰”的一声被撞开，沉重的脚步声穿过大堂，沿着楼梯朝他走来。

王强　译

半耳男人

[日] 横沟正史

一、雨中的半耳男人

一个夏日的傍晚，骤雨倾盆。 从甲州那边蔓延过来的雨云，眼看在武藏野的上空扩展开来，遮天蔽日，丝缝不露。树林和田野眨眼间便被笼罩在暴雨之中。紧接着，电光在昏暗的地面上横扫而过，雷声轰鸣，似乎天翻地覆，其中夹杂着大树爆裂似的响声，也许是滚地雷落在了附近。

“哦呀，老天爷真威风！”

医科学生宇佐美慎介缩着湿淋淋的双肩，钻进井之头公园旁边一间不知供奉哪位神祇的小庙，不觉仰天发出上面那句感慨。他今天到住在三鹰的朋友家里去玩了一阵，此刻正在归途中，打算直接赶回本乡的寓所，急匆匆地直奔吉祥寺车站，不料在路上碰上了阵雨。

毫无办法。早知如此，向朋友借把伞该多好，而现在已后悔莫及。慎介决定等到雨势减小再上路。于是，他动手脱下透湿的西装。正在这时候，又有一个人钻进庙里来。慎介知道有人进了庙，无意中朝来人望了一眼，可是，这一望竟吓得他倒抽了一口冷气。这也不无道理，那来人的模样，是世上罕见的：红衣红裤，外罩红裙，头戴尖帽，帽上垂着红缨，而且，脸上还戴着怪样的滑稽面具。

在当时那种场合，不由得人不发怵。慎介一时茫然不知所措，话也说不出来了。不过，慢慢一想，竟是一件毫不奇怪的事情。

那人是个走街奏乐的化妆广告人。就是在街上“咚锵、咚锵”敲锣打鼓、迈着怪步招徕顾客、广结人缘的化妆广告人。这么一想，慎介便安心了。可是，紧接着，他差点儿“啊呀”地叫出声来，气氛又紧张了。对方似乎还不知道有慎介存在，举止很不正常。他像是在等待什么人，老是朝对面的林荫路上打探，口里发出充满恐怖意味的自言自语："嘿嘿嘿，这场雨是天助我。没有人来打岔啦！ 下决心干吧！"

慎介听到这些话，吓得缩起了身子。"这场雨是天助我"——"没有人来打岔"——"下决心干吧"——不论怎么说，这些都不是平平常常的话。

他到底想干什么呢？ 慎介紧盯着他的一举一动。可是化妆广告人一无所知。突然，那怪人又把身子往前面探去。这是怎么啦？ 慎介朝对面一望，只见有个人从阴雨蒙蒙的林间道路上一溜烟似的朝这边跑来。出乎意料，那是个只有十三四岁的可爱的少女。少女没打伞，浑身透湿，她看见小庙，便一阵猛跑进来，正在这时，冷不防广告人叉开两腿往她前面一站。

少女"嗳"地叫了一声，向后倒退几步。那怪人突然使劲地抓住她的肩膀，飞快地向她问了一些话。只可惜雨声哗哗，雷声不绝，那些话听不分明。这时，只见少女的脸上露出了强烈的恐怖表情。

"不，不！ 那种事情，我不知道！"

少女说着，撞倒对方，企图逃走。广告人重新抓住她，冷不防地把手伸进她的腰包。

"哎呀！ 来人呀！ 有强盗！"

慎介再也不能保持沉默了。

"混蛋，想干什么？"

他大喝一声，跳了出来，一把抱住广告人的腰。看来，他很懂柔道的秘诀，功夫一丝不苟，对手被他摔倒在地上，像皮球一样滚动。

"你、你干什么？"

"哼，还来吗？"

广告人一轱辘爬起来，马上又朝慎介冲过去，可是，他的手刚刚挨到慎介，身子就又一次摔回到地上去了。

"怎么样？ 还敢来吗？"

"畜生！"

广告人再次爬起来，从面具里面对慎介射出恐吓的目光。 可是，大约他觉得自己终究不是对手，不一会儿就扭转脚跟，往正在势头上的大雷雨当中一溜烟逃去了。 慎介目送着他的背影，忽然发现了一件奇怪的事情。

那广告人的右耳朵好像被咬掉了一样，缺了一半。

"怎么样？ 没伤着哪儿吧？"

慎介转向少女，只见她嗦嗦发抖，急忙朝自己鞠了个躬。

"谢谢您。 多亏您……"

她说话的神态与年龄不相称，显得十分老成。 她只有十三四岁，正当备受怜爱之年，然而却因劳累而憔悴，一副忧心忡忡的模样。

"你认识刚才那个男人吗？"

"不认识，一点儿也不。 他突然窜到我跟前……啊，我怕！"

她说话之间，似乎还心有余悸。

"你是不是带着什么东西，正是那家伙想得到手的？"

"没有，这个，那是……"

少女突然住口不说了。 看她的样子，其中必有蹊跷，不过慎介并不追究。 他说：

"不管怎样，还是小心点为好。 你的家在哪里？"

“在那边不远。 哦，就是那三所并排的房子中靠角上的那一所。”

“哦，知道了。 这样吧，我顺便把你送回去。 要不然，那家伙再返回来，就麻烦了。”

“好，谢谢您！”

雨，下得小了。 喧闹了一阵的雷声已经远移，西边的天空也已云开雾散了。 慎介与少女并排走着，若有所思地说道：“喏，我总觉得在哪儿见过你，也许是弄错了人吧？”

“没错，这个——”

少女欢喜地抬眼望着慎介，接下去说：

“因为我是诚林堂的店员呀！”

“呵，是这样！ 怪不得——”

慎介不觉又望了望少女的脸。

诚林堂是本乡的一家大书店。 少女是那里的店员，慎介是那书店的老主顾，其实少女早就认出了他。

“你每天从这地方到本乡去吗？ 不简单呵！ 家里有些什么人？”

“只有哥哥和我两个。”

“哦？ 没父母吗？ 他们是干什么的？”

“嗯，这个，是……”少女结结巴巴地说着，接着把话岔开去，“哥哥有点儿怪。 他干些什么，我也不大清楚，只听他说是搞一件很了不起的发明，现在一心扑在那上头。 可是，他身体很弱，而且，我们很穷……”

“呵，我懂了！ 于是你就去干活了。”

“是呵。 直到五年前，我们家还挺有钱，可是出了一连串倒霉的事情，父母亲相继去世，钱都花光了……不，我并不在乎自己穷，只是哥哥不能称心如意地进行研究，使我觉得比什么都可惜。”

少女的语调十分低沉。大约因为她吃过种种苦头，还在这般年纪，又是个女孩子，竟有意想不到的坚定之处，使慎介感动不已。

“令人佩服！你叫什么名字？”

“叫鲇泽由美子。多谢了。这就是我的家。”

少女停住了脚步。眼前是一所简朴的平房，门边有一块写着“鲇泽俊郎”的门牌。这恐怕就是她哥哥的名字。

“呵，进去坐会儿好吗？哥哥也要向您道谢呢！”

“别这么说，一点儿小事……好吧，失陪了。”

“哎呀，请稍待一会儿——哥哥！哥哥！”

由美子打开门，钻进屋子。刚进屋，便“啊呀”叫了一声。

慎介刚走开两三步，听到叫声吃了一惊，回转身子，接着，不由自主地也走进屋子，到得里面一看，他也吓了一跳。

不太宽敞的房子里面，东西被翻弄得乱七八糟，而且房子中央有个病弱的青年，想必是由美子的哥哥俊郎。他嘴里塞着东西，全身被五花大绑，动弹不得。

由美子连忙把他嘴里塞的东西拿出来。

“哥哥！哥哥！这是谁干的？”

“广告人。戴着假面具的广告人——”

“啊？广告人？”

“是他。那家伙到这儿来，想抢走那件东西，就是每年的今天送到咱们这儿的童话式的礼物……”他说着，忽然看见慎介站在屋子里，不知为什么，他马上不做声了。

二、童话式的礼物

第二天，慎介还在为那件不可思议的事情烦恼。

那个奇怪的广告人为什么要袭击由美子和她的哥哥呢？ 那兄妹俩是穷人，想来不会有什么特别值钱的东西。 要是由美子的哥哥已经完成了他那项发明，广告人的行为也许是为了猎取它，可是根据俊郎所说，他才刚刚摸到点眉目，没有做成值得盗窃的成品。想到这里，慎介忽然记起了俊郎无意中泄漏出来的那句话：“想抢走每年的今天送到咱们这儿的童话式的礼物。”

是的，俊郎就是这么说的。

童话式的礼物究竟是什么呢？ 说是“每年的今天送来”，昨天是八月十七日，那就是说，每年逢八月十七日，就有人将某种奇妙的礼物送给那兄妹俩，而那广告人则想得到那礼物。 是不是这么回事呢？

这事情充满了神秘，慎介今天从早晨开始就为它伤脑筋。

今天碰巧是星期日，他待在寓所里，把门关上，老是想着这件事。 正想得烦躁时，没想到由美子上门来拜访了。

“我今天想好了，要把事情的原委全告诉您。 我和哥哥商量过，他也说要仰仗您的大力帮助才好。”

说着，由美子露出了沉思的神色。

“呵呵，什么事情？ 只要力所能及，我愿意效劳。”

“谢谢您。 我们家里发生过各种各样稀奇古怪的事情呢。”

接着，由美子把事情说明了。 内容大致如下：

由美子昨天说过，她的家直到五六年以前还是相当富裕的家庭。由美子的父亲是从事航海运输业的，他有一条“北极星”号运输船，船虽小，也算不错了。可是，距今五年以前，父亲乘上那艘“北极星”号往千岛去，归途中遇上了可怕的暴风雨，连人带船沉没到海底去了。

那是五年前八月十七日发生的事情。但那还只是不幸的开端。母亲在惊痛之余，患急症而死。而且，父亲似乎曾筹划着什么大事业，把全部财产倾囊投入其中。父亲一死，身后没留下一文钱。于是，由于飞来横祸骤成孤儿的兄妹俩，便坠入了贫困的深渊。不过，从那以后，每年一到八月十七日，就有人给兄妹俩寄来礼物，寄方是什么人，没有写明。

有时候，礼物是钱，有时候却是昂贵的宝石。兄妹俩无从猜测馈赠者究竟系何人。由于这件事一直持续了五年，兄妹俩每当提到它，总是说“童话式的礼物”。他们想，既然礼物是每逢父亲的忌辰寄来的，一定是某个与父亲很亲近的人，暗中守护着亡人的两个孤儿。

“原来是这样！那么，昨天就是那奇妙的礼物到来的日子呀！”

“是的。”

“来了吗？”

“来了。”

“哦？那么广告人就是要抢它了。怎么，抢走了吗？”

“没有。实际上——”

由美子深深地吸了一口气，接着说：

“只有昨天，礼物不是寄到家里，而是寄到我的工作地点诚林堂。我就是在带着礼物回家的路上遭到了广告人的袭击呵！多亏您，帮了我的大忙！”

“那就没事了。哦，是钱吗？”

“不是。”

“是宝石？”

“也不是。只有一封信。请您看看。我不知道怎么办才好，特意来和您商量。”

慎介接过由美子递给他的信，念道：

小姐：

看完这封信以后，请马上到杂司谷的“七星庄”来。我，这封信的笔者，如今得了不治之症，行将就木。在瞑目之前，我一定要对着小姐忏悔我的罪过，而且，还有东西要移交给你们兄妹二人。今天是八月十七日，这是个什么日子，想必小姐是永生难忘的。到我这里无论如何不会遇到什么坏事，千万千万请小姐来走一趟。如果小姐单身不便，和哥哥一起来也行，如果哥哥正在病中，不妨请一个可以信赖的人陪伴小姐同来。只是陪伴者得绝对保守秘密，并且与警察署没有关系，请千万注意。

就这样吧，小姐。

这是我，一个垂死的人对人间的唯一拜托。请来吧，请来吧！拿着这封信到“七星庄”来，给守门的人看一下，我那忠实的部下一守门老头就会给您带路的。

“七星庄”主人

致鲇泽由美子小姐

又及：忘了说一句，要提防半耳男人。那家伙想要我的命，不，不仅要我的命，还想要小姐兄妹的性命！千万千万，遇到半耳男人，要小心提防。

这封信的文章和笔迹都不怎么好，可是内容之离奇，弄得慎介也目瞪口呆。

“所谓半耳男人，就是昨天那个广告人哪！”

“是啊，就是他！ 所以我害怕得不得了。 我和哥哥商量了好一阵，可是他病得走不动。 于是请您……”

“好！ 我陪你一道去。”慎介坚决地表示，又说：“可是，由美子小姐，对这一点你作何想法呢？ 从这件事与八月十七日有着神秘的关系看来，它是否与沉没的‘北极星’号有关？”

慎介的这句话一语道破了天机，他的想象与事实完全吻合。

没过多久，慎介与由美子来到了杂司谷。 一打听，立刻找到了“七星庄”。 那是一座庭院宽敞的高级公馆，可是，对于由美子和慎介，却不知为何显得有点儿阴森森。

“就是这家公馆！”

“对啦，这儿写着‘七星庄’呢。”

慎介按了门铃。 里面马上出来了一位白发披至肩头的弯腰驼背的老头儿。 他一见到由美子，眼里便涌出了泪水，用颤巍巍的声音说道：“啊，迟了，小姐！ 来迟啦！”

一听这话，慎介的呼吸急促起来，他说：“啊？ 迟了？ 老爷爷，是不是这儿的主人，已经……”

“是呵。 先请进吧。”

老仆人说着，把客人让进门，领着他们走进一间客厅。 在客厅里，摆着一个五十岁左右的男人尸体，它的周围缓缓地缭绕着线香的烟。 由美子一看那人的面目，是完全陌生的。

“小姐，请仔细看看他呀。就是这位先生，每年八月十七日给你们兄妹寄去礼物。他就是这儿的主人。昨天，他是多么盼望您来呀！直到临终的时候，还一遍又一遍地叫着小姐的名字。”

老仆人说着，和刚才一样，眼里又冒出了泪水。

“由美子小姐，你认识这个人吗？”

“不，一点儿也……”

“是呵，我相信小姐不会认识。不过说出他的名字来，或许还记得起。这位先生名叫莜原传三，是沉没的‘北极星’号船上的一级海员。”

听到这里，由美子与慎介不约而同地对视了一眼。

“老大爷，这位莜原先生为什么每年要用那样奇怪的方法给由美子兄妹寄礼物呢？还有，他要移交给兄妹俩的是什么呢？”

“这个，请听我说吧。昨天夜里，主人知道见不着小姐了，就对我忏悔了一切。然后，他吩咐我把那些话转告小姐……”老仆人说出来的，是一段可怕的故事。

由美子的父亲到千岛去，是为了干一件重大的秘密事情。那件秘事就是到千岛采掘砂金，这是件极大的事业。而且，由美子的父亲成功了，他带着许多袋砂金，得意扬扬地登上“北极星”号。可是他遇上了那场大暴风雨。载着砂金的“北极星”号带着由美子的父亲沉入海底。当时，有人从“北极星”号上面平安地逃脱了出来。

逃生者除了眼前这位莜原传三以外，还有一个当伙夫的山崎八郎。两个人在船将沉没之际坐上小筏子逃生，而且顺便带走了不少的砂金袋，堆在筏子上面。这样，筏子漂流了几天，那期间，两人为了瓜分砂金而吵闹格斗，最后，莜原把山崎推下了海里。后来，莜原平安脱险，拿出一部分砂金在这里盖屋定居。由于禁不住良心的谴责，每年到了八月十七日，即“北极星”号沉没的那个日子，他就秘密地给由美子兄妹寄送礼物。

然而好景不长，近来发生了可怕的事情。原以为已经落海身亡的山崎竟还活着，他终于找到了莜原的住所，威逼着要分得一半砂金。可是，莜原如今已悔过自新，他认为砂金理所当然属于由美子兄妹，因此断然不能交给别人，于是他把砂金藏起来了。

“请等一下。那个山崎，是不是一只耳朵缺了一半的人？”

“哎，呵，是、是的。”老仆人不知为何吃了一惊，用手弄了弄头发，马上接着说：“刚才说过，主人把砂金藏到什么地方了。他没有把地点告诉我，就去世了，因此……真可惜呵！”

慎介突然微微笑了笑，说：

“可是，老大爷，这所房子为什么取名叫‘七星庄’呢？”

“这是因为庭院里有七尊天女像，那些天女的额头上有星星，所以一定是星星女神。主人特意造了那些神像，那就是‘七星庄’这个名称的来由，因此……”

“好吧，请领我们上庭院去看看。”

慎介同由美子一起，跟在老大爷后面走到庭院里。果然，宽敞的庭院里这儿那儿竖着七尊天女像。慎介在天女像之间巡回走了一会儿，突然想起了什么，把炯炯有神的目光转向由美子。

“由美子小姐，看到这七位天女的位置，你联想到了什么吗？嗨！这些天女的位置恰如北斗七星一样，形成构柄的形状，不是吗？”

“呵，您这么一说倒真像！”

“还有，这是连小学教科书中都写着的。你想想看，把北斗七星下端的两颗星星联结起来，将那连线向右延长，在延长到约为两星之间距离五倍处的位置上，有什么东西？”

“呵，明白了！是北极星呀！”

由美子说着，不觉深深地吸了一口气。

“是呵，正是这样！那么把这两尊天女像联结起来，将连线延长五倍，啊哈，就到了那棵樱花树！就是在那棵樱花树底下，埋着从‘北极星’号船上带出来的砂金！”慎介在话没说完的时候，就突然转过身子，紧接着，朝突然摆开了架势的老仆人扑过去，冷不防将他摔倒在地，然后骑到他身上。

“呵，宇佐美先生！您这是怎么啦？”

“哈哈哈哈！由美子小姐，你还不知道这家伙的真面目呢。哈哈，这家伙就是昨天的广告人，也就是山崎八郎，半耳男人！”

说着，他把手指伸进对手那垂至肩头的白发里，猛地一拉。呵！是假发！假发一拉开，就露出了那被咬剩下的半只耳朵！

“就是这家伙！他以为那封信里面写了砂金的下落，昨天就袭击了你和你哥哥，结果失败了，于是返回到这儿来，逼问莜原。大约在催逼之下，对方终于死了。于是他遍屋搜查，还是不知道砂金的所在，因此这一回化装成老仆人，等着你到这儿来。他想，也许莜原在写给你的信中说明了砂金的下落。刚才，我看见这家伙无意中流露出对自己的右耳担心，立刻识破了他的假象。可是，这家伙也真笨，坐过那么久的船，却连北斗七星与北极星的秘密都不知道！哈哈哈哈！”

慎介把咬牙切齿悔恨不迭的歹徒山崎结结实实地绑了起来，欢快地笑了。

砂金果然是埋在樱花树下。

那理所当然属于由美子的哥哥俊郎的财产，因此现在他可以自由自在地进行研究了。他研究的内容虽是保密的，但可以知道那是非常了不起的东西，如今已快要完成了。对于这一点，有两个人比谁都更为感到欣慰，不用说，他们是妹妹由美子及其新交的密友宇佐美慎介。

夏明月　译

钩心斗角

［意］莱奥纳多·夏侠

正当他伸手去按门铃而又有点犹豫不决的一刹那间，门却突然地开了。一个女人微笑着说："请进，我正在等您呐。"

她的声音有点颤抖，好似怀着激动而欢快的心情，等待所期望发生的事情那样。他想，这准是一个误会，他在忖度这误会可能带来什么样的后果，茫然地站在门槛外，有点迷惑不解。他想，她准是在等待一个什么人，她不认识的一个人，或者是她刚刚认识不久的人，抑或是已经多年没有见到过的一个故旧。而且，她也没有戴眼镜，谁都知道，通常她是戴眼镜的。

"您在等我吗？"

"是呀，我是在等您……请进来吧。"

她的嗓音仍在震颤。

他跨进门槛，踏着刻有古航海图的瓷砖地面，迈了几步；两脚沉重得犹如陷进了泥潭。当他抬头看她时，她关好了门转过身来，脸上仍然露着笑容。她指了一下长沙发，让他就座。此刻，他仍然在捉摸着怎样弄清这一误会，他想知道这究竟是怎样一回事，于是又问了一句："我说您究竟是在等谁呢？"

"究竟在等谁？"她带着讥讽的冷笑反问。

"是这样的，我……"

"您……"

"不管怎样，我以为……"

"您以为我把您当成另外一个人了吧。"她收起了笑容，显得更年轻了。"不，我等待的正是您……是的，我没有戴眼镜，我只是在看近物时才戴的。在您刚进大门时，我就一眼认出了您。现在靠近了，也许需要戴上眼镜。这样，不论是您还是我，就都不会有半点误会可讲了。"

她的那副眼镜放在窗台上展开着的一本书上。她在等他时，一边竖耳静听大门的动静，一边开始阅读那本书，但仅仅读了几页就搁下了。一种说不上来的好奇心驱使他想了解那是一本什么样的书，在等待他的时候，为了消磨时间，她选读的是什么作品？但他还是不明白，她为什么要等他呢？难道是他陷入了圈套？莫非他被出卖了？或者是指派他来的那个人，突然反悔，改变了主意？

奇怪，镶在厚重黑框架里的眼镜，竟然使她显得更为年轻了。透过镜片放大的眼神，似乎表露出惊讶和恐惧的情绪。不过，她自己却既不惊讶，也不恐惧；相反，她扭转身去坐，像是向他示威。她拉开了写字台的一个抽屉，取出了一叠纸样的东西。当她转过身来走近他时，他才看到她手中捏着的是一沓照片。她说：

"这些照片虽然有点模糊不清，但却不容置疑。这是六月二十日十一时在马志尼广场[1]拍摄的，您同我的丈夫在一起；这另外的一些则是七月二十三日下午五时在人民广场拍摄的，您一个人，停好车后正在下车关门；还有一些照片，上面还有您妻子的尊容……您想欣赏欣赏这些照片吗？”

她的声调带有讥讽，却无恶意，表现出几乎有点心不在焉的神态。此刻，他终于感到要下手干他应当干的事情了。但是他又下不了手；他迅速估量了一下形势，觉得不能也不应当再干那件事了。他表示想看看那些照片，于是她便把照片递给了他，自己站立一旁，怀着轻松愉快的心情看他翻阅，就像让人欣赏自己家庭和孩子的照片一样，有点焦急地在等待着那些赞赏的客气话。但是，这位看照片的男人，顿时变得麻木痴呆，他的感觉、思想和动作对他来说突然显得那样迟钝、遥远和可怕的沉重。这时客气的恭维话反倒从女人的口中溢出，平庸而尖刻：

“您知道吗，您是很上相的。”

事实上焦距不准，但这并未遮掩了他的本来面目，却使他妻子和爵士[2]的形象有点模糊不清了。

“请随便坐吧。”女人指着身边的长沙发说。他软瘫地坐了下去，像自己的存在突然塌了方似的。她随即问道：“您想喝点什么？”

不等他回答，她便拿出一瓶白兰地和两只酒杯。他手里拿着酒杯，面对着她，一边呷酒，一边惬意地睨视着照片上他的女人。他也呷了一口酒，像从昏厥中刚刚苏醒过来的人一样，左右环顾。

① 与下文的“人民广场”均为罗马有名的广场名。

② 指小说中女主人公的丈夫。

一幢多么漂亮的房子。他把照片还给了她。

“您的妻子真是一个美人儿。我不晓得您是否知道，她长得同摩纳哥的公主十分相似。看着这些照片，说不定会认错人的。我说得不对吗？”

“我想是不会认错的。”

“看来您是没有注意到这一点。”她还是发出了那种令人厌恶的震颤的笑声。“您爱她吗？”

没有回答。

“恕我冒昧，我向您提出这个问题并非出于好奇。”

“那为什么要问呢？”

“您自然会明白的……您确实爱她吗？”

他打了一个拒绝回答的手势。

“您是不愿回答我的问题呢，还是要让我明白，您对妻子是毫无感情可言？”

“随您怎么说吧。”

“我想得到一个明确的回答。”她带着威胁的口吻加重语气地说出了这句话；接着又改用一种劝说和忧郁的语调说：“您看，因为在这之前应当首先知道，您是否承受得住。”

“这首先是什么意思呢？”

“您已回答了我的问题。”

“我看没有。”

“是的，您已经回答了。我对您说的是在这之前，我应当首先知道，您是否承受得住；而您并未问我应当承受什么，也没有问我这跟您的妻子和您对她的爱情究竟有什么关系……而是立即抓住了‘首先’这个字眼。首先是什么意思？对呀，您担心的不是您的妻子，而首先是您自己。很对。这就好了。”

“那么请问，我应当承受什么呢？”

“我这就要告诉您。”

“关于我的妻子？您担心的是我能不能承受住谈论关于我妻子的事？”

“是的，这涉及您的妻子。您我二人注定要长期地、牢固地保持友情，许多事情我们不应当去计较，我想知道，在这种情况下，您将会有何种反应。当然，不言而喻，这也只有您乐意才行。”

“但是，我的妻子……”

“一会儿我再谈她。现在请您告诉我，您明白了吗？”

“明白什么呢？”

“这些照片。还有，我在这儿等待您。现在懂了吧？”

“没有。”

“请您不要使我失望：如果您真的不明白，那我的希望就落空了。您的希望也同样会化为泡影。”

“我的希望？”

“对，还有您的希望。我不是说过，我们将成为朋友吗？那么，请您对我说实话：您明白吗？……不要怕说出来，这里没有安装任何窃听器，也没有偷录我们谈话的录音机。您不信，可以检查……我是请您干一件事，非常便当轻松，很快就可以完成，收入也很可观，而且还不担风险，更不用说我正在把您从大难临头的危险之中拯救出来了。所以您应当承认，我至少有权力了解您的智力水平究竟怎样……现在，您可明白了？”

“不完全明白。”

“自然，那么请告诉我，您明白了什么？”

“我明白的也是您知道的。”

“回答得简明而又透彻。现在您可想知道，我是怎么了解到这件事的吗？”

“当然想知道了。”

“尽管这样会浪费我们的时间，不过，还是让您知道为好……但您几点钟要同我丈夫会面呢？您最好立即把这件事告诉他：我们未来友情的基础将是您今晚同我丈夫的会见。你们几点钟见面？”

“但我们并没有说要会面呀。”

“唉，您还是不信任我。我非常了解我的丈夫：他不可能今晚不同您约会。在几点钟？”

“午夜十二点一刻。”

“在哪里？”

“离这里约三十公里的一条乡村小道。”

“那好，我们还有时间……现在，也许您给我提些问题为好。”

“我真不知从何说起，我现在有点迷惘。”

“真的吗？我还以为您是一个谈吐利落、思维敏捷、反应灵活的人呢。也许由于我的丈夫一点也没有向您谈起过我和我的性格，以及我善于剖析隐私的能力，所以才使您感到惊讶和迷惘。我们共同生活了十五年，像他那样的男人，如今对于我这样的女人来说，就好像一本展开着的书，一本非常枯燥乏味和平庸无奇的书。您的看法呢？”

“关于什么呢？”

“关于我的丈夫呀。”

“从此时此刻我的处境来判断，他是一个蠢人。”

“我很满意听到您这样评论他。但您以前就应当能够认识到他是一个蠢人。不过我理解，您是如何被他的所谓才华、举止、名望和金钱财富所征服的。他一直以某种程度的机智、不声不响地在显示着他如何善于捞钱的本领。他有钱，这并不值得大惊小怪……再说，我也上当受骗了。我倒不是现在卖后悔药：我唯一感到懊丧的是，我是出于爱情同他结婚，而不是为了金钱。当时，不管怎样我都是会同他结婚的。我甚至很快就明白了自己的失误。然而，我不只适应了，确切地说甚至沉湎于那种生活，在那种环境里，我可以为所欲为，喜怒无常。这种环境向我提供了一个女人希望获得的一切，包括可以鄙视同她一起生活的男人。可是这个蠢人把平衡的生活破坏了。”

“不过，我倒不认为他是您所说的那种愚蠢透顶的人。眼下我干的这件事无疑是件蠢事，他的行为笨拙而不检点……但他是一个自强的男人，起码他是这样告诉我的，所有的人都是这样说的。他如今腰缠万贯，有权有势，全是靠自己的努力……”

“您对依靠自己而发迹的人的想法，大概是来源于爱情小说和美国人的成功秘诀吧。我不仅了解我的丈夫，而且还熟悉更多的所谓依靠自己起家的男人。我可以很有把握地告诉您，他们这些人，事实上全是靠别人扶植起来的。而那些扶植他们的人又是凭借机遇、环境和搞歪门邪道而飞黄腾达的。他们即便成为历史名人，但仍然只能是一些可鄙的幸运儿……第二次世界大战中，我丈夫和萨巴泰利都是法西斯民防军里的志愿兵。萨巴泰利后来当上了公共工程部长。这就是我丈夫发迹的原因。萨巴泰利是一个您难以想象的坏家伙。 在一个秩序井然、公正清廉、不玩弄骗人勾当的社会里，才能和品德决计不会受到制约，那么，如果运气好的人，他们可以到某个公共机关去当门房，要是运气不好，就只能去看守监牢，不过……”

“不过他们这伙人有钱有势，受人尊重……您要我向您提些问题，现在可以提吗？”

她正在滔滔不绝演说的兴头上，突然给打断了，她虽然示意让他提问，但表露出一种失望和愤懑的神情。

“我感到有许多事令人莫名其妙，比如说眼前吧：为什么恰恰是今天晚上您在等我？”

“因为今天在饭桌上，我丈夫问我今晚可有外出的打算，比如说去电影院啦，拜访某个女友啦。 他可能很晚很晚才回家，因为他的一家公司要召开理事会，这类会议今年夏天已经开过两次了，这第三次会议应当是一次成功的会议。 对于他是好事，对于我便是不幸。 这不只是因为我很了解他才这样说的，凡是同他交往密切的人都知道，这完全是十足的迷信，对数字‘三’的迷信，‘九’就更不用提了，他会迷信得发狂。 这样什么第‘三’次会议啦，三号啦；还有，您正好是九点钟来到这里的。 难道不正是他告诉您，要您九点整来按门铃的吗？”

“是的，但我想……”

“……这可能是他那颗有组织才能的脑袋精心策划出来的一个细节吧。 但您哪里晓得，他虽然有一颗脑袋，但他的脑袋的组织才能是何等不健全！ 我还想补充说，当他决定将这样棘手的充满危险的使命交给您的时候，他一定是看重您是一位数学教师。 他勉强懂得乘数表，因此他的一个信念就是，他组织的所有成功的抢劫，都得益于完美和准确的数学。在对银行的某些抢劫中，甚至可以听到铜管乐，报纸对有关抢劫作过报导，干得都非常利落和漂亮……而一旦干的并非无懈可击的时候，他就要对新闻报道进行认真的研究，找出其中的漏洞和失误，予以补充、修正，使之达到理想的地步。眼下发生的事情就与此如出一辙。您一定还记得几年前发生的那件有名的凶杀案和审判吧。我丈夫对它发生了浓厚的兴趣，以致他派一名雇员，每天一早就到巡回法院为他占座位，以便他有空时去旁听，而他也确实不止一次地去过。他寻找那些导致当事人被推上被告席的错误和漏洞，而他这次正好也犯了一个错误。如果今天您……不管怎样，如果事情是按预定计划进行的话，至少会有十几个人回忆起他对那次审判所表现出的特别兴趣，尤其是经常给他占位子的那个职员，还有和他很熟悉，坐在审判席上，不时向他投以亲切微笑的那位法官。”

“从那时起，您就对他产生了怀疑？”

“甚至可以说在此以前就开始怀疑了，不过从他对那次审判表现出特殊的兴趣以后，我明白了，他已制订了一个严密的计划，把他的图谋付诸实施。”

“从那时起，您就求助于一个侦探组织。”

“那是一种既费时又费钱的事，但看来还是值得的。在头一两年内，侦探给我的报告只谈到了他对我的不忠。实在令人发笑：他的不忠！在我们结婚不到几个月，我就已经领略到了。他总是用钱收买女人，不断在女人身上花钱。他同我结婚也算是付给我的代价，他认为我的价格不那么高，不管要继续支付多长的时间，总还是可以承担得起的。”

“有过难以承担的时候吗？”

“显然没有。”

“我说，为什么您变成了一个使他难以容忍的人呢？”

“当然是出自我这方面的原因。我尽力要摆脱他，使他在我的生活中，白天和黑夜都只能占有一个微不足道的位置。我只要他向我提供津贴，数目不大，但不得间断。不，我并没有别的男人。或者说得准确点，我只同别人相好过一次，那是我开始厌恶我丈夫的时候。我这样做只是为了考验他一下，结果考验失败了，因此，请您别想入非非。”

他顿时感到异常愤慨，企图用激烈的言词来回敬。可是她没等他开口就抢先说：

“请您不要生气。我知道我既不漂亮，又不年轻，您甚至还可以对我说，我是一个又丑又老的女人。但我却要说，您也许会胡思乱想，以为能够获得我的全部金钱，而不是一部分，您可以踏着我丈夫僵冷的尸体，迈向我充满活力的身躯，从而达到您的目的。而从现在起，我就想把我们之间的事情讲个明白。”

“照这样说，您也承认，不能把所有的过错都归咎于您的丈夫啦。”

“我并没有承认什么。您既然已经走到了这一步，我们也已谈到了这个程度，如果您愿意在天使的天平上，衡量一下两种可能的行动——执行我丈夫的计划，或者执行我的计划——带来的好处，那是您自己的事。不过用天使的天平来权衡这类勾当，那是很糟糕的。”她向他投以礼貌的微笑，“您是一个微不足道的，贪婪的罪犯，您是不甘心放弃发一笔大财的机会。”

“我不是一个罪犯。”

“真的吗？”

“我的罪过肯定不会比您多。”

“是呀。 而且还可以说，比您妻子好多了。”

“或许吧，不过您怎么能这样说呢？”

“我是从我掌握的情况中得出的结论。 您大概还不知道，您的妻子，暂且这样称呼吧，同别的男人鬼混呢。”

“没有的事！”

“是的，千真万确。 请您不要恼怒。 那些打您妻子主意的男人，能够从她身上捞到什么便宜呢？ 你们是天生的一对伉俪，生活美满，情趣相投，又从不吵嘴和怄气，邻居们都以羡慕的眼光看着你们……侦探给我提供的关于你们情况的第一个报告真有趣：她，二十二岁，在幼儿园任教，长相俊美，性格活泼，仪态优雅；他，二十七岁，中学代课老师，热情庄重，十分多情而又安分守己……第二个报告和以后的其他报告在谈到您的情况时，没有什么不同之处；但关于您的妻子，报告却揭露出一种不容置疑和令人深感惊奇的活动。 这种活动的目的，当然是为了金钱啦，因此，即使真的到目前为止，您还蒙在鼓里，那也不要着急，是为了钱，只是为了钱。 ……您知道吗？ 有一次，仅仅一次，她还同我丈夫在一起鬼混过。”

“我怀疑过您的丈夫，只是没有深究。 我起先认为您丈夫同我们过从甚密，就是为了亲近我的妻子。 但我的妻子并不是那种人，后来疑心也就消除了。 我再没有理由怀疑他是在打我妻子的主意。 如果他想从我们这里，从我这里得到什么，那他早就说了。”

“依照我丈夫的计划，相反，他却需要同您的妻子挂上线。当您执行我丈夫的计划时，由于不慎或偶发事件而败露，这种联系就派上用场了。那时，他就可以说：我同他妻子有私情，他得知后，出于报复，杀了我的妻子；我丈夫或者会扬言：我妻子来找我，要杀死我，他拦住了我妻子，我妻子侮辱了他，或者以什么方式激怒了他，于是采取暴力，杀死了她……但您不要为怀疑所困扰，不要怀疑我丈夫会同您妻子狼狈为奸，让警察跟踪您的足迹。他不会考虑得那样细致。而且我可以断定，您的妻子永远不会允许出现这种结局。我想我是认清了您妻子是怎样的一个女人。”

“怎样的女人？”

“同我相似，也同其他女人相似……我们追求物质生活，我们用物质享受取代上帝、世界和爱情。商店的橱窗是我们的苍穹，壁橱和美式厨房是我们的天地。但我们家，厨房已不再烹调饭菜，那里电视机主宰一切……我父亲是小资产阶级，他一生都是租用住房，从来不曾想到有必要自己占有一幢房子。而今天，没有一个革命者不向往成为自己住宅的主人，甚至不惜借债，或者求助于为期二十五年还清的互助金去获得一幢住宅。永恒的思想和地狱的思想在为期二十五年的银行贷款中融为一体了。银行主宰着玄学。但我们且不管它……总之，您的妻子同我很相似，现在所有的女人都很相似，而这，也正是最糟糕的。还有您的妻子对什么都有点无所谓，或者也许是天真无邪吧。我相信，当我丈夫向她建议合伙搞什么的时候，首先动情的正是她……对了，我顺带问一下，他是怎么向你们提出这个建议的？”

“他已经在汉堡的一家银行里，将一笔巨款存在了我们的名下。”

“多少？”

“二十万马克。”

“照这样说，今晚您与其来我这里，还不如直飞汉堡和……”

“我是可以去的。不过，再过两年，如果一切都顺利的话，我们还会得到另外的四十万马克。”

“再过六个月，您还可以从我这里得到五十万，相信吗？”

“我不知道怎么说才好。”

“您应当相信。您应当明白，我的计划风险最小，而现在您正在执行的计划，却足以把您投入监狱，这就像数学公式那样确凿无疑。侦探组织已被授权，我一旦出事，将把报告和照片复制件交给警方……而现在，如果您执行我的计划，就是我违背诺言，甚至有意出卖您，您担的风险也只不过是拿不到另一笔钱，大不了因情杀的罪名被判刑，坐两三年牢，而在这期间，总会有一次赦免。不过，请不要忘记我的忠告：如果落入圈套，您应当死死咬定，您铤而走险的原因，是您的妻子背叛了您，是我的丈夫使您伤透了心。任何情况下都要这样说。”

“让我好好想想吧，您也许正在为我设置圈套。”

“如果您不是怀着这种猜疑离开这里，我倒会认为您是一个十足的蠢货……”她看了看挂钟，笑眯眯地站起来，“恕我冒昧，我要问您，您原来打算怎样杀死我？”

“用手枪。”

“好极了……现在您走吧，不然就不能按时到约会地点了。祝您成功。”

她送他到房门口，像母亲一样露出慈祥的微笑。他向栅栏门口走去，她正要关门，却又叫住了他，低声叮嘱了他几句：

“我想，要多打几枪，他是一个很健壮的人。”她说话的声调犹如在殷切关照一个体质孱弱的孩童。接着，她又补充了一句：

“我想，装了消声器吧？”

“手枪里？ 是的。”

“好吧，再一次祝您成功。”她关上了门，背靠着门站在那里，脸上显露出了迷人的微笑，像咀嚼着每一个音节似地喃喃自语：“无声手枪，蓄意谋杀。”她走近窗户，看着他走出大门。

她坐在长沙发上，旋即又站了起来，在室内来回踱着方步。她用手抚摸家具，仿佛在演奏一首悦耳动听的曲子。 她在几幅油画前停住，看了看手表，就朝电话机走去，拨了号码，激动地说：“我丈夫还在办公室吗？ ……已经走了？ ……我很担心，非常担心……对，我知道，他回来得晚已经不是一次了；但今晚发生的事使我坐卧不安……有一个青年人来找他，这个青年人神情恍惚，显出威胁的态势；他一直坐在这里等他，现在刚刚离开。 他使我很害怕……不，不只是一种印象，我还知道是什么原因使这个青年人情绪异常，咄咄逼人……我的丈夫走了多长时间了？ ……对，谢谢。 晚安……对，夜安。”

她放下话筒，又拨了另一个号码，说话的语调更加激动和伤心。

“缉察长吗？ 斯科托警长在吗？ ……请马上给我接通他的电话……啊，警长，我在这样的时刻能在办公室找到您真是太幸运了……我是阿尔杜伊妮夫人……是这么回事，我担心，非常担心……我丈夫……我实在不好意思说，太丢人了，但我不能不对您讲了……我的丈夫同一个已婚的女子私通，一个很年轻很漂亮的女人……我发现了，因为我请了一个侦探盯梢，我顾不得脸面了，我要向您诉说……不，我并不想控告他通奸；我倒担心他会出事……因为，您看，今晚那个女人的丈夫来了，一个年轻的教师，他非常激动，神态恍惚。我有点大意，结果让他进来了。他坐在这里等我的丈夫，态度逼人。大约有两个小时。我想让他谈谈，他不愿回答，没说了几句话。现在走了……对，走了几分钟了……我给我丈夫挂了电话，想提醒他，但他已经离开办公室了。这时已该到家了，您不能帮个忙吗？……对，好吧。”她几乎要哭了，最后说：“过半个小时左右，我再给您挂电话……谢谢。”

郭世琮　译

爱情与盗窃

［英］彼得·切尼

奥戴从戏院出来，缓步走在圣马丁路上。这是个可爱的夏日夜晚，有点像刚才戏剧里的最后一幕，戏剧试图证明真爱总是好事多磨。

奥戴发现自己竟在茫然地琢磨着爱情和生活，而又特别地思考着自己的侦探业务和自己的生活。他想，人们要么没有遇到过这类恋爱的烦恼，要么有这类烦恼，他们也不会真当回事的。

他又忆起战后的那些年月，那时他的侦探事务所被一群顾客挤破，所有的人都向他寻求解决一些困难的办法。那些私人案件的处理使他对自己的工作效率极为满意。如今，他生意里的百分之九十是保险案件的调查，还有一些公众事务的案件，现在他认为那都是些破事儿，不值一提。

他点燃一支烟，开始想起多诺霍——那个在他侦探事务所守在电话旁为他值夜班的男人。他想知道多诺霍的睡眠多久便被一些缠扰不休的女性声音打断，她们对奥戴提出过分的要求，要奥戴去追踪她们风流的丈夫或情人；或者是那些丈夫们忧烦的声音打断多诺霍的睡眠，他们已有证据相信自己的夫人红杏出墙，找了野男人，想知道他们该怎么做。

奥戴随意地想着多诺霍是怎样挨过这长长的夜晚时，他露齿笑了。 路对面有个公用电话亭。 他想打个电话去自己的办公室，看看多诺霍是否在睡觉，这一定很有趣。

他找到两便士零钱，拨通了事务所的号码，听见铃声嗡嗡作响。 几乎是立刻，多诺霍活泼的声音从电话那头传来：“特伦斯·奥戴调查事务所。 有什么需要帮忙吗？”

奥戴说：“是。 祝贺你，多诺霍。 我打个电话看你是否在睡觉。”

“我非常高兴你打电话来，奥戴先生。 今晚有位女士已经来过六七个电话了，我告诉她你很有可能打电话回事务所，或者剧院散场后会回所里来。 听上去她正为了什么事非常担忧呢。”

奥戴问道：“你记下她的电话了吗？”

“记下了。”多诺霍回答。

奥戴说：“打电话给她。 告诉她来我们这里。 告诉她我 10 分钟就到所里。 告诉她在会客室等我，给她些杂志翻翻，让她不要多想那烦恼的事。”

“太好了，先生。”

奥戴挂断了电话，从电话亭出来，开始慢慢向事务所走去。他觉得自己的思维有些离题，感觉到那个女人的出现同他刚才所想正是巧合呀。 他想知道她长得是什么样。

根据所有侦探小说的惯例，她应该长得高挑而又苗条，非常美丽，充满了被损害的不幸命运（她现在大约就是），在适当的时候被奥戴调查事务所挽救了。

他露齿而笑。也许这个女人不会完全那样。她可能只是个长相普通的中年妇人，当她的丈夫下来吃早餐时她就能从空气中发觉一些异样；或者是一位少女怀疑不好的邻居对她居心叵测，她被告知应该去找一位私人侦探。

十五分钟后他走进事务所，跨进电话间。

多诺霍说："晚上好，奥戴先生。她在等候间。她真是不凡啊！"

奥戴露齿笑道："我等不及啦！"

他走进自己的办公室，拧亮灯，穿过房间，打开会客室的门。

她正坐在房间另一端的一把皮质扶手椅上，手里捧着一本《塔特乐》杂志。奥戴意识到多诺霍没有夸张。他迅速而老练地瞥了她一眼。她是美丽的，衣着华贵。而且看她鼻翼的样子，她应该是个敏感的女人。奥戴将她的年龄归在三十到三十五岁。

他说："晚上好。我是特伦斯·奥戴。请进来吧。"

"谢谢。"她站起身来，优雅地穿过会客室进入奥戴的办公室。当她与他擦肩而过时，他闻到一袭微妙的香气，那是她身上洒的香水味道。闻香老手的奥戴，闻出这是有名的"丑闻"香水的味道。

奥戴说："你会觉得我对面的这把椅子非常舒适，小姐——？"

"我的名字是奥萝拉·维戴恩。"她自我介绍。

奥戴说："哦，奥萝拉·维戴恩……我想这是个非常恰当的名字。我们开始谈话之前，我必须提醒你，通常人们对医生、律师、银行经理都应该说事实，所有事实，千真万确的事实，而——”他向她微笑道——“对私人侦探呢？”

“我是打算说实话，奥戴先生。我没有理由不这样做，但我对自己不得不告诉你的这件事一点也不感到开心。”

奥戴将帽子挂在了衣帽钩上。他走到办公桌后面坐下来。“你知道吗，维戴恩小姐，我们都会犯错误。我猜你想告诉我全部事件的始末。”

她犹豫着，然后说：“这个故事可能在你听来很可笑，奥戴先生，但对我来说并不可笑。当我告诉了你以后，我不知道你将会怎样看我这个人。”

奥戴取出自己的烟盒，递给她一支烟，为她点着。“事情看上去通常总是比实际的要坏许多，维戴恩小姐。好，现在让我们开始吧。”

“一九三九年开始，”她说，“我应该告诉你，奥戴先生，那时我正从我的受托管理人那里收到一笔相当可观的津贴。我的父母都死了，通常来说，我到了三十岁——那是去年——我应该继承一笔很大数目的钱，并且我可以自由支配。我猜想这是男人感觉我还是比较吸引人的原因之一吧。”

奥戴露齿而笑，“我可以给你除此以外的另外半打理由。但是，继续说吧。”

“我是个非常愚蠢、幼稚而又浪漫的女人，”她说道，“在内地旅行时我遇到了一个男人。他极度吸引人，我于是认为我爱上了他。我给他写了很多表示爱慕的信，那种年轻女子会写的信。最后我发觉他不是个特别好的人，我便竭力将我们的友情画上句号。”

奥戴提出疑问：“为什么不容易了断呢？”

她摇摇头：“真是一点也不容易，奥戴先生。”她继续说，“这个男人对我变成绝对危险。我上哪儿他就跟到哪儿。他让我的生活变得痛苦不堪。我不知该怎么办。最后我得出结论，如果我乘船长途旅行该是个好办法——去远到他跟不到我的地方。

“船起航四天之后，我发现那个男人竟也在船上，可以想象我当时的惊恐。上天知道他怎样得知我上这条船的，但他做到了。记住，奥戴先生，我当时年轻而愚笨，我吓呆了。”

奥戴问道：“你采取了什么措施？你去见船长了吗？”

她摇了摇头，“我多希望我当初去找了船长。但我做了自己以为是最对的事情。我在船上结识了另外一个男人。他的名字是奥古斯丁·谢尔比。他比我年长，但他看上去很令人信服，愉悦，并且聪明。那个晚上，我突来的自信使我将事件和盘托出，那个男人令我这般不开心。我问谢尔比有何建议。他告诉了我，但却让我大吃一惊。”

“十分常见，有些建议确实会令人惊讶。什么建议呢？”奥戴问道。

她说：“他告诉我最好的办法是让我成为‘已婚妇人’。他说那是最有效的办法，可以对那个男人的行为画上一个句号。”

奥戴挑起眉毛：“这个建议的确非常有趣。说下去，维戴恩小姐。”

她说：“我自然非常吃惊。我问他他是否真的让我马上同什么人结婚。他说是也不是，于是说了个提议，在当时来说，奥戴先生，看来相当有趣。

“他说第二天我们会在太平洋一个叫瓜鲁的岛上停留两天。

他提议我们在那里上岸，电话通知岛上的英国领事，借口生意上的事去看望领事。他说他去赴约见英国领事的时候我应陪伴他去，等我们回到船上时我们就告知船长和其他熟人，我同他结婚了，由瓜鲁岛的英国领事证婚。

“他提议我让船长将我们结婚的消息用无线电发送刊登在《泰晤士报》和《每日电讯报》上，让事情看上去绝对可信。这个假婚姻，他说，只需一次就能堵截对我纠缠不休的男人。”

奥戴说：“啊，这个主意还真不错，是不？”

她点点头，“我是这样认为的。总之，我同意了。当船停靠在瓜鲁岛旁时，我们上岸了。他致电英国领事约定第二天上午见面。我陪同他去领事馆，在那里他与一些官员面谈，想在岛上建立什么生意，之后我们便离开了。当我们返回游船时，我告诉了船长和其他熟人。船长立即安排给《每日电讯报》和《泰晤士报》发送无线电报，将我与这个男人的结婚启事刊登在这两份报纸上。”

奥戴说：“到现在为止，一切都还不错。我猜想当船驶回英国时，你和你的假丈夫就各自分开了。”

“是的，”她说，“想来还是相当有趣。他一向用骑士风度对待并尊重我。我认为他非常风趣，我不再害怕另外那个男人了。”

奥戴问：“那后来发生什么了？”

她说：“什么都没有。直到两天前也什么都没发生。我刚刚告诉过你去年我继承了一大笔财产，那之后的五或六个月我遇见了生命里从未这般在意过的男人。我满意地得知他并非为了我的财富而爱我。我相信他拥有个大生意，他非常富裕。我与他订婚了，我们两个月之后结婚。而现在发生了一些事情，两天前发生的，奥戴先生，可怕得我简直不敢相信。”她将烟蒂掐灭在烟缸里。

维戴恩小姐继续说道：“我公寓的电话铃响了，奥古斯丁·谢尔比与我讲话。他告诉我他特别想见我，并且他听说我订婚的消息想来祝贺我，但另外他想见我是为了一桩十分紧急的生意。

“那天下午他过来见我。他说他非常高兴听到我订婚并要结婚的消息，但他说我怎么能在已经与他结婚的同时再举行婚礼呢。”

奥戴轻轻吹了声口哨：“相当有趣的境遇。他到底什么意思呢？”

她说：“他就是这个意思。他非常仔细地给我解释。一九四一年，瓜鲁岛被日军占领，所有英国领事馆人员都被杀死了。领事馆被焚毁，建筑楼里的所有文件同大楼一起被焚毁。换句话说，我已经没有可能证明我没有与他结婚，如同他向我指出的那样，我曾告诉我船上的朋友们和船长我与他结婚了，我还在两份伦敦的报纸上登载过结婚启事。”

奥戴站了起来，他开始在办公室里来回踱步。他说：“你知道，维戴恩小姐，在我听来这像在勒索你。他想要什么？”

她说：“他想要钱，奥戴先生。他告诉我如果我愿意给他一万英镑的钞票，送到他的公寓，他将准备给我一张证明，证明我已同他离婚。”

奥戴笑了：“同一个从未结过婚的男人离婚真是个有趣的说法。”

她悲凄而又无奈地点点头，继续说道：“但他告诉我这样做对我最安全。每个人都有资格相信我们结婚了，没有相反的证据来证明我们未婚，最好的办法是获得一张离婚证书。”

“这个家伙有勇气。你怎么做呢？”奥戴问道，“你给他钱了吗？”

她说：“是的。我今天上午十二点半去他那里，交给他一个公文包，里面有一万英镑，都是五英镑的纸币。给他之前我向他讨要那封声明我们从未在法律上结过婚的信。他欣然答应，让我等一下。他走出房间，几分钟后拿着那封信返回来。我读了一下，看上去可以，我就将信放进我的手袋，将公文包与里面的钱一起留在了他那里。”

奥戴说：“嗯。然后呢？”

“我走了。走到离他公寓入口处不到二十步远的地方，我的手袋被抢了。我没有看见抢我手袋的男人长得什么样子。他飞快地一下子隐入人群中。”

奥戴说：“谢尔比走出房间写纸条时与朋友串通好了。他打电话给什么人在外面等你。”他继续道，“所以你现在同之前的境遇一模一样。除此他还多拿了你一万英镑。他仍然可以说他同你结婚的，即使我们知道他并没有，但不幸的是我想大多数人由于你亲口告诉过他们，还有刊载在两份伦敦报纸上的结婚启事的事实，他们仍会相信你是已婚的。”

她痛苦地说：“我知道。那我该怎么办呢，奥戴先生？”

他走回自己的办公桌后，点燃另一支烟。“坦白讲，我不知道。让我想想办法看。”他对她笑了笑。他打开办公桌的一个抽屉，取出一本便笺簿。他将簿子递给她。“维戴恩小姐，我想让你把你的名字、地址和电话，谢尔比的公寓住址就是你上午见他的地方的地址，还有与你订婚的那个男人的姓名、住址和电话都写下来。”

她仰脸望着他，急急地说：“你要那些干什么，奥戴先生？”

他说：“我需要这些详情。顺便问一下，你的未婚夫知道此事吗？”

“我在我们订婚时候就告诉过他，”她说，“但我没有告诉他关于谢尔比打电话给我，我去他公寓给钱的事。我实在不能这样做。”

“我理解，”奥戴说，“现在写吧。”

她写完的时候，奥戴看了看便笺簿，放回到抽屉里：“现在回家吧，维戴恩小姐。不要过分担心。可能我会采取些措施。我过几天给你电话。”

她起身，伸出手来：“我已经感觉好多了，奥戴先生。你是个能让人安心的人。”

奥戴拎起电话，对秘书说：“给维戴恩小姐喊一辆出租车。”

凌晨一点钟，奥戴仍然消沉地坐在他的办公椅上，两脚搁在桌上，对着空中茫然吐着烟圈。突然他掐灭香烟，从桌上抽回双脚，抓起电话，拨了个号码。

几分钟后他说：“兰尼，是你吗？在忙啊？没有？正好。我想我有件小事情让你做——是件有利可图的事情。叫辆出租车来我这儿，行吗？好，十五分钟后我等你。”

他放下听筒，等了几秒钟，再次拨号。他用手指急躁地在桌上敲击，听见电话那头的一个声音回应了他：“英克，是你吗？听着……我想让你立即给我查一查这三个人。”他读出维戴恩小姐写在便笺簿上的名字和地址。“我知道现在很晚了，”他继续说，“但我明天一定要这些消息。好，开始吧！英克。”

他挂断电话，点了一支烟，静下心来等兰尼。

星期一下午三点，约翰·哈丁被领进奥戴的办公室。

他很高，宽阔的肩膀，衣着华贵——外形相当富有男性魅力并给人印象深刻。

奥戴说：“见到你很高兴，约翰·哈丁先生。我想你可能会愿意同我谈论一下这件事。我希望事已至此，维戴恩小姐已经与你说起她星期六晚上来访我这儿的情况了吧。”

哈丁点点头。他在奥戴示意的椅子里坐下，接受了递上的香烟，点着了。

“是的。这是件很讨厌的事，奥戴先生。我非常担心。”

奥戴说：“我理解。我很高兴维戴恩小姐事先已经同你说过此事。”

哈丁说：“我也是。否则我会比现在更震惊。我想她去付钱给那个恶棍其实很傻。”

“我想知道，”奥戴说，“当然整桩事件十分荒唐，听上去几乎不可能。但你可能也与我一样知道，哈丁先生，不可能经常成为可能。爱上维戴恩小姐，你当然相信她说的每一句话。你知道她是一个诚实的值得信赖的人，但假设你只是普通公众里的一个——或者更高些，假设你是法庭上的法官，正在解决这个男人和你未婚妻之间的纠葛——你会倾向于相信吗？他说他在瓜鲁岛与维戴恩小姐一起上岸，到英国领事馆赴约，在那儿结婚，而每样证据都支持这个故事。然后呢？维戴恩小姐回到船上，告诉她的熟人她结婚了，还让船长帮助发送无线电报去伦敦把结婚启事登在《泰晤士报》和《每日电讯报》上。这些事例里的每一件都支持这个故事，她怎么回答呢？ 她的回答是她与一个她只认识了几天的男人去英国领事馆完全是为了制造一种她已婚的假象，因为她想摆脱她之前遇见的那个男人的纠缠。 现在你和我都知道这是真的，哈丁先生。 但很多人会相信谢尔比而不是她。 困难的地方是，他知道这个。 很不幸的是他的故事不会被驳斥，因为所有英国领事馆的资料都被焚毁。 领事和他的下属们都死了。”

哈丁问：“你打算怎么办呢，奥戴先生？”

奥戴站起身，点燃一支烟，开始在办公室里来回踱步。 他说：“真麻烦，这样一个男人用他故事的力量从维戴恩小姐身上榨到一万英镑钞票，我们只得承认，他很棒。 现在你公正的观点呢，哈丁先生？ 你认为如果我们去找谢尔比，如果我们将事情捅到警察局，那维戴恩小姐有否可能将那一万英镑拿回来？”

哈丁说：“她可能的，但不肯定，是不？ 无论她的故事怎样，她绝对一点证据都没有，而谢尔比却有一些当时情况下的证据来支持他的故事，非常完整和详细的证据。 我必须说明我的想法，奥戴先生，是让睡着的狗躺平。 让他拿了这一万英镑吧。”

“好，”奥戴说道，“假设我们如此做了，他能满意吗？ 如果一年之后，当你已经与维戴恩小姐结婚，这个谢尔比又拿着他的故事冒出来，建议你说你和维戴恩小姐的婚姻是重婚，因为他是她的丈夫？ 那时你该怎么办呢？ 你能阻止他这样做吗？”

哈丁说：“一顿马鞭大概可以解决问题。”

“会吗？ 又如何呢？ 被一顿马鞭痛打之后他可能更怀恨在心，并进行更多的报复。”

哈丁说：“我猜也是。 这个恶棍好像非常占上风。 要是奥萝拉没有那么蠢就好了！”

“确实如此，”奥戴说，“她是很傻。”

哈丁沉思了一会儿，然后说：“看哪，奥戴先生。你大概不喜欢这个建议，但这是我能想到的唯一一个。维戴恩小姐，你知道的，是位非常有钱的女人，我呢也不穷。假设为争论的缘故，你能安排我们所有人到你的事务所。你告诉谢尔比要他准备做一张说实话的法律宣誓书；如果他准备在受权律师面前发誓，我们可以让他保住那一万英镑的钞票，并再另给他，比方说，五千英镑。这样一笔钱不会伤到维戴恩小姐多少，而我们却有了将来免遭任何起诉的保证。”

奥戴说：“是啊。那样也许会成功。但这是笔数目很大的钱，太便宜了这个恶棍。”

哈丁耸耸肩膀，“这样奥萝拉也许会对此事有个顺利了结。她的幸福比金钱更重要。”

“我猜也是。”奥戴掐灭烟蒂，“你同维戴恩小姐商议过吗？”

哈丁说：“我对她建议，在你没有任何更好主意的前提下我会将这个建议提出来。”

“我想你是对的，”奥戴说，“我会试着联系这位谢尔比。我会尝试让他今晚七点来我的办公室。你能在那个时候带着维戴恩小姐一起来吗？她一块儿来这里会更好，我们能解决并结束这件事情。”

哈丁站起身来：“我肯定，奥戴先生，你办事明快。我七点过来，带着奥萝拉一起来。午安。感谢你了。”

他与奥戴先生握手后，走出了办公室。

还有几分钟到七点，谢尔比出现在奥戴的私人侦探事务所。

奥戴认为他是个外表圆熟的人——穿戴很讲究，有着一副令人容易上当受骗的外表。他看上去非常自信。

他说："晚上好，奥戴先生。我今天下午收到你的电话留言。"他微笑着说，"我也许知道你为何要见我。"

奥戴说："好，那就省去我长篇大论了。维戴恩小姐于星期六晚上过来咨询我。她告诉了我事情的始末。今天上午我会见了她的未婚夫，哈丁先生。看上去你手里攥着所有的好牌。"

谢尔比望着自己的指尖，"是有点呢，是不是？"

奥戴说："是个好故事，你准备坚持这个故事？"

"哦，是的。你瞧，这是个非常好的故事。是事实啊，奥戴先生。"谢尔比在奥戴办公室看上去简直狡猾透顶。

有人敲门，奥戴的助手走了进来。他说："维戴恩小姐和哈丁先生。"

他们走进房间时，奥戴站起身来。他说："请坐。你们请在办公室那一面就座。因为你们看见，谢尔比先生已经到了。"

奥戴走回自己的座位。他继续说道："情况简单来说是这样的，谢尔比。哈丁先生今天下午来见我。当然我们都意识到你对维戴恩小姐上星期六离开你的公寓后的手袋被劫负有责任。但我们最好还是承认我们没有证据。当你说维戴恩小姐与你结婚时我们不能证明你错，并且我们不能证明你让人抢了她的手袋。我们能做的只有一件事。"

谢尔比漫不经心地点燃一支烟，问道："那是什么呢？"

奥戴说："我们能再给你些钱，为了换取你的法律宣誓书，宣誓你和维戴恩小姐从未结婚。"

"你看来很讲道理，"谢尔比说，"顺便说一句，那是你们所有人唯一能做的。给多少？”

奥戴说：“如果你准备明天上午陪同我一起去我的律师那里，在那张我们给你预备好的法律宣誓书上发誓，我们将另支付你两千五百英镑。”

“那太感谢了，”谢尔比说，“但我恐怕这些不够。我想要的比那多点。”

奥戴问：“你想要多少？”

“五千英镑。”谢尔比说。

哈丁愤怒地说道：“我真想用双手掐死你，谢尔比。”

“也许你是想这样做，”谢尔比说，“但对你没好处，是吧？而我也不是像我看上去这样容易被击败。这也许会把事情搞得更糟，哈丁先生。”

奥戴说：“请不要吵架，先生们。那么你同意了谢尔比。作为另外五千英镑的回报，你准备进行法律宣誓程序？”

“非常乐意，”谢尔比说，“我相当愿意明天来这里，拿到五千英镑并去任何你指定的律师那里在法律宣誓书上发誓。”

“好……”奥戴取出烟盒，选了支烟，慢慢点燃它，“请注意，谢尔比。很明显你自上星期六之后就没有开过你客厅那张画背后的保险箱。”

“你究竟搞什么鬼啊？”谢尔比的表情变了，他的眼睛充满恶意地闪烁着，“你不是说……”

奥戴说：“是的。我星期六晚上同维戴恩小姐面谈之后，打了个电话给我的一位老熟人。我不想告诉你他的名字，但他是欧洲最棒的职业盗贼，他从未见过开不了的保险箱。我们知道你不能星期六见了维戴恩小姐之后去银行存钱，因为银行不营业。他在星期天一大早拜访了你的公寓，并于十一点钟将维戴恩小姐留给你的装着完整无缺的一万英镑的公文包交给了我。显而易见，当你今晚来我这儿时没有查验一下那个保险箱。为什么不查呢？我猜任何情况下你都不会将钞票存到银行；你要的是纸币，是不，谢尔比？”

谢尔比的眼睛闪烁着，“非常好……你承认这个钱是从我那里偷来的。这钱是我的。这是星期六维戴恩小姐给我的，你刚才说的。星期六晚上，你作为她的调查代理，让人撬窃了我的公寓，偷走了那笔钱。我去报警。”他站起身来。

奥戴说：“等等谢尔比。你的故事不是说维戴恩小姐是你的妻子吗？”

“是啊。所以她给了我这笔钱。因为她是我妻子，因为她想给我买礼物。她知道我经济困难。”

“可以，”奥戴说，“但你去报警干吗？你不能控告维戴恩小姐对偷盗负责。她完全有理由自己拿走那笔钱或让人替她去拿那笔钱的。”

“你是什么意思啊？”谢尔比问道。

奥戴说：“我就是这个意思。如果她是你的妻子你就不能告发她。你不懂英国法律里的习惯法吗？妻子拿了丈夫任何物品，丈夫都不能告发她的。懂我的意思了吗？”

谢尔比说：“我的天哪……”

“正是，”奥戴说，“看来你搬起石头砸了自己的脚。这个装有一万英镑的公文包正躺在我办公桌的抽屉里。它会继续待在那儿。但你呢，明天上午仍然要同我去律师那里，仍然要去办那个法律宣誓书。想让我告诉你为什么吗？”

谢尔比恢复了镇静：“是，请告诉我。 我洗耳恭听。”

奥戴转身面向那个女人：“维戴恩小姐，当你来见我时你告诉我你总是吸引那些心术不正的男人。 你今天仍是在如此做呢。”他指向哈丁，“你的未婚夫是谢尔比的同谋。 难道这个男人没让你重新记忆起你与谢尔比的邂逅？ 谢尔比这么些年来再未要挟过你？ 为什么？ 因为你与哈丁订婚的消息是这个叫哈丁的男人透露给谢尔比的。 是他安排了这个阴谋。 我的人已经查过哈丁了。他不是个有钱人，他的生意是假的。”

奥戴站起身来。 他对哈丁露齿而笑：“你今天下午来我办公室的时候，建议我再给这个敲诈者谢尔比另外五千英镑，让他去宣誓法律文书，我当时就知道我所得的信息是正确的。 你们两个会瓜分这一万五千英镑。”他举起手来，“你不用说任何话，哈丁——除非你想让我现在就打电话给警察。”他转过身来对着谢尔比，“情况很明显，这是一桩一目了然的案子，就是你和哈丁勒索维戴恩小姐。 案子本身已被证实。 我要提议，如果明天上午十一点这张法律宣誓文书还未签署的话，我将申请拘捕证逮捕你们两人。 啊，谢尔比，你打算如何呢？ 你明天上午十一点会不会去那儿宣誓那张法律文书？”

中间没有很长的停顿，谢尔比就说：“他妈的，你，是的……我猜我会去的。”

“好，”奥戴说，“你呢，哈丁，你明天也能同时来吗？ 我需要从你这儿拿到一封短信，写明你在这个阴谋中扮演的角色。如果我拿不到，我会将你用其他罪名拘捕。 有四件事我们可以控告你。 那么我们明天十一点见你行吗？”

哈丁耸耸肩膀，文雅地说：“我想可以。”

“好，”奥戴说，“现在出去吧你们两个。不要再动其他脑筋了，因为有人会跟踪你们，直到我明天上午见到你们为止。晚安，先生们。”

他们离开了侦探事务所。在门口谢尔比停了下来。他说：“我知道我该怎样对付你，奥戴。”

奥戴微笑道：“我想我能猜到的。很有趣是不，谢尔比？晚安。”

谢尔比跟着哈丁走出侦探事务所。门在他们身后被砰地关上。

奥戴说：“看来一切都好，维戴恩小姐。”

她站起身来，向他走去。她说：“我不知道说什么来感谢你，奥戴先生。”

“不用。顺便提一句，我希望你应对自己将来选择的男友更谨慎些。记得你自己说的话吗——你好像总会吸引那些心术不正的男人。”

她望着他：“我向你保证我将非常非常小心，奥戴先生。事实上我知道我现在相当安全。”

她看着他而后迅速垂下眼帘：“你看，我有个非常明显的感觉，我被一个真正的男人吸引住了！”

佚名　译